剑宗作品集

捌

刀剑邪

剑宗 著

二十一世纪出版社集团
21st Century Publishing Group
全国百佳出版社

图书在版编目（CIP）数据

剑宗作品集 / 剑宗著 . -- 南昌：二十一世纪出版

社集团 , 2017.12

ISBN 978-7-5568-3252-1

Ⅰ . ①剑… Ⅱ . ①剑… Ⅲ . ①侠义小说—作品集—中

国—当代 Ⅳ . ① I247.5

中国版本图书馆 CIP 数据核字 (2017) 第 294460 号

剑宗作品集   剑　宗　著

责任编辑	敖登格日乐
出版发行	二十一世纪出版社集团
	（江西省南昌市子安路75号　330025）
	www.21cccc.com　cc21@163.net
出 版 人	张秋林
经　　销	新华书店
印　　刷	北京柯蓝博泰印务有限公司
版　　次	2018年8月第1版　2018年8月第1次印刷
开　　本	710mm×1000mm　1/16
印　　张	200
字　　数	3000千
书　　号	ISBN 978-7-5568-3252-1
定　　价	800.00元

赣版权登字—04—2017—905

如发现印装质量问题，请寄本社图书发行公司调换 0791-86524997

目　录

第一章

"春风细雨发新芽，路过佳人二月花。"时值阳春二月，蓝天白云，丽日和风，麦苗碧绿，柳枝吐出毛茸茸的新芽，千里沃野，春意正浓，到处洋溢着一片春意盎然的气像。

江南水暖鸭先知，此时的南昌城处已是一片锦绣，郊外成片成片的桃林吸引着众多的俊男靓女，游人如织。

更有那些深闺怨女，怎会错过这一年一度踏青踩草的大好良机，于是三五成群，叽叽喳喳，在风和日丽之际，裙带翩翩，娇笑纤纤，衣香倩影，为新春的山野增添了不少的娇色。

就在这艳阳丽影，花团锦簇之中，一匹赤红赤红的宝马，沿着郊外的小径奔驰而来。

那马红得像燃烧的火焰，远看就像天边燃烧的一片红云，全身无一根杂毛，并且神傲腿健，身平似水，四蹄生风，格外惹眼。

使大家频频侧目的还是马背上的主人。

马背上端坐一位十七八岁的少年，虎背熊腰，满脸正气，一身勇武气概，两道剑眉斜轩，星目发亮，紫红色的圆脸微微鼓起，鼻直口方，嘴角微微上翘，有一股不可征服的气质，宽额方庭，给人一种虎虎生威的气势。

少年坐在马背上如玉树临风，眉头紧锁，神色甚是忧虑焦急，与这阳春美景极不偕调。

那赤焰宝马似乎也领会主人的心意，驮着主人不紧不慢穿越在阡陌之间。

不一会儿，少年已纵马上了一片桃林的山坡。

满坡的桃花随风摇曳，花香怡人，少年立在马上长叹一声，把左近一群浓装淡抹的踏春少女吓了一跳。

少年不识愁滋味，为赋新诗强说愁，一个大好年华的少年哪来这么深的愁绪？

少年没在乎人们诧异的眼光，满脸不屑，望了众人一眼，一声长啸，双腿一夹，那赤焰宝马四腿腾空，卷起一团尘土，绝尘而去，不一会儿，白衣少年和红马消失在天际之中。

也不知跑了多久，白衣少年这才放慢脚步，回首天际，暮色苍茫，落日熔金，白衣少年不免又是长叹一声。

自从告别了师父下山以来，他已习惯了这长长叹气，只有这样，才能散发他胸中的积闷和苦衷。

白衣少年叫岳继飞，其实他是不是姓岳还不知道，因为在他的记忆就没有父母。

是师父神州剑尊杜鹏程一手将他抚养长大的，杜鹏程虽然是二十年前的中原武林盟主，但他最景仰的还是抗金大将岳飞，恰好那一年岳飞被奸臣陷害，惨死在风波亭，于是为了纪念岳大元帅，就给他起了一个岳继飞的名字。

南宋末年，朝廷腐败，奸臣当道，金人大举南下，南宋百姓奋起抗金，江湖侠义之士更是风起云涌。

在整个武林中，有三大至尊人物，天山的雪山神尼，祁连山的神州剑尊，雁荡山的不死童姥。

神州剑尊救得了岳继飞，发现岳继飞是一个练武奇才，于是将自己盖世武功倾囊相授。

转眼之间，小岳继飞已在祁连山上度过了十八个春秋，杜鹏程就打发他和师妹杜芳芳一起出来历练江湖，并交代了三件事。

杜芳芳年方十七岁，出落得花容月貌，也是杜鹏程的女儿。

杜鹏程一直将岳继飞当作自己亲生的儿子，岳继飞和杜芳芳两人自小是两小无猜，青梅竹马，两个纯真少年一下祁连山如游鱼得水，别提多高兴。

谁知两人一下山就碰到了麻烦，刚到南昌城外，杜芳芳就被人劫走，等岳继飞买回早餐，房间里已是空无一人。

正在岳继飞一筹莫展的时候，岳继飞收到一封信，这封信纤纤数字，显然是出自一个女性之手，告之要寻心上人，天府。

没有落款，岳继飞心想，除了师妹，再也不认识第三个少女，可从字迹上看，这封信绝不是出自她手的，可这又是谁写的呢，岳继飞百思不得其解。

但无论如何，这是宁可信其有，所以他漫无目的地在南昌的郊外转了一圈，探得天府的所在。

入夜时分，岳继飞几个起落，越过殿脊，整个天府一片漆黑，只有后院有灯光射出，但距离殿后还有一段距离，约有一二十丈远，中间有一条石子路，两边树木高与殿齐。

岳继飞江湖阅历虽少，但知有灯光，一定有人在，但偌大的天府，却没有人迹，四周静悄悄的，到处呈现一片怪异的气氛。

当即，马上就飘身下了飞檐，猫着腰，隐身前行。

石子路很快走到，突然发现地上侧卧两人，因为目光朦胧，加上树影掩盖，看得不大清楚。

岳继飞猫低身子，凑近一看，一股扑鼻的血腥味填冲脑门。

这两人一袭黑衣，喽啰打扮，腹部洞穿，伤口的血迹干涸，显然已死去多时。

岳继飞更不敢大意，浑然不知这天府所在到底是个什么名堂，看来今晚凶多吉少。

他小心翼翼地打量四周，前面不远处是一座圆形拱门，门里是一个依山势建的院子，后面却是一大排房屋，灯光就是从偏右面的一间房中射出。

此外，其他的房子，不但未见一丝灯光，而且一片死寂，没有一丁点声音。

岳继飞身子拔起，没带起一点风声，飘然进了拱门，哪知向地上一看，更是大吃一惊。

那院子里横七竖八，又有十来具尸体，而且个个断头折臂，尸首不全。

谁出手这么凶狠毒辣？！

看来，这天府的人，已被赶尽杀绝，空气中弥漫一股血腥味，岳继飞不由得打了一个寒颤，这时他略一思索，反倒认为那灯光显得怪异了。

岳继飞又是两个起落，人已到了那燃着灯光的窗下。

仔细聆听，房子里没有任何异样的声响，慢慢地，他从窗隙向里看，岳继飞又惊又喜。

原来这是一间布置豪华的卧室，锦床上沉沉熟睡一个人，因为室内灯光明亮，岳继飞看得甚清，床上熟睡的正是已失踪的芳芳。

岳继飞忙推门而入，那房门并未上闩，应手而开，岳继飞不单单是惊和喜，而且还呆了。

喜的是师妹芳芳安然无恙，心里压的一块大石头由心头坠落，惊的是不明白芳妹为何到了这深门大户里，而且还睡在锦帐里。

更为奇特的是，不知这天府是个什么来头，里面住的是何等样人，只看这室中布置，处处富丽堂皇，这么多人被杀，可室内却又丝毫不乱。

其实岳继飞最关心的还是芳妹，显然芳妹是被人劫持到了天府，是谁这么做的呢？

听姑姑无情剑讲，师父在二十年前，还是中原武林盟主，正邪两道，都对他敬若神明，师父神州剑尊号称天下武功第一，曾在江湖上做了件轰轰烈烈的大事，十年前，突然宣布归隐江湖，对岳继飞的身世，姑姑却一直闭口不谈，有时候，岳继飞好奇地问起，姑姑也是顾左右而言他。

他这次和师妹下山，也是为了完成三件重要的使命。

凭着他的武学根基，一路上岳继飞就发现他马上被许多神秘的人所盯梢，他心里不清楚这些神秘的人物都是什么来头，但没想到对方下手这么快，趁他出去买早餐，就把师妹劫持走了。

可是照目前的情形，芳妹应该是被人所救，而且这个人比他早来一步，岳继飞快步走到床前，芳妹不但睡得安祥，而且还睡得很沉，这不是更令他奇怪吗？

再仔细端详芳芳的睡态，只见他面若春桃，睡态嫣然，睡得很香，均匀的鼻息，并没有什么不妥和异样。

岳继飞虽然很想知道事情的究竟，但也只好忍耐一时，不忍将睡熟的芳芳唤醒。

在床前呆了半晌，心想："不知这天府是何所在，不知其间有什么蹊跷，我何不趁芳芳熟睡的时候，出外探看一下！"

想到这里，岳继飞立即退了出去，掩上房门。

房门外一片月光清辉淡淡地影射在花丛树影上，岳继飞不由得地打了个寒颤，此时正值春寒料峭。

院中十数具尸体，个个断头折臂，惨不忍睹，兵器散落一地。

岳继飞也不禁毛骨悚然，心想：杀人者不知是谁，怎么这般狠毒，其他地方不知是何情景，我何不看看有没有其他的珠丝马迹！

但马上又意识到房里只剩下芳芳一个人睡在里面，若自己去了后面，又恐芳芳再遭什么不测。

无奈，岳继飞只好再次跃下，探门一看，芳芳兀自酣睡不醒，有心进入房内，可房间无人，孤男寡女，干柴烈火，同处一室，又不方便，最主要的是，他不想在这个时候惊动芳妹。

犹豫了一会儿，岳继飞重又跃上房梁，刚一晃肩，脚踏屋脊之上，向后面那几间房屋眺望。

突然，听到身后风声微动，尽管声音极其轻微，但瞒不过他的耳鼓。

一听到风声有异，岳继飞马上一拧右腿，身子斜飞而去。

只见刚才所在的地方，站定一个人，那人甚是清瘦单薄，衣袂飘飘。

岳继飞大惊，凭着他此时的神功，五十步之内的飞花落叶，都会令他有所警觉，可这书生打扮的人到了自己的身后才有所察觉。

不知是敌是友，如果是敌，师父的使命还没完成，就马上血溅五步，想到这里，岳继飞不由出了一身冷汗。

书生模样的人缓缓转过身子，轻笑道："唔，原来是你！……你也该来了。"

书生一出声，岳继飞才知他是人，既然是人，说明这人的轻功已到了登峰造极，空前绝后的地步。

可从对方的年龄来看，似乎和自己差不多的年纪，有这么高的轻功造诣简直有点匪夷所思，听他口气，似乎还认识自己，岳继飞脑筋急转，忙喝问道：

"你是谁?!"

那人却"哧"的一声轻笑，说道："瞧你只急着你的心上人，你来得正好，我还得去追赶那老淫魔！"

岳继飞心头一亮，"心上人"，给自己留字条的人也是这么说法，可那字还是女人写的。

那人不容他回答，伸手向房下一指，又道："有你守着她，我就放心了，她被千指神魔点了一天的穴道，虽然服了我天山的雪莲，百脉已通，但也得让她熟睡一个时辰！"

随后听他一声回头见，竟未看到他如何起势，微微一晃肩，人已走了五六丈远，再一眨眼，人已变成了一个黑点，消逝在左边的树林里。

岳继飞怔怔地站在那里张口结舌，说不出话来，他简直不相信自己的眼睛，听那书生说话的声音甚是轻脆，似是一个女子的声音，但只看他这轻功，竟高出自己，芳芳既已服过他的药，自是被他救的。

天山雪莲，听师父说，那可是武林中的奇珍异宝，六十年才有一次的，不仅能医治百病，而且每服一株，还能增强十年功力，这人非亲非故，怎舍得赠芳妹这么奢侈的奇珍。

岳继飞搜肠刮肚，绞尽脑汁，却始终想不起来，这个人是谁，不要说自己认识的人中，没有这样的人物，就连听说都没听说过。

只是从刚才谈话中，见他明眸皓齿，皮肤白皙，是个美男子，但又似乎太女性化了。

但可以肯定的一点，这人既然能救芳妹，决无恶意。

而且还命自己守候她，想必是还有危险，不然他既说去追赶千指神魔，怎么又匆匆赶回来，交代一句又匆匆赶去。

千指神魔是江湖上武功奇高的一个魔头。"神州剑尊"这次派他和师妹下山的第一件事，就是找到千指神魔索要一本叫《《血刀秘笈》》的书，并且师父再三交代，只要一找到这本书，便立即毁去。

岳继飞想到这里，一方面感到自己肩上的担子重，另一方面又感到任重道远的压力，同时更激起他的斗志。

他定了定神，在房子前后四周转了一转，见无异兆，又推开房门，探头一看，见芳芳仍未醒来。

约莫过了半个时辰，忽听房内有了声响，似乎芳妹在床上翻身，忙又推开房门一看，果见芳芳醒了过来，心中大喜，连忙一步跨进房去。

芳芳醒来，似乎发觉在异处，霍地一掀被子，翻身从床上坐起，一睁开眼就叫道："飞哥，飞哥!"

突然见门外闪进一个人，陡地一声惊叫，忙将掀开的被子裹住身子。

一定神，这才发现进来的是朝夕相处的岳继飞师哥，但还是羞得满面通红，将一双俏眼瞪得圆圆的，望着岳继飞。

原来她身上的衣服，不知何时，已被人脱去，仅有内衣在身。

岳继飞见她拽着被子，没注意到这一点，以为她心存余悸，因此，不但没止步，反而径直往床前走，说道："师妹，是我!"

芳芳早就看出他来了，何用他说，一时说不出话来，她一直以为身上的衣服是岳继飞替她脱的，这时见他直向床前走来，更是羞得无地自容，将锦被尽往上拉，硬是要把脸遮住才是好的，同时把两眼也紧紧闭上。

岳继飞却不管她这一些，因为他根本不知道事情发生的所以然，一个有心，一个无意，到了床前，问道："芳妹，你觉得好些吗？"

芳芳不答，只是微微点了点头，连眼也不睁。

岳继飞急于想知道事情的前因后果，忙又问道："芳妹，你怎么会到这里来的。"

芳芳一听这话，原本羞得紧紧闭上的一双眼，突然大睁，又惊又疑地看着岳继飞。

顿时芳芳急得脸上更是像火烧了一样，因为她记得当时在客房里，她正对着铜镜梳妆，门被推开，她以为是岳继飞进来，谁知那人一进来就点了自己的昏睡穴，当初以为是飞哥哥的恶作剧，没想到飞哥哥对此一无所知。

更使芳芳惊骇的是，自己的一身衣服，自然不是飞哥哥所脱的，若是他，自己只是羞而已，既然不是他，芳芳顿感骇然，不由得嘤嘤地哭了起来。

岳继飞此刻哪知芳芳心里乱七八糟的，想了这么多，以为芳妹是责怪自己的疏忽，被人劫持还不知道，一进来就把遇到那书生的情形和芳芳讲了一遍。

芳芳一听是个书生从千指神魔手中救下了自己，急问道："他到哪里去了！"心里恨不得马上追上去，一剑杀了那轻薄书生，她不想除了飞哥哥还有第二个人看到她纯洁的身体。

岳继飞丝毫不以为意，说道："那书生我见过，生得眉目清秀，风流倜傥，看来对我们似乎没什么敌意，听语气，似乎和我们熟识，只是想不起来是谁。"

说着，岳继飞歪着脑袋，拼命在记忆里搜索这个人。

芳芳更是急得泪珠儿直滚，心里一阵猛跳，可是飞哥哥又不急她所急，不由得心里气苦尖叫道：

"我才不要见那鬼书生，管他是谁，我要剜了他的双眼。"

岳继飞笑道："芳妹，人家也没什么敌意，还给你服一颗雪莲呢！"

"雪莲，雪莲！什么雪莲？谁稀罕他的雪莲！"芳芳见越说越结梗，心中更是有气。

岳继飞听了如丈二金刚摸不着头脑，但转而一想，师妹一向这性子，也就释然了，喏喏道：

"听师父说，那可是武林奇宝天山雪莲！"

若在平时，杜芳芳不一气跳得老高才怪，但此时她怎敢跳起来，不由柳眉一竖，说道：

"好啊，岳继飞，下山的时候，爹爹是怎么跟你说的，离开了爹爹，你却和什么熟识的书生来欺侮我，哼，我再也不理你了！"

岳继飞不由大为尴尬，半晌说不出话来，一时不知如何是好，就在这时，忽听门外的院中，风声飒然。

那门本来没关，岳继飞身子一晃，人已到了门外。

院中飞落的那人是个尼姑，发话道："飞儿，芳儿在哪里？你又欺她了！"

岳继飞看清来人是无情剑苗春花，惊异不已，想不到芳妹的姨妈怎么会在这里。

苗春花本是师娘苗翠花的妹妹，因为和姐姐一起爱上了神州剑尊杜鹏程，后来杜鹏程娶了苗翠花，落得她一个人独自伤心，看破红尘，就削发为尼。

一身剑术奇高，加上下手狠毒，于是在江湖上闯下了一个"无情剑女"的名号。

但无情剑女是个外刚内柔的烈性子，这些些年来她一直对神州剑尊的痴情还是没改，经常到祁连山作客，对杜芳芳更是疼爱有加，似乎把所有的爱都转移到芳芳身上才心安理得。

这其间的细节岳继飞也是听芳芳讲的，心里隐隐觉得苗姑姑的内心苦得很，忙说：

"姑姑，你怎么来了?!"

无情剑不耐烦地说道："呆小子，我问你芳芳，你反倒问起我来了！"

岳继飞一直和芳芳在一起的，这时房间里的芳芳也听到两人在房外的淡话，叫道：

"姑姑，我在这里！"

无情剑苗春花白了一眼岳继飞，再也不多说话，即扑奔前来。

奇怪的是，刚才哭哭啼啼的芳芳现在坐在桌边浅笑盈然，岳继飞诧异万分，芳芳却向他作了一个鬼脸。

芳芳了解无情剑苗春花的性格，是怕姑姑没头没脑地责怪飞哥哥，所以就收住了眼泪，问道："咦，姑姑，你怎么也到这里来了？"

苗春花不冷不热地说道："姑姑还不是碰巧！"

其实岳继飞和芳芳的心里都有数，在他俩下山的当儿，估计无情剑一直跟在后面，说实在的，在无情剑心里最牵挂的也是芳芳。

岳继飞心里不由咯噔一下，心想，还好一路上自己对芳妹还算规矩，不然可就惨啦。

果然，无情剑一招手，命岳继飞近前，叹了一口气说道：

"飞儿，你和芳儿行走江湖，可要处处不心，要知道在这世上天外有天，人外有人，例如救得芳儿的那个美少年的武功就在你之上！"

芳芳一听，赶忙问道："姑姑，他是个男人吗？"

无情剑听了哈哈笑道："傻丫头，美少年不是个男的，难道他是一个女的不成?！"

她哪里知道芳芳的心理，老想着脱她衣服的人，一听姑姑说是个男人，顿时又粉脸飞霞，心里如十五只吊桶打水——七上八下。

岳继飞就更急着要知道这个美少年究竟是谁，忙问道："姑姑，你没问他姓名吗？这个人是谁！"

那知无情剑一愣，说道："这就奇了，我何尝没问他，他说，你问岳继飞就知道了，我这里正要问你呢，怎么你倒反过来问我了?！"

岳继飞大惊，忙又问道："姑姑，你且快说，以后又如何呢？"

无情剑说道："只怪我迟来了一步，发现芳儿被劫持，我马上跟上来，没想到让那美少年救了芳儿，那美少年内功弱了一些，但轻功已颇有造诣，这天府甚是诡异，里面关了许多十七八岁的少女，我一气之下就将那些喽啰全给杀了！"岳继飞心里骇然，没想到姑姑出手这么辛辣，这无情剑的确是无情，说道："姑姑，那少年的武功真的这么厉害吗？"

芳芳在旁边听了，把嘴一撇，说道："我才不相信，哼！"

无情剑抚了抚芳芳的头，说道："姑姑怎会骗你呢？这是我亲眼所见，那些被关在院子里的姑娘全是那少年救的！"

苗春花说得绘声绘色，不但岳继飞听得出神，惊疑不已，连芳芳也忘了羞急，只望着姑姑出神。

无情剑又问道："飞儿，仔细想想看，你果真不认识这人吗？"

芳芳在一旁接道："飞哥哥和我还是第一次离开祁连山，哪会认得什么人！"

苗春花摇摇头，自言自语道："这就奇了，除了'神手无影'有这种使用凌空虚步的功夫，谁还会使这一手！"

岳继飞说道："姑姑，你就别伤脑筋了，好歹他还给我们留下了线索，反正我们也是要去一趟蜘蛛山的！"

无情剑道："现在奸臣当道，群魔乱舞，你们俩个肩上的担子很重，总之要一切但求无愧于心，好，我们上路。"

三人即出了屋，飞身上房，望着偌大的厅院，芳芳惊异道："真不知这豪门巨宅是什么所在？"

无情剑沉吟道："这是千手神魔的一处巢穴，千指神魔的老剿在蜘蛛山！"

说着，三人飞掠出了院子，只见每一排房子前面都有尸体，而且不是断头就是折臂，岳继飞看了不由得寒心。

他是一个性情中人，只无情剑突然杀了这么多人，心里隐隐感到骇然，没想到平时和蔼可亲的姑姑，竟是这般惨忍无情。

突然，岳继飞听到一个轻微极细小的呻吟声，赶忙奔了过去，淡淡的月光下，在一个树丛旁，果真有一个受伤未死的人仰面躺在那里。

无情剑提起那人，用掌抵着他的后心，用真气逼进体内，那人悠悠醒转，蓦地见一口明晃晃的宝剑架在自己脖子上，吓得又昏死过去，好半天才醒了过来，无情剑撤了长剑，喝道："说，这是什么地方，你们为什么要抓那么多少女？"

那人吃力说道："这是千指神魔吩咐小的们办的，我们每个月要抓三十名少女送往蜘……蛛……山……"

三人俱是一凛，每个月抓三十名少女，那是用来干什么，真是大千世界，无奇不有，照这么讲，他们抓芳芳是送到蜘蛛山的。

无情剑说道："我们放火把这地方烧掉，免得日后再被人据而为恶。"

三人一分，四处点火，等走出南昌城外，回头一看，那偌大的天府，已化成火海，照耀了整个南昌城。

不一会儿，就传来鼎沸的人声，三人怕火光将人引来，不再停留，向蜘蛛山的方向，奔西北而去。

这时天已五更将尽，三人纵马走在官道上奔驰一会儿，天色已渐露曙光，黎明已至，三人来到了一个小镇，名叫黄溪镇，因是山区，故镇市不大，但又因为是北上必经之路，所以还有几家抢眼的客栈酒馆。

三人中，无情剑和岳继飞都有些累了，可那芳芳被点了一天的穴道，奇怪的是精神比两人都要强，毫无倦怠之意，而且更显得容光焕发，光彩照人。

岳继飞这才想起，那位神出鬼没的少年告诉过他，给芳芳吞服了一颗天山的雪莲，无形之中，芳妹增加了十年的功力。

无情剑听岳继飞一说惊道："这就难怪了，那雪莲产在天山雪山绝顶，人迹罕至之处，六十年才能开花结实，因为冰层甚厚，能服用天山雪莲一颗，对练武之人来说，可抵得上十年的苦练，想不到，芳儿因祸得福。"

岳继飞心中一动，说道："姑姑，那天山雪莲，岂非雪山神尼才有，神尼对采雪莲的也无禁忌，但前往采取，百无一获，即使获得，也是视为奇珍，而神尼似乎没有什么弟子，而给芳妹服下雪莲的，却又是一个少年，真是奇怪！"

三人谈话间，早来到一个客栈前，客栈刚刚开铺门，忽见一个伙计奔了过来，迎着三人说道："三位，早哇，你们才来呀！"

听口气，伙计倒像早知三人要来似的。

那伙计见三人愣住了，垂手笑道："昨天晚上，有一位公子爷来说，三位今早定到，要我们留两间上房，而且把房金也付了。"

三人更是听得稀里糊涂，芳芳把秀眉一挑，说道："什么公子爷，孙子爷的，我们不认识！"

那伙计收了人家的钱，热情得不得了，满脸堆笑道："这可奇了，那公子爷可认得你们，还说是他的朋友，要不我怎么认得三位，并且还吩咐我们尽力侍候三位客官。"

伙计这么一说，三人一时作声不得，但三人心里却明白，这准是救芳芳那美少年。

无情剑笑道："既然人家这么盛情，我们就先歇息，再走！"

伙计连忙将主人迎了进去，端着早已准备好的酒菜摆了一桌，芳芳小声嘟囔着，就是不肯吃。

无情剑笑道："不管他葫芦里卖的什么药，反正有酒有肉，我们先吃了再说。"

说完带头大吃起来，芳芳在一旁愣着不说话，无情剑说道："飞儿，江湖险恶，对敌人的仁慈就是对自己的残忍，不要太信任别人，目前我还有一点别的事要办，不能陪你们去蜘蛛山！"顿了顿，无情剑若有所思，说道："对于你师父他……你始终要坚信，他是一切以大局出发才……"说到这里无情剑打住话头，叹了一口气说道："你以后自会明白的。"

芳芳立即喊道："姑姑！"欲言又止。

在她心里是多么想和岳继飞在一起过着无拘无束快乐的生活，可表面上，一个女孩子家又不好表露。

无情剑哪知芳芳已女大十八变，早非心如止水了，还以为她是舍不得离开自己，就呵呵笑道：

"傻芳儿，难道你一辈子也不离开姑姑吗，你现在武功已成，正是到江湖历练历练，大展身手的时候，何况有飞儿在你身旁，我更是放心，你们就放胆去闯吧！"

芳芳听姑姑这么一说，反觉得更是不好意思，粉脸红红的，低头溜了一眼岳继飞，心中说不出是喜，还是羞。

可无情剑是注意不到这其间的微妙，她是个火爆性子，直来直去，想到了事情就等不得吃完饭就即刻上路。

两个人都清楚她的脾气，将无情剑送到镇口。

虽说无情剑苗春风是粗线条的个性，但在两个人的心头还是最可亲的人，望着姑姑像个赴难勇士头也不回走向远方，去得没影子了，两人都不自觉地感到眼睛里湿湿的。

不期然的一回头，两人不禁又相视一笑，岳继飞笑道："你就像姑姑，口硬心软！"

芳芳正是一个情窦初开的少女，对心爱人的任何一句话特别敏感，一听岳继飞说她像姑姑，马上就想到姑姑喜欢爹爹，而又没得到爹爹的青睐，立刻就不高兴道："你再这样说我就不理你了！"

说着快步一个人向前走去，岳继飞一时搞不懂什么地方得罪了她，连忙快步跟上，笑道："我不说就是了，我不说就是了，芳妹，我俩何不先到鄱阳湖，到庐山一游，然后再去蜘蛛山，好不好？"

一说到游山玩水，芳芳心里马上乐滋滋的，破涕为笑，嗔道："你说话只会使人生气，有什么好玩的！"

岳继飞失望道："依你的意思就不去了？"

芳芳说道："哎，去就去吧，反正陪你这乡下人去开开眼界！"

两人回到客栈，收拾一下，就离店而去，刚走到店门口，伙计满脸堆笑走上前，说道：

"客官，你们这就走，公子爷吩咐我给一些盘缠路上用。"

说着从怀里掏出两锭银子，芳芳一听就来气，心想这公子爷怎个儿没完没了的，说道："我们不缺银子花，你留着自个用吧！"说完，拉着岳继飞就走，伙计没想到顺手发了一个大财，喜形于色。

那赤焰宝马驮着两人一点也不吃力，一个俊男，一个靓女，惹得路上行人连连侧目，岳继飞不好意思，说道："芳妹，你乔装一下，路上这么多人，多不好意思！"

芳芳的心再也不像在祁连山一样心如止水，通过这一个月的单独相处，岳继飞就像一阵风，吹皱了一池清水，荡漾了一颗芳心，从此一颗心再也管不住，从此无论天涯海角，只要和飞哥哥在一起，芳芳就高兴了，芳芳一直沉浸在喜悦里，娇笑道：

"管他呢，他们爱看就让他看好了！"说着偎依在岳继飞的怀里。

在天色将暮的时候，两人就行到了景德镇。

景德镇是我国著名的瓷都，四大古镇之一，甚是繁华，到处灯火辉煌，城开不夜，尤其那满街的瓷器店，被灯光一照，更是光华璀璨，耀眼生辉，两人看得目不暇接。

一路上芳芳笑逐颜开，脸蛋儿红扑扑的，没见有一丝疲劳的神态，毫无倦容，岳继飞心想，这怕是天山雪莲的功效。

由此可见，那雪莲的确是难得的神品，那美少年怎么将这等珍贵之物，施给一个毫无渊源的人吞服呢？

继而一想，忽然恍然大悟，心道：以芳芳的美貌，人见人爱，世间少有，哪个男子看了不动情，肯定是那美少年对芳妹妹一见钟情！

随后又想：那美少年生就潘安之貌，武功又在我之上，与芳妹两人倒是人间龙凤，我这就把芳妹送到蜘蛛山，何不成全两人！

岳继飞一想到这里不由得又长长叹了一口气，芳芳愕然问道："飞哥哥，你心里不快活，有心思吗？"

岳继飞忙说道："没……没有！"说完顺着自己思路想下去，而一双眼睛，兀自盯在芳芳的俏脸上。

芳芳的一颗心扑通扑通乱跳，俏脸绯红，只觉得整个身子，轻飘飘地上升，不断地上升，似要飞到九霄云外。

直到意识到自己把芳芳看得手足无措，岳继飞才感到大为失态。

芳芳娇笑道："飞哥哥，我们先吃点东西吧？"

两人找了一家客栈，用完饭，就各自回房安寝。

一夜无话，第二天一早，岳继飞起床时，芳芳早已起床，收拾一下，就上路了，中午的时候，两人就到了鄱阳湖边，岳继飞说道："芳妹，我们就在这里喝上几杯如何？"

芳芳点了点头，两人找了一座最近的大酒楼，靠窗坐下。

两人一边欣赏江景，一边饮酒，岳继飞始终觉得有什么地方特别别扭，猛一回头，见左边一张桌上，坐着一个年纪与自己相仿的少年公子，一身锦衣，十分豪阔，正盯着自己这边桌上望。

岳继飞装着没有看到，暗地里留心，见那少年目不转睛地盯着芳芳，心中大为不高兴，故意咳一声，心想：怎么这么一个好色之徒，看人不收眼的。

少年公子咧嘴嘲他一笑，一举酒杯，邀空一饮而尽。

可过了一会儿，那轻薄少年又是目不斜视，神情专注地望着芳芳，那神态似乎在欣赏一件艺术品。

岳继飞心中更是不快，但又不好发作，微一皱眉，就催促芳芳，两人匆匆吃完饭，岳继飞招手叫来酒保，伸手往怀里一掏，人整个愣住了，囊中空空如也，一个大人，没带银子就吃饭，多丢人。

岳继飞好不尴尬，伸手入怀，就再也拿不出来了，瞪着向他走近的酒保，不知如何是好。

那酒保却点头哈腰道："客官还要酒菜吗？银子已经付过了！"

岳继飞心一松，手也拿出来了，心想再没别人，准又是那个美少年为他解的围，心里却奇怪，为何他人在这里，却不出来相见，就问道：

"付银子的人现在何处？"

酒保一愕，说道："不是这位公子爷替你们付的吗？你们难道不是一路的！"

说着，向左边桌上一指，原来银子是刚才自己厌恶的盯着芳芳的那少年公子，这样一来，岳继飞竟也怔住了。

那少年公子含笑起身，拱手抱拳说道："小弟魏邦良，喜欢结江湖朋友，不成敬意，望二位笑纳。"

岳继飞以为这少年即是天府碰到的美少年，三番五次，承蒙别人惠救，刚才厌恶之心顿减了不少，忙也拱手道："屡蒙破费，实不敢当！"

芳芳却将头扭到一边，可岳继飞从这个近在咫尺的少年公子身，怎么也看不出有什么超绝的武功，心中又想："有绝顶武功的，肯定会深藏不露，所谓满壶不响，大智若愚!"

魏邦良一听岳继飞说"屡蒙破费",竟然也是一怔。

芳芳一拉岳继飞衣角,悄声说道:"飞哥哥,我们走吧!"

岳继飞大奇,他哪里知道芳芳心中的难堪,心说道:"眼前既是救你的人,怎么不谢人家?倒反而还躲着他,这不是奇怪吗?"

他一看芳芳,见她粉脸儿一直红到耳根,心想:师妹少与外人接近,大概刚才被人看了难为情,因此惊了人家,于是,就向那少年公子拱手道:"魏兄仙住何处,有空我一定拜访!"

魏邦良笑道:"不必客气,我家就在左近,今晚小弟自来相访。"

几句话说完,岳继飞见魏邦良的目光又移到芳芳身上。他这么肆无忌惮地盯着人家看,岳继飞心中是大不舒服,但吃人的嘴软,拿人的手软,又不好说,即掉头随芳芳下楼去了。

出了酒馆,芳芳走得甚急,岳继飞紧跟其后。

芳芳头也不抬,径向江边走去,此处有一江湾,前面江岸伸出江中,那一带树木甚是茂盛,两人穿林而出,那林外岸边,绿草如茵,江涛拍岸,静无人迹。

四周一片寂静,彼此的心跳都可以听见,芳芳看了一眼岳继飞,旋即又将头低垂下去。

岳继飞笑道:"芳妹,那人曾救过你,你为何要这般避他?"

芳芳道:"飞哥哥,你又来了,我们可以谈点别的,我觉得他不是一个好人!"

岳继飞不解,惊道:"你这是什么意思?"

芳芳哪能说出脱衣之事,便迟迟疑疑地说道:"你别问了,反正我觉得他不是一个好人!"

岳继飞说道:"芳妹,这个美公子,我倒觉得是有点不妥,照那天晚上,他应该对我俩比较了解,可……"

芳芳因见那少年公子盯着她,再加上三番五次替他俩付帐,不是那美少年是谁,因此一口咬定是他无疑。

岳继飞见芳芳说得这般肯定,因此也深信不疑,只可惜,刚才走得匆忙,人家既然有恩于我们,又未留下地址,心中好生后悔,只怔怔地望着江水发呆。

半晌,芳芳见他不言不语,就说道:"飞哥哥,你在想什么?"

岳继飞道:"这一路上承蒙人家多次出手解围,可是好意,谁知……"

芳芳一撇嘴，说道："飞哥哥，姑姑刚给我们讲，江湖险恶，不要太信任别人，我看他是……黄鼠狼给鸡拜年，没安好心！"

岳继飞心想：对啊，这世上没有无缘无故的爱，也没有无缘无故的恨，人家肯定是有所图的，于是说道："好！芳妹，我听你的！"

芳芳这才面露喜色，笑道："这才是我的飞哥哥！"说完蜻蜓点水地在岳继飞脸上留了一个香吻。

这时午刻方正，天朗气清，江水有节奏地拍着岸边百年屹立的黑色礁石，激起一道蜿蜒的白色浪花。

芳芳顽皮地跑到远处，留下岳继飞一个人在那里发呆。

不一会儿，芳芳轻脆地叫道："飞哥，明天我们就要到蜘蛛山，但那玄天慧剑，我还没有练熟，你就指点指点我吧！"

岳继飞说道："你不是练得很纯熟吗？何须要我的指点？"

芳芳一跺脚，说道："我什么时候练得纯熟？这样吧，我先练给你看一看！"

说完，"刷"的一声，长剑横胸，立了一个起式，霎时舞起满天的剑影，起初还人剑可分，到后来，越使越快，只见一团白光，匝地旋滚，到了最后，旋转乾坤八手，更是风雷并发，使人觉得寒气砭骨，森森耀眼，却又不知光从何来，岳继飞正在喝彩，芳芳已收剑而立，笑脸盈盈，全然没有气浮胸红的迹象。

芳芳俏然问道："飞哥哥，你看我练得怎么样？"

岳继飞又惊又喜道："芳妹，没想到你将这套剑法拿捏得如此之准。"

说话间，蓦地似有所悟，连忙又说道："芳妹，依我看，你现在已真正领悟到玄天慧剑的真谛了！"

芳芳一听岳继飞称赞她，心中有说不出的愉快，乐滋滋而又别扭地说道："比起你来，我可差一大截！"

岳继飞倚在石头上，看着这个从小和自己一起长大的小师妹，正儿八经，岳继飞还是第一次这么仔细打量这个可人的小师妹。

在阳光的照耀下，芳芳美艳十分，脸上挂着嫣然的笑意，更是温婉可人，意态艳若娇花，嫩玉的肌肤，又给人一种不可轻渎的高贵，令人有一种屏气不可仰视的气质。

岳继飞心中感叹道："我这小师妹天生丽质，不知谁才有福能消受得了她！"

想到这里，又觉得自己这想法可鄙，芳妹只应天上有，岂可属于这浊世。

芳芳见他久久不语，说道："飞哥，你又在想什么？可是我练的玄天慧剑，有什么不对吗？"

岳继飞面上一红，支吾道："没……没有练得不好！"

芳芳笑道："就这些？！"

岳继飞由衷地说道："师妹天生丽质，全无半点瑕疵，哪还有什么不对的。"

芳芳嫣然一笑，将嘴儿一嘟，说道："离开爹爹，下山这么长的时间，你就变得油嘴滑舌，可见这世上真是一个大染缸，把我单纯如白纸的飞哥哥，也给污染了，尽拣好的说，来取悦人家女子！"

岳继飞俊面一红，说道："我所说的可全都是真心话！"

芳芳头一偏，说道："我才不相信，凭你的甜言蜜语，把我给卖了，我还要帮你点钱，只有你同我过招，我才相信你的话是真的！"

无奈，岳继飞只得取出长剑，他剑刚一出，芳芳已娇叱一声，一道白练直指岳继飞的面门。

岳继飞大惊，长剑一圈，一招两式，已向芳芳的身后点到。

两人在祁连山上不知拆了多少招，一进一退，候分候合，煞是严密。

芳芳被岳继飞称赞得精神百倍，将一口长剑舞得毫无破绽之处，见招拆招，见式化式，没有一点败像。

正在两人打得难解难分之际，蓦地听到一声："好剑法！"

话音一落，林边的树梢上，如苍鹰落云一般，飞下一条人影，两人抬头一看，见是酒楼的魏邦良。

芳芳本来喜滋滋的，面含艳笑，一见来人，早将脸一沉，说道："飞哥哥，我先走一步，回客栈等你！"

说完，也不等岳继飞答话，人已斜向岸边穿林而入，一会儿就出去了十多丈远了。

岳继飞没想到芳芳对魏邦良如此决绝，有心随她而去，又觉得礼貌上过不去。

魏帮良的目光一直追随着芳芳，直到她的倩影消失在树林里，满脸惆怅之色。

岳继飞见他这般旁若无人，发呆发痴的情形，知道他对芳妹爱极，人又英俊，武功又高，心想：不知他心术如何，看他目朗神清，眸正不斜，想来不会太坏，倒和芳妹配得上，他即然对芳妹如此钟情，必会对她爱护，我何不成全他俩，唉……只是不知芳妹为何这般厌恶他……

岳继飞思潮起伏，久久不能平息，良久，魏邦良才回来神来，见岳继飞望着他发愣，自知失态，谦然一笑，道："兄台，小弟来得突然，打搅你们，望你见谅！"

岳继飞说道："让你见笑了！"

魏帮良说道："偷看兄妹二人练剑，真乃见所未见，闻所未闻，好教我魏邦良佩服得五体投地，故不禁叫好起来。"

说罢，拱手致敬。

岳继飞一直把他当作打败千指神魔，救得芳妹的美少年，一听这话，心中又起疑惑，越说越不像，忙说："魏兄，过奖！"心想：我何不试试他的武功，一试不就知道了？是真是假，一试便知。

这样一想，马上将先天罡气运起，谁知魏邦良却后退一步，说道："令妹已返旅馆，小弟就此告辞，有机会再前往旅馆探望！"

说完，躬身一揖，身子拔起，平飞而去。

岳继飞的先天罡气虽已运起，却无机会发出，若不伺机而发，不是被人认为是炫耀武功，就会被认为含有敌意。

没想到魏邦良说完掉头就走，从他的话意看，好像只在乎芳妹，而对他则无所谓，他想起师父神州剑尊的话，大凡一个男人太重女色，是成不了什么大的气候，永远没有钢火。

岳继飞摇摇头，走出树林，一眼看见芳芳正立在江湾岸边，知她在等候自己，忙上前说道："我正担心你，好，我们走吧！"

芳芳溜了他一眼，说道："我有什么好担心的，再说我又不是等你！"语气中怨恨之意似乎和岳继飞一刻也不分离。

岳继飞笑道："我知道芳妹在欣赏江边晚景，可再美的景色也没芳芳好看，走，走，让我们回去，我独自一人看你！"

杜芳芳一听，嗔道："贫嘴！"话是这么说，人却独自向前走。

两人刚回到客栈门口，伙计马上迎上去，笑道："两位客官才回来呀！"

人说，拳头不打笑脸人，但这伙计的媚态却令人心烦，岳继飞一点头，意思说知道，可那家伙却没完没了，跟在后面说道："刚才有位公子爷前来，将两位的银子给付了，并命我们小心伺候两位，两位客爷若要什么，只管吩咐！"

芳芳生气地道："什么公子爷，真讨厌，到处都能见到他！"

两人一进房，还没坐定，那伙计马上又走来，后面还跟着四个人，手里捧着东西。

那伙计点头哈腰道："那位公子爷又派人送衣物来了。"

芳芳说道："叫他们拿走，我们不稀罕他的东西！"

岳继飞笑道："芳妹，让我看看是什么东西再说，说不定是大把大把的银子，那还真沾你的光了！"

那为首的人立即将东西呈上，果然是两大包银子和两人的换洗衣物。

岳继飞心想：一个大男人，难得考虑得这么周全。

芳芳看也不看，霍地站起来，面带愠色说道："师兄你若要，你就收下，我先走了！"说完扭头向外走去。

岳继飞忙叫道："伙计们，将东西打包，我走了！"

几个伙计忙不迭地将衣物和银两包成一包，岳继飞往背上一背，昂然出门，追上了芳芳，芳芳哼了一声道："软骨子！"

岳继飞笑道："这叫君子好财，取之有道！"同时心里也是一惊，这才知道，芳芳是个表面上温柔，其实内心刚烈的女孩。

两人走得甚快，天尚未黑，就到了漕河，岳继飞一看西方天空，晚霞映红了半边天，东方山顶上，月华初升，天空更是万里无垠，两人骑着马，乘着拂面醉人的香风悠悠前行。

忽听到后面传来一阵銮铃声响，不约而同地往后一看，只见远处逶迤驰来几匹骏马。

虽然隔得不近，但马匹来处，正被晚霞西照，为首的一匹马上，正是魏邦良。

芳芳一别头，厌恶道："真是阴魂不散，飞哥哥，我们快走，我讨厌看到他！"

说着一夹马肚，赤焰宝马载着两人如飞前去，耳边风声呼呼，不一会儿，就看不见后面的人影了。

天色尚未大明，早见前面碧波万顷，两人已到鄱阳湖滨。

两人本是顺着大道走，此地虽是渡口，但野渡舟横，茫茫碧波，未见一个人影，两人立在湖边，已是无计可施，除了等天明，已是别无他法。

正当两人束手无策，只见湖边的芦苇中，咿哎一声，行出一条小船，后梢站着一个船家，正手搭凉篷，向这边张望。

芳芳一看大喜，忙"哟"地叫起来。

那船家看清两人，只见他双桨一翻，小船如离弦快箭，向这边急驶过来。

船未靠岸，人就纵身一跃，跳上岸来，等船靠定，即躬身施礼道："小人奉主人之命，在此候驾，迎两位过湖！"

两人相视愕然，岳继飞一看船家是个肌肉凸起的壮汉，忙说道："壮士所说的主人是谁，我俩并未有什么熟人。"

那壮汉说道："不会错的，小的刚才接到主人的飞鸽传书，说二位少侠天明前准到，命小的驾舟在此等候，护送二位少侠过河。"

两人这才知道壮汉所说的主人就是被甩掉的魏邦良，没想到魏邦良如此通神，猜不透他是何方神圣。

芳芳一听就觉得不舒服，先前人称公子爷，后来又称主人的，看他衣冠楚楚，架子倒不小，岳继飞怕她又使性子，误了行程，忙说道："芳妹，我们走！"

见芳芳冷着脸，就是不肯走，连忙又附在她耳边说道："芳妹，天明之前你再也找不到其他的船过湖，等天明了，魏大公子又追了上来，到那时，就糟了。"

芳芳一想也是，只好随岳继飞一起上船。

那小船不过两丈来宽，两人一上船，壮汉就将船尾一推，纵身跃上后梢，干净利落，一看就知有一身好功夫，岳继飞想不通，魏邦良这花钱不眨眼的公子哥是何等人物。

方在猜想，忽见壮汉揭开后梢船板，一只鸽子冲天而起，在空中绕船一匝，折向湖对岸飞去。

小船破浪前行，不一会儿，小船就到了对岸，壮汉抓住船头，躬身请两人上岸。

岳继飞和芳芳上了岸，岳继飞回身说道："多谢你家主人，我们前往蜘蛛山去了！"

望着小船消失在天际间，芳芳如获重赦，长长地吁了一口气。

第二章

　　暮春的天气，到处草长莺飞，嫩绿鹅黄，早晨的空气更是清新，薄雾中的芳芳，越发被衬得光艳照人，宛若仙子踩着祥云光临人间仙境，把岳继飞整个看痴了。

　　突然，一阵急骤的马蹄声打断了岳继飞的遐思。

　　透过参差不齐的树林，只见一匹健马从小道的方向如飞而来。

　　岳继飞心想，这魏邦良也真能跟，居然又跟上了，心中也担心芳芳再节外生枝，忙说道："芳妹你在这里等我一会，我去去就来。"

　　说完，向奔来的那匹马迎上去，果然不出所料，这马正是为他们而来，那马上的壮汉一等岳继飞上前，立即翻身下马，不住地向岳继飞身后打量。

　　岳继飞心里知道，这人准是在找芳妹，果然，那壮汉行礼问道："请问少侠一人吗？"

　　岳继飞答道："对，不知壮士要找谁？"

　　壮汉道："小的是奉主人之命，送些干粮给两位少侠路上备用，因为此前往蜘蛛山一路全是荒村野岭。"

　　岳继飞心中暗暗吃惊，没想到少年公子为两人设想到这般周到。

　　这些尚在其次，只看他人还在后面老远，不但一呼百应，而且指挥若定，凭几只飞鸽就使方圆几百里地，尽在掌握之中。

　　可见这魏邦良定是个非常之人无疑，看他年纪和自己相仿，简直想不通，怎会有这么大的势力。

　　岳继飞心中惊疑，但面上并不表露出来，说道："多谢！"说完就接过壮汉手里的包袱。

　　谁知那壮汉刚等岳继飞的手腕一挨近，马上将手腕一翻，便用大擒拿的手法切岳继飞的脉门。

岳继飞大骇，但凭他的实力，他无需用先天罡气反抗，且看壮汉下一步行动如何，手往前一送，让壮汉扣个正着。

岳继飞"哎哟"一声，滚落在地，那壮汉没料到出现这样的局面，一时倒自乱阵脚，连忙扶起岳继飞，说道："少……公子，你没事吧?"

岳继飞抖抖手腕，忍痛的样子，说道："没……没事，没事!"说着惊惧地望着壮汉。

壮汉哈哈大笑道："公子，恕不远送，在此别过。"

说完，别转马头，电掣而去。

岳继飞身子拔起，几个起落，紧追在壮汉身后。

壮汉奔了一阵，到了一片丛林中，翻身下马，一声呼哨，从树林里钻出四个劲装大汉，其中有那船家在内。

船家迎上去说道："三舵主，东西送去了?"

被称作三舵主的壮汉咧嘴一笑，说道："当然送到，只不过我看我们帮主看走了眼!"

船家忙问道："怎么回事?"

那舵主说道："帮主说那两位少侠武功如何盖世，还说是什么神州剑尊杜鹏程的传人，我看是浪得虚名……"接着，就把刚才的一幕绘声绘色地说了一个大概，其余的几个人听得哈哈大笑。

那船家说道："三舵主，照你这么说，那两位只有一个空架子，没有实在的功夫，这样的人在我们九龙帮能找出一大堆来，亏得我们帮主花了这么大气力，哎……"

岳继飞听到这里，不由大吃一惊，想不到自己和芳妹三番五次碰到的魏邦良竟是九龙帮的帮主。

九龙帮是近几年才崛起的，中原武林水上第一大帮派，下设十八个分舵，帮中精英辈出，势力颇大，雄居江南武林首领的地位，帮主魏邦良更是一位伟奇人物。

岳继飞心想，这魏帮主不知为我们花这么大气力干什么? 心存疑虑，且听听再说。

只听见一个沙哑的声音说道："三舵主，我想不会吧，听帮主讲，那少侠应该是数一数二的顶尖高手，哪有这么孬!"

岳继飞心想：当时你什么三舵主翻腕扣我脉门的时候，我只要一运玄天罡气，你当时不要出洋相才怪呢！

接着听三舵主哈哈一笑道："我们帮主正在建功立业，广纳天下英才，求贤若渴，难免会看走眼的。"

另一个尖细的声音说道："我看帮主八成是看那小妮子，才……嘿嘿！"

岳继飞一听这话就来气，心想：芳妹天生丽质，怎能让你这些俗人满口污言，准备显身好好地教训这几个乱七八糟不知天高地厚的家伙。

突然听到一声断喝，三舵主声色俱厉地喝道："郭伟，帮主怎样的为人你不清楚，在大事没成之前，怎会想到这些风花雪月的事！"

叫郭伟的壮汉忙说道："我只是开个玩笑，喂，我们这次不知能不能成功！"

静了一会儿，三舵主说道："我想只要大家同仇敌忾，是不会有问题的……哎哟！"

听了半天，岳继飞不明白九龙帮的大事指的是什么，这魏邦良的确是个神秘人物。

没想到节外生枝，岳继飞猛地听到壮汉抽出兵刃喝问道："谁！"

接着听到，"他妈的，是一只破鞋！""哇啊，不得了，三舵主的门牙被打掉两颗……"

岳继飞抬头一看，只见一个肥头大耳，红光满面的大和尚坐在树上，晃悠悠地甩着双脚，哈哈大笑道："几个不知天高地厚的东西，本事不大，喜欢叽叽歪歪的，搅了老子的好梦。"

等底下的几个九龙帮的人看见疯和尚的时候，都惊疑地仰望树梢，再也答不出来了，因为大家想不通，一个大和尚怎么会坐在树梢上一个小枝丫上，还晃悠悠的。

三舵主还是按捺不住，吐出两颗牙齿，大叫道："臭和尚，我们说什么，也轮不到你来管大爷的闲事！"

疯和尚一边啃着鸡腿一边笑道："哎，我是为了你们好，天机不可泄露，隔墙有耳，好了，本大爷不陪你们玩了，你们魏邦主还要请我去喝酒呢……"

说完身子一拧，几个起落就不见了。

临走的时候，还突然朝岳继飞隐身的地方笑了笑。

岳继飞不知这和尚的来历，单从他那绝顶的轻功和暗器手法，知道应是和师父同辈的武林大家。

以前听师父说，江湖上人有两大和尚，一个是疯和尚，一个是癫和尚，两个人都是不死童姥的同门师兄弟，不知道是不是其中的一人。

等岳继飞抱着干粮回到和芳芳分手地方，芳芳正在引颈而望，满脸不高兴，显然已等得不耐烦了。

一见岳继飞回转，芳芳说道："师哥，你跑到哪里去了，把我一个人丢在这里，我回去告诉爹爹，下山的时候爹爹是怎样对你说的!"

岳继飞呆立地看着她，半晌也不回答。

芳芳一抬头，嘟着嘴说道："你又不说话，是不是心里又在笑话我?"

岳继飞笑道："芳妹，你猜我听到什么了?"

芳芳一扭头，看到他怀抱着一大包东西，兴高采烈的样子，说道："肯定又是那阴魂不散的魏邦良又差人送东西给你，看把你乐得，哼，八辈子没得人家好处!"

岳继飞说道："错，人家魏帮主是送东西给你，而不是给我，你说那魏邦良是谁?"

芳芳说道："讨厌，我管他是谁?"

岳继飞嬉皮笑脸地说道："怎么不关你的事，我刚才看到了最精彩好笑的东西，你要不要听?"

他知道这师妹最喜欢听江湖上一些找乐子的事情，果然芳芳再也不吱声，瞪着一双俏眼望着他。

岳继飞笑道："哎，我俩还是赶路吧，以后再告诉你!"

芳芳听了简直气苦，突然一抽宝剑架在岳继飞的脖子上，叫道："你说不说?"

岳继飞双手一举，说道："我招，我招!"

芳芳说道："还不快招!"

岳继飞为难地道："老爷，你把剑架到我脖子上，我怎么说!"

芳芳"扑哧"一笑，这才收了宝剑，说道："是什么新鲜事，说给我听听!"

岳继飞一抱拳，说道："是!"于是就将刚才发生的事一五一十地讲了出来。

芳芳听了，也是大为惊异，心道：那魏邦良是偌大的一个九龙帮的帮主，怎么将我衣服给脱了，心里吃惊，却说道："我还以为你碰到什么天大的宝贝新奇了，原来又是那魏邦良，我不喜欢听!"

微微一顿，芳芳像想起什么似的，说道："听爹爹讲，那疯和尚和癫和尚一个缺了左耳，一个缺了右耳，不知你当时看到没有！"

岳继飞心想，还是女孩子心细，他这才回忆起师父说过，可当时没留意。

这时，朝阳如泻，百鸟出林，岳继飞一回头，见芳芳波光盈睫，粉颈低垂，楚楚动人，忍不住拉着芳芳的手，扶住她的香肩。

芳芳顿感自己整个人都酥了。

在这个时候，言语不但失去了意义，而且毫无价值。

两个人紧紧地偎依在一起，浓密的枝叶，成了绝妙的碧纱帐。

鸟儿在枝头啾啾，晨风在林中吹拂，真不知此时尚在人间，还是在天堂。

突然，右边丈余远的一株树后，传来"哧"的一声冷笑。

两人闻声大惊，左右一分，同时跃起，分别落于两侧树梢。

岳继飞更不敢停留，旋身一扑，向发声处穿林而去，身在空中，长剑吐出一条白练。

他这一连串的动作，只不过一眨眼间的工夫。

但四周一片寂静，除了哗啦啦，掉下的一片树叶，其他一无所见。

这时，芳芳也从右侧绕来，双颊潮红，显然也没发现什么。

岳继飞不相信这世间，会有如此快速的轻功，能逃过自己的追捕，不由得怔怔地出神。

见芳芳一脸惊疑羞极的神色，忙安慰道："芳妹，这般穷山恶林中，常有怪鸟，也许我俩听错了！"

芳芳一想也是，但方才情不自禁和岳继飞相拥而坐，这时和他面对，仍不免难为情，斜了岳继飞一眼，眼波流转，不胜娇羞地低下了头。

岳继飞心里明白，那冷笑之声，绝不是什么飞鸟所发出的，说道："芳妹，时间不早了，我们走吧！"

两人手拉着手，分枝拂叶，穿林渡涧，不大一会工夫，东方日出，两人才就小溪的泉水，吃了一些干粮。

吃了干粮，两人顿觉精神百倍，把浑身的轻功施展到极端。

这时日已当空，两人来到一个小溪边，清泉淙淙，绿荫匝地，两人靠在一株大树上，经过一上午的奔走，芳芳已是娇喘微微。

岳继飞说道："芳妹，你已一天一夜未睡，这到蜘蛛山，难免又是一场恶斗，这绿草如茵，你就在这里歇歇吧！"

芳芳的确感到倦怠，但怎好在光天化日之下，当着自己所爱的人面前酣睡。

岳继飞见芳芳扭捏的神态，马上明白，忙望对面高坡上一指，说道："芳妹，我去给你采些野果来，你在这里放心安睡，等会我再过来！"

说完，也不等芳芳答话，身子一拔，几个起落，就去得没影子了。

芳芳见岳继飞一走，一时心上倒若有所失，若要他避开，倒不如早听他的话，心中不由恨自己，不该在他面前难为情。

对面山上的桃树甚多，桃子特别肥大，岳继飞满心欢喜，他一心在芳芳身上，心想：我将这桃子采撷回去，芳妹一定喜欢！

岳继飞伸手摘了一下，桃子入手嫩软，同时清香扑鼻，他试尝一口，哪知桃子早已熟透了，简直成了一层薄皮，包着又香又甜的浓汁。

岳继飞不知，一口咬下去，甜浆四溅，弄了他一个大花脸。

无奈，又采了一个，这一次他可学乖了，先在桃尖上小咬一口，然后一吸，顿时手中只剩下一个空囊。

浓汁香甜，沁人心脾，吃了一个，就还想吃第二人，就这样，岳继飞一口气吃了七八个大桃子。

然后用衣服兜了几个，准备带给芳妹吃，谁知刚一移脚，突然觉得四肢无力，仆倒在地。

不一会儿，整个人觉得天旋地转，仿佛身子飘浮在大海狂澜之上。

虽然岳继飞迷迷糊糊，但心里还是明白的，记起师父说蜘蛛山附近，有一种桃树，名叫醉仙桃，用它来酿酒，最是醇冽，就算你有海量，也饮不过三杯。

难道这就是传说中的醉仙桃？慢慢地，岳继飞就人事不省，醉得一塌糊涂。

不知过了多久，岳继飞大叫一声"芳妹！"猛地睁开眼，顿时整个人惊得目瞪口呆。

原来他发现自己卧在一张豪华的锦床上，芙蓉帐里，香气四溢，到处弥漫着脂粉味，不用说，这是一个女人的闺房。

岳继飞望着这个华丽绝伦的闺房，莫名惊诧，他清楚地记得自己是醉倒在桃树下，怎么到了这个地方？

再看自己身上，已被换了干净的内衣，岳继飞顾不得那么多，赶快下床，四处寻找，哪里还有一个人影？

忽然抬头，见室中悬挂着几盏宫灯，心中又是一惊，明明是午时醉倒，此刻灯火已明，可见已是夜晚，说明自己最少醉倒半日。

他急于想知道这是什么地方，也不管什么，径直走到窗前，掀开纱幔一看，漫天的繁星，月光已西斜。

朦胧中，窗外的庭院，花木扶疏，此外别无可见。

突然身后传来一声轻笑，岳继飞倏地一转身，只见身后是一个扎着一对羊角的少女，年约十六七岁，正对他掩口而笑。

岳继飞一双赤脚，身上仅穿内衣内裤，不由窘得手足无措。

可那陌生的少女一点也不觉得不好意思，落落大方地福了一福，说道："公子醒了！"

岳继飞说道："姑娘，这是什么地方，我怎么会在这里？"

那少女嘻嘻笑道："你还问，没见你那么贪嘴，那醉仙桃岂是随便吃的，平常人吃上两个，一时半刻就休想醒来，你却吃了那么多！"

接着突然惊讶道："你怎么这么快就醒来了，让我算算！"

说着，扳起指头一数，怔怔地望着岳继飞上下打量。

少女惊愕地嚷道："哎呀，怎么这么快？六个时辰不到，你就醒过来了。"

岳继飞哪晓得醉仙桃的厉害，倒认为这女孩大惊小怪，笑道："醉倒六个时辰还短吗？"

低头见自己赤足站在地上，大是不雅，见左边那桃花格窗下，有一只雕花椅子，就想往那边走去。

谁知刚一移步，竟会四肢软绵无力，几乎一跤跌倒在地，心中顿又大惊。

少女见他刚才说大话，马上又要倒地，不禁格格娇笑，连忙飘过去，伸出一双玉手将岳继飞扶住。

岳继飞此刻连拒绝的力气都没有，只好任那少女扶到床上，给他盖上被子，笑道："你先休息一会儿，我去给调一碗解药来！"

岳继飞好不容易碰到一个人，怎会让她走呢？连忙叫道："喂，姑娘请等一下！"

那少女正要转身，连忙回眸一笑，在灯光的映照下，那笑容更见明艳，但毫无半点轻浮之态，笑得那么自然，那么单纯，只见她咬着嘴角儿，一掀柳眉，静等岳继飞说话。

岳继飞说道："你还没回答我刚才的问题呢？"

少女眼珠儿一转，一抿朱唇，脸蛋上现出两个小酒窝，跟着露齿一笑，道：

"你先闷一会儿，等会自有人会告诉你，这房子还住得住公子，你就别问了!"

说完，一转身，又要出去，岳继飞可急坏了，忙叫道："姑娘，你可看到我那同伴? 在我醉倒的时候，她正在林边的小溪处休息!"

少女听了一愣，说道："我们是陪小姐到桃林散心，见你醉倒树下，小姐怕你醉卧山野，受凉生病，所以就把你抬回来。"

说到这儿，少女又狡黠一笑，又说道："我们还从没见过我家小姐这等待过别人，让一个陌生的男人住进了她的寝室，至于你的同伴，我们可没见过。"

岳继飞从少女的脸上，看出她所说的是真话，不知现在芳芳在哪里。

少女见她急得那样子，同情地说道："公子的同伴是什么样的人，令你这么焦急，关心!"

岳继飞被她一问，一时语塞，若说出芳妹，定要被她取笑，那少女调皮得很，拍手儿笑道："你不说我也知道，是公子的红颜知己，是吧? 我猜得不错吧? 看你的脸都红了!"

岳继飞说道："姑娘说得不错，的确是我的师妹。"

少女嘻嘻笑道："师妹，师妹，思之妹妹……"

突然，少女顿口不说，戛然而止，斜身突向窗前扑去，身法疾快，岳继飞一惊，心道：莫非芳妹来找我了。

少女扑到窗前，掀开窗帘向外看了看，似无所见，方若有所思，转过身来说道："公子的那位师妹武功定然不差吧?"

岳继飞说道："我师妹武功很平常!"

少女再不往下说，向窗外溜了一眼，就转身出去了。

少女刚一走，那窗下垂着的纱幔，马上被掀开一角。

以岳继飞的内功，百步之内飞花落叶，都能清晰入耳，一听就知道有人飘身进来，一望，果然是芳芳。

心中不由大喜，正要出声招呼，芳芳连忙将食指压在嘴唇上，示意岳继飞不要出声，用传音入密的功夫说道："飞哥，别出声，我来了好半天，这里的人虽无恶意，但甚是诡秘，我们还是小心为妙。"

岳继飞也用传音入密的功夫回道："你到目前为止发现什么没有?"

芳芳答道："这宅子建得甚是华丽，全部都是女的，我担心你……"

说到这里，芳芳抿嘴一笑，未语半带羞，又说道："那小姐把你安置在她的寝宫里，恐怕已是对你一见钟情，飞哥哥要好自为之！"

岳继飞不由俊脸一红，尴尬地笑了笑，正要答话，芳芳突然放下纱幔，隐身下去。

岳继飞知道已有人来，回头一看，见先前那头扎两个羊角的少女手端着托盘进来。

少女在门边一站，四下打量，见无异样，这才微笑地说道："公子，快喝解药！"

岳继飞见是解药，只盼早些服下，只要自己能下床，就什么也不担心了，可刚想支起，四肢无力，扑通一下又倒在床上。

少女格格轻笑，将他扶起来，却突然又将手缩回，将解药放在床前的茶几上说道："你自个儿吃吧！"

说完掉头就走。

岳继飞见她要走，心里大急，这不是故意使人为难吗，明明知道人家不能动，忙说道："喂，你……"

那少女回头一笑，说道："急什么，待会儿自会有人前来喂你！"望着少女远去，岳继飞心想，不知又是谁来喂我。

正当岳继飞心急如焚的时候，芳芳从窗户飘然而入，焦急问道："飞哥哥，这解药你喝了！"脸上一片潮红，满是惶急的神情。

岳继飞一愕，摇了摇头，芳芳说道："没喝就好！"说完长长吁了一口气，将那碗解药倒在床底下。

岳继飞大急，忙道："芳妹，那是解药！"

芳芳脸上血红，头也不抬，"呸"了一声，道："刚才那淫……姑娘送进来，我全听到了，这不是解药，而是那……哎……总之不是好东西！"

这时外面传来几声细碎的脚步声，芳芳连忙一按床沿，一翻身，从岳继飞身上越过，躲入幔后。

虽然芳芳没说清是什么，但岳继飞已听出个大概，心想：幸好没喝。

门帘被挑开，进来三个人，岳继飞陡觉眼前一亮。

走在前头的是一位年约二十，白嫩的肌肤，穿着一身鹅黄曳地长裙，打扮十分高贵，身后跟着两个丫头。

岳继飞心想：想必这就是那丫头所说的小姐，果然，身后一个丫头垂手一边，说道："小姐，公子已把解药喝了！"说完神秘一笑，可从她们神态上看，并不对自己有什么恶意。

那小姐款款走到床前说道："公子，你醒了！"

岳继飞说道："多谢姑娘相救！"

小姐意态媚艳，嘴角含春，一双似语含笑的眼望着岳继飞笑道："公子说这话就见外了，你到这里来是客人，怎能用谢这个字，哟，忘了介绍，我姓赵，单名一个媚字，这是我的两个丫头，春兰、秋菊！"

春兰和秋菊连忙上前福了一福，说道："春兰、秋菊见过公子！"

岳继飞一时不知该说什么才好，只见那赵媚一双流光溢彩的眼神直看着他，如烟如幻，直把他看得心猿意马。

岳继飞索性将眼睛闭上，来个眼不见为净，装作还未醒的样子。

那知他刚一闭眼，却听到几声脆生生的轻笑，一个甜甜的声音嗔道："有什么好笑，没见人家已睡着了吗？"岳继飞知道，这是赵媚的声音。

春兰又吃吃笑道："小姐，你看她人倒长得风流倜傥，又壮得紧，可是个很棒的蜡枪头！"

赵媚轻叱道："你这个丫头！"

秋菊在一旁道："小姐，他已把解药喝了，你放心，他便真是个蜡枪头，待会儿会变成金枪头的。"

赵媚语调一厉，说道："你这丫头什么意思，越来越上脸了，居然还打趣起我来了！"

突然，只听赵媚一声暴喝，"谁！"说着一掌向床角拍去。

岳继飞心想，糟了，定是赵媚发现了芳芳。

随着一阵掌风，那锦幔直卷入空中，扫得岳继飞脸上火辣辣地痛，想不到赵媚的内功这般了得。

岳继飞正要发话，因为他到目前还是四肢无力不能动弹，只好眼睁睁地看着。

赵媚"咦"了一声，掌风过后，没有一点动静，复归于寂，不仅赵媚，连岳继飞也是大为奇怪，芳芳明明躲了进去。

那卷到空中的锦幔，已落垂下来，空无一人，赵媚一怔，复又回到了床前，一双妙目盯着惊诧莫名的岳继飞。

岳继飞问道："赵小姐救了我，我自不会忘，但不知此处离蜘蛛山有多远？"

赵媚一听岳继飞询问蜘蛛山，不由得一怔，警觉说道："岳公子要去蜘蛛山？"

其实岳继飞哪里知道，这赵媚就是千指神魔赵不幸的女儿。

千指神魔赵不幸本来是个孤儿，受尽了众人的欺凌，少女的叽笑，后来因机缘巧合，遇到江湖一奇，练得一身奇功，大功告成之后，赵不幸反而忘掉了他童年到少年的种种不幸，将所受的痛苦再还给那些无辜的人，这样，就成了江湖上有名的大魔头。

千指神魔对待别人手段残忍、毒辣，但对其爱女却是千衣百顺，俨然一个慈父。

不知何故，那千指神魔突然得到一本怪异的武林秘笈，与一百名处子交合，吸取阴元，练就一种玄阳掌。

为此，赵不幸就在南昌建了一座天府，专门派人捉拿处女，送往蜘蛛山供他练功，但他不愿自己的女儿在他身边，耳濡目染，所以在赵媚稍稍懂事后，就把她派到这紫云庄来。

赵媚虽然是魔头之女，但人出落得好比娇花，且心地单纯，住在这紫云庄上，很少与外界接触。

那天和几个丫头外出郊游，突见岳继飞醉卧在地，看着岳继飞的醉态，就一下子倾心神往，就将岳继飞弄到她的寝室。

救了岳继飞，仿佛在赵媚那平静的心房投下了一块大石，涟漪顿起，赵媚打发春兰一夜看了几次。

哪知春兰人小鬼大，心思还不少，自作主张地在解药里放了春药，和秋菊两人商量时，被找过来的芳芳听到。

岳继飞正要答话，说到蜘蛛山找千指神魔，索回那本《《血刀秘笈》》，窗外突然传来一声惨呼，似有人受伤。

赵媚脸色大变，等不及岳继飞回答，双掌一立，窗户应声而开，香风起处，赵媚已穿窗而出。

赵媚这一飞身出去，岳继飞的心也跟着飞走了，这赵媚的武功不弱，不知芳妹她能不能应付，可自己心有余而力不足，眼巴巴地躺在床上，尖着耳朵细听窗外的动静。

突然，一个红影突然从天而降，岳继飞骇了一跳，睁眼一看，床前多了一个红衣少女。

这红衣少女长得玲珑剔透，额头甚是光洁，留着挂面的留海，但脸上表情特别丰富，给人一种很有神韵的感觉。

岳继飞愕然道："你是谁?"

红衣少女打量岳继飞一会，才点头道："我叫小玲，公子果然艳福不浅，这也难怪，生得一表人才，人见人爱!"

岳继飞心想，这女孩子出口怎个个都大大咧咧，全然不知羞的样子，脸一沉说道："你怎么从天而降?"

小玲格格娇笑道："我本来就在梁上，怎么? 坏了你的好事?"

岳继飞一下子说不上话来，红衣少女头一偏，说道："不是看在你那师妹的面子上，我才懒得管这门闲事!"

岳继飞一下子蒙住了，心想：真是天外有天，这少女躺在屋梁上，我居然不知道，难道有龟息大法不成? 因为正常人，只要有轻微的呼吸，也休想瞒得过他的耳朵。

更令岳继飞奇怪的是，自打小师妹从娘胎里生下来，两人一直在祁连山习武长大，形影不离，哪认得你小玲? 师妹认得你，难道我就不认得你?

岳继飞惊讶问道："你说你认得芳儿，她现在到哪里去了?"

小玲说道："我不晓得什么方方圆圆的，但我认得你师妹!"

岳继飞不耐烦地说道："你是来拿我开心的!"

小玲把樱唇一噘，说道："哟哟，想不到公子人没用，火气倒不小，有种你跳起来去救你那师妹!"

岳继飞气急，双手一撑，准备从床上跳下来，可四肢软绵绵的，又躺了下来，小玲格格笑道："大公子，别逞能，该低头处且低头!"

岳继飞脸一红，说道："我那师妹哪里去了?"

小玲说道："看把你急的，你师妹的武功应付一个赵媚绰绰有余，她把赵媚引开，把你交给我了。"

岳继飞不解道："可芳芳她明明在床帷下，怎么……"

小玲抿嘴说道："当时你正和赵媚打得火热，哪里注意到，我在梁上，见赵媚已有所察觉，把她接到梁上，没想到把大公子给瞒住了。"

岳继飞心中暗叫惭愧，知道斗嘴是斗不过这丫头，只好赔笑道："谢谢你!"

小玲说道："你要谢我的地方还多着呢，我已将解药取来了，快服下!"

岳继飞惊道："你怎么得到解药的?!"

小玲不屑地说道:"有什么我小玲子不能拿到,皇上的玉印,我说拿就拿,一个小小的解药算什么!"

岳继飞心想,你以为你是谁,这么牛皮闪闪放光芒,好像要什么东西都如探囊取物一般,心里这么想,但不好出言顶撞,说道:"那自然,那自然!"

谁知小玲将秀眉一挑,说道:"没想到你还挺会拍马屁,趋言附势的!"

岳继飞不知说什么才好,干脆闭口不谈,小声道:"真是个小怪!"

小玲一听,高兴地跳起来,叫道:"咦,你怎么知道我叫小怪?你认识我爹!"

岳继飞满不在乎地说道:"你爹谁不认识,是大怪!"

小玲一听,更是乐不可支,说道:"说来说去,你还是我爹的朋友!"

岳继飞一时也搞糊涂了,他只不过是见话答话,哪里认得什么大怪小怪的,没想到红衣少女高兴得不得了,好像他乡遇知音一般,单看她飞檐走壁,在梁上停留这么长的时候,轻功已是出神入化,一个娇美少女,怎会有小怪这个雅号?

小玲此时就像和她稔熟的朋友,挨近床前伸出粉臂,扶起岳继飞靠在她的酥胸上,轻声说道:"快,来把解药服了!"

说着从怀里掏出一个瓷瓶,一打开瓷瓶,整个房间顿时酒香四溢,岳继飞想不通解药怎么是酒,本来他就是醉得人事不省,还喝酒?但想到以毒攻毒的说法,难道这也是以酒解酒,将酒灌了进去?

小玲看着岳继飞说道:"这醉仙桃非同寻常,你已习上乘内功,现在时间紧,运真气将酒力逼出去,或许解得快些。"

岳继飞一想也是,连忙丹田行气,出乎意料的是,丹田真气竟然可以游动。

于是慢慢将真气分布,然后再顺着穴道运行,运行一周,人顿觉百脉舒畅,赶紧周而复始,如此运行几遍。

岳继飞已汗出如浆,而且酒气弥漫空中,一抬脚伸手,竟然能运动自如,心中不由大喜,连忙翻身坐起,人就往外跑。

小玲在后面忙叫道:"往哪里跑?没想到你这人过河拆桥,跑得这么快!"

岳继飞大窘,这才发现自己赤着脚,穿着内衣,讪讪说道:"谢谢你!"

小玲"扑哧"一声笑道:"今晚要是我来迟一步,可有你好瞧!"说着飘身出去,给岳继飞拿来衣袜,说道:"我们也该去接应你那师妹,不然时间一长,就难说了。"

岳继飞不明白怎么跑出这么一个小怪物来,居然对他这般亲切。

小玲见他愣在那里，说道："怎么，要我服侍岳大公子穿衣服？"

岳继飞俊脸一红，双手乱摇，忙道："不用，不用，我自己来！"

岳继飞心里急着芳芳，哪敢怠慢，匆匆穿好衣服，几个兔起鹘落，看到两条人影正在前方的桃林打得难解难分，一看就是赵媚和芳芳恶斗正酣。

那赵媚手中并无兵刃，芳芳却剑走灵蛇，岳继飞见她的玄天慧剑，将自己裹得风雨不透，就知芳芳并无心伤她，只不过想将赵媚缠住而已。

岳继飞侧身站在暗处，回头一望，见小玲已不见了，不知跑到哪里去了。

岳继飞正在诧异，忽见那赵媚倏地后退，说道："你是谁？夜入紫云庄，还伤了我的丫头，与我缠斗，以为我怕你不成！"

芳芳冷笑道："不知好歹的是你，想暗害我师哥，让你知道姑奶奶的厉害！"

赵媚一听，满脸怒气道："如此说来，你和那……公子是师兄妹，我好心救他，你反而含血喷人，若不看在他的面子上，我……"

岳继飞心想，原来她还看在我的面子上，才未使出全力，如此说来，这赵媚本质是好的，心里对她的恶感也减轻了不少。

芳芳"呸"了一声，说道："不知羞，谁要你看在他的面上，他是你什么人？有本事，只管使出来，姑奶奶怕你不成！"

赵媚闻言大怒，杏目圆睁，一声娇叱，凌空一掌向芳芳劈去。

芳芳也不示弱，正要迎上去，蓦地身后生风，忙收掌往斜里一掠，待看清是岳继飞时，喜出望外，像是隔了一个世纪，惊喜无限地喊了一声："飞哥哥！"投身到岳继飞的怀里。

岳继飞看到芳芳泪水盈盈的样子，心里好生内疚，想自己非但没受一点委屈，而且还在暖室之中，锦床之上，睡了一个大觉，而芳妹又是一夜未眠，风餐露宿不说，而且还为他担惊受怕，见自己已安然无恙，竟高兴得这般模样，可见她对自己的情深。

两人相拥而立，旁若无人，芳芳抬起头问道："飞哥，你没事吧？"

岳继飞柔声道："我没事，可苦了你芳妹！"

两人忘了大敌当前，赵媚一见两人亲热，根本没把她放在眼里，心里涌起一股酸意，就像整个人从云端落入尘埃，那甜蜜似水的柔情，在内心顿掀狂澜，酸溜溜变得怒冲冲。

爱与恨虽是两个极端，但爱和恨的距离，却薄如刀刃。

赵媚此时由爱而恨，杀机顿起，双臂一圈，飘身疾进，双掌猛向两人拍去。

可岳继飞身上的玄天罡气一碰到外来的压力马上反弹，立刻将赵媚掌力反震回去，赵媚被震退两步。

这样一来，更把赵媚激怒了，赵媚是千指神魔的女儿，从小赵不幸对她百依百顺，要什么有什么，哪里受过这般气，银牙一咬，身形暴起，双掌交胸，猛力外吐。

这一掌用上十二成的劲力，凌厉万分。

岳继飞大惊，没想到赵媚骤施杀手，连忙一运玄天罡气，将赵媚掌力尽数扫回去。

这玄天罡气是一种至高的内家功力，随外界压力增加而增加，也就是说赵媚等于将这股凌厉的掌力拍向自己，她如何受得了？整个身子横飞出去，惊得她花容失色。

眼看赵媚就要被摔倒在地，突然一条红影，如鹰隼飞掠，将赵媚接住。

岳继飞一看，不由"咦"了一声，来人却是刚才消失的小玲子。

赵媚躺在她的怀里，"哇"地吐出一口鲜血。

芳芳这时也认出来，救赵媚的正是那个在梁上向她作鬼脸，然后用绳子将她拉上的少女。

当时光线不明，没看清红衣少女的长相，加上太仓促了，也没问人家姓名，就稀里糊涂地受了一恩，现在她又救了赵媚，是敌是友也分不清楚。

小玲扶住赵媚，摇头晃脑地说道："哎，问世间情为何物，可叹，可叹！"

转而又将脸一肃，说道："大公子，你出手也不应如此狠毒，何况赵小姐对你也没歹意，你也不用一下子置人于死地！"

岳继飞完全是无心，本是玄天罡气自然反抗的结果，并不是存心加害赵媚，见赵媚口呕鲜血，心中委实过意不去，经小玲这么一说，倒答不上话来。

若在平时，芳芳早就挺身而出，和小玲对骂起来，但人家曾帮过她，也不好意思翻脸。

岳继飞从怀里掏出一颗回魂丸，递给红衣少女说道："这颗药丸让她服下就没事了，多谢姑娘相救，后会有期，我们有事先走了！"

岳继飞知道和她斗嘴是斗不过的，还是赶快离开这是非之地为妙。

小玲子一听嚷道："怎么，一个谢字就算了！"

岳继飞说道："姑娘待怎地？"

小玲柳眉一挑，叫道："别姑娘、姑娘的，人家有名字，我要你把我带到蜘蛛山！"

岳继飞心里一惊，说道："姑……你也要到蜘蛛山？凭姑娘的本事，立刻可以前往！"

小玲说道："我不习惯独来独往，喜欢结伴而行。"

芳芳再也忍不住了，说道："那你到紫云庄是怎么来的？怎么不见你的同伴！"

谁知芳芳这一问，小玲竟呜呜地哭起来，弄得两人莫名其妙。

而躺在小玲怀里的赵媚，此时已呼吸顺畅，睁开眼，又急又羞，见刚才救她的红衣少女竟呜呜地哭起来，也跟着莫名伤感，眼泪就像断了线的珠儿，滚滚下落。

红衣少女见赵媚凄凄惨惨地哭了起来，反而收住眼泪，喝道："哭什么，有什么好哭的，小女人！"

赵媚经她这么一说，搞不清这人是什么来头，更是难为情，一跺脚，身子一拧，向紫云庄飞奔而去。

红衣少女见赵媚飞奔而去，身子贴地飞掠，竟从岳继飞身边飞掠而过，转眼间像一片红云，向相反的方向疾驰而去。

这一下，岳继飞和芳芳站在那里目瞪口呆，不明白是怎么回事。

岳继飞只知道小玲像一阵风从他身边一过，就杳无人影，好快的身法，这姑娘时喜时悲，情性捉摸不定，不知是怎么回事。

遥遥只听见红衣少女的声音随风送来，说道："大公子，你会后悔的，后悔的……"

两人站在那里，相视一怔。

其实，他们俩人哪里知道，今天无意碰到的红衣少女小玲，竟是江湖上赫赫有名的神手无影的女儿。

神手无影和江湖三大奇人神州剑尊、天山神尼、不死童姥都有很深的交情，他的独步天下虚无飘渺的轻功和神出鬼没的神偷绝技，已是前无古人，后无来者，后来生下一女，爱妻难产而死，一个人就带着幼女小玲隐居海外孤岛，所以十来年没在江湖上露面，神州剑尊还以为他已仙逝，所以关于神手无影的事很少和岳继飞、芳芳讲，自然他两人就知之甚少。

十六年过去了，小玲在孤岛上长大，别的没学着，完完全全学会了神手无影的诸多怪癖，平时听父亲讲当年中原许多轶事，心中对中原江湖神往得不得了。

于是就在孤岛上秘密地划了几个月船，终于到了中原。

女儿是神手无影的心头肉，得知女儿到了中原，神手无影心急如焚，想那小玲天真无邪，而江湖凶险，万一小玲……怎对得住她死去的娘。

于是第二天神手无影也登陆中原，到处寻找爱女，一个躲，一个找，两人追追赶赶就跑到了紫云庄，小怪才将神手无影甩掉，碰到了岳继飞，当时甚觉好玩。

谁知别人全没把她当朋友看，自己两人甜甜蜜蜜，反说人家没同伴，小玲最不喜欢人家说她孤单一人。

所以当芳芳一说，她就忍不住掉泪，作弄人的本质就暴露出来，经过岳继飞的身边，从他贴身的怀里偷了一个东西就走。

疾奔到远处，打开一看，竟是一个油布包，里三层，外三层，裹得严严实实的，最里面包着一封信，小玲心里知道，这肯定是一个非常重要的信件，要不然不会保管得这严，心里一想到那岳继飞发现东西丢了，急得像热锅上的蚂蚁，那猴急猴急的模样，哈哈，小玲心中一阵窃喜，收起了信包，放入怀里，昂首阔步，向蜘蛛山走去。

岳继飞和芳芳略一愣，旋向那小玲去的方向追去，两人追了一里路，哪里还有红衣少女的影子？两人不由惊叹道：好快的轻功！

这时地势已渐走渐高，两人已来到小山岗下，天色将暮，岳继飞内功精深，仍能看到几丈远的景物。

突然，他看到有几条黑影向蜘蛛山方向飞驰而去。

岳继飞一拉芳芳衣袖，两人一伏身，隐在树后，瞬间，黑影已从面前经过，一共五条人影，内功都不弱，眨眼功夫，已没入夜色之中。

岳继飞一捏芳芳的玉手，两人心领神会，身子蹿起，几个起落，已将五人追上。

五个黑衣人一路疾驰，突然见两人从天而降，拦住了去路，吓了一跳，赶忙收住去势，喝道："他妈的，什么人？找死呀！"

为首的一个人语声未落，已从斜里向岳继飞扑来，紧跟在后面的四个黑衣人马上包抄而上，将两人围在中心。

岳继飞只感到一股强劲的掌风迎面袭来，岳继飞冷哼一声，脚下没动，左掌当胸，微向左侧一引，早将劈来的掌力卸了。

同时右手长剑出鞘，一招凤舞九天，从四侧包抄上来的黑衣人，哼都没哼一声，就仆倒在地。

四个人都是咽喉中剑，为首的那个黑衣人吓得面如土色，身子一掠，就想逃走。

岳继飞故意留下的一个活口，哪容得他离去？双肩一侧，伴剑七步施展开来，双臂暴长，早将那为首的黑衣汉子逮个正着。

那黑衣人只觉得脖子一凉，岳继飞已将长剑架在他的脖子上，连忙说道："少侠饶命！"

岳继飞说道："要想活命不难，你必面回答我几个问题！"

黑衣人答道："少侠只管问，我会知无不言！"

岳继飞说道："好，你得告诉我这蜘蛛山的魔头赵不幸在哪里！"

黑衣人忙答道："少侠，你是第一次出门吧？千指神魔早在一个月前就暴毙了。"

岳继飞手往前一递，黑衣人颈部出现一道血痕，吓得连声叫道："少侠饶命，我说的是实话！"

岳继飞见他不像是在撒谎，但心又不甘，想不到自己千里迢迢来寻的目标，突然死了，点了他的穴道，放倒在树丛中，一携芳芳的手，往蜘蛛山上掠去。

山势雄巍，茂林森森，那上山的大道，全都是用一块块青石铺成的，夹道全是参天古树。

两人借道路两旁的浓荫，隐蔽身形，一左一右，奇怪的是，沿途没见一个人。

岳继飞心中不由狐疑，魔宫声势非同小可，入山已这么远，怎会一个人影也见不到？

再往前走，突然，那青石的山路已到了尽头，前面悬崖壁立，但崖上隐约现出一个牌楼，两人判断，估计是魔宫的入口之处，再往左右看，别无道路可通。

岳继飞说道："芳妹，你在这里等我一会儿，我上去看看情形再说。"

芳芳关切道："你要小心！"

岳继飞一点头，飘身下了悬崖，一看那悬崖陡如刀砍斧削一般，滑不留足，便施展游壁功，背心贴着崖壁，游移而上。

前面又是壁陡的悬崖，只见冷月清辉下，白雾飘渺，万峰耸立，宛若飘于雾海之中。

中央的主峰，却又高出群山之上，巍峨直冲云霄，这时新月已升，更见奇诡、险恶。

突然前方传来沸腾的人声，惨号之声不绝于耳，在这寂静的深夜，特别刺耳。

两人一猫腰，循声赶去，大道在右，人声在左，一会儿，转过山坡，陡见火光耀眼。

遥望下，不远处一片熊熊大火，怪号声就是从那大火中传来的。

飞奔过去，两人人走进一看，大片房屋吞没在火海之中，随着房屋倒塌，火光阵阵燃起，两人不由感到灸热难当。

不知是谁放了一把火，将这一大片房屋给烧了，两人将整个蜘蛛山的房屋给搜了一遍，岳继飞里一凛，难道这蜘蛛山真的发生了什么大的变故？

这时天色微明，两人奔了一夜，心里惊诧莫名。

岳继飞见芳芳已现疲劳，说道："我先到前面探探！"说完没于一片树丛中。

岳继飞刚一走开，陡闻右上方风声飒然，芳芳顿觉不妙，知有人来袭，连忙挫腰退步，长剑一横，封住门户。

这时从右侧山上扑下的人，已到身侧，芳芳一看，一共是五个人，手中握着明晃晃的单刀。

当先一人，单刀一指，说道："就是她，别让她走了，伤我们人无数，还把我们的住处给烧了！"

余外的四人齐声大喝，四下一散，将芳芳围在核心。

芳芳心中明白他们认错人了，冷哼一声，未待五人扑到，长剑一挥，寒光暴射，以攻为守，环击五人。

五人并非庸手，他们见识过刚才少女的武功，不由全存戒心，齐往后退。

芳芳早打定主意，若被这五个人缠斗，飞哥哥去得远了，那时难免失散，要斗也等与师兄会齐之后再斗。

故趁几个人齐往后一退身之际，剑化匹练，向前面两人攻去，心想两人若是避开，即可脱出重围。

谁知两人不退反进，齐声暴叱，反而身子一迎，两柄单刀直指芳芳的两肋。

芳芳一见，也是怒极，一招分花拂柳，不容两人喘息，跟着又是连环三剑，端的是凌厉无比。

那两位被迫连连后退，但却始终守着要害，脚下也不见惶乱，而身后向两侧三人，已齐往上扑，三柄单刀夹着劲风锐啸，声势骇然。

芳芳连忙抽身，旋身猛扫，架开三柄单刀，未等前面两人扑来，一声娇叱，长剑平刺。

这一招看似平淡，其实包含着万千变化。

前面两人哪知厉害，霍地卷起两团刀光，强攻而至。

芳芳一声低啸，定剑一抖，一招两式，长剑已穿入两团刀光之中，两声惨叫，前面两个黑衣人单刀斜飞，仆倒在地。

芳芳一招得手，哪容得其他三个人，身在空中，长剑倒转，宛起一道耀眼金虹，三人已倒在血泊之中。

这时，岳继飞刚好赶回，大叫道："可惜，可惜！"

芳芳杏眼圆睁，说道："什么可惜，人家围攻我的时候，你借机溜了，等我摆平了，你才回转大叫可惜，什么意思！"

岳继飞笑道："芳妹别生气，你总说我没给你机会表现，现在这是机会吗？只可惜的是没留个活口，寻问这蜘蛛山到底怎么回事！"

芳芳遗憾自己没想到这一点，但嘴上还是不肯示弱，道："我想肯定是那千指神魔知道我俩来找他，心里害怕，就说自己死了！"岳继飞心想，哪有说自己死了的人。

正在芳芳觉得懊丧，一侧目，见自己左下方的树丛中有一条极其隐蔽的夹道，几个人影正掠而过。

这夹道甚是隐蔽，如果不留心，是很难看出来的，芳芳大喜，连忙叫岳继飞看。

第三章

这一看，两人更是莫名其妙，只见那小道一批一批的武林人物飞越而过，从他们的打扮来看，绝不是一个组织的人，有乞丐、和尚、道士，一个个行色匆匆，好像在赶赴一个什么大会一般。

岳继飞大惑不解，这蜘蛛山方圆一百多里，难道在这蜘蛛帮的老巢发生了什么不同寻常的事？

两人跟着众人的后面，一个中年虬须大汉回头打量了岳继飞一眼，突然满面欣喜，未等岳继飞开口，早就一揖到地，恭身道："神火教属下，青龙堂堂主郭子华拜见盟主！"

这句没头没脑的话，倒真叫两人吃惊不小，岳继飞忙还礼道："前辈如此多礼，岂不折煞晚辈！"

虬须大汉却依然恭恭敬敬地说道："见玄铁蝴蝶令，便有若盟主亲临，属下无礼，望盟主恕罪！"说着两眼盯着岳继飞腰间的一块铁牌。

岳继飞这才想起，刚才因为奔走太急，将外衣敞开，才露出这块铁牌，没想到是什么玄铁蝴蝶令。

这块铁牌，是临下山的时候，师父神州剑尊亲手交给他的，让他别在腰间，并未告诉他是何物，只是叫他在危急之时才可拿出来。

当时岳继飞还以为是师父给他一个什么护身符之类的东西，并未在意。见岳继飞愣在那里，郭子华才说出一个大概来。

原来在三十年前，江湖群龙无首，正赶上金兵大举兴兵南宋，中原各大武林门派，就在少林寺举行了一次武林大会，推选出一位盟主，一方面是为了统辖中原武林，二来是为了抵御金兵入侵。

在这次武林大会上，神州剑尊脱颖而出，成了大家公认的武林盟主。

神州剑尊杜鹏程，不但武功盖世，而且将中原武林群龙无首的局面结束，一统太平，江湖上无论是黑白两道，对盟主更是推崇，因为传奇式的杜鹏程领导大家做了几件轰轰烈烈的大事，调解了当时最大的邪教神火教与丐帮的纷争，赶走了十大魔头，清除了武当派的内乱……后来不知怎么回事，神州剑尊突然在十八年前归隐江湖，就再没重出江湖，没想到在这里又碰到了玄铁蝴蝶令，这叫郭子华怎么不喜。

岳继飞一个孤儿，自幼和师父朝夕相处，只知道师父是二十年前中原武林盟主，没想到已过去十八年，还得到江湖上的一致称颂和景仰。

师父这次叫他下山，心里一直忧心重重，似乎心情是十分矛盾，猜不透师父的担忧，现在想起来，这次下山要办的三件事，绝对不是一件非常寻常的事。

岳继飞思潮起伏，呆了半晌，见郭子华说完了经过，依然还毕恭毕敬地站在那里，心想这神火教教规之严，由此可见一斑。

岳继飞说道："郭堂主快请起来说话！"

郭子华这才神色一宽，直起身子，说道："不知杜盟主，此番是否复出江湖？"

岳继飞茫然地摇了摇头。

郭子华略一迟疑，又道："属下斗胆，敢问公子这次到蜘蛛山，可是为了那四像剑？"

芳芳在一旁接道："四像剑？什么四像剑？"

郭子华奇道："公子不知这件事？"

岳继飞说道："郭堂主可否赐告？"

郭子华忙恭身道："属下自当明告！"当即三人退到一间断垣之后，郭子华接着道："近日来蜘蛛山的天香山庄风雨欲来，气氛端的是万分紧张，起因是三月一场'英雄擂'，天香山庄的庄主古百万撒下武林帖，言明偶得四像剑，不敢自居，特设'英雄擂'，使有德者居之，消息一传开，江湖上谁人不想一试？所以这几天蜘蛛山上，已聚集了各帮各派无数的江湖好手。"

岳继飞初次离开祁连山，想起这十八年来，师父待他比亲子还亲，但绝少提到他辉煌过去，唯独在练功习武这件事上，从没马虎过，有一次，记得他练玄天慧剑时，练得口浮心躁，就和师妹到后面的潜龙洞玩了半日，师为此大发脾气，狠狠教训了他一次。

更使他感动的是，每年师父还要将天山神尼和雁荡山的不死童姥邀到祁连山传他武功。

有次偷听到师父和天山神尼、不死童姥三人商量，隐约间三人在说什么"飞儿……武林浩劫……血光宝刀……"之类的话，总之，现在岳继飞隐约感到不但师父，还有另外两位前辈，对自己寄寓了厚望，但这厚望所指，岳继飞还不大清楚，他越来越觉到师父是个谜，自己的身世是个谜。

岳继飞心情久久不能平静，说道："郭堂主，这蜘蛛山不是那千指神魔的老巢吗？怎么又出了个古百万？"

郭子华听了哈哈大笑，说道："我倒忘了公子是第一次下山，原本这蜘蛛山是那千指神魔的老巢，在几年前，那千指神魔无意中得一本武功秘笈，说是要得一百名处子的阴气，后来走火入魔，暴毙而死，目前，蜘蛛山被江南巨富古百万购得，大兴土木，成了天香山庄，因其风景秀丽而名动天下。"

岳继飞和芳芳一听，竟叫苦不迭，说明自己在山上错杀了几个人，想必那几个人是为夺四像剑而来。

岳继飞略一沉吟，说道："郭堂主，在下却有一事不明，按说这等宝物，谁人不想据为己有，可这古百万却一反常态，慷慨如斯，这事是不是有点蹊跷？"

郭子华说道："公子所言极是，属下这次到蜘蛛山来，正是为了查清此事！"

芳芳这几天来，也是云里雾里，想不到爹爹在江湖上如此显赫，也是满脸惊讶，说道："郭堂主可曾查到什么？"

郭子华道："经多方打探，方知这四像剑最先为黑水帮所得，后又被'金陵双燕'抢去，但二人琢磨了数日，竟不知此剑的奥妙所在，与寻常宝剑相比，只不过稍微锋利一些罢了，并无什么特别，二人委实不知这'四像剑'因何被江湖人物当作宝物，又怕黑水帮找上门，干脆献给了南昌的知府大人吴毕生，各换得一个小官做做。"

岳继飞笑道："这倒不失为一个明哲保身之举。"

郭子华接着说道："那吴毕生无意中得到宝剑，花了不少的功夫，也没弄明白四像剑的奥妙，还道是上了'金陵双燕'的恶当，一怒之下，将二人处死，月前，吴毕生到汴京领旨，既怕在路上被人抢剑而杀，又觉得此剑毫无用处，便将它作了一个人情，给了古百万，古百万当然知道这剑不好得，却又不能不接，于是便想出这个怪招，江湖人人志在必得，公子若有此意，属下倒愿为你谋得。"

还没等岳继飞答话，忽然听到窗外有人冷笑道："郭老头，好大口气！"

郭子华喝了一声："谁?!"

岳继飞却早已身形如电，斜掠而出，空中一扭腰，跃登断墙顶，但他双脚刚一搭上屋檐，一股劲风已迎面击来。

岳继飞挫腰一旋，竟从对方掌下穿过，反手一掌拍出。

但听一声长笑，来人并不硬接，一鹤冲天，腾直丈余，空中掠过一道悠长的弧线，电射而出，转瞬消失，惊鸿一瞥，岳继飞看出来人是个美少年。

岳继飞知道他追不上，转过身来，暗想：连这般高手也来觊觎四像剑，我岳继飞倒要见识见识那剑有何精妙。

郭子华和芳芳这才跃登屋上，郭子华扬声道："公子可曾见到来人相貌?"

岳继飞缓缓摇摇头，说道："这蜘蛛山，来了这么多好手，当真藏龙卧虎，刚才这人虽未接招，但迎面一击劲力沉重，身形一掠快如闪电，与那小玲倒有点相像。"

郭子华一愕道："哪个小玲子！"

岳继飞这才将在下山碰到的那位公子和小玲说了一遍，郭子华说道："那位公子我没见过，可那小玲子可是神手无影的女儿，刁钻古怪，前几天，神手无影还到我们摩天岭找他的宝贝女儿，看来那神手无影也到了蜘蛛山。"

芳芳说道："可那小玲穿的是红衣服！"

郭子华说道："那姑娘古里古怪，她什么时候穿个皇袍出来也说不定，看来这次英雄擂，却是一场龙虎斗，但那四像剑绝不得为外人所得，岳公子家学渊源，定可探出此剑的奥妙，本教兄弟全力以赴，一定要为公子谋得此剑！"

天香山庄建得气派巍峨，装潢一新，显然是改建不久，人头攒动，一片喧哗，英雄擂设在庄前的平台上，一块平滑如镜的巨石当作了擂台。

岳继飞一袭白衣，负手立于人群之中，眼观六路，找寻昨天与他过招之人。

芳芳换了男装站在岳继飞身侧，心中充满了好奇。

只见一个灰袍汉子缓步登上巨石，高声道："各位英雄，天香山庄此次设下英雄擂，蒙各位看重，老远赶来，老朽在这里先谢啦！"说完抱拳四揖。

台下众人乱七八糟地喊道："古百万，你以前也是武林人物，不必虚礼！""快开始吧，老子等不及了！""四像剑在哪里？拿出来我们瞧瞧！"

那灰袍汉子就是天香山庄的庄主一掷千金古百万。

古百万等众人声音稍静，重又道："本人月前偶得一剑，剑名四像，实为锋利，无奈本人武功低微，无才无德，实不敢据为己有，故今日特设英雄擂，让有德者居之！"

说罢，从旁边一名庄丁打扮的人手中取过一柄剑鞘漆黑色的长剑。

此时全场鸦雀无声，众人眼睛瞪得老大，都想一睹这柄四像剑怪在哪里。

古百万左手持剑鞘，右手一提剑柄，只听"锵"的一声，青光一闪，古百万已把四像剑提在手中。

只见那柄四像剑剑体细长，青光流动，寒气耀目，与一般宝剑并无多大不同。

古百万重又还剑入鞘，说道："四像剑，大家都已看到，但剑只有一柄，好朋友都到了这么多，倒叫我好生为难，好在我辈武林中人，直来直去，讲的就是真本事，若有哪位上得台来，候得金钟十响后，仍未有人挑战，本人便以四像剑与这英雄讨教几招，胜了本人，四像剑便属于他。"

这时站在岳继飞一旁一个铁塔大汉"嗨"了一声道："胜别人没把握，你古百万算什么东西！"

估计台下很多人都有同感，因为古百万大腹便便，脑满肠肥，武功自然不怎么样。

但岳继飞看他中力充沛，双目精光暴射，就知他内功有一定造诣，所以不以为然。

岳继飞微微奇怪，这古百万油脸上隐隐似有忧色，言语之间似乎未尽全意，却不知是何道理！

此时，古百万已到后台入庄，只等有人上台，英雄擂即可开始，场上却一片寂静。

人人脸上都现了期待之色，谁也不愿抢先上台。

不一会儿，忽见人影一闪，刚才说话的汉子已从岳继飞身边一跃上了擂台，抱拳说道："兄弟牛力，抛砖引玉，望各位赐教。"

牛力一脸横肉，人高马大，如一尊铁塔，说话瓮声瓮气，一看就知是个耿直汉子。

话还没说完，已有人怪笑一声，纵上了平台，说道："少爷便来教你几招！"

牛力那句"赐教"本是一句场面话，不想真有人接上话茬，他为人本来就鲁直，此时盛怒之下，更不答话，径自挥剑扑上。

来人是一紫衫少年，撇嘴扬眉，似是满含不屑，身形敏捷，剑法轻灵，数招之间，便将牛力逼得手忙脚乱。

酣斗中，紫衫少年忽然一剑刺出，只听"锵啷"一声，牛力长剑落地，抱腕而退，指缝间鲜血长流，显然是被一剑划断了腕脉，这条手臂算是废了。

众人一片惊呼，这紫衫少年年纪轻轻，好毒辣的手段，人家与你无仇无怨，也用不着废了人家一条手臂。

台下群雄早有人大声喝骂，更有冲动者跃上台去。

可这紫衫少年不但口舌轻薄，手段毒辣，一身武功更是非同小可。

但见他手中一支长剑指东打西，专走偏锋，不大工夫已将五位江湖好手打下台去。

一时之间，竟无人敢再上去，形成一个冷场的局面，没想到紫衫少年还真有两把刷子。

紫衫少年在台上，神色倨傲，洋洋自得地听见金钟已敲响了九下，再有一声，就算过关。

这时，忽闻霹雷般的一声大喝："小家伙，爷爷教训你来了！"一个身材高大的青衫老者在金钟刚要敲响第十下，飞身跃上，如一只大雕。

紫衫少年满面嬉笑道："爷爷近来可好！"台下一片哗然，这小子果真叫人家爷爷，紫衫少年不管众人嬉笑，接着道："我爹颇多，不知这位爷爷高姓大名，说来听听，也让我记着！"

魁梧老者大声笑道："爷爷青城派曹文昌，小朋友可曾听家里长辈说过！"

紫衫少年笑道："我奶奶年轻时当婊子，我记起她提过有曹文昌这么一个嫖客。"台下轰然大笑。

堂堂一个名门正派的人物被说成嫖客，曹文昌脸上再也挂不住了，沉声说道："爷爷看你小小年纪，手段便已如此毒辣，口齿轻薄，长大还得了？故此替你家尊长管教一下。"

紫衫少年"哼"了一声，说道："你还是先管教你自己吧！"

说着长剑一振，幻起朵朵剑花，一上手便指向曹文昌的要害。

岳继飞心想，这紫衫少年的个性也太偏激了，没有一点忠厚之心。

曹文昌叫道："好，爷爷就空手教训你几招！"

紫衫少年更不答话，手中长剑一颤，刺向曹文昌的咽喉，曹文昌身形一侧，反手勾拳击出。

他身材本来极为高大，加上拳风虎虎，势疾力沉，当真有铁塔金刚之势，群雄不禁高声喝彩。

岳继飞在台下冷眼旁观，发现这紫衫少年剑术轻灵诡异，显是得自名家真传，曹文晶虽然功力较为精纯，但赤手空拳，时间一长，绝非紫衫少年之敌。

果然，三十招一过，场上形势大变，紫衫少年剑光霍霍，已将曹文昌罩住。

曹文昌头发散乱，衣服破碎，已被紫衫少年的长剑在长衫上划出数十条血痕。

紫衫少年面带狞笑，一剑紧似一剑，大有将曹文昌置死地而后快之势。

曹文昌勉强支撑，紫衫少年突然剑尖轻颤，急发数剑，他刺一剑，曹文昌便后退一步，这样一直退到平台口，紫衫少年长剑忽然提起，自左向右剑掠而下，如高山飞瀑，矫龙灵动。

眼看曹文昌已无退路，便要血溅当场，台下群豪一片惊呼，曹文昌忽然双膝一屈，跪倒在地。

众人一愣，这曹文昌怎么突然跪倒？意想不到的事发生了。

就在紫衫少年长剑擦曹文昌面门斜掠，曹文昌已自下面而上一拳击在紫衫少年的小腹，紫衫少年大叫一声，整个人被击得横飞出去，仰面跌在平台一角，"哇"的一声，呕出一大口鲜血，已是身形微颤，双目怨毒地瞪着曹文昌。

曹文昌沉声说道："小朋友，但愿老夫这一拳教会了你忠恕之道。"

紫衫少年吃力道："老……狗……今……今日之仇，孙某……不报……誓……不……为……人……"

曹文昌转身下台，说道："你执迷不悔，曹某随时奉陪。"

紫衫少年也挣扎下台，狼狈而去，歪歪倒倒，人还颇为硬气。

岳继飞在台下看得暗暗心惊，若有所思，隐隐意识到天下武林并不单单靠一个"武"字，更重要的还是"德"。

正思忖间，忽觉有人扯自己衣袖，回头一看，却是郭子华。

郭子华低声说道："公子，属下已查明古百万还有其他意图！"

芳芳连忙说道："快说，快说！"

岳继飞说道："郭堂主，你往后别称我什么公子不公子的，只管叫我一声岳老弟，我称你为郭大哥就好了。"

郭子华拱手道："属下不敢，公子不姓杜……"

岳继飞正要说话，芳芳在一旁抢着说道："杜大哥，人家郭堂主这么说，分明是看不起我们！"

郭子华为难道："好，只要公……杜老弟不嫌弃我这大哥，我就先认了。"

岳继飞满心狐疑地看着芳芳，郭子华接着说道："古百万自得了四像宝剑，便有崆峒派风雷剑王一平等人上门强索，古百万怎敢得罪崆峒派的大师哥，发誓说剑暂时不在他手里，王一平临走时留下话，三月再次上门取剑，古百万自忖实力不敌，但又不想拱手交出四像剑，所以才想到设擂，将四像剑作为彩头，实则是为了对付崆峒派的无奈之策！"

岳继飞恍然大悟道："崆峒派一个名门正派，怎么会干如此勾当。"

郭子华说道："王一平此举，定不是孙掌门的意思！"

稍停一下，郭子华又道："古百万显然有嫁祸之意，岳兄弟切不可上当。"

岳继飞微微一笑，也不答话，心想：我倒要夺四像剑来，看那王一平能对我怎样。

擂台上陆陆续续又有数人上去，但都没有挨过金钟十响。

看看天色，已是薄暮时分。

站在后台的古百万忽然长叹一声道："难道今日这擂台上，济济群雄，竟没有一个英雄能过关吗？"

他这番话虽是自言自语，但言语之间蕴含内力，所以台下人人都听得清晰明白。

话音刚落，只见两条人影如流星乍闪，同时跃上了擂台，其中一人白衣飘飘，负剑而立，正是岳继飞，另一个却是一位身材魁梧，肤色微黑的汉子。

那魁梧汉子看了看岳继飞，哈哈笑道："兄弟好快的身法。"

岳继飞闻声之下，似乎觉得耳熟，微微一笑道："朋友也不慢呀！"

黑面汉子眨眨眼说道："我俩之间比试，就不用兵刃吧！"言辞之中颇有亲近之意。

岳继飞欣然说道："此举甚合我意，既能领教朋友的高招，又免伤和气。"

黑面汉子哈哈笑道："不用客气，那我就费点力气，让古庄主看看，这里到底有没有真英雄。"

说着，未等岳继飞答话，身形欺进，左手一掌拍向岳继飞胸口。

他嘴上说得轻松随便，但出手却毫不含糊，掌势挥拍之间，内力端是雄浑沉厚。

岳继飞存心试探对方功力深浅，当下不闪不避，迎上前也是一掌拍过去。

"啪"的一声爆响，两条人影向后飘开。

黑面汉子暴退一丈，叫道："好家伙，小兄弟好俊的内力。"

岳继飞也被震飞八尺，一掌硬拼，竟未输给对方，不由心头激情豪发，高声道："来来来，小弟再领教大哥高招。"

两人大有相见恨晚之意，当即又同时迎上，你来我往，硬打硬攻，各使出浑身解数，眨眼之间又过了十多招。

顿时，整个平台罡风四起，劲风朔吹，直把台下的群雄看得心动神摇。

一切虚招皆用不上，尽腾旋回，找空门的机会也不会有，这是一场力与力的较量，内功与内功的比拼，也是年轻人血性的暴露。

"啪"的一声，两人又是硬接了一掌，各自向后飘开。

岳继飞一声低啸，左掌右拳复又补上。

黑面汉子身形刚刚站稳，忽见眼前白影一闪，百忙之中左掌疾拍而出，虽接住了岳继飞的右拳，却没封住岳继飞的左掌，这一掌正劈在他的左肩上。

岳继飞一招得手，更不容情，出手如电，双拳随之发出，只闻"啪啪"两声，双拳又击中黑面汉子的双肋。

黑面汉子嘴角挂着一丝血迹，脚步虚软地往后退出，不住摇晃脑袋，似要将眩晕之感摇走，口中兀自含糊说道："好小子，好……小子，好大的……劲，好……大……的劲！"

岳继飞摸摸被震得发麻的左膀，也是暗自心惊，说道："小弟一时收手不住，还望大哥海涵。"

黑面汉子似已清醒过来，突然哈哈大笑道："过瘾，过瘾，好小子，你打我三拳，我也还你一掌，你比我强，我也不差，哈哈。"

岳继飞觉得这黑衣汉子的豪爽的性格大对胃口，高声道："既然如此，你我二人就此罢手如何，如是大哥意在四像剑，兄弟决不争夺就是了。"

黑脸汉子一听马上翻脸道："你这算什么话，你这么说，把我看成什么人了？"

岳继飞连忙赔礼道："小弟失礼了，小弟这给你赔礼了，敢问大哥高姓大名……"

黑面汉子打断岳继飞的话道："慢，我还有一招未用，若是先作了朋友，却如何打起来？姓名嘛，且等过了这一招再说不迟。"

岳继飞忙摇手说道："在下才疏学浅，这一招既是大哥的绝技，我恐怕是接不住，望大哥手下留情。"

黑面汉子哈哈大笑道："别俗套，这一招你是接定了。"

说着，不等岳继飞答话，人已一鹤冲天，身形一弓，侧掠斜飘，眼看就要势尽，却见他身子弹起，又自升起一丈来高。

黑面汉子本来劲力沉厚，这一招却甚是轻盈，当真是如有九天云龙，与神州剑尊的"剑舞九天"有异曲同工之妙。

岳继飞哪敢怠慢，凝神接招，蓄势以待。

黑面汉子盘旋数匝，忽地身形一展，手脚齐张，向岳继飞当头扑下，风声凛凛，劲气刺目，扑下之势竟如云龙探爪，笼罩了数尺方圆。

平台之下不乏有识货之人，早有人惊叫道："昆仑云龙九式！"

"昆仑云龙九式"，岳继飞以前听师父说过，说是昆仑派的绝技，只有掌门人才能习得，师父还和昆仑散人过了一招，当然这位仁兄和昆仑散人的功力是不可同日而语，但岳继飞还是大吃一惊，难道他是昆仑派掌门人？

但此时容不得他多想，一声长啸，白影冲天而起。

没看清两人交手的情形，也没听到拳脚互击之声，空中两条人影已是一错而过。

台下数千双眼睛瞪得大大的，竟没一个人看出谁胜谁负，却见其中一条身影已是一错而过，更不停留，如流星一闪，倏忽不见，只遥遥自空中传来朗声大笑："小兄弟，后会有期，我昆仑宋天成领教了……"

岳继飞落于平台上，满面狐疑之色，马上想起来道上与自己过招之人。

思索间，五指慢慢松开，飘下一条布带夹。

原来这空中相交一搏，终究是岳继飞略占上风，一爪从宋天成衣襟上撕下了一块衣角。

这时金钟清晰地敲响了十下。

平台下满场寂静，竟无一人上擂来向岳继飞挑战。

刚才岳继飞与宋天成一战已征服了群雄。

这群江湖汉子，绿林大豪，服的就是真功夫。

钟声响起，全场欢呼雷动。

古百万双手捧着四像剑，走到岳继飞面前说道："恭喜少侠，少侠第一关已过，下一关却要赤手接本人手中的四像剑了。"

岳继飞微微一笑道："在下领教了。"

古百万右手轻提，已将四像剑横在当胸，只见他手指细长，骨节发白，双目精光内蕴，神情气爽。

岳继飞脸上虽是微微一笑，但心里一点也不敢大意，要知道古百万这剑平胸一搁，实则是杀机无限。

古百万说道："少侠准备好了吗？本人便要出招了。"

岳继飞凝然不动，双手自然下垂，目光直视古百万的双眼，说道："古庄主先请。"

古百万心里一愣，心想："这年轻人难道有什么诡秘？"

岳继飞将玄铁蝴蝶令藏于内衣，所以古百万不知岳继飞的来历，想当年神州剑尊，凭一柄木剑在手，纵横江湖，于剑术一道，可谓天下第一。

岳继飞已承袭神州剑尊所有的武学，还融会贯通天山神尼和不死童姥的绝学，虽然内力修为还没达到大家风范，但一身武功足可傲视武林。

古百万四像剑缓缓提出，轻轻一震，只听"嗡嗡"之声不绝入耳，青光闪耀，剑气森森，伴有咝咝之音。

可岳继飞却依然毫不为之所动。

古百万暗暗点头，忽然劲力一吐，只听剑气恢宏，千万道剑影汇在一起，狂风般向岳继飞卷去。

这一式正是他"北风剑法"最精绝的一招"北风劲吹"。

近年来，古百万做起客栈生意，大发其财，但习武之人的本性使他未间断过练剑，功力内敛，此时以这柄四像剑使出这一绝招来，更增威势。

岳继飞看在眼里，惊在心里，幸好刚开始的时候自己已有心理准备，没小看这大腹便便的古百万。

岳继飞不管对方剑式如何繁冗，倒似一块岩石巍然不动，右手握拳，左手左指箕张，不断以指点出。

每点出一指，剑光便是一转，连点数十指，古百万那如风的剑影始终在他身前数尺若即若离，近前不得。

不一会儿，古百万已是满头大汗。

行家已看出，岳继飞每一指点出，正是古百万必救之处。

若他不顾一切，贸然而进，剑尖未及岳继飞，恐怕他就要先中指倒地。

古百万那肥胖的身躯已没开始那么灵动了，越来越急，眼中惶惑之色随着岳继飞的一指点出增加一分。

忽见岳继飞大拇指一摁，中指一收，食指居中点出。

古百万"啊"地大叫一声，手中的四像剑脱手斜飞，就像四像剑的剑身灸热烫手一般。

岳继飞反手一抄，稳稳地将四像剑接在手中，笑道："多谢庄主赐剑！"

台下的群雄看得张口结舌，搞不懂那古百万将四像剑抛给岳继飞还要大叫一声，直到岳继飞抱拳四揖，不知谁先大叫一声："好！"台下的群雄如梦初醒，跟着大声喝彩。

岳继飞向最先喝彩的芳芳抱了抱拳，芳芳向他作了一个鬼脸，两人相视而笑。

古百万面如土色，怔立当场，岳继飞最后一招已封死了他所有的退路，食指划向他的腕脉。

如果他手里拿的是长剑的话，古百万这手已怕不存在了，所以他除了抛剑之外，已是别无他法。

半晌，才听得台下一片叫好声，古百万抬起头来，长叹一声，说道："少侠好……好高明的剑法。"

这时台下有没看懂的人叫道："他妈的这古百万送人情也不是这样送的，人家没接他，三指两指，他就把剑抛给人家，让那小子拾个大便宜。"

说话的人正好站在郭子华不远，郭子华一听就来气，"啪"的一个大嘴巴甩过去说道："他妈的，你懂个屁，人家是以指代剑，你奶奶的，看不懂就别瞎嚷嚷，叫得老子心烦。"

那人哪见过这般发恶，这一嘴巴已扇掉他两颗门牙，捂着脸忙赔不是。

芳芳在一旁看着直想笑，心想：这郭大哥脾气也太火爆了。

其实古百万何尝不知岳继飞这路指法实则是一套精妙的剑法，只是苦于无法化解而已。

岳继飞心里有数，微微一笑说道："古庄主剑下留情，在下实存侥幸。"

古百万又是一声长叹，说道："本人这招'北风劲吹'会过的高人也不在少数，虽不敢说是精奇，但……但从无今日这般……唉！……"言语间神情萧索，面容黯淡，只一瞬间，便似忽然老了十岁。

岳继飞毕竟是性急中人，理解古百万的心情，心头不忍，跨前一步，说道："古庄主，刚才在下说胜得侥幸，并非客气之言……"

古百万缓缓摇了摇头，说道："少侠不用安慰老朽了，我已是败得口服心服了，只是不知少侠师承名讳，好叫老朽景慕！"

岳继飞说道："在下就是……"忽然想起师父交代，不可向任何人吐露他的行踪，忙改口道："在下这套剑法，确是得自一位……一位高人指点，但他老人家不许在下说出，望庄主见谅。"

古百万黯然道："哪里！哪里！是老朽失礼了。"

岳继飞说道："剑法虽是化境，但在下施展出来，却发出其威力的十之一二。"

岳继飞这句话实则是有感而发，凭他的内功修为，也只能将玄天慧剑发挥到师父神州剑尊的三四成功力。

可听在古百万的耳里，却更见骇然，失神说道："十之一二……十之一二已将老朽……唉！"

岳继飞知自己失言，连忙说道："刚才古庄主若剑身不退反进，在下身上只怕早已多出数十个窟窿了。"

古百万微怒道："小侠是消遣老朽，剑未及身，你的指力已先将老朽放倒了……"

岳继飞哈哈一笑道："指——在下指倒是有，这力嘛……哈哈。"

古百万双眼大放神采，感然道："少侠是说？……"

岳继飞接道："相距五尺，便能以指力刺穴，在下实无此修为，刚才我只不过摆摆架子罢了。"

古百万"啊"地大叫一声，连声道："原来……原来少侠你……你骗得老朽好

· 53 ·

苦!"他嘴上虽是叫苦,目光中却满是欢愉之色。

原来岳继飞装声作势,只是指点古百万出剑的破绽,却并未发出指力,其实也不能发出指力,古百万若是不理,挥剑直近,岳继飞已早已中剑。

古百万先是若有所悟,继而拊掌大笑,高声说道:"少侠好高明的眼力,好高明的心智,好磊落的胸襟,结果还是古某败了,我服了。"

他这次说服了和第一次说,心情大不一样。

古百万转身向台下群雄大声说道:"今日擂台到引为止,四像剑归这位少侠所有。"

台下群雄欢声雷动,有人大声叫道:"现在物有其主,我们可还不知少侠高姓大名呢!"

岳继飞抱拳四揖,朗声道:"在下贱名不足挂齿,还望各位朋友、前辈多多指教。"

台下顿时一片哗然,显然是对岳继飞不愿披露姓名大觉不满,顿时一片闹轰轰的。

这时只听一个声音高声道:"这位少侠武艺高强,凭真功夫夺得四像剑,人家不愿道出姓名,自有苦衷,哪位朋友若是心怀不满,尽冲我郭子华来。"

神火教此言一出,还有谁敢多事,当下寂静一片,古百万忙说道:"天色已暗,谢谢各位朋友远来捧场,天香山庄虽是在江湖中名气不大,但几桌酒席却还是请得起,若蒙不弃,大块吃肉,大碗喝酒,大家来个一醉方休。"

群雄这才对这位武林中腰缠万贯的暴发户有了新的认识,武功奇高,而说话也是体面有度,均想:并不是是人是鬼也能叫什么百万来的。

其实谁都知道,天香山庄是武林豪客心中的一个客栈,这顿酒饭说不定是好多人第一次吃的。

再加上大家看了半天,早就饥肠辘辘了,不提酒肉还罢,一听酒肉二字,再也忍不住腹中饥饿。

一时间,只听得乱七八糟,呼朋唤友,数千群雄涌进天香山庄的大厅。

古百万又回头对岳继飞说道:"敝人已在天香山庄备下了一桌酒席,敬请少侠赏光。"

岳继飞微一犹豫,却见郭子华此时正站在右侧台角,向自己微微摇头。

岳继飞知他是为了自己着想，意思是说既得了四像剑，正该一走了之，免得节外生枝。

但岳继飞的性格却是与别人不同，明知山有虎，偏向虎山行，再说他今日首战告捷，技压群雄，正是雄姿英发，春风得意，内心里却甚想会会那风雷剑王一平到底有何手段，硬是逼着别人摆了一个擂台。

所以故意装作不解郭子华的摇头之意，朝芳芳遥遥一招手，芳芳跃过众人头顶，来到岳继飞身边，两人双双携手，随古百万缓步走进了天香山庄。

郭子华大惑不解，略作沉思，便即离去。

天香山庄占地甚广，楼阁林立，红墙碧瓦，颇具气像。

偌大的一个天香山庄的大厅上，走廊上，空地上，早已摆满了满桌。

古百万真不愧腰缠万贯的武林大富豪，每桌上都满菜满席，琳琅满目，佳酒珍肴，数千群豪开怀畅饮，斗酒划拳之声此起彼伏，兴致盎然。

两个手提红灯笼的丫环在前引路，古百万陪着岳继飞、芳芳向后院走去。

一路上不断有人向岳继飞敬酒，岳继飞志得意满，极是豪爽，此时总是酒到杯干，来者不拒。

这些江湖草莽本性粗鲁、豪放，见到岳继飞如此豪爽，人人都大声叫好，很是心折。

越往里走，人越少，到了内室，迎面一栋二层小楼，四面花木环翠，端的是清雅别致洁净。

里面是个雅座，早已备好了酒席，古百万恭手请两人入座。

岳继飞也不客气，和芳芳入座主席，举杯就干，拿筷就吃。

古百万却似心有隐忧，双眉不展，拿起筷子说"请，请，请"，可自己并不动筷。

芳芳听到郭子华对飞哥说的话，当然知道古百万心里担忧的是什么，举杯笑道："来，古庄主，小弟敬你一杯，今朝有酒今朝醉，别犯愁。"

古百万"唉"了一声说道："这位兄弟怎么称呼?"

芳芳笑道："小弟岳继飞，江湖末进。"

岳继飞一愕，心道：你怎么突然变成我了，但又不好说什么，说道："哟，古庄主，忘了介绍，这是在下的师弟杜……岳继飞。"

古百万哈哈一笑道："看得出，你这师弟武功自也是不弱。"

芳芳粗声道："哪里，古庄主这次可看走眼了，这的武功和师哥相比，那可差远了。"

古百万知道人家是自谦说话，两人一碰杯，一饮而尽，这时他的心情才稍稍好转。

这时酒过三巡，菜过五味，古百万放下筷子说道："少侠，今天你得这柄四像剑，人说宝剑赠英雄，但老朽却有一言相告。"

岳继飞当然知道他要说什么，故作不知地说道："在下洗耳恭听。"

古百万说道："这柄四像剑是先朝利器，江湖人人想据为己有，少侠最好不要随便亮出，尤其是在崆峒派人前，这事还望少侠切记。"

岳继飞微微一笑道："这是为何？为什么单单不能在崆峒派人前？"

古百万长叹一声道："少侠勿须多问了！"说完举起酒杯，冲岳继飞和芳芳遥敬一下，一饮而尽。

芳芳问道："古庄主叹气不断，忧心忡忡，似有难言之隐，不知是碰上什么为难之事，我师兄弟当全力效劳。"

古百万目光一亮，少顷，又默然垂手道："这事与少侠二位无关，怎可连累你们！"语声一低，又道："他崆峒派……他崆峒派虽然人多势大，但我天香山庄又岂是惧事之辈！"

古百万的话还没说完，忽然窗外传来一声阴恻恻的冷笑声："是吗?!"

灯光如雪，窗纱飘飘，这一声冷笑当真如九天寒冰，直凉到众人心坎里去了。

古百万神色镇定，似是早就料到有此举，只从座位缓缓站起，说道："来的可是崆峒派王大侠吗？"

岳继飞微觉诧异，这"大侠"二字从古百万的口中道出，竟有说不出的讥嘲刺耳的意味。

只听四面的轩窗"吱吱"数响，一阵飚风扑面而来，窗户被尽数推开，每扇窗外都有人影垂立，寒光闪动，早有三个黄袍人推门大步走了进来。

当先一人腰佩长剑，面部枯槁，第二个人却是位白发飘飘之人，右手提了一条软鞭，第三人一头黄发，甚是奇特。

只听那当先的中年汉子开口道："古庄主，我等来得鲁莽，还望恕罪。"

语言森冷，使人不寒而栗，正是刚才冷笑发话的人。

古百万漠然说道："王大侠降临寒舍，老朽高兴都还来不及，谈什么恕罪，不知王大侠身侧可是'喋血银鞭'宋元和'锁江龙'张远山二位大侠么？"

那二人一抱拳，淡淡说道："不敢当，古庄主好眼力。"

古百万满面讥嘲之色，道："三位大侠联袂而来，崆峒派可真看得起这天香山庄，嘿嘿！"

"风雷剑"王一平打了个哈哈说道："好说，好说，我等此次前来，正是为了取回我崆峒派遗失十年之久的四像剑，无事不登三宝殿，别的倒不敢难为贵庄。"

古百万似是未听见王一平的话，缓缓说道："本人行走江湖，本就不愿多事，区区一柄四像剑，旁人视为至宝，但对我这现在已改作生意的人来说却是身外之物，可你崆峒派欲得此剑，只管来求取，何必便要编出一段镇山之剑遗失的事，而且还派这些好手上门强索，也未免太霸道了吧？江湖中万事得讲个'理'，也认个'义'字，我古百万如是怕你崆峒派人多势众，将剑交出，虽然我现在是个生意人，但我毕竟还是江湖的一分子，日后还有何面目见江湖各位好友，你王大侠今日找上门来，只怕是志在必得，但本人也定了心，早将一切安置好了，别无牵挂，眼下要剑没有，要命么……嘿嘿，你风雷剑王一平王大侠不妨来取！"

古百万腆着大肚子，这番说得不冷不热，不愠不火，岳继飞和芳芳两人却心想：人说商人重利轻别离，没想到这古百万倒不失为一个铮铮铁汉，不失江湖气节，大义凛然，威武不屈。

可王一平听在耳里，却有说不出的一番滋味，听得又急又怒，双目寒光交织，瞪着古百万说道："好！好！好！"

他嘴上连声说好，可目光中的怨毒却是越来越深。

而"锁江龙"张远山的脾气最为暴躁，一听古百万唠里唠叨不软不硬的话，早就怒火万丈，当下也不多言，长剑一摆，向古百万当头削下。

古百万早有防备，正准备接下这一招，忽然身旁白影一闪，岳继飞已早欺步上前，青光一闪，只听得"当！唧！"两声。

前一声是金铁交鸣之声，后一声却是金属坠地之声。

张远山暴退丈外，手中的一支长剑已被削去一截。

岳继飞也没想到这四像剑这般锋利，居然能裂金断玉，他原本只想替古百万接下这一剑，没想到将别人的兵刃给毁了，不由得怔住了。

抬头看去，却见崆峒派三人也是愣住看着自己，面上表情甚是古怪，似是又惊又怒又恨，便如看到了鬼一般。

王一平"嘿嘿"冷笑，转头阴恻恻地对古百万说道："原来古庄主气焰这般嚣张，可是早约好了帮手，哼！"

岳继飞朗声说道："是非曲直自有明断，我并不认得古庄主，只不过对一个堂堂名门正派，这般恃强欺弱，以众凌寡，感到心中不服，不知三位前辈此举，可是贵派孙掌门的授意？"

王一平上下打量了岳继飞一眼，只是不说话，其他两人也往后退了一步。

岳继飞还以为三人是惧怕四像剑的厉害，一下子给震住了。

王一平的脸上阴晴不定，只是盯着岳继飞喃喃说道："不像，不……不像……"

古百万和岳继飞见状如雾里看花，搞不懂是怎么回事，良久，"锁江龙"张远山后退一步喝道："你是谁？叫什么名字？"

原来这三人都吃过"神州剑尊"杜鹏程的亏，当年三人年轻气盛，在大同镖局里喝醉了酒，逼奸恒山派的一个女尼姑，恰逢杜盟主路过，三人不知天高地厚，好事被搅，心如火烧，迁怒杜盟主，围攻而上，杜鹏程狠狠地教训了三人。

而岳继飞使的一招"龙行天下"，削断了张远山手里的长剑，正是当年杜鹏程教训三人所使的一招，三人记忆犹新，焉能不惊。

岳继飞一看三人的模样，再听张远山喝问姓名，略一思忖，心里已然明白，心想：今日之事，自己是局外人，看不过眼才出手，这崆峒派三人虽说是手段卑下，但毕竟是名门正派，更何况也不是孙掌门的意思，我若与他作对，于师父的面子上说不过去。

心念一动，当下就微微一笑，淡然说道：

"在下江湖末进，名字说出来对你三位前辈也没什么用。"

张远山狐疑道："那你师父名讳说来听听，或许我们和他有旧，免得大水冲了龙王庙，伤了自家人的和气。"

显然，张远山说这话在老江湖一听来，已是大不相同，平日他们这些眼高于顶的人，决计不会说出口，但他们心中甚是忌惮杜鹏程。

虽说杜鹏程莫名其妙地辞去武林盟主，和天山神尼、不死童姥两大奇人归隐江湖，从此偌大江湖天地，再不闻三人音讯。但刚才这小伙子使的一招剑法的确是当年杜鹏程的一招剑法，难道是杜鹏程的弟子？

岳继飞哈哈一笑道："这一点请三位前辈放心，在下的师父和三位这等……哈哈……前辈大概是不会有旧的。"

张远山略一思索，将房子上下左右打量一下，说道："你是一个人?!"

芳芳在一边叫道："还有我呢!"三人这才打量芳芳，见芳芳像一个文静的白面书生，倒并未在意。

岳继飞当然知道张远山的心思，说道："这里就是我和师弟!"

张远山是看看有没有其他的帮手，最怕的是杜鹏程在一边来个瓮中捉鳖。

其实王一平也存在这样的担忧，刚才岳继飞虽然使了一招玄天慧剑，但凭他的修为，已看出岳继飞内力不足，倒不足惧，一听芳芳的话，已定心神，冷声说道："小朋友既是不愿说出姓名，便请让到一边，待我崆峒派办完正事，再与小朋友叙话!"

岳继飞哈哈大笑道："你崆峒派的正事可是要取四像剑!"

三人均不知刚才削断张远山的长剑正是四像剑，在岳继飞的手中，张远山接道："正是，此事与你无关，你削断我兵刃一事，我也懒得与你计较了。"

岳继飞一本正经道："多谢三位前辈出言提醒，但……"眉头一皱，为难道："可这件事却令在下好生为难!"

王一平不想与他多纠缠，说道："有什么为难的，你不妨直说，我们替你作主就是了。"

岳继飞托起手中的四像剑，说道："我手中的这把剑就是你们要取的四像剑!"

三人"啊"的一声，目光都齐刷刷地盯在岳继飞手中的四像剑上。

岳继飞接着说道："你们说这件事是不是叫我好生为难？承蒙古庄主大义，已将这柄四像剑转送给我，若再给你们，岂不是对古庄主大为不敬!"

这一下倒是三人始料不及，哪有自己本派的镇山之宝不认得的道理，但那王一平毕竟是个老江湖，眼光一转，向岳继飞说道："少侠可知此剑的来历吗?"

岳继飞道："正要请教!"

王一平煞有介事地说道："这柄四像剑本是我崆峒派的镇山神剑，我等都未见过，以前只听师父说，是在数十年前，不幸被宵小盗去，遗失江湖。"

目光一瞥古百万，接道："后来就落在古庄主的手里，咱们上门讲理，却被这厮骗得好苦，不知何故，又到少侠手里！"

顿了顿，王一平收回目光看着岳继飞说道："这柄剑既然是我崆峒派的镇山神剑，我崆峒派势在必得，便是有灭门之灾，亦在所不惜，少侠若是明事理的人，将四像剑奉还，我崆峒派上下俱是感激，少侠以后若有难事，崆峒派便当是自己的事，少侠若想在江湖上扬名立万，我崆峒派今天在这里承诺，可以助少侠一臂之力。"

老江湖毕竟是老江湖，王一平的一番话说得面面俱到，威逼利诱全都用上，助之以威，晓之以理，心想，像面前的这个初入江湖的毛头小子，断然不会拒绝，说完这番话，王一平面上露出得意之色。

殊不知岳继飞哈哈笑道："在下初入江湖，有崆峒派这样的名门大派扶助，自然是求之不得……"

张远山性急叫道："那还说什么，还不快将剑交给我们崆峒派。"

岳继飞话锋一转，说道："只可惜，这柄剑在下也是势在必得！"

王一平脸色一变，怒道："年轻人不要太冲动，做事须三思而行，切不可因一念之差，酿千古遗恨。"

岳继飞笑道："三位前辈可知道这四像剑的真实来历么？"说完，自顾抚摸着手里的四像宝剑。

三人面面相觑，没想到今天碰到一个头难剃的人，王一平耐着性子说道："还有什么真实来历，明明是……"

岳继飞还剑入鞘，踱步说道："要说这四像剑的真实来历，说来话长，唉……"
芳芳端了一碗茶走了过去，说道："师哥，你先喝口茶，再慢慢说。"
王一平三人肺都气炸了，但又不好马上就下手明抢。

岳继飞呷了一口茶，赞道："嗯，不错，好茶，好茶哇！"

张远山大为不耐烦，喝道："你到底有什么话，就快说出来，大爷可没这个耐性。"

岳继飞这才悠然说道："这柄剑乃是我家的传家之宝，听爷爷说，在贞观年间被不肖之徒盗去，流落江湖，后被古庄主偶得，古庄主大仁大义，愿意奉上，并备了一桌酒菜，在下好生感激，今天晚辈到天香山庄，一来是感激古庄主大恩，二来就是来领走我家传家之宝。"

芳芳没待岳继飞说完，早就弊得俏脸通红，忍不住，还是笑喷了。

三人一听勃然大怒，这分明是消遣大爷，三人何曾受到如此戏弄，王一平怒极反笑，咬牙切齿道："世道变了，世道变了，现在的年轻人好胆色，好口才！"说完，举手遥遥一挥，意思是说给我杀。

岳继飞、芳芳、古百万早就暗暗戒备，因为已到白热化状态，谁知过了良久，却丝毫没有动静。

张远山和宋元脸上掠过一丝诧异，张远山回头向窗外喊道："你们眼睛都瞎了吗？"

张远山话音刚一落，突然从窗户上栽倒无数的黑影，"咚咚"地落在地板上，这些人手里都拿着明晃晃的单刀。

第四章

灯光一暗，一条人影已穿窗而入，穿着黑色对襟大褂，钢须倒竖，岳继飞定睛一看，正是神火教青龙堂的堂主郭子华。

岳继飞马上明白，原来王一平手一挥，不是对张远山和宋元示意的，而是窗外早就埋伏了崆峒派的人，可惜的是，这些人已被郭子华暗中解决了。

从这些人的服饰和兵刃上看，竟是和芳芳在山道上遇着的那帮人一样，岳继飞心里一惊，心想：这王一平老狐狸早就安排好了。

郭子华一进雅室，对旁人自是不屑一顾，抱拳对岳继飞说道："郭子华率本堂兄弟听候兄弟差遣！"

原来郭子华不知岳继飞为何要惹火上身，只得匆匆召集属下赶来相助。

一打听岳继飞已被古百万请到天香山庄后面的雅座喝酒去了，赶到后面，见窗户上伏着十来个黑衣劲装汉子，鬼鬼祟祟，一看就知情况不妙，就下手先除了。

他这一下手，把王一平的计划给打乱了，王一平脸色铁青，冷冷道："哼！魔教妖人，你把我崆峒派的人怎样了?!"

郭子华故作惊讶道："怎么，原来他们是名门正派弟子，这样说来，倒是老夫做得冒失了，我见他们个个鬼头鬼脑地躲在暗处，老夫还以为是到天香山庄来偷东西的梁上君子，便让他们躺倒了，常言道，拿人家的手软，吃人家的口软，老夫在人家山庄大吃大喝，当然是要替人家挡灾了，于是请天香山庄的主人发落，没料……真是对不起！"

一番话说得绵里藏针，直把崆峒派三人气得发狂，张远山暴喝道："我崆峒派与你魔教没完。"

郭子华昂然道："怎么个没完？我神火教今天就结下这个梁子，神火教最见不得以众凌寡的事，偏是你们这些自命名门正派的，最喜欢干这些勾当，好，好，有本事的就冲我郭子华来，谁怕谁!"

当年神州剑尊当武林盟主的时候，九大门派就建议他联络天下武林力量一举歼灭当时实力最大的魔教——神火教。

但杜鹏程敬神火教教主韩少功的为人，两人还是结拜兄弟，对神火教以下的堂主也都大为钦佩，他们只是行事极端不按常理，没有那些虚伪俗套，直来直去，所以就被视为魔教，反正魔是魔了，他们也不为自己辩解，更是我行我素，几百年下来，魔教已是和正派武林水火不容。

杜鹏程心想如果促使神火教和武林正派火拼，一定会两败俱伤，金兵这时乘虚而入，那岂不是成了助纣为虐了，于是杜盟主就力排众议，经多方奔走，才使这神火教和天下武林正派相安无事。

大家都明白杜盟主以大局为重的苦心，整个中原武林对他更是推崇备至，神火教一直对他万分敬重，杜鹏程在神火教的地位比韩少功还高，故郭子华知道岳继飞的身份后，就尽全力帮他。

火爆脾气的张远山一听这话，早就暴喝一声，挥剑向郭子华扑去。

郭子华身形一转，手上不知何时多了一对双铜，指点劈扫，眨眼间，两人已斗了十三招。

与此同时，王一平和宋元纵身扑向岳继飞和芳芳。

王一平成名数十年，武林中号称"风雷剑"，剑法端的是变幻无穷，人所难测。

只见他长剑闪动，寒光掠面，隐约夹着风雷之声，一时之间将芳芳逼得手忙脚乱。

"喋血银鞭"宋元早已撤出腰间的软鞭，此时他挥起银鞭，自左向右向岳继飞扫来。

挥动之间，竟带有破空刺耳之声，显然是银鞭上贯注了内力。

岳继飞见三人暴跳如雷，一上来就下狠劲，也不敢怠慢，四像剑一转，迎向扫来的银鞭。

宋元视若未见，纵身击下，"啪"的一声，银鞭与四像剑相交，银鞭却未断落，鞭梢反而有如灵蛇吐信，自四像剑的剑身上翻转过来，戳向岳继飞的咽喉。

岳继飞大惊之下，猛提真气，身子平掠二尺，险之又险地避过这一招。

宋元见自己已占攻势，更不容他喘气，银鞭倒卷，如灵蛇微动，狂风暴雨般攻上，一根软软的银鞭在他手里，时而横扫，时而直击，时而硬如铁枪，点刺扫打，时而又软如游丝，缠身附体。

这"喋血银鞭"宋元自进门来，很少言语，但此时一条银鞭却使得风雨不透，滴水不漏，不愧浸淫银鞭数十年，这"喋血银鞭"并非浪得虚名。

方才王一平已与宋元暗下商议，由他对付岳继飞，只因为宋元这条银鞭是由千年蛟筋制成，不怕四像剑的锋利，此时情形，果有奇效。

岳继飞自祁连山下来，除了在南昌天府碰到美少年，还和昆仑派的宋天成不分上下外，这次算第三次遇到如此强敌，心想姑姑无情剑的告诫，天外有天，人外有人，倒要时时提醒自己。

四像剑的锋利已失去作用，内力修为和宋元几十年的内力相比已是稍逊一筹，剑尖没及敌身，便被宋元的掌力逼回，数招之间，已是险像环生。

郭子华和"锁江龙"张远山战在一起，却是游刃有余，手中一对铜锏有如灵物一般，专在张远山周身三十六大穴附近游走。

张远山一头黄发根根竖起，口中连连怪叫，长剑舞得像风车一般风迅捷，却拿郭子华一点办法都没有。

情形最险恶的倒要数与"风雷剑"相斗的芳芳。

"风雷剑"王一平为崆峒派的大师兄，一身武功自然了得，他手中的长剑使出来风声雷动，前一剑势犹未尽，后一剑又接踵而至，快速绝伦，剑尖又闪烁不定，便如有十来把剑同时攻向芳芳。

芳芳此时身着男装，打扮得像一个儒雅的书生，此时已是面泛红潮，娇喘微微，香汗细细，只有守势而没有攻势，但芳芳已得"神州剑尊"的真传，王一平想一时半刻了结她，也是大为不易。

整个场上，只有郭子华一人游刃有余，虽不能眼观六路，却能耳听八方，能分出精力纵观场上的局势。

只见他一招"侯门飞燕"，双铜上招下打，趁张远山闪避的时候，扬声喊道："公子若是不愿弄脏了手，你那什么'喋血银狐'的宋猴就交给我来打发。"

这宋元正值中年，不知怎么搞的，白发飘飘，再加上人生来就尖嘴猴腮，所以平时最忌讳人说他猴的，偏偏郭子华戳到他的痛处，心内大怒，手上一紧，鞭势更见凌厉。

说话间，郭子华双臂回转，一记抢攻，逼退了张远山，他在楼外已布置了他青龙堂的弟兄，只要一声呼哨，即可冲进来接战，但他又顾忌到岳继飞年轻好胜的面子，所以就没发出指示。

现在情形不对，就故作不屑，竟欲换下岳继飞和芳芳，以群殴毙了王一平等人。

那宋元被郭子华的言语激怒，岳继飞就更显吃力，左支右绌，难以还招，但口中却笑道："郭大哥你先杀了那只黄毛狗，这宋猴还让我耍耍。"

宋元气得七窍生烟，怒哼一声，银鞭挺起，如剑如戟，直刺岳继飞的咽喉，这一下是他怒极而发，快如电光石火，力道雄猛。

岳继飞四像剑平胸向外刺出，而宋元银鞭的鞭梢忽地一垂，探头点向岳继飞的"膻中""神封""二井""关元""中极"五处大穴。

岳继飞右手五指上滑，已捏住四像剑的中段，剑柄却往下一撞，恰好将鞭梢撞开。

宋元劲力内敛，整条银鞭软垂下来，忽又幻出七八个圆圈，贴地缠向岳继飞的双足。

他这劲力一吐一敛，长鞭随内力一硬一软，收发自如，火候拿捏之准，端的是妙到毫巅。

岳继飞见那银鞭如天外飞虹，如魔鬼附身，向自己缠来，大惊之下，冲天而起，半空中身子又来一个大旋转，移开八尺，"啪"的一声，左脚的布鞋掉在地上。

岳继飞只觉得自己左脚一凉，人已是出了一身冷汗。

宋元也是暗暗心惊，没想到这小子的确有过人之处，不由也是一怔，鞭势稍缓。

岳继飞趁此稍稍空隙，已想出对付宋元的方法。

这是岳继飞第一次与人真枪实剑地单打独斗，缺乏对敌的经验，岳继飞此时已熟悉了宋元的套路，步法忽然一变，身形摇晃，幻影层叠，在宋元的鞭影中飘忽来去，如烟如雾。

宋元只觉得岳继飞的步法甚是诡异，尽管他的攻势绵绵不断，招招指向要害，但总是差之毫厘，从他身边擦过。

昏黄的灯光掩映下，岳继飞有如天魔变形，如鬼影飘忽，有一种说不出的奇诡。

宋元突然收鞭而退，神情大为诧异，"咦"了一声，说道："你是怎样称呼'神州剑尊'杜盟主的？"

岳继飞笑道："'神州剑尊'杜盟主，豪气干云，义薄云天，江湖上只要是那些光明磊落，敢作敢为的血性汉子，谁不景仰他？他是我的榜样。"

宋元似乎是大为忌惮，凛然道："那……那……你这'伴剑七步'却……"

岳继飞哈哈一笑道："刚才我走的便是'伴剑七步'么，这与杜盟主有何关系吗？"

岳继飞的嘴上虽不承认，但内心却暗暗佩服，忖道：这宋元江湖阅历可是厉害，师父这"伴剑七步"，在江湖上知道的人可以说是寥寥无几，不想他竟最终还是认出来了。

宋元愣了愣，朝岳继飞上下打量了一会儿，竟突然"嘿嘿"冷笑道："尊驾虽然凭这'伴剑七步'可保一时性命，但，嘿嘿，终非老夫之敌，依老夫之见，不如你将四像剑交出来，咱们握手言和，我们以后还是朋友。"

原来宋元内心一想，自己在一时半刻想杀了这小子已非易事，从刚才小子的一剑和这步法来看，定然和那神州剑尊杜鹏程有关系，最好不要惹火上身，到时候，凭杜鹏程在江湖上的威望，往后的日子可难过哟！

岳继飞笑道："若是在下真的不是前辈的敌手，自当双手奉上四像剑，命即不保，要剑何用，可……只怕不见得！"

宋元冷哼一声，咬牙切齿道："你小子别敬酒不吃吃罚酒！"心想，我今天杀了你这小子，人不知鬼不觉，管你是谁。

心有所想，目光中顿露杀机，"刷"的一声，鞭朝岳继飞卷了过去。

岳继飞早有准备，身子一滑，长剑中路挺进，并且一交上手就是占主动。

宋元银鞭卷了一个空，却见自己眼前满是鞭影，仓促之间忙接着招，骇了一跳，只觉得岳继飞法的剑法路数与刚才已是全然不同，刚开始相斗时，他虽然剑未及身，便为自己掌力荡开，但他长剑递出刺杀之间眼力奇准，招招式式指向自己防不胜防之处，隐隐有一代剑宗的气魄和手法。

只是可惜功力不足，未能发挥威力，要不然他这个修为，数十年的武林大家，今日怕也早就命已归西了。

但此时岳继飞几剑刺出，与刚才的那场交锋却是大相径庭，剑光闪动，专左偏锋，出招之间辛辣诡异，古怪刁钻，与"伴剑七步"配合起来，却令人眼花缭乱，防不胜防。

岳继飞身影飘忽，如鬼如魅，长剑斜指，虚空一击，宛若一个豪无质感的幽灵，又似一个摸捉不定的天魔，四像剑闪动，远远看去，竟挟带着一种摄人魂魄的诡秘魄力。

数招之间，形势大变，岳继飞已占尽上风。

宋元哪里知道，岳继飞刚开始用的是师父杜鹏程传授的剑法，虽是正大精绝，但他功力不能达相应的火候，难以达到刚猛之势。

而此时他使用的是邪教的顶尖人物"不死童姥"的"摄魂剑法"，这套剑法可算是武学中的歪道的祖宗剑法。

在祁连山上，不死童姥传授他这套剑法时曾告诫过他，这"摄魂剑法"虽然是邪道剑法，凶狠辛辣，诡秘万端，但也是和正道的武功一样是经过几代人千锤百炼得出的。

岳继飞见这套剑法完全不按正常牌理出牌，邪歪刁钻，倒是大合自己的胃口，心想，当年你不死童姥还不是用这套剑法和师父平起平坐，叱咤风云，睥睨群雄的？所以特别偏爱这套剑法，自然练得纯熟。

而此时在危急中使得，果然立竿见影，速见奇效，顿时将宋元这位江湖上大名鼎鼎的"喋血银鞭"罩在一张巨大的剑网之中。

宋元使出浑身解数，穷尽他银鞭的功力，左冲右突，双目发涩，手足发软，但招招竟无处着力。

岳继飞每一剑刺出，并非很快，但宋元的手脚仿佛不听使唤，总是慢上半怕，只觉岳继飞出剑的部位匪夷所思，如虚如幻，连攻数十剑，自己竟然没一次清清楚楚地看出整个出剑的手法。

宋远在江湖上已是成名的数一数二的好手，头脑中仔细搜索，只感到岳继飞的剑法套路大变，但内心却怎么也想不出来是哪门哪派的剑法。

但此时的情形，已使他无暇细想，岳继飞蓦然间一声低喝，剑尖不偏不斜，正点在他银鞭的鞭梢上。

只听见"啪"的一声，宋元手中的长鞭已软绵绵地倒卷回去，盘旋数匝，丈余长的鞭身竟在他自己的颈间绕了数十圈。

宋元双目缓缓垂下，眼中一片茫然，心想自己在江湖上闯荡数十年，却被一个少年击败，内心中当真是万念俱灰，胸口一热，喉头一甜，"哇"地吐出一口鲜血来。

岳继飞顿时心里恻然，正想出言安慰几句，眼光一掠，暗叫不好，身子横空斜掠，以苍鹰扑兔之势，凌空急扑风雷剑王一平。

原来郭子华已将张远山逼得哇哇暴叫，纵看场上，见杜芳芳和岳继飞两人都处在下风，连忙摧动手中双锏，攻势如雷，急欲解决张远山，替两人解围。

谁知张远山的性子极硬，并不知难而退，反而使出浑身解数，和郭子华叫气。

哪知不一会儿，岳继飞那边形势大变，由被动变主动，郭子华心里稍稍为定。

而王一平一瞥之间，见宋元遇险，心中大骇，情急之下，忽施险招，杜芳芳的功力本来就比王一平相差甚远，此时马上身陷危境，王一平的长剑挟着风雷之声，劲发剑端，狂风暴雨般击向芳芳，芳芳拼命招架，已是香汗淋漓，上气不接下气，一身素洁的衣服血迹斑斑，身上已被王一平划破几道小口。

但她怕岳继飞分心，咬紧牙关，不吱一声，手中的长剑全是奋不顾身的拼命招式，但手中却是软弱无力，起不到作用。

王一平目露凶光，突地身形欺进，长剑斜挥，疾刺三剑，芳芳只觉得剑未及身，但那劲力已是迫得自己胸口发闷，长剑几乎脱手，只得心中一念：飞哥哥，我不行了，凤目一闭，引颈待毙。

就在这千钧一发之时，岳继飞打败了宋元，急啸一声，凌空而至，见芳芳已是身形狼狈，心疼得不得了，四像剑急刺王一平的咽喉。

岳继飞大急之下，旨在救人，这横空一剑剑势惊人，但毫无招式可言，只是想来一个围魏救赵。

谁知王一平见岳继飞这突如其来的一剑，反而镇定如恒，左手长剑缓了一缓，右手往上一扬，食中二指已夹住了岳继飞急刺过来的剑尖。

电光石火之间，岳继飞全力一刺，四像剑的剑尖距王一平的咽喉只有三寸，王一平也真是了得。

岳继飞持剑全力往前一挺，却发现四像剑犹如嵌入了铁石之间，竟然纹丝不动，急往回抽，也是不能。

王一平狞笑一声，左手长剑又向芳芳当胸刺去。

眼看芳芳转瞬间就会命丧当场，这比杀死自己还难过，岳继飞大惊之下，拼命一转动剑身，想绞断王一平的手指。

谁知他这拼命一扭，奇迹出现了。

岳继飞只觉得手中一震，一声惨叫也同时传出，惨叫声中充满了惊愕、意外、恐怖、不甘和绝望，黑夜中远远传来，煞是吓人。

只见王一平左手松开，捂着咽喉，双目圆睁，面呈骇然之色，一步一步往后退去，步履踉跄，终于用手指着岳继飞惊惧地叫道："你……你……好……卑……"话还没说完就轰然倒地，已是气绝身亡。

这一下来得太突然了，岳继飞一片茫然，自己明明没有往前用力，怎么王一平突然死在剑下？

定睛一看，只见自己手中四像剑剑尖兀自暴长出五寸来，状极细小，闪着寒光，宛如一柄极细小的匕首，两面都有锋，尖端还有鲜血滴落。

再看倒在地上的王一平，咽喉之上有一极细小的血洞，有热血汩汩流出。

正在这时，郭子华抢攻几招，长剑抖出几朵剑花，连封住了张远山身上的十几处穴道，飞身过来。

芳芳睁开眼睛，奇迹般见自己没死，岳继飞愣在他的身边，仿佛人再活了一回，连忙投身到岳继飞的怀里，欣喜叫道："飞哥哥，我以为再见不到你了！"马上发觉自己是男装，俏脸血红，身子一弹而起，垂头站在岳继飞一侧。

幸好，此时没人注意她的言语和行为，因为所有人的眼光都落在风雷剑王一平身上。

"喋血银狐"宋元也已解开颈上的银鞭，抢了过来，抱着一王平的尸体惊呼道："师兄……师兄……王师兄，你……你怎样了！"

厢房里本来大摆宴席，气氛喜庆，灯火通明，经过这一场激斗，只剩下三盏宫灯犹自未灭。

昏黄微弱的光亮下，已气绝的王一平，咽喉处如黄豆大的圆洞，鲜血仍不断涌出，染湿了前胸，他双目圆睁，似是感到死得大为意外。

风雷剑王一平的确是死得不明所以，在场的所有人都是大为不解，岳继飞怎么在一招之间就杀了崆峒派第二高手王一平的。

王一平以全身功力胜岳继飞并非难事，再加上他已夹住了岳继飞的剑尖，心想：只要刺死了芳芳，反手一剑就可以把这个可恨的小子置于死地。

没相到天有不测风云，岳继飞歪打正着，一扭剑柄，这四像剑的机关被扭动，剑尖中藏的小剑弹了一下，刺死了王一平，这一猝变急如闪电，谁又能料得到。

原来这四像剑被江湖上传为宝物，大家你争我夺，在大家的意识中，宝剑自然是吹毛立断，主要功效在剑身上，而所有得此宝剑的人都没想到竟会是这样。

这四像剑设计极为精妙，一扭剑柄，剑身的前端居然有小剑弹出，再一扭机关，又自动缩回，在外观上，看不出一点破绽，还以为是一把平常的宝剑，岳继飞无意中，揭示了这四像剑的秘密，心头也是一片茫然，因为他根本没想到事情会这样发生。

宋元抬起头来，怨毒地瞪着岳继飞，他以为岳继飞故意使机关杀了他的师哥，说道："少侠好毒辣的手段，我崆峒派领教了！"

岳继飞亲手杀了武功这么高的前辈，而且杀得突然，心头也是惊惶，尚未平息，一时之间，竟然答不上话来，只嗫嚅道："这……这事……实属不是……晚辈本……"

郭子华已然明了事情的经过，他只知道岳继飞和杜鹏程关系非同一般，而杜鹏程对他的神火教恩同再造，所以拼死相帮。

他心里清楚，尽管岳兄弟已尽得杜盟主的衣钵，但要想杀了风雷剑，也是不能，知道岳兄弟是无意杀了王一平，当下沉声说道："杀了'风雷剑'又怎么样？你崆峒派算个鸟，也值得抬出来吓唬人么？老子便不信这个邪，偏要再杀一个给你看看。"

说完，虎目圆睁，钢须倒竖，一把拖过被他封住穴道的张远山，右手铜铜挟着劲风当头砸下。

岳继飞没想到郭子华说干就干，心想，这邪教人物的个性也的确偏激，说好就好，不好就干，这一铜打下去，那张远山不脑浆迸裂才怪，听师父讲，邪派和正道始终水火不容，经过这几十年才得个相安无事，完全也是慑于师父的威名，可不要全为了我，而废了师父几十年的苦心。

那张远山穴道被点，看着岳继飞一铜砸下，早已面如死灰，忽闻岳继飞猛喝一声："郭大哥留情！"

郭子华硬生生收起了铜铜，恭声道："是，兄弟！"

岳继飞摆摆手，对宋元说道："在下情急救人，一时失手，不知这四像剑……唉，误杀了王老前辈，可这却非在下本意！"

宋元面色冰冷，盯着岳继飞说道："误杀……嘿嘿……嘿嘿，好一个误杀！"

岳继飞见事情发展到这地步，也是被激起了他年轻气胜的满腔豪气，朗声说道："这件事全由我起，我确是误杀，再多说无益，如果两位要报仇，划出个道来，在下接着便是！"

岳继飞大包大揽，意思说，我岳继飞一肩挑了，这件事与别人没有关系。

此时他主意打定，心情已然平静，言语中自有一种威严豪气，听得众人暗暗心折。

郭子华心中最是佩服那些敢作敢当的铮铮汉子，当下更不多言，只恭身道了一声："是！"便指出如风，解了张远山的穴道。

宋元望了望岳继飞，权衡时局，俯身抱起王一平的尸体，与张远山大步向外走去。

走到厢房门口，宋元身形一顿，回头说道："少侠可否留下大名，也好使我崆峒派记得少侠的大恩！"

岳继飞沉吟道："这……"

张远山见岳继飞沉吟不决，冷笑一声道："少侠心中是惧怕了，既然这样，那就不用说算了，但少侠的容貌我还是记得。"

岳继飞心高气傲，哪受得这般激将，心想师父常说大丈夫行事，光明磊落，敢作敢当，他老人家一生何曾含糊过，我岂能没了他老人家的一世英名，当下神情一朗，正准备答话，谁料站在他身侧的杜芳芳笑道："哈哈，笑话，我们什么时候惧怕你崆峒派，大丈夫行不改姓，坐不改名，这是我师哥杜芳芳，我叫岳继飞，你们好好记住了就是。"

郭子华愣了一愣，只差点没说出来："兄弟也姓杜！"

宋元和张远山一听都是心头狂震，齐声说道："神州剑尊杜盟主是你什么人？！"

杜芳芳胸脯一挺，凛然说道："我师兄家父的名讳，你们还不配这样大呼小叫！"

郭子华一听，差点惊呼出声，没想到自己料想的事果然如此，心想：这兄弟禀赋不凡，大有杜盟主行事的胸襟和风范，怎么起了一个女孩的名字，叫什么杜芳芳，心中甚感欣喜。

而宋元和张远山一听，面色剧变，两人相视一眼，皆是神色惨然，心想：这小子既然是神州剑尊杜鹏程的儿子，那为王师兄报仇的事，已是不可能了。

但还是心怀激愤，两人长叹一声，率领一帮崆峒派的门下，说声"杜公子，后会有期"，如飞离开了天香山庄，消失在黑幕之中。

郭子华眼眶一热，当下就跪在岳继飞的面前哽声道："杜兄弟，杜盟主他可好？"

岳继飞朝芳芳看了一眼，芳芳朝他一吐香舌，作了个鬼脸，岳继飞脸一红，支吾道："他……他……"

岳继飞连两个"他"，竟然说不下去，杜芳芳笑道："我师父他身体好着呢！"

当年叱咤风云的神州剑尊武林盟主杜鹏程将江湖武林整顿得好生兴旺，北抵金兵入侵，内调解神火教和武林正派的纷斗，后来突然莫明其妙地封剑归隐江湖。

这其间有许多传说，一说是二十年后武林将有一巨大劫难，神州剑尊和天山神尼、不死童姥三人为了挽救整个武林，力克这百年武林浩劫，所以闭关修炼，二说是杜鹏程和武林大枭魏士杰，因为一件秘而不传的事，激战三天三夜，最后将其杀死，心中有悔，所以才封剑隐退。

总之，众说纷纭，整个江湖陷入了群龙无首的局面，为此，许多人前去请他出来主持江湖大局，连少林寺圆觉大师也上了祁连山，但杜鹏程执意不出，这就给人们留下了一个谜。

据说当时真正见到杜鹏程面的只有圆觉大师和武当的斐清道长，三个人还谈了三天三夜，也许他们才真正了解内情。

岳继飞没想到芳芳这样捉弄前辈。其实芳芳也不是捉弄几人，只是一进门时岳继飞介绍他时，就说了一个谎，所以跛子拜年，就地一歪，纯粹出于一种抬高她心上人身份的心态，才这么说出，她一个情窦初开的少女，见这些大名鼎鼎的武林前辈对她的飞哥哥毕恭毕敬，心里说不出地高兴。

而此时岳继飞又不好改口，只得硬着头皮将戏演下去，忙扶起郭子华说道："郭大哥，快请起，你这样叫兄弟怎么受得起，其实你误会了。"

岳继飞说这话，只差点没告诉郭子华，你误会了，我不是杜芳芳。

哪知郭子华一听，又跪下道："属下的确不知道公子到天香山庄，望公子恕罪，差点让公子受惊了。"

岳继飞当真哭笑不得，只好说道："多谢郭大哥！"说着一把拉起郭子华，不再多言，免得越说越远。

古百万目睹这般情形，惊喜地看着岳继飞，上前拉着岳继飞的手，喟然叹道："公子原来是杜盟主的后人，难怪，难怪，唉，当年杜盟主一统武林，雄风盖世，我等敬仰得很，江湖上正气滋生，谁不肝胆涂地，只可惜我没缘见到杜盟主，那样死也甘心，唉，今天见到杜公子，宛若当年的杜盟主，我古百万算是三生有幸了。"

芳芳在一旁笑，当真心里如喝了蜜一样，甜不可支。

岳继飞只得将错就错，忙道："劳古庄主还记得家……父之名，晚辈代为谢过了。"

岳继飞说话的当儿，心里暗想：这一次怪我好出风头，年轻气盛而起，师父的一世英名有所受累，不管怎么说，还是杀了名响一时的武林正派人物，若不及早离开天香山庄，定会再度连累古庄主。

当下就反旋剑柄，剑尖上的小剑咔嚓一声倏然缩回剑刃之中，竟是天衣无缝，和寻常宝剑并无二致。

岳继飞还剑入鞘，对古百万拱手道："古庄主的高义风范，晚辈受教了，我岳……杜芳芳告辞了。"

古百万连忙回礼道："公子言重了，我古百万只赚了几个臭钱，何德何能？和杜盟主相比，真是惭愧……惭愧……"

郭子华面色一沉道："你算个鸟，怎能和杜盟主相提并论，还比来比去！"

古百万一时语塞，说道："郭大侠所言极是，公子既然来了，不如在庄上多住几日，我古百万也好尽尽地主之谊。"

岳继飞说道："我还有一桩事要办，古庄主的盛情，我心领了。"

古百万见岳继飞执意要走，当下也明白他的意思，说道："公子此番救命之恩，我古百万纵是粉身碎骨，也难回报，往后公子若有什么差遣，整个天香山庄就任由公子调度。"

岳继飞忙说道："不敢，不敢，在下告辞了！"

话一说完，朝郭子华一拱手，一拉芳芳，两人倒掠出屋。

郭子华忙追了出去，急道："公子意欲何往？郭子华愿与公子同行，效犬马之劳！"

岳继飞哈哈朗笑道："大丈夫四海为家，天大地大，我杜芳芳去浪迹江湖了，今天能结交郭大哥这样的朋友，当真是心喜得很，郭大哥这样说，真叫小弟于心难安，小弟有事先走一步了。"

郭子华略现失望之色，却依然恭恭敬敬地说道："江湖凶险，何况公子已得四像宝剑，还望公子多多保重。"

岳继飞说道："多谢郭大哥！"心念一动，马上又站住身形说道："郭大哥，咱俩初次相见，倒对小弟腰间的这块铁牌……嗯，不知这铁牌是……"

郭子华奇道："公子竟然不知道，难道杜盟主他没给你讲？"

岳继飞回望芳芳一眼，摇摇头说道："家父没有告诉我这块铁牌的来历，只是要我不可轻易示人。"

郭子华说道："这倒是杜盟主的良苦用心，这块铁牌，就是武林盟主身份的象征，叫作'玄铁蝴蝶令'，见牌如见盟主，这块牌是当年血刀老祖他……"

芳芳好奇道："血刀老祖是谁？"

郭子华说道："血刀老祖是两百年前一位武林至尊，也就是一位武林圣人！"说着眼睛里竟包含着一种神往的目光，接着道："据传说这位武林异人，一身功夫已臻化境，只是杀孽太重，是我们邪教的鼻祖，后来修得正果，将一口血刀封了，和一武林秘笈藏在一秘处，传说这血刀能取人头于百步之外，武功再高的人也抵不上一刀，只有少林寺的天人大师能破此刀，就是他取得血刀上的一块玄铁，制成了这玄铁蝴蝶令，所以它是有灵性的。"

两人一听郭子华的解说，已是瞠目结舌，师父吩咐过，找千指神魔索《血刀秘笈》，然后毁掉，难道这《血刀秘笈》也被千指神魔拥有？

岳继飞说道："郭大哥，多谢你，我会好自为之，不知这玄铁蝴蝶令有何神奇之处？"

郭子华说道："这玄铁蝴蝶令是血刀老祖取自血刀上的一块玄铁，自有它的灵性，具体我也不知，只有一次杜盟主和教主喝酒时，被'神手无影'偷走了，事后杜盟主四处找'神手无影'，那'神手无影'易容成一个老太婆，后来这玄铁蝴蝶令一见到杜盟主就发出'嘟嘟'怪叫，头几次杜盟主还没警觉，有一次，杜盟主见那老太婆身上发出怪叫，神情慌乱，转身欲逃，就一把逮住了，是易了容的'神手无影'，你说奇怪不奇怪！"

芳芳欢叫道："那真是神奇，后来师父他怎样对付神手无影？"

郭子华说道："杜盟主大人大量，当然不会为难'神手无影'，'神手无影'只是生性怪异，他的一身轻功和神偷绝技是无人能敌，只要他从你面前一过，无论你的什么东西，他都会偷走，据说他曾偷过金兵的兵符为岳王爷立过大功哩，更何况他偷玄铁蝴蝶令也并无恶意，'神偷无影'怪是怪，但极其疼老婆，是他老婆一听玄铁蝴蝶令的神奇，丈夫又神偷绝技高超，就说他如果能偷得杜盟主的玄铁蝴蝶令，就和他生孩子，于是'神手无影'就……"

芳芳一听这话，大感兴趣，瞄了一眼岳继飞，说道："'神手无影'的确是个大丈夫，要是我是师父，还要将玄铁蝴蝶令送给他，让他一搏老……他夫人的欢心！"

郭子华说道："岳公子，话不能这么说，那'神手无影'虽无恶意，但江湖上有许多人蠢蠢欲动，打玄铁蝴蝶令的主意，因为有了它，可以号令江湖。"

岳继飞想到在山路上碰到的小怪小玲子，摇头笑了一笑，说道："郭大哥，你若碰到无影前辈，就转告他，说他女儿小玲子已到了湖北界，好，后会有期！"

"期"字一落，只见一道白光闪过，郭子华眼前哪还有岳继飞和芳芳的身影，长叹一声，复回天香山庄。

天香山庄本是古百万修的一座极为别致的别墅，主要是接待江湖武林人物，这么一个洁净的地方，只因为刚才一番恶斗，此时屋内血腥气味弥漫，令人作呕。

郭子华经过杯盘狼藉的前厅，一上楼，顿时大吃一惊，只见古百万被吊在横梁之上，嘴巴上被塞了一块大肉骨头，正在哼哼呀呀。

郭子华忙解下古百万问道："崆峒派人这么快又回来了？"心想准是崆峒派的人见杜芳芳一走，又回来报仇，将古庄主吊在横梁上的。

古百万顺了顺气，才摇摇头说道："不是崆峒派，杜公子身形太快，我慢了半步，正准备出门相送，谁知来了一个少年书生，一把拦住了我说：'你还没吃饱吧，古庄主！'我说道：'你是谁？'他笑而不答，就伸手拿我穴道，我刚一抗拒，谁知他出手奇快，一下子被他制住，就将我……唉，真是惭愧！"

郭子华更是大惊，心想：古百万除了轻功稍差，武功自是不弱，何人有这么高的本事，于是就问了那少年的特征。

古百万记了一下，说道："那少年长得甚是俊美，皮肤白皙，像一个孩童，天真无邪！"郭子华也想不出江湖上竟有这样的后辈，说道："他说了些什么没有？"

古百万叹了一口气，说道："那少年说了一句莫名其妙的话。"

郭子华忙问道："说什么话？"

古百万道："他说如果杜公子要找他的话，那是白费心，一切凭缘分！"

郭子华说道："这么说，他认得公子，公子为什么要找他？"

古百万说道："公子临走时不是说有一桩要紧事去办吗？我想是不是就去找他？本来，我想再问一点其他的，他突然拿起一块肉骨头塞住了我的嘴，格格笑了笑，将我吊在横梁上，一闪就不见了，好俊的轻功。"

郭子华一听急了，说道："公子找他可是有要紧的事，我得去告诉他。"

说完身形一掠，人已上了房顶，向岳继飞走的方向追去。

岳继飞出了天香山庄，从南边下了蜘蛛山，两人下山一个多月来，觉得江湖风云变幻，奇人奇事，一桩接一桩，甚是好玩，在天香山庄一闹，两人没想到把大名鼎鼎的崆峒派高手王一平给杀了，心中结了一个疙瘩，但马上被新奇的喜悦所冲淡。

芳芳见岳继飞一路上愁眉不展，似乎有什么心事，格格笑道："飞哥哥，现在你的大名已是人尽皆知，还有什么不高兴的？"

岳继飞说道："可我杀了王一平，只怕对师父他……偏偏又是你胡说八道，不更是坏了师父的名声！"

芳芳说道："王一平那恶人杀了，应该是为武林除了一大害，更何况你又不是有心杀他，再说，我爹是不是把你当儿子看待？我说你姓杜，你自己父母姓什么都不知道，姓杜姓岳有什么区别！"

岳继飞一想也是，自己从小是个孤儿，连父母姓名都弄不清楚，师父收养了自己，是自己的福分，只是想到自己可怜的身世，不免黯然神伤。

芳芳知道自己说到岳继飞的伤心处，笑道："其实我还不愿你是我的哥哥！"

岳继飞一愕道："你这丫头，这样说说，那样说说！"

两人一路说笑，顺着蜘蛛山的南坡，施展轻功，不一会儿两人就到了山脚下的蕲州镇。

虽是子夜时分，蕲州镇却仍是万家灯火，街上人声嘈杂，路过一酒店，忽闻店内一人高声叫道："今天夺去四像剑那小子，也不知是何来路，竟连神火教的郭堂主也对他俯首听命，当真有些奇怪。"

另一人接道："看他年纪轻轻，只有十七八岁的模样，倒没听说江湖上有这么一号大人物。"

岳继飞听他们谈论的正是自己，正想走开，芳芳却拉住他，驻足倾听，但店里那些人无一知道他的来路，翻来覆去，只说古怪而已，有放肆者，到后来越说越离谱，说他是神火教教主罗云川的私生子。

芳芳一听脾气就来了，准备冲到里面揍几个乱说人一顿，岳继飞怕事情闹大了，再说自己是不是私生子说不清楚，怕芳芳听下去更是忍受不住，拉着芳芳找了一个客栈休息了一晚。

这是蕲州镇一个比较偏僻清雅的客栈，第二天，岳继飞起来的时候，已是日上三竿，两个人就在客栈里要了一些酒菜，对饮起来，忽然听到邻座桌上有人击节而歌，"……把吴钩看了，栏杆拍遍，无人会，登临意。休说……"却是辛弃疾的一首《水龙吟》，曲调甚是高亢。

岳继飞一愣，不知此人此时吟诵此曲何意，转头看时，心中大喜，击节而歌的竟是魏邦良，在鄱阳湖畔赠银赠物的魏帮良。

魏邦良正坐在靠窗的一个桌上独饮小酌，手里玩着一朵淡黄菊花。

芳芳也看到了魏邦良，面上一红，但过了会儿，心里却坦然了，因为此时她知道这个魏帮主不是在天府脱他衣服的那个人！

魏邦良正好一回头，看到了岳继飞，面上大露喜色，欢欣叫道："兄台，快，没想到我俩在这里见面了，来，移座过来一叙，小二，添双筷子。"

顿了一顿，魏邦良一愕道："咦，兄弟，你那师妹呢？"

芳芳脸一红，低下了头，岳继飞有心结交这位英雄少年，笑道："师妹，还不见过魏大哥！"

魏邦良一愣，转而哈哈一笑，说道："公子原来是红妆。"

转而说道："稼轩词慷慨，豪放悲壮，让在下一介俗人吟出，当真无味之极，让岳兄见笑了。"

岳继飞连忙说道："哪里哪里，魏大哥英华内蕴，豪气外溢，吟诵豪放派的名作，正是相得益彰。"

魏邦良说道："我见你师兄妹二人上蜘蛛山去，本欲同往，无奈武功不济，没有跟上！"

岳继飞大窘，知道人家这样说，是给了自己一个台阶，当时是芳妹憎恨他，才想甩掉他的，只好笑道："当时小弟确是有一桩要紧事要办，所以走得急了，多谢魏帮主美意，还赠送那么多东西。"

魏邦良哈哈大笑，突然面色一变，说道："杜公子，你就不要再演戏了，既然你现在已知道我的身份，我也不隐瞒了，我就是九龙帮的帮主，本想为我们大宋百姓谋一份伟业，但无奈千军易得，一将难求，想找到杜公子这样武功高强、侠义胸怀的志同道合的人却是不易，更令我伤心的是，杜公子还在我面前隐瞒自己的身份，这分明看不起在下了。"

岳继飞这下倒不明白了，以前在鄱阳湖畔可不曾告诉他的姓名，怎么他今天又称呼自己为杜公子，难道在天香山庄的一幕，他都看到了？心想这魏邦良也的确通神得很，当下说道："魏兄这话从何说起？小弟从未在魏兄面前隐瞒过什么身份！"

魏邦良哈哈一笑，说道："杜公子你在天香山庄一举夺魁，得了四像剑，而后又力解重围，救了古庄主，这些事可是我亲眼所见，只是当时考虑到自己技微，没有帮上公子的忙，好生惭愧，心情烦闷，才觅得这幽静地方，图谋一醉，虽然我九龙帮在江湖上的名声不响，但杜公子既然是杜盟主之子，杜盟主对为父已有大恩在先，往后只要公子用得着魏某，我们九龙帮就是唯公子马首是瞻！"说着，眼神里闪出一丝阴毒的冷笑。

岳继飞哭笑不得，心想：这世道可也真是奇了，愈是假的，愈有人相信，真的反而没有人相信，当时只不过是师妹一时兴起，胡编一通，张冠李戴，居然现在使他的身份大变，成了杜公子，面对这样的少年英才，自己可不能骗他，支吾道："魏兄，你误会了……"

芳芳忙说道："杜师哥，反正我俩出道又坏了师父的名声，你就认了吧！"

岳继飞正要辩解，魏邦良哈哈大笑道："这就是了，公子还没岳女侠爽快，如若公子看得起魏某，我俩不如今天义结金兰如何？"

岳继飞欣喜说道："好！我岳……杜芳芳早有此意，大哥在上，请受小弟一拜！"说完"扑通"跪下，叩了三个响头。

魏邦良连忙跪下还礼，二人哈哈大笑，相扶立起身来，各饮三杯，击掌盟誓。

岳继飞解下腰间的四像剑，双手捧住，说道："魏大哥，你我义结金兰，小弟别无它物，若大哥看得起小弟，请收下此剑。"

魏邦良连忙退后一步，说道："杜兄弟，人说红粉赠佳人，宝剑配英雄，这把四像剑是你在擂台所得，如此重宝，只有杜兄弟才配用它，大哥愧不敢收。"

岳继飞不悦道："大哥这么说来，你就是看不起小弟！"

芳芳在一旁没想到岳继飞有如此豪气，只是一个劲地朝面对面的岳继飞和魏邦良脸上盯着，似乎不认识两人。

魏邦良见芳芳在一旁专注地看着自己，面一红，忙道："杜兄弟重友轻物，果是英雄本色好，大哥收下便是了。"

说完也解下佩剑，换了四像剑，佩在腰间，然后从怀里掏出一个黑色方盒，递给岳继飞，说道："区区薄礼，不成敬意，还望兄弟收纳。"

岳继飞也不问盒内是何物，当下接了，揣入怀中，哈哈大笑道："你我兄弟，又何必这般多礼？来来来，喝酒，喝酒！"

侧头一看，见芳芳专注地朝他看着，笑道："继飞，你不认得我了？"岳继飞也觉得奇怪，叫了几天，居然顺了口，俨然自己真的是杜芳芳了。

芳芳似从梦中醒来，惊啊一声，立刻发觉自己失态，继而抿嘴一笑，说道："方哥哥，刚才你和魏大哥义结金兰，小妹想到，你俩可真是投缘，从面相上看，你俩长得真是有些相像之处，倒真像亲兄弟，你说奇怪不奇怪！"

岳继飞和魏邦良相视一眼，也是愕然，以前在鄱阳湖畔，初次见过魏邦良，岳继飞就有这般惊奇，只是没说出来而已，心想：大千世界，真是无奇不有。

谁知魏邦良听了却是黯然神伤，似是芳芳的话触到他的伤心处，岳继飞问道："大哥可有什么心事？"

魏邦良说道："我的确有一个亲兄弟，只是在刚出生不到一岁，我魏家惨遭横祸，被……老贼杀了全家，后来我那兄弟被人救走，唉，不知……"

岳继飞和芳芳听了俱是一惊，道："没想到大哥还有这般伤心往事，大哥，那个老贼是谁？你的仇就是我的仇，我去将他的人头取来！"

魏邦良的眼睛漠视地望着远方，咬牙切齿，听了岳继飞的话，才觉自己失态，小不忍则乱大谋，惊出一身冷汗，差点坏了大事，故作轻松一笑，道："杜兄弟的心意，大哥心领了，只是那老贼与魏家有不共戴天之仇，但他的地位和武功已登臻顶，但我一定会让他饱尝十倍的痛苦！"说着，眼里射出怨毒的目光。

这话从魏邦良的口中说出，有一种说不出的残酷感，使人听不了寒而怵，岳继飞怔怔的，说不出话来。

魏邦良回顾了岳继飞一眼，马上淡然一笑，道："好了，不提这些伤心事，今天大哥心里高兴，来，我俩今天一醉方休，小二，拿酒来！"

又过了半个时辰，岳继飞已然烂醉如泥，杜芳芳也是双颊酡红，仆倒在桌上。

魏邦良朝两人看了一眼，冷笑一声，轻拍了两下巴掌，从里间走出四个妖艳的女子，将岳继飞扶进了里间，将杜芳芳扶到楼上。

次日岳继飞午时方醒，醒来后，竟然发现自己赤裸裸的，而身旁还睡着一个一丝不挂的少女，少女见他醒了，媚态十足地说道："公子，你昨天晚上好猛啊，真是爽死我了！"

岳继飞大吃一惊，大声喝道："你是谁？"

那女子笑道："公子，你真健忘，昨晚你喝醉酒了，亲自要了我，你现在就忘了。"

岳继飞只觉得自己头痛欲裂，只记得和魏邦大哥在一起把酒举杯，怎么叫了一位烟花女子？一想到芳芳，岳继飞惊出一身冷汗，一把推开那女人，起身四处一看，偌大一个院子，哪里还有人影？那女子穿着薄纱追了出来，说道："公子可是找你那同伴？你那同伴今天早晨好没礼貌，坏我俩好事，竟然不推门就进来了，后来猛地跑出去了。"

岳继飞大惊，没想到自己喝得乱性，伤了芳妹的心。

芳妹自小和我青梅竹马，两小无猜，这一次可太伤他心，芳妹个性倔强，会不会作出什么傻事？

岳继飞心乱如麻，悔恨不已，想不通昨天晚上竟会作出这等事来，正欲呼小二来问魏邦良哪里去了，却找不出一个人，那女子上前说道："公子，你还是个童子鸡，银子还没给我哩！"

岳继飞刷地拔出长剑，谁知那女子吓得花容失色，萎身倒在地下，竟然已是吓昏，此时岳继飞心头实在惶乱之至，陡觉说不出的凄凉。

想到和芳芳在祁连山上，寒来暑往，花开花谢，两小无猜，欢声笑语，如今芳芳离开了自己，也许永久地离开了。

岳继飞径自离开客栈，不知天大地大，该往何处去，茫然地向北而行，脚步踉跄，也不知走了多久，岳继飞头脑一片空白，到傍晚的时候，他不敢让自己静下来，因为只要一静下来，耳畔总是听到芳芳嘤嘤的哭声。

这时天空下起了蒙蒙细雨，岳继飞心中悔恨羞愧，不由长长叹了一口气，可就立即又想到酒了，真想一下子醉死，永远不再醒来。

抬头一看，只见前面林中，风雨中飘着一个酒帘，就加快了脚步。道旁有几家瓦屋，其中有一家卖酒，那酒帘即自那家门口挑出。

这时，纷纷扬扬的细雨越下越密，风也大了，正可在此避雨，浇愁。

岳继飞带着一身湿气，低头往里走去。

这酒铺倒有三五个酒客，岳继飞也未注意，找个靠里的座位坐下，正要招呼卖酒的过来，却听得身后一人呵呵笑道："醉里乾坤大，壶中日月长，好！好！伙计再来一壶！"

岳继飞听这人的声音，心头已打了一个结，回头一看，却是一个穷和尚。

岳继飞心头一亮，这不是那个在鄱阳湖畔坐在树上吃鸡腿的疯和尚吗！

岳继飞一回头，那和尚冲他一龇牙，却又自顾自唱道："走走走，游游游，无是无非度春秋，说恩爱，道痴情，全是梦幻，无非魔头，昨朝红纱帐里鸳鸯卧，今日却见白骨埋荒冢，怎如我赤手单飘，怎如我过府穿州，怎如我潇潇洒洒，怎如我荡荡悠悠，终日快活无人管，也没烦恼也没忧……"

正唱间，小二已送了一壶酒上来，皱着眉头，道："大师父，你还没喝够吗？"

疯和尚呵呵笑道："心上愁须扫，烦恼应酒浇，壶中别有天地，世上岂识玄中妙!"

那小二似乎见惯了他这么疯疯癫癫的人，也不理，放下酒壶，即转身到岳继飞桌前来。

岳继飞听得疯和尚口中所唱，心中一动，心想：这疯和尚倒像是针对我心事唱的一般，句句唱到我心坎里。

岳继飞要了几样下酒菜和一坛酒，自斟自饮起来。

岳继飞还没喝到两杯，那边的疯和尚已壶底朝天，又唱道："自古当年笑王候，含花逞锦最风流，如今声势归何处，孤坟斜阳漫对愁，嗟，我几辈且修修，世事如同水上鸥，因循迷途归原路，打破情网一笔勾。"

岳继飞一听，心中又是一动，这次他已是清楚地意识到，这疯和尚是对他而歌的，掉头一看，和尚唱到最后两句，本已模糊不清，哪知眨眼工夫，和尚已扑倒桌上睡着了，伴有鼾声传来。

望着窗外的细雨，岳继飞心情似觉得有些开朗，仔细琢磨疯和尚的歌意，仿佛一语点醒梦中人，心想：自己大错特错，无可挽回，倒不如和这疯和尚出家，万千烦恼从此一笔勾销算了。

第五章

想到这里，岳继飞长叹一声，回头一望，哪里还有疯和尚的影子，心中正感大为奇怪，忽然窗外传来一人冷声道："死到临头，还坐在酒店里唉声叹气。"

话音刚落，门口一暗，走进一高一矮两个蒙面人来。

岳继飞微觉一惊，便听到那稍高的人道："师兄，咱们——"声音甚是苍老。

另一人说道："现在左近无人，最是良机，咱们先毙了这小子，来个死无对证，天知地知，你知我知，南天盟主也无办法！"

岳继飞哈哈大笑道："宋元，张远山，既然你俩要杀我为王一平报仇，那就爽爽快快地上，又何须这般藏头露尾？也未免太失前辈风度了。"

这二人正是崆峒派"喋血银鞭"宋元和"锁江龙"张远山，当时他二人自天香山庄杀掠而归，回崆峒派禀报掌门人孙大海，自是将王一平伺机强夺四像剑之事略去不提，只把错处全往岳继飞头上说。

孙大海听说杀王一平的竟是杜盟主之子杜芳芳，一时倒不知该如何处理，只得火速禀报九大门派盟主，嵩山派掌门人南天雄。

南天雄闻讯大惊，忙传下令旗，令九大门派掌门人会盟湖州，商议对应之策。

宋元和张远山二人一时倒颇觉为难，既喜又惊。

喜的是有南天雄和少林寺圆觉大师这些高手出面，不怕杜芳芳那小子长了三头六臂。王一平毕竟是崆峒派名宿，九大门派同气连枝，南天盟主素来公正，决不会因为杜芳芳是杜盟主的儿子就徇私情。

原来自从神州剑尊解除盟主之位，封剑不出，归隐祁连山，武林中正派和邪派的矛盾冲突重燃战火，后来正派的九大门派就一致推选嵩山派掌门人南天雄作为盟主，而邪派则是神火教教主罗云川，由他统领三十六洞、七十二岛的首领。

幸好南天雄和罗云川都是德高望重，以大局为重的人，各自约束属下，使正派武林和魔教没发生大的流血冲突。

惊的是，一旦捉住了杜芳芳，他定会将当日在天香山庄的事说出，那就有了崆峒派抢剑在先，反而对崆峒派不利，于是他二人禀明掌门，先行奔赴湖州，来个杀人灭口，死无对证。

此时一听杜芳芳如此一说，张远山当下说道："好！杀人偿命，欠债还钱，我们便让你杜芳芳死得心服口服！"说完一把扯下了面罩，意思是有把握杀了你这小子，干脆把脸皮撕破。

岳继飞一听"杜芳芳"，心里隐隐作痛，一片茫然，脸上反而浮现出微笑。

宋元、张远山对视一眼，心想：这小子还笑得起来，是不是有什么阴谋？小声对张远山说道："这小子仗着四像剑古怪，咱们一时半刻恐怕难料理他，近几日我们九大门派纷纷赶到湖州，若正打得……让同道撞见，那不就全露诡了？"

谁知岳继飞的内功修为，已能将宋元和张远山的说的话听得清清楚楚，哈哈大笑道："好你们名门正派，原来想杀我杜芳芳灭口，来吧，小爷不怕你们！"

宋元怒道："姓杜的，你不要仗着你爹爹当年那点名头，为非作歹，死到临头还逞什么口舌之利！"

岳继飞冷笑道："谁死谁活，那倒难说得紧！"说完拔出长剑，冷冷地看着宋张二人。

宋元道："好，我师兄弟二人今天就成全你，看看你那四像剑到底如何了得。"

岳继飞冷笑道："二位前辈果然是老眼昏花，才过了不到二月，便看不清我岳……杜芳芳手里握着的，不是四像剑吗？"

二人仔细一看，果觉此时岳继飞手中的长剑又细又长，剑刃既薄且窄，果与四像剑有异，张远山老脸一红。

宋元则打了一个哈哈，说道："不管你现有什么古怪，今天不杀你为王师兄报仇，我们这两把老骨头也赔上算了。"

岳继飞一脸冰霜，说道："你左一声报仇，右一声报仇，恐怕不如说怕我将王一平夺四像剑之事说出去，于你们名门正派的名声有碍吧？哼，闲话多说无益，你两个一起上吧，反正小爷也是一具行尸走肉而已。"

话音一落，人就直欺宋元，挺剑便刺。

宋元和张远山两人未料到他说打便打，当下急忙闪身躲避。

岳继飞像疯了一般，施展伴剑七步，身形快速绝伦，逼得宋张二人一时无法抽出银鞭长剑，一时之间便被弄得手忙脚乱。

十招过后，岳继飞心头暗惊，心想：这两个老家伙行事虽不怎么光采，一身功夫却端的是了得，我猝起发难，占尽先机，却未伤得他们，若让他们抽出兵器，那就大事不妙。

哀莫大于心死，自从岳继飞知道自己定性不足，伤了芳妹的心，使芳妹离开了他，他的心早就死了。

当下他就运足十成功力，手下绝不容情，招招杀着。

无奈宋张二人都是江湖上的顶尖好手，内功深厚，对敌经验丰富，总能在岳继飞的锋芒毕露中游走穿插，虽然有点狼狈，但却是有惊无险。

又过了十招，唰的一剑，一下子封住了宋元的退路，长剑已将他的长须割下一片，宋元有"美髯关公"之称，有一副好胡须，平时十分珍爱，只可惜练的是银鞭，而不是关公大刀。

如今美髯被割，飘洒下来，那宋元气得暴跳如雷，一声暴喝，一掌将岳继飞震退五尺，"唰"地抽出银鞭来，张远山趁机也将长剑抽了出来。

宋元狂笑道："杜芳芳，今日你死期到了！"

岳继飞一阵疯攻猛打，说道："你他妈的死期到了，我不是杜芳芳，不准你说我师妹！"

张远山嘿嘿冷笑道："嘿嘿，杜盟主一世豪气干云天，没想到儿子却这么孬种，眼看自己要死了，反而来个不认帐，好笑，好笑，真是好笑！"

岳继飞心苦得很，突然大喝一声，双眼带血，人电射而出，飞扑张远山。

宋元大骇，没想到这小子这般拼命，银鞭一挥，欲将岳继飞的剑招封住，张远山一愣之后，手中的长剑也跟着刺到，直指岳继飞的左肋。

岳继飞飞身猛进，恍若没看到两人的双面夹击，长剑化作七道剑影，分刺宋元和张远山周身七处大穴。

这完全是你死我活，不顾性命的打法，此时，岳继飞的心中也根本不存在自身的性命，完全一副置生死于度外的态势。

宋元和张远山俱都大骇，哪里见到过这种打法？人说横的怕狠的，狠的怕不要命的，心想，这小子要么是疯了，要么是什么邪招，连忙向后翻身，对于两个这等身份的人，也算是狼狈透顶，虽说险而又险地避过，但张远山身上的衣襟还是被岳继飞长剑割下一块。

两人惊出一身冷汗，对望一眼，又双双夹击攻上。

这时两个人欲想速战速决，置岳继飞于死地，也就顾不得什么江湖道义，以大欺小了，宋元的银鞭使得风雨不透，张远山的长剑左走右穿。

岳继飞和两人的功力相比已是稍逊一筹，更何况两人拼命，刚才他凭不要性命的打法勉强支撑。

现在宋张二人各使出平生绝技，已使岳继飞左支右绌，险象环生。

数十招过后，岳继飞已知今晚定难幸免，心想：罢了，罢了，我岳继飞从小就是一个孤儿，被师父收留，只是枉多活了十八年，到头来居然酒后做出那等荒唐事，气走了芳妹，人活着还有什么意思？只是没想到命丧这荒店，死在这两个无耻之徒的手里，唉……

岳继飞虽然有一死了之的念头，但要死在宋张的手上，还是于心不甘，招招进攻，竟是想来个同归于尽。

宋元和张远山二人心生畏惧，一时半刻奈何他不得。

又过了数十招，岳继飞已是气喘吁吁，眼看已是支撑不住。

张远山脸上带着狞笑，长剑一颤，直刺岳继飞的后背。

岳继飞这时人还在空中，长剑直刺宋元咽喉，他的后背已露出，此时，在空中想转身已是来不及了。

就在这性命攸关的一刹那间，忽闻一声清啸自身后传来，宋元和张远山愣了愣，便见一朵白云划破夜空，疾扑张远山。

岳继飞大喜，叫道："宋大哥！"顿时精神大振，仗剑直刺宋元。

张远山不知来者何人，大骇之下，一个懒驴打滚，极其狼狈地避开了那人一招雷霆之剑，立起身来，喝道："哪里来的野种？竟敢偷袭暗算你爷爷。"

来人淡淡地说道："野种就是那种偷偷摸摸以众凌寡，见不得人的东西，大爷天生就有一个坏习惯，见到你这样的野种就要打！"

从岳继飞的一声惊呼来看，这个人似是他的熟人，张远山咆哮道："好，天堂有路你不走，地狱无门偏要进，老子今天让你两人一块死！"说完，身子贴地飞掠，持剑与地面平行，直削岳继飞的双足。

来人淡淡地与他说话，忽然间衣袂风动，双足竟如追风逐浪一般，踏着张远山的剑身，一剑刺穿了张远山的咽喉。

张远山"扑通"一声，摔在地上，惨呼一声，鲜血四溅。

场上的人，除了来人之外，人人都不敢相信眼前发生的事，宋元张大嘴巴，惊骇得作声不得。

因为他不相信一个二十多岁的少年，居然能在一招之间杀了他的师弟。

来人缓缓转过身，在张远山的尸体上擦了擦长剑上的鲜血，从容地还剑入鞘，这才拱手对岳继飞说道："杜兄，别来无恙乎！"

岳继飞奇道："你怎么知道……"

来人哈哈大笑道："昔年令尊杜盟主，武德臣服武林，大公无私，一统江湖，威震神州，谁不敬仰？当真虎父无犬子。"

"杜兄这次一出江湖，便一举夺得四像剑，并杀了崆峒派坐第二把交椅的风雷剑王一平，'杜芳芳'的大名，早就名动江湖，此时已在武林中传得沸沸扬扬，我宋天城再孤陋寡闻，也该知道兄弟尊姓大名了。"

宋元颤声道："你……你是昆仑派宋天成！"

其实岳继飞早就认出了宋天成就是和他在天香山庄比武的，没想到江湖上的消息传得就是快，现在他岳继飞就是杜芳芳，已然成了事实。

宋天成像没看到宋元惊骇的表情，只是望着岳继飞说道："杜兄，分别一个多月时间，你怎么这般消瘦？难道杜兄过得不快活吗？"

岳继飞长叹一声，说道："惭愧！惭愧！我岳继飞何德何能？还劳宋大哥这般记挂！"

宋天成哈哈大笑，说道："杜兄，你真会开玩笑，怎么说出一个岳继飞来，来，让我先杀了这宋元老贼，消消你的气，然后我们一起去喝酒去！"

宋元一看情形，一个岳继飞已令他头疼，再加上一个宋天成，人算不如天算，看来今晚送命的却是我和师弟，面色顿时惨白。

岳继飞神情恍惚，连忙说道："宋大哥，得饶人处且饶人，我不想杀人，反正……反正，我……唉……"

宋天成说道："杜公子，对敌人的仁慈就是对自己的残忍，这两个恶徒想置你于死地，你怎么还替这老贼说情！"

岳继飞说道："他们两个是想抢四像剑，可我的四像剑已送给了义兄，他们不知道，其实什么东西，只不过都是身外之物。"

宋天成大惊，说道："杜兄，你为何变得这般消沉？你的义兄不知是谁？"

岳继飞说道："魏大哥，名字叫邦良，是九龙帮的帮主！"

宋天成"啊"了一声，大惑不解地盯着岳继飞，一脸狐疑，问道："杜兄是怎样认识他的？他……"

从宋天成的表情和言语中，似是对魏邦良甚为不敬，岳继飞说道："怎么，宋大哥认得我这位义兄？"

宋天成说道："不仅认识，我对这魏邦良还比较了解，我正在追寻一桩秘密……"

岳继飞没等他说完，心里略有一丝不快，便转头向宋元说道："宋……你……你带你师弟的尸首回去吧，当然，如果你还想找我杜芳芳报仇，我等你。"

宋元似是不相信自己的耳朵，看了看岳继飞，又看了看宋天成。

宋天成沉吟了一会，看了看兴趣萧索的岳继飞，暴喝一声，道："杜公子宅心仁厚，叫你滚，你便给我快滚，再在大爷面前碍眼，当心大爷剥你的皮！"

宋元强忍怒气，怨毒地瞪了一眼仰天不语的岳继飞，抱着张远山的尸体，缓缓退出了小酒店。

这时的酒店，已是桌椅俱碎，杯盘狼藉，店小二不知躲到哪里去了，更奇怪的是，那疯和尚再没露过面。

岳继飞对宋天成突然发那么大的火，像没有什么感受，一切的东西已在他如死水的心中激不起一点涟漪，他淡淡地说道："宋大哥，承蒙相救，我……杜芳芳感激不尽。"

宋天成说道："杜兄，这种无聊的话，以后就不要提起，我宋天成是个直筒脾气，从不玩虚的那一套，当日在英雄擂上与你比划时，我还以为杜兄弟豪放过人，坦诚不羁，是我宋天成看得上的人，没想到仅过了一个多月，杜兄弟竟变得这般婆婆妈妈！"

岳继飞淡淡说道："只怪宋大哥看走了眼，本来我岳继飞就是一个小人，宋大哥是怪我放走了宋元，所以才……"

宋天成没想到"杜芳芳"这样自逊，而且还提自己是岳继飞，委实搞不清个中原委，连忙说道："放走了一个宋元，那我倒未放在心上，我宋天成岂是一个怕事之辈!"

顿了一顿,又说道:"什么'喋血银鞭'和'锁江龙'?名字倒是威风得紧,其实他妈的狗屁,把老一辈的脸给丢干净了。"

岳继飞眼睛出神地望着漆黑的夜空说道:"宋大哥这一插手,往后昆仑派和崆峒派之间……嗯,在下这个错误可就大了。"

宋天成高声叫道:"什么错不错?放了就是放了,宋元要是有种,尽管冲我宋天成来就是,这与两派之间扯不上什么关系,崆峒派前辈名宿中,王一平、宋元、张远山三人最是要好,可都是心胸狭窄之辈,总不服孙大海做掌门,其实,孙掌门人光明磊落,明断事理,比他三人强了何止百倍?纵然那宋元回去胡说八道,孙掌门人也决不会轻率地找上我们昆仑派的,一定会先来与咱们问个是非曲直,咱们若把诸般细节说出,那崆峒派的脸往哪里搁?我想那宋元老江湖,不会糊涂到这份上,他若是聪明,便该知道要为王一平报仇,就单独找你,要为张远山报仇,便该自己来找我宋天成!"

岳继飞精神一振,说道:"男子汉大丈夫,行事本该如此!"

宋天成哈哈大笑,说道:"说了半天,只有这句话才像是杜芳芳说的!"

转而宋天成又道:"偏偏那宋元不愿作男子汉大丈夫,却做了一个搬弄是非的小人,你误杀王一平,他们便胡说八道,使得九大门派近日在湖州会盟,商议对付你杜芳芳的策略。"

岳继飞奇道:"他们怎知我在湖州!"

宋天成哈哈大笑,说道:"人就怕出名,一旦出了名,你的行踪就没有什么隐蔽性了,如今杜兄弟可是最引人注目的大人物,一来是王一平和天香山庄这件事,二来是杜盟主之子江湖重现,这就说明,江湖又该是风起云涌了,所以你的行踪早就被人知道。"

岳继飞心里一凛,心想:我在蕲州镇所做的荒唐事,难道他们也知道?身上不由出了一身冷汗。

岳继飞叹了一口气,想道:"唉,我岳继飞既然大错已铸成,让师父和师妹错爱一场,完成师父交代的事,我自然会给师妹一个交代!"

宋天成看了看忧心忡忡的"杜芳芳",大笑道:"杜兄,若是有缘,咱们在湖州见,青山不改,绿水长流,咱们就此别过!"

说完，白影一晃，宋天成破窗而出，消失在黑夜之中，只远远传来一句话："明枪易躲，暗箭难防，还望杜兄弟处处小心，多多保重……"

　　岳继飞摇头苦笑，心想，什么明枪，什么暗箭，我岳继飞一个躯壳，还谈什么小心保重，只是想到宋天成直来直去，性格豪爽，怎么留下这么一句话来，却是令人难解，他这话肯定有所指，但岳继飞懒得去想它。

　　正准备收拾一下，在这个无人的小店里喝他个一醉方休，突然，小店的前面树林传来一声惨叫，这惨叫划过漆黑的夜空，显得十分凄厉。

　　岳继飞汗毛倒竖，身子一跃，向发声的地方飞了过去。

　　小店的前面是一片松树林，借着微弱的亮光，岳继飞见刚才被他放走的宋元赫然仰面躺在地上，张远山和银鞭被撒在一边。

　　岳继飞蹲下身来，发现那宋元的胸上插了几支松针，难道这就是飞花摘叶的功夫？如果这在师父的手里，那也算不上什么稀罕，师父经常用手边的树叶松针，射杀狼啊兔子啊之类的动物，作为下酒菜，他和师妹争先恐后地去捡，可江湖上又有几个人能和师父相提并论呢！

　　岳继飞茫然地望了望漆黑的树林，突然发现在前面不远坐着刚才在小店里消失了的疯和尚，原来他赶过来杀了宋元。

　　疯和尚似是没看见岳继飞，手里提着壶酒，自顾自地喝着，嘴里吟道："铁甲将军夜渡关，朝臣待漏五更寒，山寺日高僧未起，看来名利不如闲！"说着咕了一口酒，咬了一口鸡腿，一气大嚼。

　　岳继飞若有所悟地走了过去，双手一揖，说道："可是疯和尚大师？"

　　疯和尚一回头，不高兴地说道："吓我一跳，什么大师不大师的，尽扫人家雅兴，愣头愣脑的，你烦不烦！"

　　说着挪身到别的树下坐着，岳继飞又跟了过去，说道："大师，这……宋……宋元前辈可是你……"

　　疯和尚怪眼一翻，说道："你这人怎么像一只苍蝇，嗡嗡地叫着，你到底想说什么？"

　　岳继飞说道："那宋元是大师所杀的？"

　　疯和尚停下了吃鸡腿，脖子一歪，说道："怎么，什么宋元？我不认得，不过那人是我杀的，你是他亲戚、师弟、爹爹？你来找我报仇？！"

岳继飞长长叹了一口气，摇了摇头，说道："唉，死了就死了，这是注定的，这个人是刚才我放了他的。"

"哈哈，杜大公子慈悲为怀，善哉！善哉！"说着双手合十，念了一身佛号，这佛号从一个吃肉喝酒的疯僧口中念出，甚是滑稽。

岳继飞脸一红，说道："我叫岳继飞……"

疯和尚呵呵大笑道："什么岳继飞，杜芳芳的，无所谓，姓名只是人的一个称呼，何必要分得那么清楚？只要不没名没姓就可以了。"

岳继飞一躬身，说道："弟子岳继飞见过大师！"

疯和尚一挥手说道："算了，算了，别叫得那么肉麻难听，你是杜老头的弟子，我可没那个福分！"

岳继飞只感到一股大力由地升起，使他的身子竟再也躬不下去，只好一拱手，说道："弟子已知罪孽，无脸再见师父，现已看破红尘，恳请大师收留，愿随大师浪迹江湖！"

疯和尚笑得前俯后仰，说道："你小子说得倒是轻松，丢下满身孽债，你竟想出家逃孽，哈哈，亏你想得出来，亏你想得出来呀！"

岳继飞一听，更是大惊，疯和尚果然知道自己的隐痛。

他这一愣，疯和尚又呵呵大笑道："佛法无边，却也难渡无缘之人，好小子，种因而不获果，你竟然想要逃避责任，但以你这般不孝不仁不义，虽说佛门广大，岂能容得下你！"

疯和尚似乎是存心和岳继飞过不去，这几句话说得太重了，也不管岳继飞受不受得了，直说得岳继飞脸一阵红一阵白的，甚是难堪，不过此时，他的心情似乎好受多了，这个时候就是有人打他一顿，他也照受。

疯和尚站起身来，正容说道："杜盟主一生武功盖世，光明坦荡，那可是一条顶天立地的好汉，十八年前归隐祁连山，为的就是挽救江湖二十年前后的一场浩劫，发现你是一个练武奇才，再说，其间还有一段隐情，是魏……"

突然，疯和尚发觉自己失言，连忙刹住话头，干咳了一下，说道："你师父将一身盖世神功，倾囊相授，原想让你担当重任，挽救这场武林浩劫！"

岳继飞大惊，只知道师父一再督促自己勤练武功，严格要求，没想到其中还有这么重大的隐情，问道："武林浩劫？大师，你能跟我说说吗？"

疯和尚摇了摇头，似乎让思绪回到了以前，说道："杜老头没告诉你这事，是用心良苦，不想让你思想压力太大，耽误你的练武进程，其实，现在告诉你，也没什么，武林每百年就要出现一场浩劫，所谓'血刀一出，杀戮江湖'，具体我也说不上，只晓得在上代武林中，老一辈江湖人物全都没脱逃这血刀的追杀，连'无人敌'全胜都没逃过这场厄运，以后自会有人给你解说得清清楚楚，反正你现在身担重任，虽然身兼当今武林三大绝顶高手的武功，但这远远不够，要战胜血刀，你必须得到天人大师的绝技。"

岳继飞骇然道："那传说的血刀真的有那么利害吗？"

疯和尚说道："这岂是儿戏的事情？现在为时已不多了，只有两年的时光，你将会看到血雨腥风，整个江湖的安危系你于一身，你却为了别人的暗算，而意志消沉，难道这不叫不孝不仁不义？大丈夫应忘掉儿女私情，以大局为重，现在你既然错了，这正是磨练你意志的时候，你应该站起来，以更大的勇气，接受命运的逃战。"

疯和尚的这一番话，如醍醐灌顶，一语点醒梦中人，说得岳继飞热血沸腾，一揖道："多谢大师指点！"

疯和尚哈哈大笑，继而面容一肃，说道："你以后行走江湖，如听到一些关于你的话语，这些还望你三思，你始终要记住，你师父只会有恩于你的！"

岳继飞一愣，心想：这话姑姑无情剑已说过，这还用说？只听疯和尚又道："姻缘千世所定，不要强求，宋元这等小人，对他不能仁慈，我已为你除了一个绊脚石，你要好自为之，我还要赶着去喝酒！"

说完，身形一起，飘然而逝，恰似翩翩惊鸿。

岳继飞望着疯僧的身影，一阵惆怅，苦笑一声，不过，此时的岳继飞和刚才的岳继飞已是判若两人，疯僧一番语重心长的话，已使他茅塞顿开，豪情万丈，他瘦削的脸庞一扫两个月的阴霾，又透出一股掩不住的刚毅之色，双目放出神光。

岳继飞打算了一下，心头坦然，自言自语道："大丈夫地为毯，天作被，今晚我得好好睡上一觉。"

他寻了一个避风的土丘，和衣而卧，睡到午夜时分，忽闻十丈开外传来轻微的人语声。

岳继飞屏息静气，侧耳细听，只听得一个尖细的声音说道："咱们千方百计弄到手的东西，却被那小贼劈手抢走了，真是气死人！"

另一个沙哑的声音说道："师弟休要气馁，今夜有道长出手相助，那小贼纵有十颗脑袋，也一样摘下来。"

岳继飞心里有气，心想：我刚将事情想通，想好好睡一觉，又让这几个江湖中偷鸡摸狗的武林人物给搅了，这就再也睡不着了，只好翻身坐起。

略微静了一会儿，又有第三人沉声说道："那小贼到底是什么武功路数！"

前面发话的两人"这个这个"地支吾了一阵，终无下文。

第三个人冷哼一声，说道："你们两次与人家动手，却连对方武功来路都没弄清楚，当真可算是无能之至！"

显然，这第三个人肯定是个辈份极高的武林中人，静了一下，那尖细的声音又响起，说道："那小贼的轻功可是极为高绝，出手极快，更为奇特的是，那小子能身子停在空中自由升降！"

第三个人惊声道："这么说，他使的是'凌空虚步'，那普天之下，只有'神手无影'才会使这种步法！"

那沙哑的声音说道："那不可能，'神手无影'已六七十岁了，可那小贼只有十六七岁，人长得娇嫩得很呢！"

第三人声音提高道："你懂个屁，那'神手无影'还有两手震世奇技，闻名江湖，一种是神偷术，一种是易容术，别说那是十六七岁的少年，只要他想，易容成六七岁的孩童他都做得到。"

另外两个人噤声，岳继飞心里呼呼直跳，头脑中马上跃现出在天府的那个美少年和蜘蛛山的那个小玲子，好奇心顿起，他觉得这三个人之间，一定存在什么联系。

耳边又听到那沙哑的声音说道："那当然，那当然，要不然何劳小的们请道长出手呢！"

这马屁似乎拍到点子上了，那道长的语气一缓，说道："你们可拿准了，那本书可当真是无价之宝吗？"

尖细的声音连忙说道："请道长放心，绝对错不了，这就是帮主派我俩从紫云庄里冒着性命搞出来的。"

那老道似乎有些动心了，说道："哼！既然是如此机密的事情，你俩怎么让那小贼给踩了盘子?"

尖细的声音连忙申辩道:"都怪他不小心喝了两口猫尿,给说出来了,那小贼正坐在邻桌,偷听到他说的,就……"

沙哑的声音怒道:"我们得手之后,说不喝酒,你偏要喝,出了事,你就往我头上推,哼!"

老道不耐烦地说道:"别吵了,东西丢也丢了,还在这里丢人现眼!"

接下去,就是三人一气乱吵,岳继飞思潮起伏,心想,是什么宝贝价值连城?紫云庄可是自己差点出事的那个紫云庄?现在,千指神魔不幸已死,师父所说的那本《血刀秘笈》,不知落在谁的手里,这无价之宝是一本书,难道与《血刀秘笈》有关?可这帮主不知指的是谁。

思忖良久,因他阅历很浅,想不出个所以然来。土丘那边毫无动静,只听得夜虫的鸣叫声。

岳继飞深感蹊跷,悄悄将头冒出土丘,朝先前发声的地方望去,淡淡的月光下,只见三人并排盘膝而坐。

左边一人虬须阔嘴,长发披肩,坐着也有四尺高矮,腰间挂着柄大弯刀,端的是威风得紧,只可惜生了一双鼠眼,略添了几分滑稽。

右边的个人背负双钩,头上用一个铁箍将头发束成一束,八字须,吊梢眉,就像长了四条眉毛,若非一个武人打扮,活像皇宫里的太监。

这两个人正瞠目结舌地看着坐在他们中间的老道。

老道背负长剑,一身青色道袍,仙风道骨,颧骨高耸,双眉入鬓,年约五十,正在正襟危坐,双手平摊,头上冒着一缕白气,如一缕清烟。

岳继飞心头一惊,心想:以前听师父说过武当的斐清道长,不知这道长是什么来路,内功竟然如此了得,只怕在风雷剑王一平之上,等看看情况再说,当下就把头缩了下去。

一会儿,却听那边有人长长地呼了一口气,马上,那尖细的、沙哑的声音同时响起,一个说道:"道长好深的内功!"另一个道:"道长武功精进如斯,那小贼如何是道长之敌!"

岳继飞心想:了得是了得,也用不着这般拍马屁。

那老道功行圆满,收功吐纳,一时却未吭声。

良久，才听那老道淡然道："这次事成之后，咱们怎么说？"

尖细声音道："斐清那老道……"

岳继飞心中一惊，尖细的声音却被一声冷哼打断，当下连忙改口道："斐清道长八十有一，斐怀道长也年逾七旬，均没几年就要……驾鹤归西，我们帮主说，只要道长助咱们成此大事，我们帮主一定会让道长作武当派的掌门人！"

沙哑的声音在一旁补充说道："我们帮主的势力正是如日中天，更何况还有完颜王子相助。"

岳继飞心感骇然，再听下去，好像就是谈交易，帮主的姓名他们都没说，心想：我中原武林竟然还有什么帮派和金狗连在一起，这可就危险了，今晚我可得查明。

只听见那老道说道："我们说话可得小心一点，要不然让人家听去了，那……"

尖细的声音笑道："道长这荒山野林，深更半夜，还有谁会到这鬼地方来？你放心！"

道长似乎也安下了心，说道："你俩人的武功，在江湖中也算是顶尖人物，两次失手于人，却连对方的武功路数也没弄清楚，那小贼只怕有些来头，我们既然有约在先，应速战速决，杀了那小子就地掩埋，免得让他师长知道生出麻烦！"

沙哑的声音连忙说道："我们帮主正是这个意思，宜早不宜迟，干净利落。"

岳继飞心想，今天晚上他们似乎在这个地方堵小贼，这老道应是武当派一位德高望重的前辈，想当武当派的掌门人，所以才干这罪恶勾当。

哼，今夜之事既然让我岳继飞撞上，不管那"小贼"是何来路，也要帮上一帮。

岳继飞一想到自己重新做人，竟然暗中得到这么一个大秘密，内心高兴，当下就运气调元，也就不管那边说什么，不多时便已进入物我两忘的境界。

一阵兵刃相击的声音将岳继飞惊醒，连忙将头伸出土丘。

东方已现出鱼肚白，微光之下，老道等三人正围着一个华服公子剧攻猛斗。

老道功夫自是不弱，一路施展武当剑法，气势磅礴，绵绵不息。

另两个人在一旁助攻，大有越快越好之势，一柄弯刀虎虎生风，双钩左右出击。

那华服少年脸飞红霞，模样煞是好看，没有一种饱经风霜的粗糙感，皮肤甚是白皙细腻，好看的鼻端冒着细密的汗珠，目光如水般清澈，岳继飞由衷赞道："好俊美的少年！"

华服少年使的是长剑，剑法颇精，但又怎是三个前辈联手之敌，只凭借着高绝轻功穿插在刀光剑影之中，苦苦周旋，但嘴上却不认输，叫道："你三个兔崽子联手欺负我一个人，哼！算什么本事？如果单打独斗，本少爷先剃掉你牛鼻子的眉毛，然后割掉两个龟孙子的舌头，到街上耍猴去……哎哟，你牛鼻子还真敢打本少爷……"

岳继飞细看那少年，似在哪里见过，那眉，那眼，那嘴巴以及那说话的神态似曾相识，只是想不出在哪里见过。

可岳继飞心里清楚，尽管华服少年时不时怪招出手，身子如蜻蜓点水，飘忽无影，但三人只顾闷头使出绝招，也不接话，照这样的情形，不出十招，华服少年只怕就支撑不住了。

突然，老道骇然暴退，华服少年的长剑已在他脸上划了一道血口，鲜血滴落在青色道袍上。

岳继飞这才看出其中的蹊跷，原来，少年的身子忽然直挺挺地飘浮在空中，如大海波涛中的一叶小舟，姿势极为优美，忽升忽降，忽左忽右，猛地手腕一番，钻了个空子，在老道的脸上划了一下。

幸好老道有了心理准备，连忙暴退数丈，要不然，那张仙风道骨的脸只怕要被劈为两半了。

老道捂着脸，骇然望着华服少年，惊问道："小子，'神手无影'是你什么人？"

少年哈哈大笑，道："我不认得什么'神手无影'，神脚有影，我只道牛鼻子早将世间名利看透，没想到你却利欲熏心，也来抢夺本少爷的东西。"

使弯刀的汉子用沙哑的声音说道："道长，这小子现在知道了，我们三人杀了他再说！"

华服少年笑道："马寻欢，你想杀人灭口，我今天偏要说！"

只见她果然高声喊道："大家快来看啊，过来瞧哇，武当派玄通这个牛鼻子抢东西哇……"

老道一声暴喝，没等他喊完，长剑凌空，兜头向华服少年刺去，老道已是恼羞成怒，这一剑端的是厉害。

华服少年不敢怠慢，也不敢硬接，长剑一摆，人就斜飞而去。

另外两个人忙使弯刀和双钩截住他的去路，又是一场恶战，这一次，老道想杀华服少年，已是吃了秤砣铁了心，出招甚是辛辣。

八招下来，华服少年已是险象环生，岳继飞对这个少年大生好感，心里为他捏了一把汗，当下抓起一把石子，运足十成功力，忽见老道一招"马啸西风"，剑尖直刺华服少年的眉心，弯刀汉子弯刀直进，弯刀直劈华服少年的左肋，双钩汉子却一钩封住华服少年退路，另一银钩划了一个圈，斜划右肋。

此时老道正背对着岳继飞，而那华服少年已是在三人的夹攻之下，毫无退路。

使弯刀的汉子狞笑道："小贼，你还有什么话说？拿命来！"声音宏亮震耳，可弯刀在离华服少年的左肋尚有二寸时，突然僵立动。

老道的长剑在离华服少年的眉心只有一寸，使双钩汉子的双钩离华服少年的右肋及腰间大约均是一寸半左右。

但他们都似忽然良心发现，突然不想杀华服少年，各自停手不前。

三人突然莫名其妙地僵立不动，岳继飞笑吟吟地从土丘后面飘然而出，立在满脸骇然的三人面前。

原来就在华服少年生命攸关的时候，岳继飞手里的三枚石子已同时不偏不倚地撞上了三人的要穴。

若在平时，岳继飞与三人面对面，绝对不会轻易得手，他这一次纯粹是趁三人全力围攻华服少年，全神贯注的时候，一举偷袭成功的。

岳继飞正要说话，突然，一道白光闪耀，鲜血四溅，地上已骇然滚落三颗人头。

岳继飞一抹脸上的血迹，满面惊骇，怔立当场。

岳继飞初下祁连山，在江湖上闯荡了三个月，也经历了不少，以前听师父说江湖上有许多杀人不眨眼的大魔头，杀几个人，眉头皱都不皱一下，可从没见过像得这么俊秀奇美的少年，手段这般老辣，若非亲眼所见，打死他也不相信，岳继飞怔怔地看着华服少年。

华服少年抹去剑刃上的血迹，玩世不恭地笑道："林晓谢过兄台救命之恩，嘿，大哥还真有两把刷子！"说完狡黠一笑。

岳继飞淡然说道："得饶人处且饶人，林兄下手又何必如此绝情！"

华服少年林晓嘴角一撇，说道："怎么，岳……兄台看不顺眼，其实，彼此彼此。"

岳继飞奇道："你认识我？我在什么地方见过你？"

华服少年林晓一低头，忙摇手说道："不……不……我不认识你，只是看到你武功那么高，杀几个人总是有的，那怕是误杀……"

岳继飞心中一凛，狐疑地望着林晓，又是说不出话来。

林晓不以为然，说道："在下已两次饶了他们狗命，谁叫他们一路死缠烂打，自寻死路！"

岳继飞看了看林晓背上的青布包袱，依然淡淡说道："强盗遇上了贼爷爷，算是未长眼睛，死缠烂打，更何况他们心术不正，你杀了他们，倒在情理之中，只是一挥刀，太干净利落了……"

林晓不耐烦地道："哼，我与你素不相识，谁要你帮我？谁要你教训我？杀三个小贼，一剑解决，跟一剑一剑地割，谁残忍……"

岳继飞一下哑然道："你说得对，我告辞了。"

说完身形一起，便欲离去，林晓长剑一横，清叱道："哼！你话还没说清楚，敷衍一下就想走！"

岳继飞冷笑道："凭林兄的身手，只怕还留不住在下！"

说完摆了一个姿势，挑衅地看着林晓，只见林晓一袭金色长衫，瓜子脸，双眉细长，眸如点漆，肌肤娇嫩，倒不失为一俊俏公子，只是俊俏得有点过头了，反而显得妖媚滑稽，此时，他正半含泪花，愤愤地瞪着岳继飞，蛮横道："我偏偏要你留下，哼，看你的样子，还想打我！"

岳继飞心头不由一动，不怒反笑，朗声道："我俩萍水相逢，你为什么要留住我？"

林晓怒道："哼，你手也出了，话也说了，与我面也见了，怎么说走就走！"说完一跺脚。

顿了顿，一眨凤目，说道："男子汉大丈夫，敢做不敢当，缩手缩脚，畏头畏尾，失魂落魄，气走了红颜知己，哼，还让别人捡了一个大便宜，这算什么……"

岳继飞目瞪眼呆说道："你都知道?!"

林晓剜了他一眼，说道："我什么都不知道，只是瞎说，我说完了，你走哇！"

岳继飞讪讪说道："你见过我那师妹？"

林晓笑道："哈哈，什么师妹，现在只怕是魏夫人了，唉，这强求不来，人家是天下最大的帮派的一帮之主，反过来说，天涯何处无芳草！"

岳继飞急了，叫道："你胡说！"

林晓笑道："什么我胡说，一切是你自找的，再说，这你又不能怪她，因为人家已对你失去了信心，心碎，作为一个女人，移情别恋是正常的……"

岳继飞喃喃说道："是我对不起芳妹，是我对不起她……"

林晓笑道："这个时候说这些酸溜溜的话有什么用？大丈夫拿得起，放得下，谁对不起谁，还说不清楚呢！"

事情从一个极端走向另一个极端，岳继飞知道这锦服少年绝不是空口无凭，随便说着玩的，如果一切是真的，岳继飞心头反倒轻松起来，多日的内疚，就像长疱一样，终于破脓了，心里感到坦然。

心想：人家魏帮主一表人才，更难能可贵的是，与我年纪差不多，就做了一帮之主，事业有成，只有他才配得上芳妹，唉，没想到我这一错，一失足，竟促成了芳妹的终身幸福，芳妹跟着我这浪子，一生哪有什么幸福可言？最主要的是，那魏帮主也对芳妹一往情深……也罢，哼哼，也罢！

林晓一直看着他，见他脸上阴晴不定，问道："你冷笑什么？"

岳继飞心中又是一动，以前芳妹和他在一起的时候，经常说这话，因为他脸上总是挂着一副玩世不恭的冷笑。

没想到这俊美公子也说这话，释然道："我几时冷笑过？哼！"

林晓不依不饶地说道："我说你冷笑了就冷笑了，你又待怎样！"

岳继飞有点心烦，说道："你这人怎么这样？我冷笑了，又碍你什么事?!"

林晓上前两步，急道："我就这样，你又怎样！"

岳继飞说道："碰到你这样蛮横无理，胡搅蛮缠的人，我又能怎样……"

林晓气苦，大声说道："我就蛮死你，缠死你，哼，从没人这么说我！"

岳继飞哈哈大笑，一抱拳，说道："多谢兄台相告，我告辞了。"

林晓急了，忽然说道："你难道不想知道我抢了什么？"

岳继飞停住身形，他的确想知道两人拼着性命在紫云庄里抢的是什么价值连城的宝贝。

林晓见岳继飞停了下来，得意地说道："是本《道德经》!"

岳继飞哈哈大笑道："我还以为是什么稀奇宝贝，原来是本《道德经》，你留着吧!"

林晓想了一会儿,说道:"嘿,杜大哥,刚才我言语有所冒犯之处,请原谅小……弟的冒失!"

岳继飞真没办法,没想到眼前这少年干一把湿一把,一会哭一会笑,倒真是捉摸不定,搞不懂他葫芦里卖的什么药,静静地看着他。

林晓俊面一红,说道:"大哥,你帮我推敲推敲,这两个小贼花那么大力气,到紫云庄里盗出一本《道德经》……你看其间是不是有点蹊跷!"

岳继飞记得以前芳芳无论做什么事情,只要是拿不定主意,马上就找他征寻建议,面对林晓,岳继飞心头一软,点了点头,表示赞同他的意见。

林晓见岳继飞面色缓和,只是点头,连忙从背上解下青布包袱,哗啦啦,里面什么都有,什么金锭、古懂,更为奇特的是,里面还装有女孩用的头布和化装的胭脂水粉,林晓从里面翻出一本书,书页成黄色,上面用篆体字写了《道德经》三个字,递给岳继飞,说道:"你拿去看看!"

岳继飞没有伸手去接,说道:"林公子豪放过人,初次见面,就信得过我杜芳芳!"

林晓的脸上一红,说道:"钱贱如粪土,朋友值千金,我林晓就是喜欢交朋友,特别是喜欢交像杜大哥这样的朋友……哈哈……哈哈……哪里的话,我们怎么谈相信不相信,哥们!"

岳继飞接过《道德经》一看,只是书页有点古老,其中内容与书店里出售的《道德经》并没有什么两样,参详了半天,也没发现有什么特别,失望道:"在下才疏学浅,不知其详。"

将书还给林晓,说道:"林兄,告辞了!"话音落时,人早掠出十丈开外。

以林晓的轻功,追上岳继飞是不存在问题,林晓收拾好包袱,一跺脚,高声喊道:"杜芳芳,你会后悔的……"

岳继飞却只以一声长笑作答,一口气朝北奔出了二十余里。

这时已是半午了,平整无垠的农田已稀稀疏疏地有人劳作,岳继飞慢下身形,细想昨夜所遇之事,一时骇异,一时哑然,惊喜交加。

若宋天成晚来一步,他岳继飞只怕已死在宋元和张远山的鞭剑之下,还有疯僧的放荡不羁,为自己指点迷津,后来又碰到林晓,虽然林晓的话给他以很深的伤感，但长痛不如短痛，自己的心情真正拨云见日，豁然开朗，现在他除了隐隐心惊之外，浑身轻松。

继而又想到林晓无理取闹，不由摇头笑了笑，一个大男人，这般不可理喻，也委实不可思议。

由湖州一路往北，其实只是因为一个想法，岳继飞心头没有什么羁绊，一路晃悠悠的，倒也悠闲自在。

一个月后，岳继飞已到了河南，仰头一看，只见城头上龙飞凤舞定着三个大字，"平川镇"，入得城来，只见城虽不大，街上却店铺林立，车水马龙，人群熙熙攘攘，甚是繁华。

岳继飞信步走在街上，随意寻了一家客栈，作了一个落脚的地方，溜出来，又到街上转了一圈，漫步街头，新奇快意，自不必言表。

直到傍晚，才回到客栈，只想等酒足饭饱，待到入幕时分，再到天湖去看一看，一扫心头的不快，也算不辜负这美景良辰。

他刚一落座，小二热情地迎了上来，跟着，就走进两个卖唱的父女。

老父满脸苍桑，老脸沟壑纵横，双眼浑浊不清，一边弹起琵琶，那少年还颇有几分姿色，只是营养不良，肤色不太好，清了清嗓子，唱起了《春江花月夜》。

岳继飞心头大乱，丝竹入耳，浑然无味，心想，"商女不知亡国恨，隔岸犹唱后庭花"，眼见这等兵荒马乱，人们为了生计，这般凄苦奔走，听了让人心酸，赏了几两碎银，父女从没见出手如此豪阔的人，千恩万谢，叩头而去。

岳继飞呆坐了一会，兴味索然，长叹一声，这时进来一位满面儒雅，却又透出一股刚毅之气的中年人。

中年人对四周不屑一顾，看了岳继飞一眼，也是长叹一声，径直走到岳继飞对面的桌旁坐下，高声叫道："小二，怎么没人？全都死了！"

小二连忙跑了过去，这年头喝酒发疯的人大有人在，有的人，你不小心侍候，就摔盘子翻桌子，砸了店的都有，所以小二忙堆笑问道："大爷，您要点什么？"

中年汉子忽然低声对小二说了几句，便漠然地扭头看着窗外。

那小二神经兮兮地看了看岳继飞，又看了看青衣汉子，满脸疑惑地走到里间。

岳继飞见小二神情古怪地打量他，不知中年汉子对他说了什么，也自犯疑，抬头打量中年汉子，心头禁不住暗赞一声：好儒雅的气度！

无奈中年人对他似是视而不见，神情极是傲慢。

岳继飞性格本就偏激，对这种傲情一看就不顺眼，心里冷哼一声，便也将头扭向一边，独自品酒吃菜，作出一副对中年汉子视而不见的样子。

他二人一个显得儒雅英武，一个有若玉树临风，一个是傲视万物的奇男子，一个是浊世翩翩的美少年，二人都是卓尔不群，对桌而坐，却都是视对方若未见，恰似两个美女争风吃醋一般，倒也颇为有趣。

不一会儿，小二点头哈腰地将中年汉子的酒菜也送了上来。

岳继飞一惊，因为那中年汉子所点的酒菜，竟如岳继飞摆在面前的一模一样。

不多不少，刚好几个碟子，只是要的都是双份，连酒杯盘子的花色也是一样。

岳继飞心头一震，心想：这不是存心和自己过不去吗，随即又暗暗冷笑，叫来小二，换了一壶二锅头。

对面的中年汉子略一迟疑，也叫了小二撤了菜酒，换上了烈性的两壶二锅头。

岳继飞暗道古怪，自己才到平川镇不过一天的时光，却不知在哪儿得罪了这青衣汉子，竟与我岳继飞较上了劲。

当下豪气顿生，不动声色，一连干了三碗二锅头。

那中年汉子也是不动声色，连看也不看岳继飞一眼，一连喝干三碗。

岳继飞见状心头竟然大乐，心道比别的不行，哼，比喝酒，你可找对人了，想当年，我师父何等海量，我岳继飞这做弟子的，岂能灭他老人家的威风？

当下两人互不答话，你一碗我一碗，比赛喝了起来，同时，两个人已将一壶酒喝了个底朝天。

又喝了一个时辰，二人的桌上均摆着三个空壶，一壶三斤，两人已各喝了九斤二锅头，这二锅头可是出了名的烈性白酒。

两个人浑若无事，直看得众人咂了咂舌头，人们偷偷地溜了出去，霎时，酒店里已只坐着两个人。

岳继飞知道内力高强的人，可将酒运力逼出体外，但数次偷看那人脚下，毫无酒迹，显然中年汉子和自己一样，是实打实地喝了九斤二锅头。

岳继飞又叫了一壶，中年汉子也让小二给他送来第四壶。

喝着喝着，岳继飞喝得酒劲上涌，再喝便要醉了，若是用内力将酒逼出，投机取巧，那可又不是大丈夫行径。

心道，此人管他是谁，既有这般作为，显然是来找碴来的，人说来者不善，善者不来，哼，这样比下去，可不是一个办法，干脆当面锣对面鼓问问他。

想到这里，岳继飞站起身来，一搁酒壶，朗声说道："阁下是什么人？有话不妨直说，何必藏头藏尾！"

中年汉子这才正眼看着岳继飞，眨了眨眼睛，笑道："年轻人，火气不要这么大，什么事都慢慢来，来来来，我敬你一杯！"

说着，伸手抄起杯子，高声叫道："小二，快给这少侠和本大爷各斟一小杯酒！"

小二跑了过来，各斟了一杯酒，岳继飞一言不发，端起杯便一饮而尽，依旧冷冷地看着他还玩什么古怪。

第六章

可从中年汉子的神态举止来看，似乎对自己没有什么大的不善，当下面色一缓，正欲开口，便听中年汉子道："公子若不嫌在下粗俗，我俩今晚就来个一醉方休，明月如镜，清风徐来，酒逢知己，另有情趣，让所有的烦恼和不快统统地见他妈的鬼去吧，哈哈！"

自从芳芳气走，自己失意，岳继飞从来没有这么开怀过，这么放量地喝过酒，连忙说道："好，一醉方休，我杜芳芳陪前辈一醉方休！"

中年汉子哈哈大笑道："杜公子，令尊可好么？我柳宗权还欠杜盟主一个人情哩！"

岳继飞脸上一红，知道中年汉子又误会了自己，但又不好多加解释，说道："前辈可是'天涯刀客'柳前辈！"

柳宗权一摆手，说道："让公子见笑了！"

岳继飞以前听师父谈过，在长白山时，他还救过"天涯刀客"柳宗权一命，岳继飞说道："蒙柳前辈挂念，家父很好，我也常听家父谈起柳前辈的名讳！"

柳宗权感慨道："好快，一晃二十年了，没想到在这里遇上了公子！"

顿了顿，柳宗权良久不语，似在沉思往事，忽然面色一变，盯着岳继飞，沉声说道："公子，你这次闯下的祸可不小哇，一下山就杀了崆峒派第二把交椅王一平，还有名宿宋元和张远山，你可知此时九大门派会盟湖州，便是要与你讨个公道吗？"

岳继飞凛然道："晚辈一时失手，误杀了王……王一平，但那是为情势所迫，至于宋元和张远山，是……"

柳宗权微微一笑道："公子，那三人是武林败类，既使你不杀他们，我也会杀了他们的，只是对九大门派来说，可是个面子上的问题！"

接着，又沉吟道："这样吧，由我出面，见过南天盟主，将个中情节分说明白，你将四像剑带上为证，免得大家说你不是！"

岳继飞急道："四像剑？！"

柳宗权说道："怎么？"

岳继飞为难地说道："四像剑早已不在我身上，这可能有些麻烦！"

柳宗权奇道："那四像剑可以说是剑中极品，不知多少武林中人想据为己有，公子既然夺得此剑，又为何放弃了？"

岳继飞这才将下山来一路遇上魏帮主，魏帮主如何照顾，后来在湖州相遇赠剑的事一一道来，当然略去酒后失性的事。

柳宗权听完岳继飞的叙述，眉头微皱，说道："那魏邦良原来是'锦里金针'魏士杰的儿子，自从魏士杰被杜盟主所杀之后……"

岳继飞惊问道："'锦里金针'魏士杰是被我师……爹所杀的？！"

柳宗权说道："这你不知道，魏士杰所领的九龙帮和金狗相互勾结，表面上，他还是接受杜盟主的领导，拥护杜盟主，暗地里却做出为害大宋的事，但他还是取得了盟主的信任，参加重要会议，但我们每次攻打金狗的计划都被泄露，让金狗早有准备，我们九大门派和神火教所有的江湖门派，死亡惨重，那激斗的惨烈……唉！"

柳宗权长长叹了一口气，似乎闻到当年的血腥味，岳继飞的心也被震撼了，说道："柳前辈也参加了？"

柳宗权生气道："我'天涯刀客'岂是怕死之人？"说着一解衣服，胸脯赫然有一道两尺来长的刀疤，说道："这就是见证！"

接着又道："我们的计划一次又一次失败，毫无疑问，我们的内部肯定出了内奸，在一个偶然的机会，盟主发现了魏士杰和金兀术在一起商讨怎样对付中原武林，盟主一气之下就杀了魏士杰，可惜只割掉了金兀术的一只耳朵，让他给溜了！"

岳继飞心想，真想不到义兄还是魏士杰的儿子，心里隐隐有一种不安的感觉。

只听到柳宗教又接着道："自那一次，盟主就解散了九龙帮，没想到过了十八年，魏邦良又重新组建了九龙帮，而且此人心计不在'锦里金针'之下，将九龙帮整顿得好生兴旺，井井有条……只是……"

岳继飞想不到其中有这么曲折，说道："魏大哥和我有三次交往，文韬武略，实在有过人之处！"

柳宗权说道："照你这么讲，此事倒真有些麻烦，这样吧，由我单独与九大门派的掌门人分说，你不日动身找到魏邦良，取回四像剑，有了凭证，也好说话，我想南天盟主自会明断是非的。"

顿了顿，不无忧虑地说道："只是你那义兄他会不会……他的人品，依你看，到底如何？"

岳继飞说道："这个……我与魏大哥还是萍水相逢，只是谈得来，说了解，也不怎么深，不过，交朋友应以坦城相待，我相信魏大哥的为人！"

岳继飞想到这时芳芳和魏邦良或许已结婚了，不由一阵心酸，但心里还是祝福他们，他心里从来没存在什么芥蒂，只是对芳妹有无限的内疚，心头一片茫然。

忽然，窗外有人朗笑一声，说道："常言道：人不可貌相，海水不可斗量……杜公子！"

只闻其声，未见其人，岳继飞却喜道："宋大哥，快请进来！"

岳继飞已清楚地听出窗外说话的就是在土丘别过的宋天成。

没有什么动静，正在岳继飞感到诧异之时，却听得柳宗权笑道："宋兄向来是个直筒子脾气，怎么今天突然扭捏起来？'千呼万唤始出来，犹抱琵琶半遮面'，我早为你准备酒菜了。"

直到现在，岳继飞才明了为什么柳宗权要备两份相同的菜和酒，原来他和宋大哥早就相识，这也难怪，两人都是江湖上大名鼎鼎的人物，更何况都是豪放派的人。

宋天成大笑而入，抱拳说道："二位好哇！"

柳宗权说道："宋大侠的架子是越来越大，专为你点的酒菜都凉了，你却姗姗来迟，罚酒三杯，哈哈，小二，快将凉菜热了再送上来！"

宋天成笑道："应该的，应该的！"一说完，一仰脖子喝了三杯酒，小二七手八脚地撤下了凉菜。

柳宗权这才说道："原来你和杜公子早就认识！"

岳继飞心情极好，说道："这叫不打不相识，我宋大哥还比划了一回哩！"

柳宗权这才恍然大悟，转而向宋天成问道："我俩不是早就约好了吗？在这里等杜公子，你为何到现在才露面？让杜公子捷足先登了！"

宋天成面上一红，说道："临时有点小事耽搁了，所以……"

柳宗权盯着宋天成诡秘说道："宋大侠说话就这么不直爽，相交这么多年，你肚子里几根花肠子，我还不清楚？干脆就说到'女香春'里去会碧琼小姐去了吧……哈哈！"

岳继飞问道："宋大哥，这'女香春'是何所在？那里酒菜如何？碧琼小姐又是谁？"

宋天成大笑道："什么酒菜如何，那是一家妓院……我只是过去看望一家小姐……"说完面上一红。

岳继飞初历江湖，江湖上许多门道还不懂，但从两人说话的神情举止，已然明了一大半，想到自己在湖州酒后乱性一事，不由也是俊面绯红。

柳宗权端起酒杯，笑道："唉，不要不好意思，男子汉大丈夫，行当所行而行，止当所止而止，放浪不羁，正是英雄男儿本色，来，我敬宋兄一杯！"

岳继飞不觉哑然，心想，我自己所做的难道也是英雄男儿本色？一想到芳妹，却又放不下心来，心里涩涩的。

宋天成却一拍桌子，说道："柳大哥这话我爱听，人生一世，草木一春，今朝有酒今朝醉，我宋天成干了。"

两人一示空杯，哈哈大笑，柳宗权突然面色一肃，说道："今夜我来作东，尽管我和杜兄弟喝了三壶二锅头，但我还是奉陪到底，不过宋兄可要将刚才在窗外所说的话说个清楚明白。"

宋天成一愣，随即恍然大悟，转向岳继飞，说道："我宋天成虽然在江湖上名声不大好，但我是个直筒子脾气，这辈子怕也别想改了，好话歹话，言语中多有得罪，还望杜兄弟带过！"

岳继飞心里也是结了一个疙瘩，隐隐感到什么，连忙说道："宋大哥说哪里的话，你这脾气我喜欢，有话你就教训我，有则改之，无则加勉！"

宋天成独自喝了一杯酒，说道："说来惭愧，我也是在'女香春'里听碧琼姑娘说的……"

宋天成一说这话，岳继飞和柳宗权都同时惊哟了一声，但并未打断。

宋天成接着说道："在二十年前，盟主一剑怒斩了九龙帮帮主魏士杰，九龙帮解散，没想到魏士杰的儿子魏邦良重新崛起，重新组建九龙帮，招兵买马，网罗各路英雄豪杰，现在九龙帮好生兴旺，成了江湖上一支不可小视的势力。"

"就这样，魏邦良也成了一个家喻户晓，富有传奇色彩的后辈人物！"

"魏邦良的父亲魏士杰在江湖上得了个'锦里金针'的外号，意思是说，他城府甚深，这魏邦良比起魏士杰，有过之而无不及，别看他年纪和杜公子差不多，但权谋手段已是登峰造极！"

"更让人惊骇的是，就在前几个月，魏邦良喝得醉熏熏的，到'女香春'找碧琼陪着喝酒，碧琼姑娘长得貌倾中原，琴棋书画，吹拉弹唱，无一不精，但她只卖艺，不卖身，魏邦良出了大价钱，包了碧琼一夜，陪他喝酒谈心！"

"据碧琼姑娘说，那魏邦主情绪坏极了，跟她谈了许多！"

岳继飞惊道："我那义兄有何烦恼？"

宋天成说道："为一个女人，当然，他没吐露那女人的姓名，说只是在潘阳湖畔见过一面，就再也忘不了……"

岳继飞差点惊叫出来，在潘阳湖畔第一次遇到魏邦良，这位义兄一直是直勾勾的，魂不守舍地望着芳妹，难道……难道义兄所说的女人就是芳妹……

宋天成看到岳继飞怔怔的样子，忙说道："杜兄弟，我只是实话实说，如果你不高兴，就当我没说！"

岳继飞回过神来，谦意地说道："没……没……宋大哥你说下去吧！"

宋天成调整了一下情绪，说道："不过，魏邦良说那姑娘已有心上人，那男的他也见过，一表人才，不过，他魏邦良是什么人，一定会让那姑娘主动投怀送抱！"

岳继飞想到在湖州见到魏邦良那一幕幕往事，不由出了一身冷汗。

幸好柳宗权和宋天成都没想到岳继飞头上，岳继飞表情的变化，倒没引起两人的注意，只听宋天成接着说道："那魏邦良还和碧琼姑娘谈了他的身世，如何白手起家，他说，他从没忘记他的杀父仇人，还说他有一个从小就下落不明的兄弟，他要以牙还牙，以血还血，不会让他这几年的心血白费！"

柳宗权说道："屁话，什么叫杀父仇人？像魏士杰那样的老狐狸，双手沾满了中原多少英雄豪杰的鲜血？不知廉耻，投靠金狗，别说杜盟主，就是别人，也是人人得而诛之，他还想找盟主报仇，我柳宗权去杀了他！"说着，霍然一拍桌子，站起身来。

宋天成赶忙一把拉住柳宗权，说道："我话还没说完哩！"

柳宗权是个急躁脾气，马上意识到自己太莽撞了，说道："好，我听你说完！"

宋天成说道："正在碧琼姑娘陪他谈心的时候，忽然有一个人跑进来，附在魏邦良的耳边说了几句，魏邦良脸色大变，说道：'完颜公子被谁劫持了？'那人惊惶道：'是个疯和尚……'"

柳宗权说道："完颜公子？那不是金狗吗？"

宋天成说道："我也这么怀疑，我一直怀疑魏邦良在走他爹的老路。"

岳继飞一听疯和尚，马上想到疯僧，难道他还将完颜洪亮给逮住了？

宋天成说道："据碧琼姑娘说，那完颜洪亮是为一本《道德经》来的！"

柳宗权身子往前倾了倾，显然已是大为激动，说道："有没搞错？那完颜洪亮一个堂堂的大金王子，为一本《道德经》？"

宋天成说道："完颜洪亮来到中原与魏邦良商量这件事，他们之间肯定有不可告人的交易，不知怎的，完颜洪亮乔装改扮，一入中原就被疯和尚给劫持住了，总之，杜兄，你这义兄可不大正派……"

岳继飞默然无声，柳宗权说道："宋兄，那碧琼姑娘的话可当得真？"

岳继飞心乱如麻，千头万绪不知从何说起，如果那魏邦良果真如此，我岂不是将芳妹往火坑里推？

三人都各怀心事，各自喝着闷酒，一言不发，良久，柳宗权说道："如此良辰美景，咱们三人闷头喝酒，未免负了上苍雅意，两侠若有雅意，由宋兄请我们到'女香春'小酌如何？"

宋天成先是一愣，随即大笑道："惭愧！惭愧！我不知二位是否有这雅好，哈哈，走走走……不过，碧琼姑娘虽是风尘中人，却是出污泥而不染，傲视群芳，其仁侠之心端的是不让须眉，我得给二位约法三章！"

柳宗权笑道："我们知道，我们尽管是粗人，但台面上的事情，还是知道的！"

宋天成大笑道："这就好！"说完捧起一壶二锅头，竟然一饮而尽，像壶里不是烈酒，而是茶水一般。

岳继飞哪还有心情，宋天成的一席话已使他有某种不祥的预兆，当下站起来说道："柳大哥、宋大哥，小弟不胜酒力，先行告退了。"

柳宗权已有七分醉意，当下大着舌头说道："好……好……明日到……到这里找我！"

岳继飞见柳宗权虽是大笑，但眉宇之间却锁着一股说不出的愁绪，心想：大家的心情都是差不多，只是排泄的方式不同罢了。

柳过权东倒西歪，唤过小二付了银子，和宋天成离去。

岳继飞出了酒店，已是日上柳梢头，只见月光溶溶，灯火万家，不由心神俱醉，一时倒不知该往何处去。

一阵微风吹来，岳继飞也觉得清爽了许多，长长地出了一口气，呆立良久，顺着街道，往前独行。

不知不觉间，竟到了一座高楼前，只见高楼的前檐高悬着一排大红灯笼，上面横匾写着"女香春"三个金漆大字，外观甚是精巧华丽。

岳继飞心头怦然一动，看了看身前身后川流不息的行人，鼓起勇气，径直朝大门走去，心想，我何不找碧琼姑娘问个清楚明白。

到了门口，岳继飞感觉到自己像个贼一样，浑身浸满冷汗，两个满面横肉的大汉守在门口，凶神恶煞一般，见岳继飞人长得英俊挺拔，此时却是一副偷偷摸摸，做贼心虚之色，忐忑不安，缩手缩脚，就像是离家公子第一次偷溜出来尝尝鲜，寻花问柳。二人对视一恨，心里均想：好一个嫩小子来了！并不加以阻拦，任凭他进去。

里面是一间有楼台水谢的大厅，厅内莺歌燕舞，灯红酒绿，觥筹交错，打扮得花枝招展，坦胸露背的姑娘脆笑连声，像蝴蝶一般穿梭在达官贵人之前，不时地发出几声媚笑娇叱。

岳继飞突然想到柳大哥和宋大哥还在里面，让他们看见，多不好意思，但既然已经进来，只好硬着头皮转一圈，找到碧琼姑娘再说。

岳继飞平生第一遭步入这一场所，一时只觉得眼花缭乱，头晕目眩。

使劲摇了摇头，才发现自己面前已站了一个双手叉腰，年过六十，面上涂了一层厚厚脂粉，妖里妖气的老鸨婆，见岳继飞探头探脑，一脸习惯性的媚笑，嗲声嗲气，一挥手中的手帕，拂在岳继飞的脸上，一股浓香差点将岳继飞给熏昏了，说道："少爷，第一次出来玩吧！"

岳继飞定了定神，茫然地点了点头。

妈咪笑得极为骇人，说道："少爷，我这女香春可是远近闻名，里面的姑娘更是让你销魂，只怕你受不了，少爷，你要哪位姑娘，我替你叫来……"

岳继飞越过妈咪的头，看到忙上忙下的少女，心不在焉地小声说道："我要……找……找……碧琼姑娘吧！"

妈咪笑弯了腰，说道："少爷你还是个见过世面的人，我们这碧琼姑娘可是个大美人，找她的人可多哩，不过，就看哪位公子的银子多，少爷带了多少银子？"

岳继飞顿时大窘，在鄱阳湖边，义兄送来一包银子，用的已是一无所有，囊中空空，妈咪等了半天，见岳继飞哥一个，没有掏银子的意思，马上笑容一敛，脸一翻，怒道："哼，凭你这个穷酸，也配见碧琼姑娘？也不撒泡尿照照，哼，二狗、三盛，送客！"

几个少女转到岳继飞面前，其中一个说：

"哟，模样长得挺俊的嘛，大姐不要你的银子，让你爽一把，只要让大姐舒服，我还送你一点见面礼！"

另一个说道："一看就知道是个愣头青，银样蜡枪头……"

妈咪一挥手，说道："去去，快做生意！"说着，门口两个彪形大汉已站在岳继飞面前。

岳继飞苦笑着摇摇头，急道："我……我就是……"他本想说他就是碧琼姑娘朋友的朋友，但那二狗、三盛哪容得他分辩，早推推搡搡地将他驱到大门口，妈咪一横眼，冷哼道："哼，傻愣愣的，想白手揩油……"

若在平时，纵是十个二狗，二十个三盛，岳继飞也早就让他们趴下了，早就"叭"的一耳光甩在妈咪的老脸上，让她老脸开花。

可他今天没这个心情，莫明其妙地心虚，直到被两个大汉架到门边，才无奈地往回走。

刚一出门，便有一匆匆路过的少女转头看了一眼，那少女头上盘着个羊角小辫，模样长得标致，只是脸上流露出野性子，一看见岳继飞从"女香春"里出来，花容失色，"咦"了一声。

岳继飞正觉百无聊赖，心头懊丧，哪还管别人咦不咦，只顾向天湖奔去。

月已中天，游人已散去不少，春浓花盛，端的是观之痴迷，嗅之神迷。

岳继飞已来到一座花园里，漫步百花翠柳之间，只觉得心旷神怡，先前在"女香春"所受的一股浊气，此时早荡然无存了。

岳继飞信步往前走，前面赫然出现一汪湖水，湖水柔柔，原来他尽拣人少的地方走去，不知不觉，已到了平川镇著名的景点——天湖。

天湖是在童山之上，湖水清澈见底，景色秀美，它不同于一般的湖，而是生在一个山丘上，不是靠天然雨水，而是湖底有几口大泉，透过湖水，还可以看到几口泉眼有泉水喷出，关于湖，还有许多优美动人的传说呢。

岳继飞心情极佳，竟不住放声吟道："青水碧千天，画船听雨，天湖人似月，皓腕凝霜雪，未老莫还乡，还乡须断肠！"

就在岳继飞饶有性致，摇头晃脑的时候，忽然左侧十丈开外的湖面上有人轻笑一声，说道："杜公子好雅兴，'天湖人似月，皓腕凝霜雪'，可有所指？"

岳继飞一愣，转头望去，只见湖面上缓缓驶来一艘小船，船头端立着一位白衣书生，打扮得十分儒雅，手执酒杯，正似笑非笑地看着他。

仔细辨认，岳继飞见白衣书生就是一个月前碰到的锦服少年，没想到锦服少年打扮成书生的模样，也这等赏心悦目，真是穿什么像什么。

一想到林晓的胡搅蛮缠，岳继飞真是头大如斗，叫苦不迭，怎么又碰到他了？打起精神说道："林兄，这世界真是太小，没想到在这里遇上你！"

林晓哈哈一笑，说道："没想到的事情多着呢，杜公子好兴致，揩油留香之后，独赏天湖夜景，是不是别有一番情趣？"

岳继飞脸一红，尴尬异常，心想：怎么这林晓对我的行踪如此了解？我从"女香春"出来，只不过一个时辰，她怎么知道？碰到这样难缠的人，岳继飞干脆来个放荡不羁算了，突然哈哈大笑道："偶尔放纵一下，可不大影响男儿本色！"

林晓气苦，冷哼一声，说道："好一个男儿本色！"顿了一顿，口气一软，说道："杜公子常到这些地方？"

岳继飞说道："我说过，偶尔，林兄对在下的行踪了如指掌，不知道吗？"

林晓急道："呸，谁对你的行踪感兴趣？不过，这也是正常的，那红妆少女，幽幽灯光，佳人举杯，美酒轻酌，娇声燕语，正可解杜公子心中的积闷！"

岳继飞心想：怎么有这么一个男人，尽钻牛角尖，翻来覆去，尽说这些话，好像对此有奇大意见，我何不气他一气？

当下故作一副疏狂之状，朗声说道："林兄，那'女香春'里的碧琼姑娘不愧是今春花魁，果然是人间绝色，更兼善解人意，琴棋书画，吹拉弹唱，无一不精，听她一席话，真是令人心醉神迷，哈哈，林兄若也有雅兴，本人倒愿意引见引见。"

林晓的双颊顿时飞上两片红云，嗔怒道："你再胡说八道，看我不打你……一个老大耳刮子！"

岳继飞见他这样，越发觉得有趣，哈哈大笑道："林兄不要不好意思，说实在的，凭林兄一表人才，潘安之貌，超尘脱俗，在碧琼姑娘面前，可是大受青睐，哈哈……"

岳继飞正得意大笑，只见人影一晃，忽闻"啪"的一声脆响，脸上果然被打了一下。

原来是林晓双眉倒竖，从船上飞身过来，叫了一声"流氓"，重重地给了他一耳光，人又飞回到船中。

这一来一去，只不过一眨眼的工夫，端的是迅捷无比。

岳继飞愣了一愣，捂着脸怒道："你……好没道理，凭什么打……"

他语不连贯，并非恼怒过头，而是觉得这林公子的步法太快，自己的确在哪里见过，他想起了在天府的美少年和蜘蛛山赵媚的闺房中的那个小玲。

连他自己也是感到大为奇怪，挨了重重的耳光，竟不怎么疼，只是心中多了莫名其妙的感觉，甚至还觉得有些甜蜜，又觉得有些窝囊，当下无话可说，只是怔怔地望着又急又怒的林晓，像不认得他一样。

林晓见岳继飞一个劲地盯着他，嗔怒道："我以前还以为你是个……没想到你如此花心，跑去'女香春'……嫖……嫖娼，哼……"脸上竟是满含失望。

岳继飞心想：他也真是管得宽，何况我岳继飞不是那样的，就算是，又关你什么事？看你那焦急的样子。突然，岳继飞闻到自己被打的右脸有一种淡淡的、沁人心脾的女儿体香，顿时，人似痴了一般，心里一片茫然，结结巴巴地说道："我……我没有，只是看看！"

林晓冷笑一声，说道："没有？哼！杜盟主的儿子，果然与众不同，观赏风景，竟然看到了'女香春'里去了！"

岳继飞羞得无地自容，却又不知该如何分辩，直把脸涨得通红。

林晓得理不饶人，又道："那碧琼姑娘和你那师妹相比，是不是更解风尘？哈，公子多情，佳人妖媚，那风景当真美得紧啊！"

这一句话可戳到岳继飞的痛处，岳继飞不禁怒道："林公子，你……你不觉得你太过分了吗？"

林晓反守为攻，笑道："哈哈，笑话，笑话，我说的可句句是实话呀，你能做，我林晓说都说不得？这难道也叫过分吗？"

岳继飞知道，再和他纠缠下去，更会一败涂地，只好一跺脚，说道："你变态！我告辞了！"

林晓大急，叫道："杜芳芳，你敢说我变态！"说着，人已从船上飞身而起，满面怒容地拦在岳继飞的面前。

岳继飞没想到林晓这般无理取闹，刁钻古怪，心想，肯定是父母给惯坏了，只好说道："好啦，就当我没说，总可以吧？"

林晓怒道："什么话？一个大男人，出尔反尔，你得给我说清楚，我怎么变……态……了！"说着，眼睛里竟噙满了泪花。

岳继飞也烦了，心想：天啊，怎么让我碰到这样的人？又哭又闹，像个小妇人，说道："怎么，我说了又怎么样？你就变态！"

他怕对方又打一耳光，所以刚把话说完，头一扭，向相反的方向撒腿就跑。

林晓只说"你……你……"，见岳继飞想溜，也连忙身形一起，反手扔了船家一锭银子，展开身法，一路追下去。

岳继飞不敢大意，使出浑身解数，一口气奔出天湖，方松了一口气，慢下脚步，陡闻身后二十丈外传来一声清叱："杜芳芳，你跟我说清楚！"

一听正是林晓的声音，大惊之下，立即又拔腿狂奔。

这时虽是夜深，街上仍有寥寥落落的行人，岳继飞不敢飞得太快，而后面的林晓却不管这些，只全力施展轻功，穷追不舍，眼看越追越近，岳继飞惊急之下，也管不了那么多，飞掠狂奔。

街上的行人见两个少年公子一逃一追，身法如鬼魅一般，快得惊人，不由得都驻足下来，目瞪口呆，以为大黑天撞着鬼了。

林晓见岳继飞左穿右插，飞檐走壁，越追越远，急中生智，高声喊道："堵住他啊，他是个小偷，截住他，那小贼偷了我的银子，抓贼啊！"

人们一听"抓贼"，马上就有见义勇为的人连忙帮着抓"贼"。

岳继飞叫苦不迭，暗道这林公子真是莫名其妙之至，我什么时候偷了你的银子？可前面已有人向他围拢过来，岳继飞又不愿伤人，只得绕道闪避。

眼看林晓又已追近，连忙拐向一条行人稀少的小巷，林晓虽然还在后面大呼小叫，但空巷无人，喊也是枉然。

岳继飞觉得此计大妙，专拣小巷、小胡同跑，如此七弯八拐，一溜一溜地，终于摆脱了林晓，回头一见，后面没人，心中大为得意。

心想：闹了半天，回去好好休息休息，可平川镇这么个大镇，岳继飞又是初来乍到，不知身在何处，如何能找到先前订下的那家客栈？找了一下，一无所获，只得自认倒霉，就便宜了那客栈的老板，重新找了一家客栈投宿算了。

林晓的轻功得自"神手无影"的真传，已在岳继飞之上，只因为让岳继飞钻了个空子，把她给甩了。

这个林晓就是在天府救了芳芳和在赵媚的闺房中的小玲，其实她就叫小怪，只因生性刁钻，喜欢易容作弄别人。

在个人独自闯荡江湖时，她看到了岳继飞，就这样，结下了不解之缘，这时的小玲子还不知道情为何物，只是觉得有气。

此时，她追失了岳继飞，更是气得连连跺脚，柳眉一竖，"哼"了一声，直奔"女香春"。

虽然是半夜三更，但"女香春"却仍旧灯火辉煌，人来人往，小玲子也不说话，径直往"女香春"冲去，两个守门的彪形大汉见一俊俏公子怒气冲冲，哪敢出言阻拦？小玲子掀帘，直闯里面的厢房。

妈咪赶紧满面春风地迎了上来，说道："公子要哪位姑娘？在这里可有相好的？"

小玲子凤眼圆睁，说道："快叫碧琼那小……狐狸精来见我！"

大厅里众人皆惊，心想，以往只听说女的跑到"女香春"里要死要活，来找小狐狸精什么的，这倒常见，可现在，一个英俊公子却来骂街。

妈咪见小玲子来头不小，陪笑说道："公子，我们碧琼姑娘可有得罪之处？"

小玲子不耐烦地说道："什么得罪不得罪的？我有事找她！"

妈咪白眼一翻，高声叫道："二狗，三盛，过来送客！"

那二狗和三盛提着木棒过来，伸手，一左一右，架上了小玲子，小玲子最讨厌一个大男人碰他，怒气直冒，噼里啪啦，连给了二人各七八记耳光，直打得两人七荤八素。

这两个看门的其实就是平川镇的两个大恶霸，平时在街上为非作歹，被"女香春"请来维持秩序，只有他俩打人，还没这般噼里啪啦给人家打得脸肿得老高。

略一愣，两人恼怒无比，挥着双拳，朝小玲子扑去。

小玲子一声娇笑，一个四两拨千斤，将三盛庞大的身躯扔到水池中，将二狗撞在假山上，再也爬不起来。

妈咪大惊失色，高声怪叫道："哎呀，不得了，这小子竟敢出手打人啦……"

林晓怒道："本……本公子打了又怎么样？我还要打你呢！"

说着，飞起一脚，不偏不倚地将妈咪嘴里两颗金牙给踢了，顿时，"女香春"里一片混乱，嫖客夺门而去。

林晓一把抓起妈咪，喝道："这还是最轻的，你若不叫碧琼小狐狸精出来见我，本公子一怒之下，一把火烧了'女香春'，你信不信？！"

那妈咪苦苦支撑到这般年纪，才好不容易开了这生意极为火热的妓院，看不出此公子是什么来路，看他神情，似乎不是在开玩笑，要是真的将"女香春"一把火烧了，到时还真是哭天不应，叫地不灵。满嘴鲜血也顾不得擦，连忙陪笑道："我老眼昏花，有眼无珠，眼睛瞎了，少爷大人不记小人过，大人又大量，我这就引你去见碧琼姑娘！"

林晓笑道："哼，真是三句好话比不上一耳光，还不快引我去！"

妈咪磕头不及，忙道："好，我这就引你去！"一面又高声叫道："碧琼，碧琼，有公子要你！"

林晓在后面一听，怒道："要你个头！"

妈咪再也不敢言语，引小玲子上了二楼，穿廊过户，转了几道屏风，只见此处清幽雅致，有不少奇花异草，清香扑鼻。

小玲子一皱眉头，心道：此处别有洞天，难怪杜芳芳那小子会热衷这个地方。心头更是怒火中烧。

等那妈咪引到一个右边厢房门前的珠帘时，只觉得一阵幽香袭面而来，小玲子"哼"了一声，径入房内，在一张小桌边坐下，才发觉这房里装扮得的确不俗。

地上铺着猩红的地毯，到处金碧辉煌，干净整洁，桌椅锃亮，心头更是有气，说道："区区一个……妓院，架子倒不小，这小狐狸精倒真会迷人。"

妈咪不敢答话，连忙亲手给他倒了一杯香茗，说道："公子慢用，我去叫碧琼姑娘！"

话音刚落，小玲子只觉得眼前一亮，一位清丽的俏佳人款款由里屋走出来，如弱柳扶风，轻启朱唇，说道："小女子碧琼见过公子！"福了一福，声音悦耳。

小玲子倒是一愕，心想，一向以为自己是个大美人，没想到这小女子果然别有风韵，如仙女下凡，言语之间，不卑不亢，这样的小家碧玉，谁人不爱？

小玲子烦躁的情绪稳定了不少，极力保持风度，喃喃说道："难怪……你就是碧琼姑娘？"

碧琼姑娘也是见过了不少的名流雅士，真是往来无白丁，谈笑有鸿濡，可从没见过这样英气逼人的公子，见小玲子肆无忌惮地盯着她，不由脸一红，但转而一看小玲子毫无喉结婚的粉颈，这分明是个美女嘛，不由又是"扑哧"一笑，说道："小姐，我想这其中是不是有什么误会？"

小玲子大窘，红着脸说道："什么小姐？本公子……"

碧琼嫣然一笑，道："女孩家的心思，只有女孩子自己心里知道，小姐到这里来可是找意中人？"

小玲子知道自己已被人家看出破绽，坦然说道："我不是找什么意中人，只是想找你打听一个人！"说着竟扭捏起来，连小玲子自己都感到奇怪，心想：我这是怎么啦?

碧琼坐了下来,双眼含柔情,善解人意地问道:"不知小姐要打听谁?"

小玲子下定决心,说道:"杜芳芳!"

碧琼笑道:"值得值得,杜公子之名,我倒是听江湖朋友提起过,说他是个了不起的奇男子,难怪小姐……会这样着急!"

小玲子脸像血泼了一般,说道:"我什么时候着急了? 哼!"

碧琼虽然只卖艺,不卖身,但毕竟在红尘之中应酬,见到的都是脸皮粗厚的倚门卖笑的青楼女子,哪见过小玲子这样的纯情少女? 心中顿生好感,咯咯一笑,道:"刚才柳爷和宋爷到了小女子这里来坐了一下,二人都有几分醉意,说是和杜公子连喝了九斤二锅头,言语之中,对公子赞佩有加,只是人太耿直!"

这话,小玲子还是喜欢听,语气一缓,说道:"哪个柳爷和宋爷?"

碧琼笑吟吟地说道:"就是江湖上大名鼎鼎的'天涯刀客'柳宗权大侠和昆仑派的宋天成二位!"

这两人侠名卓著,江湖中无人不知,小玲子当然也知道,但没想到两个侠义中人也会到这"女香春"来,于是惑然道:"柳大侠和宋大侠……他……他们也会到这儿来?"

碧琼面容一肃,一双美目盯着小玲子,却不说话,小玲子自知失言,连忙又说道:"我是……我是说杜芳芳可是与他们一起来得吗?"

碧琼幽幽叹了一口气,说道:"柳大侠和宋大侠带着满腹的心事,到这里来坐了半个时辰便走,至于杜大公子嘛,小女子倒是没能见到!"

小玲子急忙道:"真的么? 但我……我却是亲眼见到他从'女香春'出去,不知……"

碧琼说道:"小姐何不去问问妈咪? 我想来没来,她自会知道!"

小玲子一回头,见那妈咪已下楼去了,想了想,不好意思地说道:"姐姐,方才小妹失言,还望姐姐见谅!"

碧琼见小玲子单纯无邪,对杜芳芳一往情深,现在得知自己没和杜芳芳来往,反而向自己赔礼,淡然一笑道:"小女子坠入青楼,身卑位贱,小姐之言,实是愧不敢当!"

碧琼说这话眉宇间带着无限的愁怨,小玲子更是不好意思,说道:"姐姐,我可不这么看……"

碧琼发觉自己失态，忙说道："小姐虽是男装，但言行举止，却掩不住闺阁之气，更兼对杜公子……咯咯！"

小玲子满面绯红，心想：就是杜芳芳那小子看不出来，却听到碧琼又道："柳大侠和宋大侠两人英武豪迈，何等洒脱之人，只是不忌世俗，行为放浪而已，小姐可千万不要误会！"

小玲子歪着头问道："姐姐这样……这样可好……"

碧琼浅笑道："这可看怎么说，一个顶天立地的伟丈夫，肯定有几个钟情他的红颜知己。"

二人言语渐渐投机，那碧琼对人物的心理了若指掌，分析入微，倍受世态炎凉，玩世不恭的心态带着一股沧桑。

而小玲子的人生恰如一张白纸，听了碧琼的话，又是新奇又是兴奋，两人谈着谈着，竟是笑语连连，各自吐露身世，小玲子一打开话匣，大说父亲"神手无影"不了解她，疼是疼她，可总是说这也不行那也不行，一个女孩家，生活一潭死水，后来就离家出走了。

碧琼说道："可怜天下父母心，现在你爹到处找你，你这样也不是个办法！"

小玲子说道："哼，让他找好了，我是不会跟他回去的，我现在住在舅舅家里，我舅舅可支持我啦，哈哈，让我大玩特玩，我舅舅在江湖上可是大名鼎鼎的人物，他是前神火教教主的左使！"

碧琼也讲了自己的身世，她从小无父无母，出身书香门第，在她十三岁父母因受贪官污吏的陷害，双双死于狱中，她小小年纪，孤苦伶仃，加上人又长得美极，因而就坠入风尘。

小玲子叹道："姐姐身世凄苦，无奈投入这烟花之地，但却能洁身自好，小妹敬佩你，唉，不说这些伤心事也罢，姐姐，若你不弃，明日便到我舅舅家'佑吉山庄'与小妹作伴如何？"

碧琼连忙说道："不！不行的！"

小玲子嗔怒道："姐姐是嫌小妹粗俗不懂事而不可交么？"

碧琼又连忙摇摇头，泪水却滚滚而下，哽咽道："姐姐可不是这个意思，姐姐今天认识你真是太高兴了！"

小玲子最怕人哭，当即站了起来，说道："我知道姐姐的难处，小妹告辞了！"说完，也不等碧琼说话，转身一掀珠帘，径直出去，在一楼找到正在转来转去的妈咪，见小玲子急冲冲地下来，连忙迎了上去，说道："公子爷，我说得没错吧？我们的碧琼姑娘可是赏心悦目吧！"

小玲子一摆手，先将岳继飞的长相细细描述一番，问是哪位姑娘接的。

妈咪故作思索状，想了一会儿，一挥手帕，恍然大悟，夸张叫道："哎啊，我想起来了，我想起来了，公子爷问的是那个穷酸丁么？哼，既无银两又不懂规矩，还想找碧琼姑娘，真是不长眼睛！"在她心里，马上意识到这公子爷肯定是为了碧琼和那人争风吃醋，故而大献殷勤，贬低岳继飞。

小玲子强忍怒气道："后来又怎样了？"

妈咪眉飞色舞地道："那酸丁刚一进门，没说上三句话，便被我们乱棒给打出去了，哼，只怪我们心太软，不然，可要打断他一条狗腿！"

小玲子柳眉一竖，叱道："你打断他的狗腿，我掐断你脖子！"

转而一想，杜大哥的武功已十分了得，凭你们几个乌合之众，也能将人家给乱棒打出去，真是怪哉，但一想到"杜芳芳"只是进来过，并没做出什么越轨的事，心头又是大喜。

妈咪想不通这公子爷为何又对她发火，正自惊疑地望着小玲子，小玲子压抑心头的高兴，面上却只淡淡说道："那小子在赌博的时候差了我三十两银子，下次他胆敢再来，你们还是将他乱棒打出去便是了。"

妈咪讨好道："一定一定，凭公子爷这等身价，怎么跟他这穷酸丁玩牌，下次如果来了，我必帮公子爷索回那三十两银子交给公子……"

小玲子说道："那倒不必，我看他这一辈子别想逃出我的手掌心，只要你不让他进来就是了！"

说完随手从妈咪的怀里掏出一大锭银子递给妈咪，她这出手太怪，那妈咪如何能察觉出来？一见银子，更是老脸绽花，一个劲地点头称谢。

小玲子随口问了碧琼的身价，妈咪立即警觉起来，碧琼可是她"女香春"的台柱子，摇钱树，说道："碧琼姑娘嘛，是我们平川镇的花冠，我老婆子倾家荡产，花了五千两纹银才买来的……"

小玲子不耐烦地说道："如果将她赎出，到底要多少银两？"

妈咪瞟了瞟小玲子，说道："现在碧琼姑娘每日为本院赚银百两，就按一年三百天计算，就是三万两，就是三万两，那……碧琼姑娘可还是个处子呢！"

小玲子脸一红，说道："到底多少？"

妈咪一咬牙，说道："以公子爷这般人品家世，小老婆子便忍痛割爱，成全你们，三万两纹银，那是一分也不能少的了。"

小玲子冷笑一声，掀帘出门，妈咪愣了愣，连忙追出门叫道："公子爷，公子爷，就两万两怎么样？"

小玲子哪里还理睬？径自扬长而去，妈咪"呸"了一声，说道："哼，男人，老娘见得多了，平时甜言蜜语，海誓山盟，一谈到实际问题，就做缩头乌龟。看，有什么好看的？快回去做生意，哎哟，张公子，好久没来，是不是管得太严了？"

月已西斜，小玲子漫步街头，一会想到柳宗权和宋天成，一会儿又想到"杜芳芳"，一会儿又想到碧琼，小禁黯然长叹，暗骂不已，心头凄苦，泪水忍不住夺眶而出。

小玲子暗暗发誓，一定要到哪个大户人家弄出二万两银子，将碧琼姐姐赎出，一想到这里，心里不由大为兴奋。

想到舅舅可算是一个大户，原来坐神火教的第二把交椅，后来见神火教内部自前教主去世后勾心斗角，这才隐居在"佑吉山庄"，原来神火教劫富济贫，舅舅乔剑峰的"佐吉山庄"别的不多，银子却是不少。

回到"佑吉山庄"已是四更天了，"佑吉山庄"的大厅里依旧灯火通明，大厅里坐着一排人。

对舅舅"八臂神灵"乔剑峰这迎来送往的局面，小玲子倒是司空见惯，舅舅当年可是名声显赫的神火教左使，虽然不在江湖走动，但每天来拜访他的人却并不在少数，小玲子却不喜这种场面，正准备进房休息，哪知乔剑峰自打她一进门就看见她了。

乔剑峰的个性极为随和，对这个外甥女更是疼爱有加，近似乎有点放任，对她千依百顺，从不干涉这外甥女儿的私事。这几天，小玲子出了"佑吉山庄"，已好几天没回来，今天这么晚回来，脸上还带着一脸诡秘的微笑，就叫道："小玲子，快过来见见魏帮主！"说着用手指了指对面的一位手摇折扇的公子模样的人。

小玲子忙停下了脚步，心里大惊，心想：这魏邦良怎么也到了平川镇？

一打量大厅里的人，这才发现大厅上坐着四个人，紧挨着魏邦良坐的居然是"杜芳芳"情深笃定的小师妹"岳继飞"。

杜芳芳抬头也看见了小玲子，面色绯红，赶忙低下了头，因为她认出了小玲子就是在天府里给她脱去衣服的美少年，不由得目瞪口呆，没想到在这里遇上了使她大为尴尬的美少年。

小玲子对舅舅所介绍的魏帮主倒没在意，一双眼睛直盯着"岳继飞"，见她双眉之间有说不出的哀怨，人也消瘦多了。

想到那时，她和"杜芳芳"情意缠绵，就有说不出的惆怅，现在由于一个变故，却棒打鸳鸯，这难倒就是人们所说的爱得愈深，恨之愈深？

"岳继飞"见了她，娇羞地低下头，倒没想到"岳继飞"心里所想，只是心里有一丝快意涌动，转而又为自己的自私感到不在。

正在她胡思乱想之际，魏邦良笑吟吟地站了起来，一拱手，说道："魏邦良见过公子！"

小玲子回过神来，冷哼一声，理也不理魏邦良，转头对乔剑峰说道："舅舅，我累了，回房睡觉去了！"

乔剑峰说道："哈哈，不好意思，魏帮主，我这外甥女就是这脾气，没办法，魏邦主，我们来喝酒……哈哈……"

魏邦良和杜芳芳俱是一愕，杜芳芳芳心一喜，原来给自己脱衣服的美少年竟然是红妆，一直压在心头的大石头终于放了下来，不由吁了一口气。

而魏邦良却又是一惊，他清楚地记得在湖州的酒店里，将"杜芳芳"灌醉之后，叫一个早就安排好的妓女溜进"杜芳芳"的房间，忽然听到窗外发出一声冷笑，这冷笑和刚才小玲子的冷哼是一个人发出的，魏邦良惊出一身冷汗，心里升起一股杀意，当然，他知道此时是不合时宜的，当下赔笑道："哪里，哪里，乔左使，你那外甥女倒是极有个性的，哈哈，有趣，有趣！"

乔剑峰说道："有道是无事不登山三宝殿，魏帮主一个大忙人，深夜躬身到了寒舍，想必是有事才……"

小玲子本已走到楼梯口，一听这话，忙停下脚步，闪在门后，心想：这魏邦良半夜三更到这里来，不知葫芦里卖的什么药，这小子不正派，一杜子坏水，我倒要听听。

只听魏邦良打了一个"哈哈"，说道："乔左使明鉴，小侄打扰你了，一来是来拜访乔左使，二来嘛，的确有要紧的事找左使明商……"

小玲子心想：这魏邦良倒蛮会拉关系的，什么时候和舅舅攀上叔侄的关系？那不就成了我的老表？哼！

其实，这一点小玲子倒是不知道的，前任神火教教主韩少功和九龙帮帮主，也就是魏邦良之父魏士杰，交情深厚，还结为拜把子兄弟，后来知道魏士杰投靠金狗，这才分道扬镳，所以魏邦良这样称呼乔剑峰也在情理之中。

又听见魏邦良说道："这地方不是谈话的地方，乔左使，我们……"

乔剑峰哈哈一笑道："魏帮主，这里已没什么外人，你有什么事就不妨直说吧！"

魏邦良期期艾艾地说道："乔左使，虽然你已不在神火教主持事务，但神火教这几年的势力已大不如从前了……"

乔剑峰淡然说道："神火教里都是血性汉子，至于你所说的，我倒不以为然，听说魏帮主将九龙帮整顿得好生兴旺，这我倒有所耳闻！"

魏邦良忙又道："左使过奖了，小侄这点德行不值一提，只是九大门派自杜盟主归隐祁连山之后，越来越放肆，根本不把我们放在眼里，将我们九龙帮和神火教统称旁门左道，竟让我们在江湖上一点地位都没有，所以我想……我想……"

乔剑峰哈哈大笑道："九大门派这种提法倒不为过，我们本来就是旁门左道，不知魏邦主有什么高见！"

魏邦良心里骂道：老狐狸！面上却堆笑道："左使真是幽默，高见倒谈不上，小侄今天就是来找乔左使相商……照目前的局面，我觉得是不是将神火教和我们九龙帮合并在一起，到那时，我们就可以一统武林，看谁还敢瞧不起我们……"

乔剑峰心里一凛，面容一肃，说道："魏邦主真不愧少年老成，有做大事的气魄，只是这与我神火教的教义大相违悖，我们神火教一向在江湖上独来独往，与任何门派都是井水不犯河水，奉行人不犯我，我不犯人，人若犯我，就是豁上整个神火教兄弟的性命也是在所不惜，再说我已多年不在神火教，人老了，也就没有进取心了，所以，魏邦主的提议，我只感觉到新鲜，其他的，我似乎帮不上忙。"

魏邦良吃了一个不软不硬的钉子，又说道："乔左使为神火教的创业立下了汗马功劳，据小侄所指，乔老在神火教还是举足轻重，神火教的教主罗云川，这一个多月来身体有恙，另选教主我看是几日的事，而前任教主将神火教的信物圣火令交给你保存，没有这圣火令，谁也当不上这教主。"

乔剑峰哈哈大笑道："哈哈，魏邦主知道的还真不少，乔某佩服，佩服，不过，我很遗憾地告诉你，你所听到的小道消息，只不过是江湖中的误传，魏邦主，这样吧，我看天已太晚了，你也累了，不如我吩咐家人打扫一下，你们就在这庄上委屈一晚！"

小玲子一听舅舅说这话，其实就是在下逐客令，心想：从那魏邦良的话来听，他的目的是吞并神火教，好大的野心哇！

果然，魏邦良干笑两声，说道："不必了，有劳乔左使，不过，小侄办事一向的原则是不达目的不罢休，我只是给左使提个醒，神火教只有朱世强能担当教主大任，希望乔左使一定要三思而行！"

乔剑峰沉声说道："魏帮主在威胁老夫？！"

魏邦良笑道："不敢，但小侄说的是实话，多一事不如少一事，识时务者为俊杰，哈哈，小侄打搅了，这是小侄给你带来的一点薄礼，望左使笑纳，我告辞了。"

小玲子赶快溜到上房，躺在床上，心头马上浮现"杜芳芳"那俊俏之貌，疏狂之性，挥之不去，又想到了"岳继飞"与"杜大哥"倒是一对璧人，只因为一点误会，而未牵手，让魏邦良奸计得逞，于是这般胡思乱想，哪里还睡得着？

小玲子一夜没睡好，岳继飞也是一夜未眠，他倒不是像小玲子一般心潮翻涌，而是钻进一家客栈，正遇到一个人。

这个人就是在天香山庄分手两个多月的神火教青龙堂堂主郭子华。

第七章

陡然巧遇，两人喜出望外，郭子华一把拉着岳继飞的双手说道："杜兄弟，我到处找你，真是踏破铁鞋无觅处，得来全不费工夫！"

岳继飞笑道："郭大哥找我这么急，是不是还有什么宝剑的消息？"

郭子华说道："兄弟可有什么东西丢失？"

岳继飞一凛，拍拍身上，见玄铁蝴蝶令和几两碎银还在，茫然摇了摇头。

郭子华说道："那兄弟说要办一件要紧的事，是不是找那白衣少年？"

岳继飞一惊，说道："哪个白衣少年？"

郭子华这才把岳继飞离开天香山庄，小玲子将古百万吊在屋顶上的事道来，并将小玲子说的话重复了一遍。

岳继飞马上联想到天府里的美少年、小玲子，还有今天晚上遇到的林晓，说道："这白衣书生我没打过交道，不过像他那样脾气刁钻古怪的，我倒认识了一个，说起来更是令人头痛，总之，像这样的人，看到了，躲还躲不及，别说找他了！"

转而这才向郭子华问道："郭大哥难道就为这件事找我？"

郭子华叹了一口气，这才说出了他来平川镇的目的，神火教教主已于五天前过世了，如今的神火教势力衰弱，群龙无首，早没有韩少功当教主时的显赫威势，两人不由得黯然长叹。

原来罗云川继任教主之时便年事已高，虽然武功高强，但德寡而不服众，左使钟国栋和右使牟杏玲一开始便明争暗斗，欲夺教主之位。

一年之前，牟杏玲不知从何处弄得青城派的独门毒药"化功散"，每日在罗云川饮食中加入少许，七个月后，罗云川一身武功尽废，牟右使这才突然发难，逼罗云川将教主之位传给他，钟国栋自然早有防备，乘机以犯上之罪大开杀戒，将牟杏玲手下亲信尽数诛杀。

而牟杏玲和钟国栋的武功不差上下，两人斗了一天一夜，牟杏玲终归是女流之辈，力气不继，死于钟国栋手掌下。

而钟国栋也因此受伤不轻，养了数日之后，才得已康复，等郭子华等堂主赶到摩天岭时，正逢钟国栋逼罗云川让位，此时罗云川早已是毫无武功，只得虚与委蛇，说钟国栋只要找到圣火令，便将教主之位让给他。

钟国栋及手下亲信翻遍了摩天岭大小角落，终是未能找到，郭子华等堂主见钟国栋如此无法无天，竟连教主的密室也被他翻箱倒柜，大是气愤，遂合力与之剧斗，终于将钟国栋杀了。

之后，罗云川召见四个堂的堂主，将圣火令的下落告知四人，并给每人两副面具，言明每人最多只能带一名属下到"佑吉山庄"夺令，并不允许任何人使用自己独门兵器，以防被乔左使认出，谁能凭本事取得圣火令，另外三堂便奉他为神火教教主，这就是罗教主临终留言，因此四堂堂主在摩天岭为罗云川守灵七日之后，便各自分头来到了平川镇夺圣火令。

岳继飞想不到在江湖上人们谈之色变，拥有许多惊天动地的大英雄的神火教，就这样势力日衰，问道："郭大哥带了谁来？何不替小弟引见引见。"

郭子华说道："我使惯了双铜，此时已改用双剑，简直别扭极了，何况乔左使的武功高出我何止十倍，纵是将本堂兄弟全数带来，也是绝对过不了关的，何况我也无争当教主之意，因而未带人来，大不了明天到'佑吉山庄'应付一下！"

岳继飞说道："那以郭大哥的意思，谁最有希望夺得这圣火令？"

郭子华说道："我想，只有白虎堂堂主朱世强最有希望！"

岳继飞说道："我虽然江湖阅历不多，但却了解朱世强可是一个心思极深之人。"

郭子华说道："他是蛮有计谋，而且和九龙帮帮主魏邦良交情不浅！"

岳继飞一听到魏邦良，马上想到柳大哥和宋大哥的话，不由一片迷茫，傲然说道："那好，明日我便与郭大哥同入'佑吉山庄'，取那圣火令，去会会那乔左使，看看神火教的通神人物有如何了得！"

郭子华连忙道："不敢有劳公子，乔左使和令尊可是交情甚厚，最主要的是我确无当教主之心。"

岳继飞凛然道："有一句话，兄弟不知当讲不当讲！"

郭子华说道："这算什么话？公子请讲无妨！"

岳继飞道："好，郭大哥为人，家……父赞佩有加，如今神火教百年基业已势威力衰，那是罗云川不会用人之过，眼下正需要一个胸襟广博刚正不阿的人出来整顿教纲，调解各堂之间的关系，如此，方能使神火教再度发扬光大，我不知其他三位堂主为人和武功，但郭大哥的为人在江湖上是有口皆碑的，所以为了神火教的未来，这神火教教主之位，郭大哥是一定要坐的，当仁不让，大丈夫行事当问心无愧！"

一番话正气凛然，竟使郭子华愣愣的，说不出话来，岳继飞又道："神火教百年基业，不能就此毁于一旦，当然，此时做这教主，的确需要大智大勇，需要受命于危难之际的勇气，若是郭大哥因此而放弃，那便算我岳……杜芳芳看错人了！"

郭子华道："这……"

岳继飞只冷冷地盯着他，良久，郭子华一拳砸在桌上，情绪振奋，高声道："好！这教主之位，我郭子华坐定了。"

两人相视，一齐哈哈大笑，陡觉雄姿英发，豪情万丈，岳继飞说道："对！这才是我……家父口中那个敢作敢当的铮铮好汉郭子华。"

两人兴奋了一夜，直到五更天才睡着，次日日上三竿，两人才匆匆起床，各戴一副人皮面具，郭子华变成了一条紫面大汉，岳继飞则变成了面色白里带青，似是睡眠不足的少年，岳继飞看了看郭子华，赞道："好精致的面具，真的可以以假乱真！"

郭子华说道："这是二百年前我们邪教的开山鼻祖'血刀老祖'所制，流传下来的。"

岳继飞说道："郭大哥，你可曾听说'血刀一出，杀戮江湖'这句话？"

郭子华面容一肃，说道："这不是我们这一辈的事，不过有所耳闻，说是血刀老祖一身武功天下无敌，后来不忍心将血刀毁去，这血刀就成了精，要饮尽天下武林人的血，每隔一百年，要重现江湖一次，那将是武林的一场浩劫，现在离一百年只有两年了，现在已是人人自危，唉！"

岳继飞说道："难道就没有什么化解之法吗？"

郭子华说道："我想应该是，除非血刀老祖本人死而复活！"

岳继飞想起了疯僧的一番话，问道："郭大哥，你可曾听说天人大师？"

郭子华摇摇头，说道："是福不是祸，是祸躲不过，杜兄弟，我们到了'佑吉山庄'，可千万不能泄露我们的来路，否则就是违了罗教主的遗训，那样，就是取了圣火令，也不服人心！"

岳继飞忧心忡忡地点点头，忽然想起了一件事，一摸内衣口袋，突然脸色大变，说道："完了，我真的掉了一件重要东西！"

郭子华见他脸色大变，说道："是什么东西？"

岳继飞说道："是家……父给少林寺方丈圆觉大师的一封信，我明明……"

郭子华说道："那白衣书生，不是叫公子去找他？我想肯定是那白衣公子拿去了！"

岳继飞摇摇头，说道："我倒想起一个人，小玲子，对，肯定是她！"

郭子华说道："就是那大怪'神手无影'的宝贝女儿小玲子？既然这么重要的信件让她偷走了，公子快去找他，我一个人去'佑吉山庄'就行了。"

岳继飞说道："我现在到哪里去找她？唉，只怪我一时大意，她手法也太快，只是匆匆从我面前过一趟，就偷走了，她不会有什么恶意吧？"

郭子华说道："那小怪的父亲'神手无影'可是神偷、轻功、易容三大绝技独霸武林，我想，有其父必有其女！"

岳继飞说道："走，我还是先同郭大哥一起到'佑吉山庄'走一趟，然后再去找那小玲子索回书信。"

郭了华为难道："这……这……"

岳继飞说道："这什么这的？我答应郭大哥的话，不可能不算数的！"说着，一把拉起郭子华就走。

不多时，两人来到"佑吉山庄"，"佑吉山庄"依山而建，风景秀丽，红砖碧瓦，端的是气派，只见大门紧闭，两人对视了一眼，郭子华便上前抓起门上精光锃亮的巨大铜环，敲了四下，稍停一停，又敲了两下，再停片刻，复敲了三下，然后退立门旁。

过了片刻，大门缓缓打开，走出一个年约六旬的老者，目光一扫郭子华和岳继飞，沉声说道："敢问二位光临敝庄，有何贵干？"

这老者虽是家丁打扮，但目光炯炯，步履轻盈，浑无龙钟老态，言语间更有一股威严夺人之势，显是武功不弱。

岳继飞说道："江湖末流，求见乔庄主！"

郭子华也道："还请老丈代我兄弟二人禀报！"

老者面色木然，说道："我家主人向不见客，二位朋友请回吧！"说着就要关门。

岳继飞连忙一抵，两人就较上了劲，这时，一个洪亮的声音大声说道："翁其进，不要拦他们，让他们进来吧！"

两人一望，见大厅的花坛边站着一位身穿一身洁净长袍之人，身材魁梧，整个脸有棱有角，如刀砍斧削一般。

老者一听，连忙恭身道："二位请！"

长袍老者扫视了两人一眼，说道："两位小朋友到庄上，有何贵干？"

郭子华已认出长袍老者就是德高望重的乔剑峰乔左使，但此时又不能相见，只有瓮声说道："我兄弟二人是为贵庄所供的圣火令而来！"

郭子华话音刚落，已听到看门老者翁其进一声暴喝："好贼子，竟然敢打我神火教圣物的主意，活得不耐烦了！"

乔剑峰也是一惊，但却呵呵笑道："二位是何来路？要我教圣火令有何用途？"

郭子华朗声说道："我二人来路不便奉告，要圣火令何用，也暂时不能告诉乔……前辈，不过，今日我兄弟二人是志在必得。"

乔剑峰仰天哈哈大笑，说道："好好好，你们既知圣火令就在敝庄，想必也是来头不小，没想到说到就到，这魏邦主可真是神速，不过，只要过了老夫这一关，莫说是一块圣火令，这佑吉山庄之内，任你二人拿取！"这话说得不怒自威，的确是大家口气，一点也不含糊。

可岳继飞和郭子华却听得一头雾水，魏邦主？难道那魏邦良也来这里索要圣火令？那可真是奇怪之至。

正在两人一头雾水的时候，翁其进暴喝一声，道："何劳庄主动手？这九龙帮的小贼，便是我这不成器的看门人，也足以打发！"说着，手从背上一探，已将一柄紫金八卦刀执在手中。

郭子华与翁其进对面而立，转头与岳继飞对望一眼，已知今日之事，非以武功是不能解决了，当下，郭子华撤出双剑，趋前一步，道："在下首先声明，我并非九龙帮的人，这里先领教前辈高招。"

翁其进也不多言，呼的一刀，迎面劈向郭子华，他虽年岁已高，但这一刀劈出，却是劲力十足，虎虎生风，端的是不可小视。

郭子华退了一步，身子后仰，避过了这一招，双剑晃动，斜刺翁其进的小腹。

翁其进既不闪避，亦不挡架，反手一刀，破向郭子华的腰际，他这一刀看似两败俱伤的拼命打法，其实却是后发先至，快得异乎寻常。

郭子华剑已出手，人未来得及闪身，已觉对方刀锋沾衣，大骇之下，连忙猫腰，从右侧窜出。

"哧"的一声响，郭子华人虽窜开，但还是慢了半拍，衣襟却给划了一条长缝，虽未伤及皮肤，但人已是惊出一身冷汗。

翁其进冷笑一声，道："哼，三脚猫的功夫，也敢来'佑吉山庄'撒野！"说着上一刀，左三刀，下二刀，右四刀，刀光重重，已砍出了数十刀，方圆几丈之内已笼罩在刀风之中。

郭子华双剑疾挥，"叮叮当当"十几下暴响，总算是险而又险地将十刀挡开。

岳继飞一直在旁边冷眼旁观，忽然大声说道："大哥，不要和他比快！"

乔剑峰神色微变，道："看不出小兄弟竟有如此眼光。"

刚才郭子华和翁其进二人相斗，令人目不暇接，那翁其进越打越快，而郭子华吃亏在本使双锏，却改作双剑，所以大是别扭，失了先机，而双锏讲究身法凝重，出手稳狠，至于快，就大不如翁其进了，如今却以己之短，击人之长，焉能不险之又险？只有招架之功，而无还身之力，旁观者清，岳继飞出言提示，倒让乔剑峰大吃一惊。

郭子华经验本来极为丰富，只是急斗之下，失了先机，又让翁其进一记抢攻，就极为被动，此时一听岳继飞的提示，顿时人精神一振，恍然大悟，步法一紧，已自滑开数尺。

翁其进毫不耽搁，挥刀急进，探臂急攻三招，郭子华左闪右晃，避过三刀，第二次出手已是连挡带攻，逼得翁其进回防一招。

渐渐地，郭子华已是攻多于防，两人你来我往，刀光闪烁，剑影翻滚，两人这一番剧斗转眼间已互攻数十招。

突然当的一声，只见火星四冒，郭子华的一柄长剑和翁其进手中的八卦刀同时脱手落地，但郭子华本使双剑，右手剑被震落，左手剑却在电光石火之间，点中了两手空空的翁其进"天庭"大穴。

乔剑峰大惊之下，冲天而起，凌空扑向郭子华，他人尚在空中，眼角便已瞥见一缕青光急射而至。

原来岳继飞发觉乔剑峰身形微动，也马上急扑其后，他这突发一剑，原只为防止乔剑峰伤了郭子华，是"围魏救赵"的险招。

乔剑峰一惊，双袖急拂，身子便如大鸟般向外荡去，一个盘旋，落于原地。

四个人僵立当场，岳继飞吁了一口气，心想：乔剑峰如果不回救自己，自己的速度也决计跟他不上，大不了可切下他的一块袍角，没想到这一冒险却成功了。

乔剑峰回望了岳继飞一眼，缓缓说道："果真有两把刷子，小朋友身法不赖！"转向郭子华道："你也不错！"

郭子华忙道："那是翁老哥手下留情，在下实在侥幸。"

乔剑峰并不搭理，自顾自缓缓道："嘿嘿，就凭你们这几把刷子，来'佑吉山庄'夺取圣火令，还远远不够！"话音一落，他身形已再次飘起。

刚才他一扑之势有若闪电迅雷，令人不及掩耳，此时这一凌空，却又像一只纸鸢，轻飘飘，有若凌空微步，毫无烟火之色。

半空中，乔剑峰已然长剑出手，恰如天女散花般，剑尖闪烁不定，剑光早笼罩了郭子华和岳继飞方圆五尺的范围。

郭子华大喝一声，双剑狂舞，护住周身要穴，岳继飞却一鹤冲天，捏了个剑诀，挽起一团剑花，直刺乔剑身的咽喉，这正是攻其所不能不救，以解郭子华之危。

乔剑峰心头一动，左手二指轻击岳继飞剑背，右手一收剑势，轻飘飘滑开丈余，落在地上，说道："小朋友，你剑法很好啊！"

岳继飞剑上给乔剑峰二指敲中，劲力已震得他手臂发麻，不由暗暗心骇，说道："还望前辈手下留情！"

乔剑峰叹了一口气，说道："想不到九龙帮果真了得，帮中居然还有这等好手，小朋友，以你这般人品武功，在年轻一辈中已是出类拔萃，将来前程，无可限量，何苦来与我老头子拼命！"

乔剑峰昨晚送走了九龙帮的帮主魏邦良，今天刚出来散步，就碰到两人来索要圣火令，心里马上想到是魏邦良派来的人。

岳继飞面带苦笑道："前辈厚意，在下心领了，但我兄弟的确不是九龙帮的人，这圣火令，在下确是非要不可，但这绝不是为了私欲，更不会作出对神火教不利的事，在下若有一句谎言，便教天打雷轰，不得好死！"

乔剑峰喝道："不必多说，你二人尽管上来就是了。"

岳继飞已知今天之事，再多说也是无益，道了一声得罪，左臂暴张，长剑急探，攻出一招，郭子华也同时递出一招，双剑从右侧攻到。

乔剑峰冷哼一声，信手一挥，自右向左轻轻化解了二人攻势，剑势绵绵，反攻郭子华和岳继飞两人。

乔剑峰剑锋一转，反刺郭子华的前胸，郭子华左腿一使劲，向外一撤，右手长剑一绕，去削乔剑锋的手腕，左手长剑斩向乔剑峰的双足。

乔剑峰小臂一屈一拐，回腕出手，长剑直奔郭子华的后颈，郭子华也摸不清乔剑峰怎么绕到他的后背的，陡闻脑后生风，心叫"不好"，头向前低去，乔剑峰顺风一扫，只听"噗"的一声，郭子华向前仆倒。

乔剑峰长剑斜转，"当"的一声，岳继飞长剑掉地，岳继飞只觉得脖子一凉，乔剑峰的长剑已带着一股寒气直逼过来，只要往前稍稍一递，岳继飞就要命丧剑下。

岳继飞想不到自己竟然这么无能，在师父的敦敦教悔下苦练了十八年，居然没在乔剑峰手下走一招就被制住，情急之下，岳继飞一抬头，嘴一张，竟用牙齿咬住了乔剑峰的剑尖，反手一剑划出，直刺乔剑峰的左肋。

乔剑峰大惊，没想到岳继飞使用市井无赖的这一招，手上稍稍滞了一滞，岳继飞一侧身，长剑的剑尖已抵在他肋下。

如是，两个就这样僵立不动，岳继飞因为戴着人皮面具，故而脸上一点表情都没有，而乔剑峰却是大为尴尬，虽然岳继飞用一个不高明的手段反败为胜，但这也需要勇，从而打心眼里，对这个小朋友还是赞许有加。

岳继飞一撤剑，松开口说道："乔庄主，晚辈得罪了。"

乔剑峰叹了一口气，说道："我输了，不过……"

突然从二楼飞越而下一个白衣少女，娇叱道："没这么容易，还有我呢，舅舅！"

岳继飞定睛一看，飞身而下的少女却是在赵媚闺房里救了他的小玲子，心想：这下可完了，这小玲子是乔剑峰的外甥女，她可识得我的声音，一认出我来，那不也就知道来历？这也就违背了罗教主的遗训，不由呆了，这世界真是太小了，叫我在哪里碰到你不好？可偏偏在这节骨眼上。

而小玲子却是一脸怒气，他还是一个任性的大孩子，正处在绝对相信一见钟情的年华，今年春天逃离东海之岛，摆脱了父亲"神手无影"，顿觉浑身轻松。

碰巧的是，她和岳继飞、杜芳芳住在同一个客栈，被岳继飞和杜芳芳两人有说有笑的真情所感动，心想：要是我有这么一个关心我，疼着我，依着我的大哥哥和我在一起多好，她正自惆怅满怀的时候，突然发现两个蒙面人夹着那个她嫉妒的少女飞奔而去，小玲子一惊，连忙施展绝顶轻功，紧随其后，才知道是万化上人为了讨好千指神魔，替他收罗天下美女，供他练成一种怪异的武功，于是就给岳继飞留下了一封信，然后潜回到天府将十八个喽啰一起解决了。

后来她就一直跟着岳继飞和杜芳芳，几次岳继飞情不自禁的时候，都被她从中阻止，为此她甚是得意。

到后来，魏邦良利用了岳继飞太重友情这一缺点，略施小计就将岳继飞和杜芳芳给拆散。小玲子见岳继飞沉溺于自责之中，失魂落魄，又于心不忍，这才请来疯僧开导岳继飞一番，没想到自己一番苦心，却在昨天晚上看到岳继飞从"女香春"里出来，人觉得气苦，于是就匆匆换了男装，在天湖截住了岳继飞，没想到给岳继飞逃脱了，越想越有气，就到"女香春"里大闹一通，归来之后，人便觉兴味索然，没想到又在大厅里碰到了魏邦良，更是烦上加烦，听到魏邦良狼子野心的要求，小玲子晚上睡在床上翻来覆去，怎么也睡不着觉，先是想了半天岳继飞，接着又想到魏邦良，看到魏邦良春风得意，不由一阵恶心，思索着想个法子去搞乱他，要不要告诉岳继飞？唉，岳继飞已使她倍觉伤感，想着想着，直到五更天，小玲子才睡着，这一睡，睡到第二天正午，反正"佑吉山庄"的人没有人不知道这小姐生性不要人惹的，所以都让她睡，朦胧中，小玲子听到下面刀剑相交之声，吓了一跳，这才穿起衣服，梳了梳秀发，一下子跑出来，正碰到舅舅认输。

小玲子居高临下，看到舅舅的对面站着一个面色白里带青，睡眠不足的少年，于是就飘然而下，心想：什么玩意儿，大白天跑到我舅舅家撒野。

岳继飞心中虽然叫苦不迭，但继而又想到失落的那封信，顿时心中又暗喜不已，心想：真是踏破铁鞋无觅处，得来全不费工夫，我岳继飞本打算把郭大哥这件事办完，到天涯海角也要将你找出来，没想到在这里就单单遇上了你，免去了我一番奔波之苦。

小玲子飞身而下，俏生生地站在岳继飞面前，由于她刚起床，更是一个慵懒之态，人显得格外妩媚，岳继飞只觉得一个少女的气息迎而而来，瞪着眼睛望着小玲子。

小玲子微微一笑，说道："舅舅，这两个人是什么东西，跑到庄上来大呼小叫，将人给吵醒了，你说可恶不可恶！"

乔剑峰是当年叱咤风云的神火教左使，生性高傲，但对这个外甥女却是喜欢得不得了，百依百顺，连忙随口说道："可恶，实在是可恶！"

小玲子柳腰一摆，说道："那让我来拿下他！"

乔剑峰一声"不可"还没说出口，小玲子身子一探，手腕微微一沉，五根玉指箕张，已直切岳继飞的腕穴。

对于小玲子的刁钻个性，岳继飞在蜘蛛山已见识过，大惊之下，身子一缩，右臂暴张，直点小玲子小臂的"贡池"穴。

神州剑尊当年是以剑称霸天下，此时岳继飞以指代剑，使起来倒得心应手。

小玲子手势更为奇怪，她五指半屈，成兰状，如缠腕的蛛网一般，绵绵不绝，环绕于岳继飞的腕脉左右，随岳继飞的指势转动。

郭子华见闻极是广博，他早已听说过小玲子的大名，但不知眼前这位花容月貌的小姐就是小玲子，看到这位俏小姐使的是兰花拂穴手，忖道：兰花拂穴手失传已久，不知这女子从何处学来。

乔剑峰全神贯注，观看场中的争斗，他对岳继飞的指法似是颇为在意，面上神色一动不动。

岳继飞脚下不动，左手负于身后，右手骈指，或刺或点，一伸一缩，大有剑式的恢宏。

小玲子连攻数十招，仍未见效，心头不禁大是烦躁，忽然凌空一个翻身，后退八尺，从腰抽出一柄长剑，指着岳继飞道："小子，拔剑！"

岳继飞也不敢开口，生怕小玲子听出自己的口音，他摇摇头，又指指自己的手，意思是自己凭空手接招，不需要拔剑。

小玲子大怒，叱道："好贼子，竟敢如此胆大，看招！"说着飞跃而起，衣袂飘动，姿势极是优美，凌空一剑刺向岳继飞。

岳继飞脚下一滑，已自闪开，小玲子"咦"了一声，长剑圈起，"哧"的一声轻响，自左而右急掠过来。

岳继飞只觉眼前一道长长的电光疾闪而过，他手中无剑，只得滑开数尺避开这招。

小玲子最见不得人小瞧她，将长剑使得像狂风骤雨般，刺向岳继飞，霎时间，整个大厅都是剑光，霍霍逼人。

岳继飞大吃苦头，心想不该如此托大，只好展开伴剑七步，只见他足下生风，时而如行云流水，时而又似笨拙之极，东跨一步，西移数尺，但都恰到好处，妙到毫巅地避开了小玲子的凌厉攻势。

乔剑峰凝望着岳继飞飘忽诡异，如鬼魅般的身影，看得老眼中异彩闪动，面上神色激动，忽然大喝一声道："住手！"

这一声大喝虽不怎么响亮，大厅里的人都因此一呆，直觉得耳内嗡嗡作响。

小玲子转头嗔道："舅舅，你把人家耳朵震聋了。"

乔剑峰却不理会她，双目紧盯着岳继飞问道："这位小朋友，你是什么来历？可否告之老夫？"

岳继飞摇摇头，却不开口，乔剑峰面色一沉，说道："小友是不屑与老朽谈话吗？"言辞之间甚是严厉，岳继飞又是摇摇头。

小玲子在一旁看到这病少年呆头呆脑，武功却是不弱，觉得大为有趣，娇声道："喂，小子，你怎么不说话了？"她眼光一转，又道："莫非你是哑巴？"

有了小玲子这一句话，岳继飞一时间却有了主意，舌头一卷，装出一副大舌头的腔调说道："我……我是大舌头！"

他一言方出，郭子华大为惊诧，心想：杜公子平时伶牙利齿，今天是怎么啦！

小玲子见这病少年是个大舌头，倒笑不出来，怔怔地看着岳继飞。

岳继飞又大着舌头说道："本来我舌头不大，可是一见到姑娘长得……长得美……美若天仙，舌头也就大了。"

小玲子满面绯红，娇叱道："好小子，你还胡说，看我不割了你的大舌头才怪！"不过，十分薄怒之中，倒有三分娇嗔。

乔剑峰思索一阵，说道："小朋友，你这舌头大还是不大，老夫倒不知道，但你刚才所使的步法，是从何处学来的？你到底是什么人？"

岳继飞心想：这乔左使果然了得，已认出了我的"伴剑七步"，这下可露馅了，马上佯作无事道："这路步法乃是在下家传，叫……叫'迷仙步'！"他急中生智，给"伴剑七步"胡诌了一个"迷仙步"。

小玲子"咦"了一声，她此时已听出岳继飞的口音，岳继飞烧成灰也认得，眼前这病少年……难道他也会易容？想到这里，她芳心不由"怦怦"乱跳，急道："喂，小子，你叫什么名字？"

岳继飞慌乱之间忘了卷舌头，听了这话，连忙夸张地大着舌头说道："在下么，有个小名，叫出来只怕有辱姑娘的耳朵！"

小玲子秀眉一皱，说道："废话，快说！"

岳继飞说道："二狗"这名字可是"女香春"看门人的名字。

小玲子怔了怔，"扑哧"一下笑出声来，郭子华怔怔地望着"杜芳芳"痴呆憨厚的模样，真是啼笑皆非，他不明白岳继飞与小玲子之间的事，所以大感蹊跷！

乔剑峰却是面色越来越凝重，缓步上前说道："小朋友，虽说我刚才输了一招，但我还想让你再接老夫几招。"

岳继飞迟疑不决，乔剑峰怒道："小朋友，难道也想和老夫空手过招？哼！"话音一落，乔剑峰长剑一挥，冲岳继飞当胸划过。

岳继飞不敢怠慢，长剑平平刺出，这一剑看似稀松平常，但所刺的恰是乔剑峰的必救之处。

乔剑峰"咦"了一声，长剑缓去急回，横里一挡，忽又一挺，一柄长剑在他手里竟如活物一般，似直似曲，横划岳继飞的胸腹。

岳继飞微微一侧身，剑锋向上反挑而出，这一着从出剑的方位和力度来说，都是妙到毫巅。

乔剑峰如若不回剑自救，直刺岳继飞的胸腹，那岳继飞的长剑同时也会在他的咽喉刺个透明窟窿。

乔剑峰又"咦"了一声，长剑下压，身子一拧，两剑相交，无半点声息。

岳继飞只觉一股大力从乔剑峰的长剑传了过来，整个人不由得向后弹去。

乔剑峰并不追赶，似是有些神情激动，等岳继飞稳住身形，才说道："小朋友，你到底是什么人？"

乔剑峰记得在二十年前，神州剑尊在摩天岭和教主切磋剑法，使的就是这套玄慧剑法，两人战了一百多回合，教主突然认输，当时，乔剑峰也在场，和其他几位堂主大惑不解，因为从场上的形势看，教主并没有任何败像，怎么会认输？只见教主随手一抖，长剑竟成碎片落下，原来在比剑的过程中，杜鹏程已将教主的长剑震得寸寸断裂，神火教的教众无不惊骇莫名，而此时在此再见杜鹏程当年的那套剑法，怎叫他神情不激动？

岳继飞受乔剑峰内力一振，气血上涌，听乔剑峰发问，压了压气血，才答道："无名小卒，江湖后进，不劳前辈动问。"

话音刚落，便听到小玲子双目发光，大叫一声道："好啊，杜芳芳，你小子倒会装蒜！"

岳继飞忽然醒悟，连忙又变嗓道："在下二狗子，可不是什么杜芳芳！"

小玲子"哼"了一声，身形跃起，衣袂飘风，一双雪白的手臂直取岳继飞的面门。

岳继飞没料到小玲子说打就打，不及思索，剑锋颤抖，如虚似幻，直刺出去。

这一剑是岳继飞情急之下施展出来，意在挡住小玲子，不让她近身。

谁知小玲子却不管岳继飞的长剑，宛若没看见一般，直冲过来。

郭子华一头雾水，这才明白岳继飞为何要装疯卖傻，原来这少女认得他。

而岳继飞却极为狼狈，大惊之下，长剑硬生生向外一撒，总算他本是虚招而未尽全力，饶是如此，人已被自己这一撒带得向一侧跟跄了几步。

小玲子得理不让人，使出兰花拂穴手，招招逼近，岳继飞早已是手忙脚乱，好在他自恃全身经穴移位，也不惧小玲子来拿穴。

而小玲子并不拿岳继飞穴道，左手一挡，右手直拂岳继飞的面部，一抓之下，竟将岳继飞的面具给抓了下来。

两个人一下子僵立不动，小玲子手里拿着撕下来的面具，看看岳继飞，似是痴了，阳光的映照下，小玲子容颜如玉，长长的睫毛颤动，一双大眼睛已渐渐蒙上一层迷雾。

岳继飞尴尬万分，嗫嚅道："小玲子……我……我……"

他不说话还好，这一开口，小玲子早泪光盈盈，喃喃道："杜芳芳，果真是你——你——"

岳继飞见自己身份已败露，忽然仰天一笑，道："我杜芳芳多谢小玲子姑娘在蜘蛛山相救之恩，不过，姑娘似乎从我这里借去了一样东西！"

小玲子刚才还张口结舌，转瞬之间，又恢复了玩世不恭的常态，心中不由气来，心想，昨晚为了你一夜没睡好，你今天竟带着一个人皮面具看我笑话，突然提起长剑没头没脑地朝岳继飞一气乱劈。

小玲子这一气之下，使剑根本毫无章法，若在平时，岳继飞只要手一伸，就可夺下剑来，但岳继飞却又于心不忍，只好手舞足蹈，一气乱跳，大叫道："小玲子，你听我说，你听我说……"

小玲子一口气砍了十来剑，突然将剑一丢，双手捂面，背转身去，竟然呜呜哭了出来，跺脚叫道："我不听，我不听！"

郭子华这才知道，大厅里的绝色少女就是"杜芳芳"提到的小玲子，"神手无影"的女儿，将"杜芳芳"的信给偷去了。

岳继飞没想到出现这种局面，只得柔声道："小玲子，取圣火令，我有难言苦

135

衷，我杜芳芳发誓，绝不是对'佑吉山庄'有丝毫恶意!"

小玲子哽泣道："哼，你到底是来取圣火令，还是来看我笑话的!"

岳继飞笑道："我根本不知姑娘也在'佑吉山庄'，怎么会看你笑话!"

小玲子说道："要是你知道，只怕早就又跑了，对不对?"

岳继飞一时语塞，心想：我正要到处找你哩，怎么会跑开? 不过，眼前得先帮郭大哥取到圣火令再说。

这时乔剑峰哈哈大笑道："好小子，原来是杜盟主的儿子，老夫栽得不冤，栽得不冤!"说这话已是神情激动。

乔剑峰上前拉着岳继飞的手，高兴地上下端祥，感慨道："想当年，杜盟主在摩天岭大显神威，就像是发生在昨天的事，而今，他儿子也般大了，真是潮去潮来，又换新人，我们老了，老了!"

小玲子从没见到舅舅对任何人这般欣喜于色，说道："原来是杜大公子，我可不认识他!"

乔剑峰哈哈一笑，说道："不认识不要紧，今天不就认识了嘛!"

小玲子嗔道："舅舅，你们还有完没完? 怎不坐下说话!"

乔剑峰以手拍额，恍然道："对对，你看你舅舅只顾高兴，却冷落了人家，公子，请!"

他肃手请岳继飞和郭子华入座，又命人重新换过茶水，小玲子心里盯着岳继飞，无声胜有声。

乔剑峰举杯向岳继飞和郭子华虚虚一让，说道："公子，可否介绍一下这位朋友?"

岳继飞心中颇感为难，不由眼光望向郭子华，郭子华一直未曾开口，情势突变，竟成现在这等局面，实在是他始料不及，不过，好在自己未露身份，亦算不违罗教主遗训。

现在一听乔左使问自己姓名，略一思忖，已自打定主意，说道："不敢有劳前辈相问，晚辈姓郭，单名一个华字。"

乔剑峰剑眉轩动，喃喃道："郭……华……没听说过……"

郭子华忙道："无名小卒，前辈自是不会熟悉。"

小玲子看了看岳继飞，说道："他们都为圣火令来，一丘之貉，我看都不是什么好东西，哼，还无名小卒!"其实小玲子最不喜欢这虚来虚去的。

乔剑峰一拍小玲子额头，笑道："好个刁钻丫头，看你以后怎么找婆家，哈哈！"疼爱之情溢于言表。

小玲子大羞，双拳捶着乔剑峰说道："舅舅，看你乱说，我小玲子可要三天不理你了。"

岳继飞听了不觉莞尔，心想：这真是一对活宝，突然听小玲子说道："你笑什么？"岳继飞连忙正襟危坐。

一道幽幽的眼波，似乎有意又似无意，向岳继飞惊鸿一瞥，双目相接，忽又匆忙躲开，两片酡红飞上了小玲子面颊，到这个时刻，她已清楚地意识到，她已不能自拔。

乔剑峰突然朗声道："其进，去将那枚圣火令取来……"

翁其进惊疑道："主人，这……"

乔剑峰道："我明白，可我们魔教中人，岂能言而无信？既然老夫输了，就必须履行自己的诺言。"

他这话说得铿锵有声，翁其进不再言语，转身入内。

不一会儿，翁其进双手捧着一块黑色的铁牌转入，乔剑峰将圣火令交给郭子华，郭子华跪倒在地，接过圣火令。

乔剑峰面上一沉，说道："圣火令乃我神火教百代圣物，上代韩帮主命老奴在'佑吉山庄'看护圣火令，近一个月来，除了九龙帮魏邦良到庄上为了圣火令，杜公子和郭堂主是第五批人了，郭堂主，你能不能告诉老奴，神火教是不是发生了什么事？"

此话一出，岳继飞和郭子华俱是一惊，原来乔剑峰早就看出了郭子华的真实身份。

郭子华忙道："神火教青龙堂堂主郭子华参见左使。"

乔剑峰道："郭堂主，快别这么称呼，乔剑峰早已不是神火教的人了，身在山林，很久不闻江湖之事了，但对神火教的安危，我乔剑峰可不能置身事外。"

小玲子在一旁笑道："舅舅，原来你老谋深算，早就看出这紫面大汉就是郭堂主，要不然你怎么将圣火令交给一个陌生人呢？"

岳继飞忍不住一笑，哪有外甥女儿说自己舅舅老谋深算的。

乔剑峰不以为然，说道："并非我老谋深算，郭堂主位列神火教四大堂的堂主，一手'断龙铜'可谓是成名绝技，就算是改用双剑，双剑含有双铜之招，这我还是看得出来，郭堂主，你为何要这样做？"

郭子华见乔剑峰认出自己，当下一把扯下面具，将神火教内哄，左使钟国栋和右使牟杏铃为争夺教主之位，而自相残杀，后来虽然得以平息，四大堂主将犯上作乱的钟国栋合力歼杀，但四大堂主谁也不服谁，罗帮主就传令，谁要是上'佑吉山庄'取得圣火令，谁就当神火教的教主。

乔剑峰听完这话，不由黯然长叹，喟然道："想我神火教当年在江湖上叱咤风云，与正道武林一争长短，虽然被世人称为魔教，但教中实力足可以与正派抗衡，没想到落得今日这地步，教中良莠不齐，人才凋零，实乃叫人叹惜！"

郭子华也是垂首不语，顿了顿，乔剑峰又道："郭堂主在神火教是最有节义的一个，这一点老夫已有所闻，眼下你既得圣火令，就请即回总坛接位，神火教百废待兴，望郭堂主能担起复兴大任。"

郭子华躬身道："遵命！"说完郭子华并未退出，而是肃立原地。

乔剑峰道："郭堂主可还有什么话说？"

郭子华道："郭子华有不情之请！"

乔剑峰道："你说吧。"

郭子华望了一眼小玲子，说道："是这样的，小玲子姑娘借了杜公子的一件物事，这里我想请小玲子姑娘将其归还杜公子。"

乔剑峰哈哈大笑道："小玲子，只怕你不是借吧？"

小玲子俏脸一红，不作回答，乔剑峰又道："有借有还，郭堂主你去吧，这事老夫自当作主，我还有事交代杜公子。"

郭子华一叩首，又朝岳继飞一抱拳道："公子保重！"说完转身而去。

乔剑峰看了看岳继飞和小玲子，微微一笑，道："杜公子，我这外甥女可是宠坏了，你可别介意。"

未等岳继飞说话，小玲子却道："哼，他还介意，我再怎么也比不上杜大公子的所为！"

岳继飞大窘，生怕小玲子说出自己的荒唐之举，说道："乔前辈，你误会了，我并非叫杜芳芳，而是叫岳继飞。"

乔剑峰一惊，道："这是怎么回事？"

岳继飞将在天香山庄的事说了，乔剑峰面容一肃道："这么说杜盟主的女儿已跟了魏帮主？"

岳继飞苦涩一笑道："出山时，师父责令弟子要照顾好师妹，可我……唉，这也怪不得师妹她，是我伤了她的心。"

乔剑峰道："眼下岳公子作何打算？"

岳继飞迷惘道："晚辈曾听到有关义兄的许多言语，我想去探个究竟。"

乔剑峰忽然道："岳公子，你随我来。"说着率先向庄后而去。

岳继飞不明所以，站立未动，小玲子道："我舅舅还会吃你不成？"

岳继飞这才随乔剑峰而去，穿过迂回走廊，乔剑峰到了后院的一块石壁前，石壁平滑如镜，乔剑峰伸手在石壁的一凹处一按，只听得轧轧大响，石壁竟然裂开一道缝隙，不一会儿，赫然显出一个方形的石门。

乔剑峰站在石门边，走了进去，只听身后传来轧轧之声，那石门在乔剑峰进来后俨然合二为一。

里面是一间石室，室内极为简陋，除了四壁嵌着的几颗明珠，似乎别无他物。

唯一引人瞩目的，是墙角一张水晶桌上，放着一本薄薄的书籍，几个朱红的篆字特别抢眼，令人瞧一眼就不忍离开。

那篆字是《血刀秘笈》四个大字。

岳继飞一看《血刀秘笈》四个大字，心头狂震，骇然色变。

血刀一出，杀戮江湖，这难道就是那惊神泣鬼，歹毒无比的邪门武功？

乔剑峰道："岳公子，你也许感到奇怪吧，我这里怎会有给江湖带来腥风血雨的《血刀秘笈》？"

岳继飞惊讶得作声不得，乔剑峰道："武功不分正邪，只在应用是否适当，《血刀秘笈》虽然只有一招'祭刀焚天'，但却是天下无敌，离现在快一百年了，我想是他出世之时了，公子资赋超人，智慧如海，这招旷古绝今的刀法，只有你才能使它光芒万丈，使血刀绝学再放异彩，所以我决定将他送给你。"

岳继飞愕然道："不，晚辈不能接受。"

乔剑峰道："我送你《血刀秘笈》，是要你消武林中的百年浩劫，说什么你也不能推辞，你习得绝世武功，可以为武林同道多尽一点心力，当然，我还有一事要岳公子答应。"

岳继飞肃容道："前辈请示在下。"

乔剑峰道："岳公子前往九龙帮，但江湖动乱，你要走的道路布满荆棘，所以我想让小玲子跟着你。"

岳继飞惑然不解地看着乔剑峰，乔剑峰凛然道："岳公子难道有什么为难之处？"

岳继飞迟疑道："前辈……"

他方道二字，乔剑峰早面色一凝，肃然道："你只管说行或者不行。"

岳继飞道："行！"

乔剑峰面色一缓，转身在石壁上一拍，"托"的一声，那石壁弹出一个盒子来，乔剑峰神色凝重地打开盒子，取出一把长约三尺，形式古雅的长刀，那缀满珠宝的刀鞘，发出耀目的光辉。

一声龙吟，乔剑峰已将刀拔了出来，一片夺目的幽蓝电光，几乎可以使日月无色，乔剑峰道："岳公子，这就是江湖上谈之色变的血刀，从现在起，你就是血刀的主人了。"

岳继飞郑重地接过血刀，两人出了石室，乔剑峰将小玲子叫到一边交代了几句，这时翁其进早拎了一个包袱出来，小玲子羞涩地朝岳继飞看了一眼。

乔剑峰柔声道："你们去吧。"

岳继飞立起身来，方转身走出两步，又听乔剑峰在身后道："岳公子，并非老夫绝情，是因此事关系重大，我想以后你会明白的。"

岳继飞并未转身，只道："晚辈理会！"

乔剑峰轻叹一声，又道："老夫最后只衷告你一句话，岳公子，往后对敌人的仁慈就是对自己的残忍。"

岳继飞只道了声"是！"人早已飞掠出了佑吉山庄。

一阵疯狂奔驰，在官道之旁，他终于停下了脚步。

"岳继飞，你想甩下我是不是……"小玲子已俏生生地站在岳继飞面前。

小玲子穿着一身淡青滚着荷叶边的长裤，修长的身材显得楚楚动人，细如柔丝的长发，用一条月白绢帕包裹着，耳上戴着一对垂珠耳环，在不停摇晃，似梦如烟的眼睛正在一闪不闪地凝视着她。

岳继飞笑道："你轻功在我之上，我岳继飞就是想甩掉你，也甩不掉，更何……"

小玲子截口道："难道是我小玲子赖着你不成了？哼！"说着转身就走。

岳继飞忙一把拉住她，说道："我话还没说完呢，我是说，更何况我喜欢和小玲子在一起。"

小玲子噘着嘴道："哼，口蜜腹剑，要不是舅舅的意思，我才懒得和你这品行低劣的人在一起。"

岳继飞一愣，想不到这小玲子如此得理不饶人。

小玲子知这句话是说重了一些，道："就这两句话，你就受不了，以后可有得你受的。"说着扮了个鬼脸。

岳继飞苦笑着摇了摇头，道："咱们走吧。"

一路上，两人少不了磕磕绊绊，但在这吵吵闹闹之中，两人之间的情感却是与日俱增，到后来是一刻也少不了对方。

这天两人到了桐城，忽然一阵金铁交鸣之声，由左侧遥遥传来，偶尔还听到十分凄厉的惨叫，像垂死之人在为生命挣扎。

两人一惊，联袂向左侧急驰，翻过一道山脊，是一片广阔的平原，只见人影翻飞，杀声震耳，数十名劲装大汉，正在展开一场生死搏斗。

小玲子观了一阵道："是劫镖的。"说着人已弹身而起，身形还在空中，已发出一声娇叱道："住手!"

小玲子突如其来，从天而降，并没有收到先声夺人之效，除了两人向她迎来，惨烈的激斗依然没有停止。

迎来的人是两名大汉，一个使流星锤，一个使日月双环，两人一脸狞笑，凶煞无比，一看就是邪恶人物。

小玲子身形着地，两人就已然攻上，使流星锤的向她斜睨了一眼，然后嘿嘿一笑道："张半仙说话还真灵，他说老子要交桃花运，果然就有貌美如花的姑娘送上门来，嘿嘿，真他妈的邪……"

话还未说完，只听"啪啪"两声脆响，说话的那凹眼削腮的人脸上已中了两个巴掌，小玲子这一出手奇快。

使流星锤和使日月双环的两人惊"咦"一声，小玲子手腕一抖，一片森森的青光，已然迫近使流星锤人的胸口，来势之急，如同闪电一般。

使流星锤的大惊，身形陡地向后一伸，在千钧一发之际，贴着地面倒窜两丈以外，同时一甩手，四点乌光以扇形向小玲子迎胸撞来。

小玲子冷哼一声，玉腕一转，乌光倒飞对方射来的淬毒的钢钉，全被他长剑击落。

两个大汉这才知道眼前的如花似玉的小姑娘可烫手得很，互使了一个眼色，倏地身形暴起，分左右向他扑出去。

一对流星锤和一对日月双环，长短相辅，八方进击，霎时，小玲子的四周，顿时像天罗地网一般，绵密得找不到半点空隙，可小玲子却如捉摸不定的影子，搞得两人使尽全身力气，可连小玲子的衣角都没碰上。

岳继飞站在圈外，心想：这神手无影的轻功当真是达到人影合一的境地，别看两人气势凌人，时间一久，定会栽在小玲子的手里，所以，他根本不必为小玲子担心，目光一转，向另一面瞧去。

只见另一面一位身着玄色衣裙的少妇和一个紫袍大汉两人并肩作战，少妇头发散乱，那紫袍大汉也是吼叫连连，两人的身上俱是血迹斑斑。

围攻两人的是个三个矮胖老者，长剑银鞭和盘龙棍使得出神入化，将两人围在核心，迫得玄衣少妇和紫袍大汉的两柄长剑几乎没有还手之力。

在他们不远处是二辆镖车及一顶软轿，三十余名镖把子，正与一倍以上的强人狠狠拼斗。

四周伏尸遍地，洒着斑斑血迹，几杆写着大同镖局的镖旗，抛弃在镖车之旁，斗场之上，是一片凄厉的景像。

显然，这是以强凌弱，以众欺寡的劫镖之事，岳继飞发出一声长啸，这一声长啸是贯注内力而发，音调悠长，有如龙吟，双方拼斗之人，全被这一高亢入云的啸声惊得停止拼斗，然后以沉稳的步法，向玄衣少妇拼斗之处走去。

第八章

岳继飞向紫袍中年汉子一抱拳道："前辈可是方大镖头？"

紫袍大汉气喘吁吁，怔了一怔，道："少侠是……"

岳继飞道："晚辈岳继飞。"

紫袍大汉正是山西大同镖局的总镖头方志生，大同镖局这块招牌在江湖上十分响亮，方志生重信用，讲义气，所以江湖上的黑白两道都会给他一个面子。

而岳继飞初出江湖，所以方志生不认得他，但从这少年一声长啸声中，可以听出少年可是内功已臻化境。

岳继飞一转头，一双威凌四射的星目，向围攻的三名老者冷冷一瞥，道："各位能否给在下一点薄面？"

三位老者一愣，使震天剑的哼了一声，道："你小子有什么能耐？你知道咱们兄弟是谁！"

岳继飞道："在下正要请教。"

使剑的老者道："哈哈，长白三凶你总该听说了吧？"

岳继飞一惊，长白三凶可是北三省叫得响的三个恶魔，但还是"嗯"了一声，道："长白三凶，这倒是幸会，想必你就是邱海吧？"

邱海仰天大笑道："哈哈，总算你还有点见识，快走吧，老夫发发善心，不难为你就是了。"

岳继飞微微一笑道："谢谢，不过尊驾何不人情做到底，一并放了大同镖局。"

邱海还未答话，使银鞭的邱江大喝道："你小子狗坐轿不胜人胎，给你脸不要脸，你是什么东西，敢跟我们兄弟叫板！"

说完一声暴喝，手中的银鞭首先攻出，邱湖的盘龙棒也同时由另一侧展开狂攻。

长白三凶盛名不虚，他们出手一招，便有翻江倒海的威势。

岳继飞足尖倒踩，暴退三丈，同时反臂一捞，一片摄人心魄的幽幽蓝光，随手激射而出。

天底下除了"血刀"有如此骇人的声势，还会有什么兵刃能发出如此骇人声势！

血刀光芒一闪，斗场静到极点，似乎每一个人都不敢喘出一口大气，但每一张面孔都是一片惨白，豆大的汗珠由顶门上沁了出来，所有的目光都集中在岳继飞手上的血刀上，一股无可比拟的霸气，正由血刀上向四周迸发。

陡地血光暴盛，满场激飞，人影一条条栽倒，涌成一片惨不忍睹的血海。

长白三凶在一呆之间，已然尸首分家，轰然倒地。

在场的黑道群雄，几乎没有人全身而退，刹那间，斗场已变成一片森罗地狱。

岳继飞自血刀一出，双眼已是血红，刀刀毙命，刀刀见血，他身上的蓝衫，已变成一片紫色。

小玲子也是惊骇不已，高声叫道："岳继飞，你疯了。"

岳继飞神色一呆，终于停下手来，他目光四下一掠，黯然一惊，心想：我这是怎么啦，这力太古怪了，霸气太过惊人了，一刀在手，竟会生出满腔的杀气，这太可怕了。

岳继飞怔怔地站在原地，凝视着手上的血刀，奇怪的是血刀已然收敛了凌厉的霸气，像一个睡熟的婴儿，看来血刀一出，必饮人血，这话并非虚言。

小玲子叫道："还不快将刀收回。"

岳继飞这才回过神来，将血刀收回刀鞘，心中好不懊悔，心想：那长白三凶虽然作恶多端，但自己出手也太残忍了。

一回首，见场上除了散落的镖车和浓重的血腥味，只剩下和他呆立在一旁的小玲子，方志生夫妇以及镖众已然走得无影无踪了。

岳继飞道："他们呢？"

小玲子道："血刀一出，杀戮江湖，见你血刀出手，他们早就逃走了。"

岳继飞黯然长叹一声，说道："只怕我们两人以后永无宁日了。"

小玲子一撇嘴道："跟着你，本来就不会有什么好日子。"

两人一路到了青石镇，岳继飞感到一股在不断滋长的压力，正紧紧扣着他的心弦。

在青石镇的客栈，两人胡乱歇了一晚，第二天早晨，小玲子提议要在青石镇停留一天，原因是她想逛逛千山湖，凭吊一下历城名山下大舜的遗迹，其实她是为了岳继飞借那明媚的风光，解除他心情上的压力。

吃过早饭，两人便到鹊桥边雇了一条小船，由小玲子荡桨，一路朝北边驶去。

船行不远已到"历山亭"前，船向西是铁公祠，再南行便是千佛山了。

论湖光自然以千山湖为美，论山色则以千佛山最为动人。

梵宫僧侣，与那虬枝古干的翠柏苍松，像一片数十里长的屏风似的，山河壮丽，确使岳继飞为之襟怀畅爽，心想这小玲子虽然性情刁钻古怪，但心细如发。

见她坐在船头，俏脸生春，兴趣盎然，似笑非笑地看着天边，说不出的明丽可人，说道："小玲子，谢谢你，要不是有你相伴，我可真是愁苦死了。"

小玲子嫣然一笑道："比起那碧琼姑娘，我小玲子有什么好？"

岳继飞一愕道："你见过碧琼姑娘了？"

小玲子咯咯一笑道："岂止见过，我俩还以姐妹相称呢，等我们将事情办完，我还得去将她接出来。"

说着，两人已抵千佛山下，舍舟登崖，沿途一面欣赏，一面谈笑，不知不觉间，已到了半山腰。

突然，一个年约四旬，虬髯绕腮的大汉，在前面挡路而立，此人腰际插着一柄约有一尺半许，黑黝黝的小斧，目光灼灼地向岳继飞逼视着。

岳继飞一拉小玲子，身形一侧，向路边的松林之中走去。

谁知那虬髯大汉身形一晃，再次挡住了两人的去路。

岳继飞这才知道此人是针对自己而来，小玲子道："要怎样，说吧！"

虬髯大汉道："人头！"

岳继飞微微一怔，道："在下的？"

虬髯大汉似不喜多说话，淡然道："不错。"

两人的话说得都是简单至极，可是那简单之极的字句之间却带有浓厚的杀气。

岳继飞哈哈一笑道："你是谁？不能说说理由？"

虬髯大汉道："大力神斧肖坚，理由嘛，得人钱财，替人消灾罢了。"

岳继飞笑道："原来前辈是干没本钱买卖的，失敬，失敬，不知是谁能请得动大力神斧，这也太看重我岳继飞了。"

肖坚冷笑，撇嘴道："行规，恕难奉告。"

小玲子忽然道："你收了人家多少?"

肖坚道："黄金八千两!"

小玲子笑道："好大的买家!"

肖坚冷哼一声，道："你不相信?"

小玲子道："你错了，我只是以为你那买家太小家子气了，再怎么说，凭你大力神斧这字号，也要值一万两，我们这岳大哥更是无价之宝。"

肖坚一愣，道："什么意思?"

小玲子道："金钱乃身外之物，前辈，我想替你买命，隔日给你一万两黄金怎么样?"

肖坚仰天一阵狂笑道："姓岳的，拔刀。"

岳继飞道："像你这样不知好歹的人，根本不值黄金万两。"

说完，右手已然搭上了刀柄，一股凌厉无伦的霸气，就在这一瞬之间迸射而出，肖坚一眼瞧出，竟忍不住由心底生出一股寒意。

可大力神斧是何等人物，微微一愣，一声暴叱，板斧已随手劈出。

他这随手一挥，宛如雷电交击，岳继飞的双肩及胸膛各奔来一股凌厉的斧风，

然而幽幽骇人的蓝光一闪，斧风顿敛，同时当的一声巨响，肖坚那柄仗以成名的风雷斧在山石上砸出一溜火星，他的手腕也冒出一股鲜血。

肖坚吓得连退数步，呆呆地瞅着面目冷肃的岳继飞，那柄令人丧魂落魄的血刀，依然静静地插在刀鞘之内，适才那惊心动魄的一刀，似乎不是对方所发。

半晌，他终于回过神来，双手一抱，冷冷道："多谢手下留情，青山不改，咱们后会有期。"

说完身形一拧，弹身直起，连那柄板斧也不要了。

山风拂着岳继飞的衣衫，也吻着小玲子的秀发，两人远远瞅着肖坚的背影，内心之中是一片迷惘。

岳继飞道："会是谁派大力神斧来取我的人头?"

小玲子刚要答话，忽然黑影一闪，两个身穿黑衣的人已飞身而至，左边的一人道："阁下可是岳继飞?"

岳继飞道："前辈是……"

那人道："明人不说暗话，我们是来为长白三凶报仇的。"

岳继飞道："两位是一起上，还是一个一个来?"

两个黑衣人互望一眼，其中一人道："咱们为朋友索仇，似乎不必遵守江湖礼节，何况血刀传人，咱们以二敌一，也没什么不对，你说是么？唐兄？"

姓唐的黑衣人道："程兄说得是，为武林除害，义不容辞，在下替程兄弟打个头阵。"

语音刚落，身形一闪，三节棍带起一股劲风，径向岳继飞的志堂穴点来。

岳继飞像一尊神像一般，直待棍风迫体，突然反臂一抄，抓向三节棍的棍头。

姓唐的黑衣人震开岳继飞的血刀，知道他血刀出手，必然见血方收，因而出招之时，早已留了撤走的后招。

此时岳继飞虽未拔出血刀，但那反臂一抓仍然疾若奔雷，招式之玄奥，出招之快捷，以唐姓黑衣人的身手，竟未瞧出那一抓是怎样使出来的。

如果当真棍头被岳继飞抓着，可能胜负立判，黑衣人在强劲的内力反震之下，不死也会受到重伤。

好在他出招未迫近，立即踏步撤身，棍身向下一沉，棍尾突然向岳继飞的肩头击去。

这一击的火候，堪称炉火纯青，若非具有深厚的内力以及对三节棍浸淫数十年的高手，绝不能发出如此惊人的威势。

可惜事如愿违，他的一条手臂，已被岳继飞的指风震得一阵酸麻，因而他那点向岳继飞的三节棍柔软无力，丝毫发生不了作用。

姓唐的黑衣人这一惊当真非同小可，他们这才明白在短短的时间中，这位面目冷肃的蓝袍少年，何以会被武林这般重视，不想他一身功力，已达如此境地。

不过，他们没有活着回去的打算，虽然明知不敌，也希望以两命换一命，拼个两败俱伤。

因此，他收招再进，单臂急抖，哗啦啦一声巨响，三节棍像长鞭一般横腰扫了过来。

岳继飞哼了一声，依然不闪不避，右掌吞吐之间，一连使出抓劈点拿几项手法。

姓唐的黑衣汉子使尽全力，连岳继飞的衣角也无法碰到，不过，岳继飞以赤手接战三节棍，倒也不敢有丝毫大意。

一晃五十招，姓唐黑衣人的三节棍有几次险些被岳继飞震出手去，他显然已然落在下风，但仍以不顾性命的打法拼命缠斗。

此时小玲子在一旁掠阵，她除了注意斗场的发展，还监视姓程黑衣人的动向。

忽然，她发现姓程的黑衣人掌中握着三支金光闪闪，形似月牙的兵刃，几次手臂微动，似欲伺机偷袭。

那兵刃好像是苗人所用的金色弯刀，但长度不足一尺，远远瞧去，刀身似乎颇厚，绝不适宜作兵刃使用。

既非兵刃，必然是暗器了，瞧它那怪异的形状，及韩姓黑衣人凝重的神色，那暗器可能霸道无比。

小玲子心思敏捷，她一经瞧破对方的计算，立即扬声呼叫道："岳哥哥，小心！"

话刚喊出，一片耀眼的金光，忽然厉啸而来，岳继飞举目一瞥，发现三缕半弯似新月的金光，正在旋转着凌空飞驰，不仅来势劲急，还发出扰人心神的怪异之声。

同时姓唐的汉子也挥棍猛扑，三节棍头尾两端忽然射出一股浓烟，喷向岳继飞的面门。

毒烟喷射，暗器激飞，岳继飞的处境，真个凶险已极。

而且那三缕半弯新月在飞近他身前五尺之处，突然首尾一撞，响起一片爆炸之声，射出无数细如牛毛的毒针，嗤嗤之声不绝于耳。

在如此情形之下，是神仙也难以逃得出活命，小玲子心头狂震，急忙拔出长剑，口中一声娇叱，纵身便向毒烟弥漫之处扑去。

她身形刚刚纵起，两声惨号忽由斗场传出，岳继飞却从浓烟中缓缓走出。

此时已是落日西垂，晚风徐拂，小玲子见岳继飞的面颊之上黑色隐隐，似乎中了剧毒。

她一把抓住岳继飞的臂膀，急得粉脸通红，连眼泪也急出来了，半晌一个字也没有说出。

岳继飞知道她为什么发急，心中一暖，却淡然一笑道："看你急成这个样子，我不是好好的么。"

小玲子道："还说好好的，这毒可不轻，快运功逼毒。"

说着拉着岳继飞席地而坐，双掌抵住岳继飞的后背，一个时辰过去了，岳继飞硬将剧毒逼入左臂。

又是顿饭时间，他长长吁了一口气，睁开双目向小玲子一瞥道："辛苦你了，小玲子。"

小玲子粲然道："只要你的毒伤痊愈，我就安心了。"

岳继飞道："我暂时可保无虞，咱们走吧。"说完站起身来，可人刚一站起，突觉眼前一黑，咚的一声，栽倒在地。

小玲子大惊，忙一探岳继飞的鼻息，发现他呼吸微弱，黑气又浸上了他的脸，小玲子知道这毒是非内力可解，当下不及细想，背起岳继飞，沿途疾走。

第二天，小玲子背着岳继飞到了大障山，只感觉到岳继飞的身子像火一样烫。

沿着山路，约莫两里远近，到达一幢竹篱，茅舍之前，竹篱内外全是菜圃，令人有进入乡村农家的感觉。

但茅舍的柴扉之上，却悬着一块横匾，大书"神农医庐"四字，两旁一副对联是"妙手回春有价，有病没钱莫进。"

进门靠左摆的一张矮桌，桌后坐着一位身着锦衣长袍，蓄着几缕山羊须的老者，向小玲子打量了一眼，道："你们是来求医的？"

小玲子道："是的！"

锦袍老者道："你知老夫是谁？"

小玲子道："久闻尹圣手大名，能起死回生，所以我才带……师兄来求医。"

锦袍老者点了点头道："不错，老夫就是尹圣手，将你背上的人放下，让我看看。"

小玲子将岳继飞放下躺在床榻上，尹圣手目光一掠岳继飞，忽然目光看到岳继飞腰间的血刀，心头一震，但这只是一瞬，旋即又向小玲子道："你可知老夫看病的规定？"

小玲子道："只要能治好……师哥的毒，我们可倾其所有。"

尹圣手道："好，爽快，诊金的事待会儿再谈，这么远的路，你也辛苦了，先歇息吧。"说着他话音转为柔和，一双鼠目一眨不眨地盯着小玲子，柔声道："你歇息吧，你累了，歇一歇……"

小玲子果然感到困乏之至，眼皮似有千钧之重，一合眼，已然睡着，尹圣手嘿嘿冷笑，一拍巴掌，从门后走出两个黑衣大汉，将两人抬了出去。

不知过了多久，小玲子已悠然醒转，向四周打量一下，见居处约五丈方圆，四周全是石壁，只有两个小小的圆洞，吹进来一股凉风，一侧有一扇紧闭着的石门，门旁边点着一盏绿焰森森的油灯，在冷风中不停闪烁。

小玲子惊出一身冷汗，她这才想起那尹圣手用了摄魂大法，将她囚禁了起来，尹圣手虽然医术高明，有起死回生之术，但却十分贪财，这在江湖上是众所周知的，可他为何对我和岳继飞如此？

饶是小玲子极为聪明，也委实想不清个中原委，回头见岳继飞卧在身侧，虽然已是面色泛绿，但却还活着，心里稍稍感到一丝安慰。

突然，从上方的圆洞里传出一个阴森森的声音道："小姑娘，你睡得好吗？"

小玲子叫道："尹圣手，你这是干什么？"

尹圣手嘿嘿一阵笑道："对付血刀传人，老夫不得不慎重些，哈哈，血刀终于落在老夫手里，你们等死吧。"

小玲子心头一凛，暗道：怎么这般糊涂，没将岳大哥的血刀藏好，被尹圣手看出了身份，难怪他如此。

小玲子道："尹圣手，既然你已知道，你有什么条件就尽管提出来吧。"

可是尹圣手已然没有回音，小玲子急叫道："尹圣手……"

除了油灯的火苗在随风摇摆，岳继飞微弱的呼吸声，石室中静得像一座死屋。

小玲子呆呆地望着脸色发青的岳继飞，头脑一片空白，这时她才明白真正的恐惧是什么。

一阵死一般的压抑，小玲子又大叫起来，忽然从石壁中传来一声叹息，这叹息声虽然甚是轻微，但听在小玲子的耳中不啻于晴天霹雳，小玲子道："谁？"

没人回答，静了良久，那叹息声又再次传来。

小玲子茫然四顾，却找不出那叹息之人藏身所在，不由道："当真是神鬼弄人，看来我和岳哥哥将不久于世了。"

"臭丫头，你敢咒老娘！"这回小玲听得十分明白，那是一个苍老的妇人之声，由壁口的小孔中传来。

小玲子道："我咒你又怎么样？"

"嘿嘿，老鬼一生害人，这回总算不太离谱，你来日无多，老娘懒得和你斗嘴。"

小玲子怒叱道："咱们无怨无仇，你们为什么要害我们？"

老妇道："哼，你那公子不是血刀传人么？老鬼杀了血刀传人，等于为武林立了十万善功，除恶就是行善，血刀为祸江湖，武林人人得而诛之，这怎叫害你们？"

小玲子道："血刀一出，杀戮江湖，并不在于血刀本身，而是在于血刀的主人，只要血刀的主人心怀侠义，血刀邪而之极，定会大正，造福武林，可血刀如果落在那尹圣手的手里，只怕是武林浩劫。"

老妇人"嗯"了一声，沉吟良久，才喃喃道："魔极而佛，魔极而佛，大邪似正……这似乎有点道理……"

小玲子忙道："魔由心生，我师兄并非是嗜杀之人。"

老妇人道："我凭什么相信血刀传人不会滥杀无辜？"

小玲子忙从岳继飞身上掏出那块玄铁蝴蝶令，说道："就凭这个，我师哥就是杜盟主的弟子。"

老妇"咦"了一声，惊道："杜盟主义薄云天，你师哥怎么会变成血刀传人？"

小玲子就将舅舅的血刀送给岳继飞，要他以邪制邪，解除武林百年浩劫的事全盘托出，末了说道："听前辈说话，应是对武林安危十分看重的前辈，当是侠义中人，而我师哥接受血刀，就是要仗义行侠江湖，为血刀创立一个新的面貌。"

老妇人黯然道："我乃是尹圣手的妻子，这大障山只有我铁姑能救得了你们，但老身有一项心事，你们必须帮我完成。"

小玲子心中一动，忙道："前辈但请吩咐！"

铁姑道："老身别无所求，只要你们替我找一个人就成。"

小玲子道："前辈要找的人，只怕是一个名满天下的高手，只是……"

铁姑长长一叹，道："并不是像你们想像得那般容易，否则老身也不会等到今日了。"

小玲子问道："前辈要找的，究竟是谁呢？"

铁姑道："是老身的孩子！"

小玲子惊道："是令郎？"

铁姑道："不错，唉，这孩子十分命苦，刚生下来便送给了别人。"

小玲子奇道："自己的亲孩子，怎会送给别人呢？"

铁姑喟然叹道："这是老身的伤心之事，不谈也罢！"

小玲子道："对不起，前辈，我不该问这些的。"

铁姑道："不要紧，十多年来老身的感情已经麻木了，哦，对了，我那孩子叫铁牛，如果他还活在世上，应该跟你们一样大，记住，他的左臂上，有三颗黑痣排成一行，你们如果将他找到，一定要让他前来瞧瞧他苦命的娘。"

小玲子道："晚辈二人纵然走遍天涯，也必会让前辈母子团聚的。"

铁姑激动地道："谢谢你，姑娘，老身这就来援救你们。"

片刻过后，石门呀然而开，一个身材修长，穿着黑色长衫的老妇，像幽灵一般飘了进来，瞧她那轻捷如风的身法，这名黑衣老妇武功夫之高，应该是当代武林中的顶尖人物，只可惜她黑纱蒙面，无法看清她的庐山真面目。

她向岳继飞打量一眼，立即从怀里取出一只玉瓶，倒出两粒桐子大小，异香扑鼻的丸药，喂入岳继飞的口中，说道："你帮他运功三周天，任何奇毒，均可化解了。"

小玲子福了一福，道："多谢前辈援手之恩，但晚辈还有项不情之请。"

铁姑道："什么事？你说。"

小玲子道："晚辈的兵刃，还望前辈能一并赐还。"

铁姑道："我答应你！"

话音未落，她已一闪而逝，连那沉重的石门也关了起来。

小玲子忙运力帮岳继飞行功，果然，助岳继飞的内息运行了三周天，岳继飞已"哇"的一声，吐出一股腥气扑鼻的黄色胆汁。

岳继飞睁开眼睛，见自己置身一个石室中，惊诧莫名，正要开口说话，小玲子忙道："不要说话，自行调息，身在险地，应早恢复内力才是。"

岳继飞跌坐原地，瞑目调息起来，一个时辰之后，才觉体内之毒已全部祛除，而且真力充沛，精神感到无比舒畅，惊问道："小玲子，这是怎么回事？"

小玲子将事情的前因后果说了一遍，虽然她没说是自己将他背到大障山上，但这一点岳继飞想象得到。

想那千山岛到大障山，少说也有二百里地，这二百里地，小玲子硬是用纤细的身子将他背到这里，这份辛苦可想而知，岳继飞情不自禁地握住小玲子柔软无骨的小手，怔怔的，说不出话来。

小玲子欢悦无限，任由岳继飞握着，浑不知身在何处。

良久，小玲子"噫"了一声，岳继飞顺着她的目光瞧去，发现两人的包裹及血刀已失而复得，摆在两人身前五尺之处，还有一张便笺压在瓷瓶之下，可见是铁姑所留。

小玲子取下便笺，沉吟道："铁姑前辈不能等我们运功醒来，该不会发生了什么变故吧？"

岳继飞向那便笺瞧了一眼，道："她说尹圣手要来，要咱们立即向东方逃去，这只瓶是留给我俩备用的。"

小玲子道："既是如此，咱们就赶紧走吧，如果被尹圣手撞着，实在有些不便。"

岳继飞道："好的，咱们走。"

两人带上兵刃包裹，然后轻轻推开石门，门外是一条甬道，静悄悄的，毫无人迹。

也许是铁姑的安排，才能使他们畅通无阻，但两人仍然不敢稍存大意，以紧张戒备的心情像风一般奔出甬道。

甬道的出口是在一片乱石之中，两人分辨了一下方向，向东南联袂而去。

奔出十来里，曙光初现，景物仍不甚清晰，忽然一阵喊杀之声，随风遥遥传来。

两人一惊，忙掠身穿越山脊，岳继飞视力过人，对山边的人物动态，还能瞧得十分明白。

那是一场惊人的拼斗，双方参加之人，可能有近百之众。

定目观瞧，原来百名大汉围攻的是一个白衣少女。

那白衣少女长发散披，满身浴血，仍然手挥长剑，奋战不休，百名大汉在一时之间倒对她无可奈何，岳继飞和小玲子飞身奔近，这才看清白衣少女的招式和身法。

岳继飞心头狂震，失声叫道："芳芳！"

小玲子也是一惊，道："是你师妹杜芳芳么？"

岳继飞道："错不了，她似乎受伤不轻，快随我来。"

说完，岳继飞一声长啸，飞身便向斗场急扑，同时血刀在手，以急风骤雨之势，向围攻芳芳的大汉扫去，但见刀光所至，热血飞溅，刹那之间，丧生在他血刀之下的已达三十余人。

领头的大汉一见血刀，发出一声极为怪异的呼啸，立即像丧家之犬一般逃去。

杜芳芳一见是岳继飞和小玲子，突然长剑一收，怔了怔，凝望了岳继飞一眼，一转身，如飞般向山侧急奔而去。

岳继飞一惊，叫道："芳妹！"喊着，人已疾起直追。

三条人影如电闪雷奔，迅捷无比，突然，前面的杜芳芳停下脚步，回转身子，将长剑架在自己的脖子上，说道："岳继飞，你要再追我，我就死给你看。"

这一下太突然了，岳继飞忙刹住身形，杜芳芳依然明艳如花，只是两个月未见，她的脸上明显消瘦憔悴多了，双眼中已是满含无限的哀愁。

岳继飞惊疑道："芳妹，你这是为什么？"

杜芳芳突然呜的一声，松下手中的长剑，放声大哭起来。

岳继飞走上前去，将杜芳芳揽在怀里，杜芳芳仆倒在岳继飞的怀里，香肩耸动，纵情大哭，小玲子转身走到一边。

半晌，杜芳芳才从失态中回过神来，原来杜芳芳在客栈里，见到岳继飞和那少女交臂而卧，赤身裸体地睡在床上，头一下子大了，她万万没想到自己倾心相爱的人，竟当着她的面，做出世间男女最不能容忍的事来，一气之下，她就一个人漫无目的地逃了出去。

后来不经意间遇到了魏邦良，魏邦良一路上给了她许多关怀和照顾，渐渐地，杜芳芳对魏邦良有了好感，心里的创伤却永远不能愈合，有一天，她在九龙帮的后园，那是一个月圆之夜，夜深人静，可杜芳芳却怎么也睡不着，她心里十分痛苦，她不明白岳继飞为什么会这么伤害她？

突然，她看到九龙帮后园的禁地突然有缕灯光从竹林的一间房子射了出来。

杜芳芳心中一动，就贴了过去，在这里她看到房间坐着三个人，一个是金国的完颜王子，一个是神火教白虎堂的堂主朱世强，一个就是魏邦良。

他们三人在一起密谋，完颜王子要魏帮良帮他夺得《道德经》。

《道德经》?！岳继飞和小玲子两人不约而同地大吃了一惊，岳继飞道："那金狗要《道德经》干吗?！"

杜芳芳道："起初我也感到奇怪，后来我听了金狗说，那《道德经》里实际上藏有一本《武穆遗书》，是岳武穆所著的统兵之书，金狗要获得这本书，就可以一举夺得大宋。"

岳继飞一惊，道："原来如此，怪不得那崆峒派的两人，就是魏邦良请的。"

小玲子得意道："哈，没想到黄雀在后，这《武穆遗书》被我小玲子获得。"

岳继飞道："那金狗许诺魏邦良什么?"

杜芳芳道："完颜金狗答应助魏邦良一统武林。"

岳继飞冷哼一声，道："野心不小。"

小玲子道："那神火教的朱世强和魏邦良之间又有什么阴谋?"

杜芳芳道："魏邦良帮助朱世强夺得神火教的圣物圣火令，让朱世强当上神火教的教主，而朱世强则答应神火教臣服九龙帮。"

小玲子道："那晚魏邦良到佑吉山庄为了圣火令，原来是为了朱世强。"

杜芳芳又道："后来，我还听到，那魏邦良其实早知道我俩的身份，在客栈的那一幕是他故意安排的，所以我们都上当了……"

岳继飞一拍脑袋，恍然大悟道："我说呢，我怎么会醉成那样子……"

话还没说完，他的脸不由腾的一下又红了，不管怎么说，一切都是魏邦良一手一脚害的，可毕竟自己做出了荒唐事。

小玲子道："我早就知道那魏邦良，不是什么好东西，为了拆散岳大哥和芳芳姐，手段真卑鄙。"

顿了顿，小玲子忽然道："芳芳姐，那你又是怎样到这儿来的呢？"

杜芳芳道："当时他们听魏邦良那大奸贼谈论他的卑鄙行径，发出狂笑，我的肺都气炸了，恨不得冲进去杀了他们，这时由于我心情太激动，一不小心，就弄出了声响，被魏贼觉察，我就逃出九龙帮，魏贼见事情败露，就派人追了出来，没想到在这里碰上了你们，说着杜芳芳红着脸低下了头。"

岳继飞心疼道："芳妹，是我不好，让你受苦了，我……"

话还没说完，突听"啪啪"两声脆响，杜芳芳已轻脆地打了岳继飞两巴掌，说道："都是你不好……"

岳继飞捂着脸蛋，转头向小玲子看去，小玲子"扑哧"一笑，将头侧向一边道："我什么也没看见。"

突然杜芳芳身子一软，岳继飞忙上前扶住她，只见她脸色苍白，原来，杜芳芳力战九龙帮的追兵，已然身受重伤，加上提气狂奔，见到岳继飞是又惊又气，说了这许多话，心情一松，人就昏倒了。

岳继飞和小玲子将杜芳芳带到前面的小镇上，找了个客栈住下，小玲子一收往日刁钻性格，忙进忙出，为杜芳芳抓药。

经过这次误会邂逅，岳继飞和杜芳芳冰释前嫌，两人更加珍惜这份失而复得的情意。

现在杜芳芳虽受了重伤，但心情却愉悦无比，因为她是在岳继飞的关怀下，受所爱的人亲手照拂。

小玲子聪慧过人，就一个人溜出去逛街，这晚小玲子说她需早点安歇，以便晚间起来替杜芳芳煮药，那么看护芳芳的责任，自然落到岳继飞身上。

其实，风雨盈窗，房中笼罩着一股寒意，芳芳向坐在窗前的岳继飞瞥了一眼，叫道："继飞……"

岳继飞回转身，喜道："芳芳，你醒了……是不是好了点？"

芳芳心中一股暖流涌动，说道："我感觉好多了，天有些凉，你别着凉了。"

岳继飞一笑道："你以为我是豆腐做的？想起我俩当年在祁连山上，贪玩，被师父罚着在外站了一夜，那还是大雪天呢。"

杜芳芳道："你还记得，咳咳！"

岳继飞忙道："你是不是有些凉？我去叫小玲子跟你一块睡。"

杜芳芳道："不行，玲妹太累了，你别再烦她。"

岳继飞挠挠头道："那……"

杜芳芳一撇嘴道："哼，你就不能么？难道我会吃你？"

岳继飞大窘道："这个……"

杜芳芳道："别这个那个的，咱们只要心如皎月，同床共枕，又有何妨？况且，除了你，今生今世……"

岳继飞心头鹿撞，顿感浑身火热，口干舌燥。

说实在，在祁连山上岳继飞就和师妹两人青梅竹马，随着年龄的增长，对这个师妹，岳继飞已钟爱在心，他也知道师妹也很爱他，可在他心里，师妹美若天人，他感觉自卑，所以深深将这份情埋在心头，可没想到义兄魏邦良一手陷害，差一点让自己剃度出家了，现在虽然误会已消，但心中还是内疚得很。

正思绪翩翩之际，忽听杜芳芳呻吟一声，岳继飞忙走过去，惶恐道："芳芳，你怎样了？"

杜芳芳"扑哧"一笑道："我怎样，你看看不就知道？还假装关心人家，连正眼也不瞧我，我就这般惹你厌恶么？"

岳继飞嗫嚅道："芳妹，我只是……"

芳芳道："过去的事就让它过去吧，只是我们以后要小心那些人面兽心的东西……"

岳继飞道："我是酒喝……"

芳芳佯怒道："叫你不要再说了，你这是在恨我，那你救我干吗？与其受你冷淡，还不如死在魏邦良那贼人的手里，自得知我俩被那贼人所害，我就没打算活了，你是存心戏弄我，欺侮我。"说着，竟真动气来，嘤嘤低泣起来。

听到芳芳低细的啜泣声，细微得不可闻，见秀美的眼睫上挂着两滴泪珠，便如鲜花上的晨露，脸上却如溢春花，烛光下，艳丽不可方物。

岳继飞看得痴了，一动也不动，杜芳芳娇嗔道："瞧什么，有什么好看的？又欠我用酒泼你了。"

岳继飞笑道："只要芳妹高兴，我愿意芳妹天天用酒泼我。"

杜芳芳笑道："怎么样，整天摆着君子道学面孔，却也会油嘴滑舌，就是个伪君子，假道学。"

岳继飞笑而不语，顺势上了床，钻进了被子里，芳芳不再取笑他，靠在他宽厚的胸堂上，温暖无限。

两人虽然两小无猜，在一块儿长大，但长大后还是第一次靠得这般近，久别重逢，两人情话喁喁，聊了半夜。

岳继飞蓦然惊醒道："小玲子快送药来了，可莫让他瞧见。"

杜芳芳笑道："怎么，你怕玲妹吃醋么？"

在青石镇歇息了几天，杜芳芳已完全恢复，或许心情好，胃口就好，短短的几天时间，杜芳芳已容光焕发，光彩照人。

三人取道向西而去，美女在侧，一路上其乐融融，春光无限。

第二天，三人到了张磅镇，张磅镇镇不大，但由于地处东西咽喉之地，所以甚是繁华，大的客栈有五六家之多。

若在往常，这般客栈，歇息的大都是些普通商旅贩夫走卒，可今天三人一进镇上，就马上感到气氛不对，因为街上所行走的，几乎是清一色挎刀佩剑的江湖人。

更为奇怪的是街上的江湖中人一看到三人进镇，唯恐避之不及，纷纷远远避开，就像是看到了恶鬼厉魔一般。

三人俱是莫名其妙，天色已黑，杜芳芳上前想找一家客栈住下，可三人刚在客栈门口停下脚步，那小二忙不迭将店门"砰砰"关上。

无奈，三人只好找第二家客栈，那家客栈的小二刚要关门，杜芳芳身子一晃，用身子抵住了大门，说道："客栈本来是供人居住之所，你们为何不要我进去？"

那小二脸色吓得苍白，结结巴巴道："大王，你……你还是……先别家吧。"

杜芳芳正待温言相求，问明原因，突闻"啪"的一声脆响，小玲子一巴掌已打在小二的脸上，娇叱道："姑奶奶就要住你这家！"

那小二微微一呆，忽然一声虎吼，抡掌就要向小玲子的肩头抓来，别看他只是一个客栈的伙计，这一招竟然伶俐至极。

小玲子柳眉一掀道："哈，原来你还是个会家子，瞧你就不是什么好东西，哼，今天碰到姑奶奶，算是你娘没有烧上好香！"

话音未落，小玲子已然变掌为爪，向前疾探，一把抓住了那小二的手腕。

"咔嚓！"一声，小二的右臂已跟他的肩头分了家，接着"噗"的一声，一记重手法将那小二震得飞出丈外，"哗啦啦"，将客栈的桌椅打翻了一大片。

岳继飞叫道："小玲子，不要为难他。"

小玲子一拍手道："我看这家客栈八成是个黑店……"

话还未说完，只听见一阵嘈杂的脚步声从里面传来，跟着店里轰然拥出十几名手持兵刃的大汉。

领头的是一位三十多岁的中年大汉，豹头虎目，气度沉稳，杀气腾腾，由神态判断，此人可能大有来头。

他向岳继飞三人打量了一眼，道："是谁杀了店中的伙计？"

小玲子道："是谁都一样，有种的就冲姑奶奶来！"

大汉道："在下儿龙帮东海分舵的舵主徐全，这客栈却是我们九龙帮的产业。"

三人听了一惊，心想：这魏邦良倒真个儿手脚通天，连这等穷乡僻壤也纳入势力范围之内，小玲子道："山大王开黑店，难怪如此，这么说你们是受命对付我们三人？"

徐全傲然道："不仅是我们九龙帮，可以说整个江湖都在对付血刀传人。"

岳继飞冷然道："正邪自有分辨，我岳继飞就是要以血刀为天下武林创一番事业，除恶务尽，将真正为祸武林，狼子野心的人铲除。"

徐全道："血刀百年前为祸武林，这次复出，身为武林中人，人人得而诛之。"

岳继飞笑道："好说，好说，看来咱们从青石镇到这里一路行来，大约也在阁下的监视之中了。"

徐全道："如若血刀传人到了家门口，咱们还懵然不知，那九龙帮还能在江湖立足么？"

岳继飞道："徐舵主在张磅镇对咱们下手，必然有一个万全的布置了。"

徐全仰天一阵狂笑，道："不错，徐某已替血刀传人觅得一处理想的埋骨之所。"

在徐全的狂笑声中，岳继飞斜眼一瞥，只见幢幢人影已向他们四周逼来，黑压压的人潮，已将他们团团围住，并且客栈的四周早已埋伏了手持连珠强弩的黑衣大汉。

岳继飞暗暗心惊，迅速向杜芳芳和小玲子传音道："今日凶多吉少，待会混战一起，咱们可能被敌人冲散，如果当真无法相顾，今后当以阳川为咱们目标，沿途以刀为暗，刀尖指咱们行动方向，不可恋战。"

岳继飞传言之际，杜芳芳和小玲子已然长剑出鞘。

忽然人群传出一声暴吼，道："姓岳的，大爷要试试血刀传人是不是三头六臂！"

众人都惊骇血刀利害，全都是围而不攻，驻足不前，谁也不愿第一个上前送死，岳继飞旋身一瞥，见一个浓眉大眼，年约四旬的壮汉，正向他快步奔来，此人提着两柄沉重的钢叉，那钢叉分三股，少说也有五六十斤，一看就知是个臂力惊人的莽大汉。

岳继飞淡淡地道："血刀传人确非三头六臂，也不是一个滥杀无辜之人，只是你们听信魏邦良的蛊惑，如若各位能够悬崖勒马，今日之事岳某不再追究就是。"

执钢叉的大汉哈哈一阵狂笑，道："闻名不如见面，血刀传人原来是个大脓包，嘿嘿，杀了血刀传人，我周迅可就要在江湖上扬名立万了。"

说着，他手持钢叉向岳继飞刺来，岳继飞血刀一出，一股凌厉的杀气遍罩全身，但见红光一闪，鲜血激飞，使钢叉的大汉钢叉刺到一半，一颗斗大的头颅已飞向街心。

四周的九龙帮的人一声惊呼，身不由己地连退数步。

生命毕竟是可贵的，谁愿意拿脑袋去碰那令人闻风丧胆的血刀。

岳继飞向人群掠了一眼，冷冷道："岳某重复一遍，血刀传人并不是一个嗜杀之人，各位如若一再相逼，岳某只得大开杀戒了。"

徐全及九龙帮的人，年龄最大的也只有六旬左右，对血刀杀戮江湖一事，只是听上辈人传说，谁也没亲身经历，所以江湖上传得玄乎其玄，但真正识得厉害的却是没有几人，今天见岳继飞身上杀机四散，一刀就斩下了周迅的人头，一时之间，全给震住了。

徐全越众而出，说道："血刀一出，杀戮江湖，果真不是虚言，不过岳少侠所说的血刀传人并不是嗜杀之人，徐某却不以为然。"

岳继飞道："血刀是死的，怀璧何罪？只要血刀上注有侠仁之心，它只会针对邪恶，而不会杀戮无辜。"

徐全阴阴一笑道："百年前血刀初现江湖，几乎使整个武林精英尽失，虽然，年代已经久远，我等皆未有经历，但那深沉的创痛，却是不争的事实。"

岳继飞道："这可并不是血刀的罪，而是江湖中人的贪欲所致，血刀如若被有德者据之，那将是另一番天地。"

徐全道："不错，血刀若为有德者所有，可以造福武林苍生，可这有德者似乎不应是阁下。"

岳继飞道："以你之见，有德者，当今之世会为谁？"

徐全道："我以为普天之下，雄才伟略，有德之人非我们魏邦主莫属，所以，只要少侠将血刀和血刀刀法交出，今后五湖四海，任由少侠遨游。"

杜芳芳在一旁道："我道是谁，原来是投敌叛国，为祸武林的魏邦良，血刀落在那贼人之手，那才真正是武林不幸！"

徐全脸色一变，道："我九龙帮势力已如日中天，你等仗着血刀不识时务，就怪我等不得！放箭！"

随着徐全的一声惊叫，人已弹身而起，埋伏在四角的弓箭手，立即万弩齐发，漫天的箭向岳继飞三人激射。

岳继飞身如游龙，冲天而起，将那些呼啸而来的强弩，击得倒蹿而回，纵有少数漏网的利箭，也成了强弩之末，成不了威胁。

岳继飞一声龙吟，血刀发出一片耀眼碧绿之光，足尖轻点地面，身形再起，以惊涛过岸之势，追踪徐全的身后，直搏箭阵的藤牌。

藤牌刀枪，都无法抗拒锋利的血刀，绿幽幽的电光急闪，热血飞溅，铜墙铁壁般的箭阵立被岳继飞劈出一道缺口。

小玲子和杜芳芳跟踪冲出，两人长剑并施，招招杀手，绝不留给敌人半分生机。

箭阵溃不成阵，徐全也急红了眼，一声凄厉的长啸，挥杖冲了上来。

徐全既是东海分舵的舵主，一身功夫自是不俗，在九龙帮中也是一个绝顶高手。

可他那浸淫数十年的金杖，却无法尽展所长，他只递出一招，就带着一溜血雨栽倒在地，舵主一刀毙命，众属下哪还敢恋战，纷纷夺路而逃，只恨爹娘少给他们生了两条腿。

岳继飞不愿意赶尽杀绝，他收起血刀，向遍地的遗尸瞥了一眼，叹气道："血刀传人，又留给世人一桩罪恶的证据了，唉……"

小玲子一哼道："血刀杀气太重，这可怪不得你，再说对敌人的仁慈，就是对自己的残忍！"

杜芳芳道："咱们先歇息一下，顺便找点东西充饥，未来之事，待吃饱了再慢慢研究吧。"

杜芳芳一提，三人倒真有点饥肠辘辘了，岳继飞看着三人身上一片血衣，不由心里黯然一叹，心想：我这杀孽太重了。

三人进了客栈，各自换下了血衣，客栈里的人已逃得一个不剩，好在厨房的食物甚多，杜芳芳和小玲子自己动手，做了一桌颇为丰盛的筵席。

吃完饭，三人离开张磅镇，径向阳川进发，经海域，过盘山，由沟子帮南下阳川，这一路上不仅平静无比，而且连一个武林中人也没发现。

但三人的心理都结了一个疙瘩，因为三人都感觉得到这份平静极不正常，似乎是暴风雨欲来之前的感觉。

这天三人到了阳川，日暮时分，小玲子纵骑先行入街头，她忽然用力勒住缰绳，在马上呆呆发起怔来。

岳继飞和杜芳芳随后驰到，见状一呆，道："小玲子，有什么不对？"

小玲子道："你看……"

其实，岳继飞早已瞧到了，对于阳川镇的怪异情形，感到无比诧异。

阳川乃川陕门户，可整个镇上竟瞧不到半只人影，所有的店铺，也全部大门虚掩，寂静得令人生出一股寒气。

小玲子瞧了半天，才道："这是怎么回事，难道出了什么事？"

岳继飞道："不，因为此地将要变成一个战场，所以人都走了。"

小玲子啊了一声道："你怎么知道？"

岳继飞道："咱们一路之上，没有碰到半个武林同道，这不奇怪么？"

小玲子道："这与阳川镇有什么关系？"

岳继飞道："自然有关，因为他们在躲避血刀传人，血刀再现江湖的事，必然已轰传武林，一般的武林同道，自然要将咱们当作洪水猛兽而远远地避开，可所谓的卫道之士，以及别具用心之人，还能放过我们？这阳川镇就被他们选作战场了。"

小玲子道："你是说魏邦良?!"

岳继飞道："九龙帮想依靠金狗一统江湖，派人在张磅镇截夺血刀不成，所以这是他的后着。"

杜芳芳道："血刀已成了魏邦良一统江湖的最大障碍，所以他必须铲除血刀传人。"

小玲子不解道："那魏邦良要下手的话哪儿不一样，再说，他倾全九龙帮的势力，不就可以阴谋得逞么？"

　　岳继飞道："这阳川之地，属于九龙帮的川陕分舵，那魏邦良为人阴险狡诈，虽然他的势力如日中天，但还不足与江湖正义力量抗衡，并且，他希望得到血刀，但他不想付出更大的代价！"

　　岳继飞的话音刚落，突然传来一阵桀桀桀怪笑，一个身着紫色劲装，黑帕蒙面的人由一条巷子转了出来。

　　沙沙的脚步声刚刚传入耳鼓，另一股怀抱大刀的人从另一条巷子出来。

　　于是长剑、大刀、激筒、弩箭，分别由四个不同的方向向三人逼来。

　　岳继飞长长一叹道："我本不想杀人，但人人欲想置我于死地，江湖是非，竟是如此可怕！"

　　杜芳芳道："是非曲直自在人心，这般人全是为贪欲所驱使，纵然杀尽，也没什么可惜的。"

　　岳继飞道："他们只是被人所利用，如非万不得已，咱们还是少造一点杀孽。"说这话，岳继飞的心情十分沉重。

　　在他们说话之际，对方已逐渐迫近，而且五队合并，以激筒队先作攻击。

　　岳继飞向来敌瞥了一眼，面色凝重，道："对方激筒之中，可能是一种剧毒之物，看来咱们只能牺牲三匹马儿了。"

　　小玲子道："对！咱们使马儿吃痛，拼命前冲，然后我们再同时上房退走。"

　　杜芳芳道："既向房上退走，何必让马儿先冲？"

　　小玲子道："也许房上另有恶毒的埋伏，一旦遇险，咱们可以立刻退下，再伏马儿之后前冲，可能躲过激筒喷射之危！"

　　说着，激筒队已逼近三丈之外，三人当机立断，向马屁股各拍一掌，马儿吃痛，一声长嘶，向前冲出，岳继飞一声长啸，三条人影由马背上疾起，像夜鹰般扑上了房屋。

第九章

三人身在空中，果然发现屋瓦之上呈现一片紫色，同时弦声震耳，弩箭像飞蝗一般，由四面八方向三人射来。

岳继飞心头一凛，立即沉声道："退！"说着，内气猛然一沉，人已如陨星泻地，一把抓住了奋蹄急驰的马尾。

杜芳芳和小玲子也依样而动，三匹疯狂般的骏马，带着密雷似的蹄声，向激筒队冲了过去。

这几下动作，一气呵成，快如电光石火，激筒队的人还没回过神来，三匹怒马已冲得他们波分浪裂。

小玲子所说的不错，三人虽然闯过了激筒队，但两边的长剑、大刀席卷而至，三人立刻陷入了险恶的攻击，三匹马首当其冲，几乎是同时横尸当地。

岳继飞一声怒喝，双脚在马背上一点，挥刀冲入人群，凭他那把摄人心魄的血刀和旷古绝今的杀气，众人仿佛看到索命阎王横空出世，刀口见血，断肢横飞，血刀所至，立刻变成了惨不忍睹的森罗地狱。

可敌人却十分强悍，仍前赴后继地向他围攻，争抢岳继飞手里的血刀。

这些人之中不乏功力超卓的好手，但在一刀见血，霸道的血刀前还是难逃厄运。

饶是如此，但终究双拳难敌四手，一个人的精力是有限的，岳继飞十荡十决，时间一久，就功力减退，由于功力大耗，血刀所发出的霸气如杀气就不再凌厉，稍稍一滞，后背中了两支暗箭。

而杜芳芳和小玲子早已被这些训练有素的人分割开来，岳继飞只听到遥远的喊杀之声，却无法与她们联手。

岳继飞额头见汗，全身是血，当然，这血是敌人的血，但黏糊糊的，使人头皮发麻，敌人仍汹涌而上，岳继飞将背部倚靠在一堵墙壁之上。

突然，"轰"的一声，他所倚靠的墙壁无故裂开，岳继飞只感到身后一虚，一跤跌了进去。

不知过了多久，岳继飞才悠悠醒转，却恍若身处云端，全身轻飘飘的，浑无半分力气。

睁眼四顾，只见云烟缭绕，身下似是厚厚的绵被，在随意浮动。

岳继飞诧异道："这是怎么了？难道这是阎罗殿？可是阎罗殿的黄泉路上，应是阴风惨惨，更有勾魂鬼判监押亡魂，怎能让自己恁般逍遥舒服？莫非是我杀孽过重，死后亡魂无主，成了孤魂野鬼了……"

岳继飞正自胡思乱想着，鼻端又嗅到一缕幽香，这幽香醉人酥骨，旋即一股热流自脐下丹田迸射而出，跟着遍布全身，欲火蒸腾，焚烧冲荡着五脏六腑，神志迷乱，只想找到一个什么宣泄出去，却又不知那是什么物事。

正在欲火中烧，如饥似渴的时候，云雾中现出一个人，轻纱笼体，高髻如云，薄如蝉翼的轻纱内掩映着冰肌玉骨，椒乳圆脐隐约可见，恰如雾中看花一般。

岳继飞只觉脑子"嗡"的一声，全身血液倒流进脑中，他喃喃道："芳妹，是你吗？我可是在梦中？"

他想跃身而起，却动不得分毫，恰如梦魇一样。

岳继飞使劲睁大眼睛，却见那酷似芳芳的霓裳仙子已然全身赤裸，那袭轻纱如白云般冉冉飘坠，一具丰腴雪白的胴体俯压在他的身上。

岳继飞只感到自己的情欲于一刹那间爆发出来，他口中喃喃呼唤着"芳妹!"身子不知从何处生出一股神力，一翻身将那玉体压在身底，一只纤纤玉手在暗中引导着他，巫山云雨，岳继飞只感到身子浩渺万里，云游太空，杳兮冥兮，不知所之，他再次晕眩过去。

夜雨淅沥，空中鸣响着天籁之音，这是一个宁静而温馨的夜，有着一种诗情画意的景象。

荷池的一侧是个庞大的假山，山上亭台雅致，花木扶疏，称得上是匠心独具。

可园池久经废置，荒草没胫，夜雨之中，更见一片凄凉，但山腹之内，却别有洞天，陈设之精美，不输于帝王内府。

在一个约莫两丈方圆的石室之中，地上铺着厚厚的红毯，四壁浮雕玲珑，古香古色，室顶横垂着一盏宫灯，射出柔和淡红的光芒。

石室的一角，是一张其美无伦的牙床，纱帐流苏，衾枕华贵，鸳鸯枕上正睡着一个俊美少年。

"吱呀！"一声轻响，由一道暗道之内走出一位轻纱笼体，热香四射的美人，她长发披散，光洁如玉的胴体上，还残留着露珠般的水渍，这位神情慵懒的美人，显是刚刚出浴。

她美目流盼，向床上瞥了一眼，樱唇轻轻一咬，想起刚才一幕，不由粉脸娇红。

少女光着一双纤足，走在柔软的红毡之上，如微风拂细柳，听不出半点声息。

可床上的岳继飞还是醒来，一睁眼，看到一双又爱又怜的眼神正在凝视着他。

岳继飞失声叫道："是你?!"此时他已完全清醒过来，刚才和她共赴巫山云雨的不是别人，正是自己在天香山庄所遇到的赵媚。

赵媚见岳继飞已醒了，又惊又喜，又是娇羞，螓首低垂，转过身去，低声道："岳公子，你醒了，我……"

岳继飞马上明白了怎么回事，立即穿好衣袜，怒道："赵姑娘，你为何如此对我?"

赵媚突然双肩耸动，低低啜泣起来，道："公子，是我错了，可那时候……我是情非得已……"

说着赵媚转过身来，一双泪眼凝视着岳继飞，眼睛之中无半分羞怯，却出奇地纯净自然。

岳继飞怔了一怔，想起刚才的事，不管怎样，与眼前这女人已有了床笫之实，岳继飞不由语气一软道："赵姑娘，你怎会在这里?"

赵媚眼圈一红，说道："父亲练功走火入魔而死，我们整个产业就全被九龙帮占去，九龙帮的副帮主孙楠将我抢来作了妻子，这次就是由他带着川陕分舵的人在这里劫持公子的，当然，最主要的是要夺得公子手里的血刀！"

岳继飞一惊，下意识地一摸腰间，可腰间哪里还有血刀?

赵发媚说道："公子放心，血刀我已为公子偷到。"

岳继飞云里雾里，心想：既然这赵媚身为九龙帮副帮主的太太，怎会胳膊向外弯，反而帮起自己来了。

向床头一看，果然见血刀挂在床栏之上，心里稍稍安了一些。

只听赵媚又道："赵媚不幸，虽然被孙楠强抢为妻，可我从未屈从过他……"

岳继飞奇道："那是为何?"

赵媚妙目似怨非怨地看了岳继飞一眼，幽幽地叹了一口气，道："因为我心里除了一个人，再也容不下第二个人。"

此时，除了木头脑袋，谁还不能领会赵媚话语中的意思？岳继飞心中怦怦直跳，惴惴不安。

赵媚似乎想把自己埋藏在内心的情感彻底剖露出来，自顾自又道："父亲虽然在江湖上的名声极为不好，但他却十分疼我，为了怕我学坏，就让我住到了天香山庄，从小到大，我的人生直如一张白纸，可这纯净的日子在你昏倒在桃林里改变了，一切都改变了……"

说到这里，赵媚定了定神，似乎下了决心，叹了一口气，一咬樱唇，又道："在你之前，赵媚从未见到第二个少年男子，见到你后，不知是什么原因，从不知情为何物的我，忽然之间如中了魔一般，不能自拔，我知道我已深深地爱上了你。"

岳继飞一动也不动，静静地听着赵媚娓娓而谈，赵媚述说自己的感情，就像是在讲述一个与自己无关的人的故事，岳继飞哪里听到过一个少女如此毫无顾忌地在自己的面前吐尽衷肠？

赵媚如梨花带雨，双眼朦胧地道："一个少女最难忘怀的就是她的初恋，可我只是匆匆见过你面，却永生不能忘怀那一见钟情的爱恋，虽然你不爱我，虽然你在与我合体的时候，还在叫着别人的名字，可我却无比满足，就算是死，我也愿意。"

岳继飞惊骇道："我……"他万万没想到，面前这个自己仅仅见过一面的少女却爱自己爱得那么汹涌，那么深！

赵媚道："从天牢里将你救出的时候，我完全没有考虑到自己的安危，当时只有一个信仰支配着我，无论如何，我要救出你，结果我成功了，并且我拥有了你，我知道自己这样做是有些卑鄙，但爱一个人是一种权利，好了，现在，我的话说完了，你要怎么处置我，我赵媚决无一句怨言。"

说完，赵媚凤目微闭，长长地吁了一口气，引颈抬头，可岳继飞并未出手，而是轻轻地握住赵媚的双手，柔声道："赵媚，我不怪你！"这话说得甚为诚挚。

赵媚的身子一颤，微睁秀目，柔声道："公子，我好幸福。"

岳继飞觉得有些尴尬，问道："那孙楠是什么人？"

赵媚道："他年纪和你差不多，一身武功极高，现在是九龙帮的副帮主，为了擒你及两个姑娘，魏邦良就派他到了川陕分舵，他生性好色……"

岳继飞一惊道："这么说，芳妹和小玲子是危险得很？"

赵媚道："我查看了整个天牢，奇怪的是，不见她两人，想必两人已突围了。"

话刚说完，突然，春兰急急奔了进来，惊道："小姐，不好了，那孙楠已回来了。"

赵媚道："公子，你快由秘道退到苦竹庵等候贱妾。"

说完她迅速将血刀递给岳继飞，伸手一按床头的机关，整个床铺忽然向一侧旁移三尺，掀开红毡一角，提起一块石板，一个黑乎乎的四四方方的洞口便现了出来。

最后，赵媚从怀里取出一个麟皮小袋交给岳继飞道："袋中是贱妾祖传的冰山雪蟾，可除百毒，你带上吧。"

岳继飞好不感动，如此金风玉露一相逢，的确胜人间无数，这短暂的激情过后，岳继飞对她已经有了无限爱恋，一握赵媚的玉手，坚定地道："好的，我到苦竹庵外等你。"

说完跃入秘道，赵媚忙匆匆盖好石板及红毡，正来不及收拾床榻，孙楠已然进来了。

这孙楠不是外人，就是在天香山庄打擂夺剑的紫衫少年，他已习得一身旷古绝今的武功，养成了目无余子的骄狂个性，且出手狠毒，投在九龙帮下，为魏邦良所赏识，当了九龙帮的副帮主。

他一脚踏进石室，目光所及，不由神色一呆，喝道："看守天牢的弟兄说你到天牢里去过，那岳继飞是不是你放走的？"

赵媚冷冷道："孙大掌门，我俩可是有约在先，你是不能进我房间的。"

孙楠道："你以为你是谁？我孙楠要想玩女人，别人送上门来还来不及，没想到我把你供上，你却背着我干出好事，哼！"

赵媚粉颊一变道："孙楠，我赵媚早就告诉过你，强扭的瓜不甜，我心里早已有别人了，你何苦逼我？"

孙楠面色一寒，道："我孙楠堂堂九龙帮的副帮主，难道赶不上一个浪子岳继飞？既然如此，我就让你死了这条心……"

说着右臂疾探，一把向赵媚抓去，赵媚娇躯微仰，骈指疾点，指尖带着劲风，猛戳孙楠的脉门。

孙楠怒道："果然是你放走了岳继飞。"说着缩臂飘身，出手如电，以匪夷所思的手法反扣赵媚的手腕。

赵媚大惊，对孙楠这招玄奥无比的手法，竟不知如何才能消去他的来势，百忙之中，赵媚双腿一蹬，身子向后飘出。

"嘶"的一声，一只衣衫已被孙楠撕下，正在这时，秋菊急急跑了进来道："副帮主，那岳继飞已向东逃去！"

孙楠一惊，像飙风一般向室外急卷，临到门口时，他猛地扭头一哼，道："如果你够聪明，就乖乖地等着大爷。"

赵媚珠泪双流，缓了一口气，秋菊早已送上了衣物，赵媚换上银色长衫，头上秀发用一顶武士帽遮着，戴上人皮面具，携上长剑，和春兰、秋菊相拥而别。

抱着沉重而兴奋的心情，沿地道急驰，约莫盏茶工夫，便已到了苦竹庵的后园。

忽然，她神情一呆，瞅着废井的出口，生出一股不祥的感觉。

因为这苦竹庵已被人一把火给烧了，那断垣残壁上余火未尽，但已是不见岳继飞的影子。

那岳继飞又去了哪儿呢？

他此时却在血刀府中！

岳继飞从秘道中出来，突见自己置身在一片火海之中，正惊诧间，突见人影一闪，那人影一拍他的左肩，道："请跟我来。"

岳继飞吓出一身冷汗，那拍他肩膀的老者轻功之高，简直不可思议，幸好他不存敌意，不然，既然他能拍到自己的肩，要取自己的性命，还不是易如反掌？

岳继飞想也不想，随那人身后，急追而去，前面的老者身形如鬼影一般，岳继飞竭尽全力才不致落后。

翻过两重山岭，进入了一道峡谷之中，峡谷中深长幽暗，不见天光，那前面的老者似乎有意在引他，走走停停，奔了一盏茶功夫，前路豁然开朗，狭谷的尽头现出一座神秘的洞府，那老者身形在洞府处一闪，就不见了。

洞口十分高大，上写着"血刀府"三个血红的大字，洞口敞开，静悄悄的，瞧不出半个人影。

"血刀府！"岳继飞心头灵光一闪，血刀，血刀，这血刀府是指什么？

岳继飞好奇心大炽，但他艺高人胆大，便昂然跨了进去。

石洞甬道颇为曲折，而且百丈之内，就有几十处机关，可令他奇怪的是，那些机关却并未发动，深入洞内，里面是一间大厅，正面悬着一幅画，是一幅人像，像上画的是一个十分儒雅的书生，形貌生动，画得极为传神，人像之前是一座香案，几缕馨香缭绕。

岳继飞感到一股神秘之气，从这香烟缭绕的情形看来，这座洞府必有居住之人。

自己可从未听师父讲江湖上有这么一个神秘所在，而画像上的人却是个典型的读书人，不像是一派的掌门人。

愈是好奇，岳继飞愈想探个究竟，通过祭坛，岳继飞走进了一扇月牙门。

月牙门的里面是一列按九天奇门方阵排置的石室，所幸的是，杜鹏程不但教了他和师妹至高无上的武功，还在闲暇的时候教了他许多列阵的法门。

穿过这九间石室，里面有一间大房子，靠壁间有一排兵器架，上面插着八柄光华夺目的宝刀，这些宝刀的形式，几乎与他腰间的血刀一般无二。

岳继飞屏息敛气，心里格外紧张，再看兵器架的一侧，是一个行功打坐的蒲团，蒲团之前，有一张矮桌，桌上放有一本竹简，竹简已然发黄，上面血红的字迹，紧紧地拉住了岳继飞的视线。

上面是四个篆体字"祭刀焚天"！

乔剑峰的血刀赠与岳继飞的时候，也给了他一本《血刀秘笈》，并说"祭刀焚天"是血刀刀法中的最高境界。

岳继飞心神狂震，此时他已全然不作它想，纵然是有任何严重的后果，他也在所不惜，他要看看祭刀焚天的刀法。

翻开竹简，岳继飞好半天才定下心神，不错，这竹简里所记载的正是惊天地，泣鬼神的祭刀焚天刀法。

这祭刀焚天虽然只有一招刀法，但却变化万端，令人难意测。

而且它每一式变化，均有让天地失色的威力，还能生生不息，连续运用，其中暗含了九九八十一式变化，可谓将刀学大成汇于一刀。

一个习武之人，当他发现一种旷世武功，往往会将全部心神投进去，岳继飞是习过血刀刀法的人，自然更心专目注，浑然忘我。

他这一坐，竟不知耗了多少时，当他合上竹简的时候，已然像换了一个人一般，双目中奇光暴闪，容颜焕发，他身上的内功已在几日之间，达到了化境。

岳继飞闭目将"祭刀焚天"在头脑中默想一遍，睁开眼，只觉得体内如海如潮的内息澎湃汹涌，他缓缓走到兵器架前，随手取下一柄长刀，振臂一挥。

霎时，阴风惨惨，刀风如矢，天地失色，唰的一声巨响，对面的石壁上石粉纷飞，留下九条深深的刀痕。

岳继飞方自一呆，一阵杂沓的足音，忽然从石门之外传来。

接着，一行人走到了门口，猝然停止，岳继飞忙提气戒备，这才明白自己是被人引到这里来的，偷学无上武功，这可是江湖中的大忌。

突然，那些人全都扑倒在地，高呼道："祝贺府主神功大成。"

岳继飞茫然四顾，石室中只有自己一人，再看门口的一群人，领头的却是一个老者，老者身形瘦削，双颊无肉，一脸饱经风霜之相，岳继飞几乎失声叫出，因为他认出，正是这老者将他从苦竹庵引到这里来的。

老者身后全是一群儒生，方巾葛布，黑压压的跪了一片。

岳继飞惊诧莫名，那老者却老泪纵横地哽咽道："老奴袁野进见主人……"

岳继飞忙上前扶起老者道："快进来，老人家，你这是……"

岳继飞怎么也看不出老者是个身负绝世轻功的人。

袁野白眉一扬，清癯的面颊之上现出一抹难以自制的喜悦之色，道："错不了，主人，请起驾祭坛，接受血刀门弟子的朝拜。"

岳继飞一头雾水道："血刀门？前辈你这所说的血刀，我并不是什么主人，我叫岳继飞，无意窥视你们至宝，请恕罪。"

袁野道："主人的一切过去，老奴已尽皆知道，唉，老奴受主人遗命，看守这血刀府已有八十年了，是专待主人到来的，总算天道好运，终于让老奴见到主人了。"

他似乎在追忆往事，那清癯的面颊上，是一脸的虔诚、肃穆之色。

从这神情上看，他绝不是认错了人，更不会是无中生有，可岳继飞却万万想不通自己是这血刀府的主人，岳继飞诚挚道："前辈，这究竟是怎么回事？你能不能说个明白？"

袁野长长吁了一口气道："本门弟子盼望主人，有如大旱盼甘露，主人请先行祭坛，一切详情，老奴自当当众说明！"

岳继飞心想只有如此，跟着众书生前往进来时经过的祭坛。

祭坛四周已点燃熊熊火把，将大厅照得如同白昼，祭坛下已肃立近百名男女书生，黑压压的一片人潮，却听不到半点声息，大家都凝视着岳继飞。

袁野恭请岳继飞立于香案之前，一个年约十七八岁的黄衣少女，捧上三束沉香，道："请门主上香！"

岳继飞心中思潮起伏，观下面的人，全都是温文尔雅的读书人，这门主可谓做得莫名其妙，连对方是什么门都没弄清，难道是要自己开坛讲学不成？

可不管怎么说，自己毕竟在这血刀府上学了"祭刀焚天"的刀法，上香跪拜也不过分，想到这里，岳继飞接过少女手中的沉香，毫不犹豫，虔诚地跪倒在画像面前。

台下一片欢呼，众人跟着跪倒，等岳继飞立起之时，早有两名黄衫少女抬来一个虎皮交椅，两少女朝岳继飞一躬身，才退了下去。

袁野肃立一旁道："主人请就坐……"

岳继飞一抱拳道："在下不敢如此托大，还请老人家告之详情。"

袁野轻咳一声，朗声道："血刀门始祖血刀老祖肖克先生，在五百年前乃是神火教的教主，因为杀孽过重，看不惯江湖中的利欲争斗，所以才到这散人谷创立了'血刀府'，将一些读书人带到这里，读书之余，习武强身，陶冶性情为宗旨，老祖从不允许我们涉足江湖是非。"

岳继飞暗道："难怪听师父讲血刀老祖在五百年前突然辞去神火教教主，神秘失踪，不知去了哪里，原来是在这散人谷里。"

袁野接着道："本门武功分为止境真易和血刀刀法。"

岳继飞不解道："既然老祖不允许过问江湖是非，那又怎传出'血刀一出，杀戮江湖'之事呢？"

袁野神色一黯道："这就是本门的不幸，在本门第七代门主之时，收有五位弟子，大弟子东方明继承衣钵，做第八代门主时，当晚，不幸的事就发生了……"

袁野陈述前代之事，众人顿感心情紧张，台下近二百名弟子也是心神大动，每个人的脸上都现出焦虑紧张之色，大厅上静得连一根针掉下都听得到。

袁野叹道："血刀老祖隐遁散人谷之前，将血刀留在了神火教，并嘱托神火教的继任教主，一定要保管好血刀，以赠有缘人，可就在当晚，东方明突然被杀死在血刀府中。"

岳继飞一惊，道："是谁杀的？"

袁野道："就是四弟子和五弟子，两人杀了东方门主，逃出散人谷，一个做了九龙帮的帮主，一个做了女真人的国师。"

岳继飞道："前辈说的四弟子可是魏士杰？那五弟子是……"

袁野道："五弟子就是岳啸天，三弟子杜鹏程誓要出战江湖，诛除两个叛贼。"

岳继飞失声道："师父……"

袁野点了点头，说道："杜师伯一出江湖，神功尽展，杀了两个恶贼，并被推为中原武林的领导人物，但他还是归隐了，你就是岳啸天的儿子，师伯将你带到了祁连山上，传你武功。"

岳继飞面色大变，道："你是说我师父杀了我父亲！"他马上想起疯僧以及无情剑曾对自己说过，不管发生了什么事，师父是对的这一句话。

袁野道："为了江湖大义，师伯这样做是对的，可后来，江湖中人起了贪欲，所谓财宝动人心，众人在杜师伯归隐祁连山之时，就纷纷转攻师伯罗一凡。"

"初时罗师伯尚手下留情，不欲杀伤人命，怎耐这些人阴魂不散，死缠乱打，手段之毒辣卑鄙更是骇人听闻，师伯虽然武功绝伦，却也穷于应付，渐渐被这些人逼得动了真火，杀戒一开，便一发而不可收拾。"

岳继飞从小在祁连雪山长大，师父待自己如亲子，不仅从严要求自己，而且还教了自己许多人生的道理，让他明白人世间的真善美丑，从师父的一言一行中，他对师父简直崇敬无比，可没想到师父竟是自己的杀父仇人，不过他此时心里也已然坦然，因为他想到凭师父义薄云天，断不会乱杀无辜，肯定是父亲的错，并且这错足以让师父除了他！

岳继飞没有一丝激愤，说道："人在江湖，身不由己，罗前辈是否得了'血手神魔'的名头？"

袁野道："正是，先是一些下三滥的邪门左派明抢暗夺，后来一些名门世家以寻仇为由，向罗师伯发难，是以，罗师伯杀人愈来愈多，牵连愈广，到后来少林、武当等九大名门正派也号召整个武林与罗师伯为敌。"

"罗师伯借刚才你在兵器架上见到的八柄血刀，当然这血刀并不真正的血刀，杀得各大门派血流成河，各派高手十之七八丧命在血刀之下，所以才有血刀一出，杀戮江湖一说。"

"然而，敌手太多，而且太强，情绪已近疯狂，战到后来，罗师伯也全身受伤，不得不突围而出，逃回本府，终因伤势过重，百药罔效，而撒手西归。"

岳继飞不知不觉间已将自己当作血刀府的主人，是以心情也随之大变，对罗一凡的死扼腕叹惜。

台下的众弟子对这个故事早已耳熟能详了，却也受到袁野的悲痛语气感染，兼且新主人继位，蛰居血刀府的日子行将终止，血刀门重出江湖的时机到了，是以人人神情悲壮，怒吼道："血刀一出，杀戮江湖，血刀一出，杀戮江湖！"

这两句话似是背熟悉的，人数虽多，喊声却整齐划一，即响亮又悲壮，大有声遏行云之势。

袁野手一挥，喊声立止，他续道："自兹以降，我辈血刀府人，翘首以盼的主人降临，武林人视我血刀府如魔鬼，幸天可怜见，终于等到这一天。"

岳继飞到此时方知师父为何隐退江湖，以及百年前武林之秘，由此看来，那些自命为名门正派的可是名不符实！

袁野转向呆呆而立的岳继飞，道："主人怕是还不知道何以能成为这一代血刀府主人的原因吧？"

岳继飞讶然道："愿闻其详！"

袁野道："不敢，其实此事在主人年幼的时候，就由罗师伯及杜师伯定下的。"

岳继飞奇道："这，怎么可能？"

袁野肃然道："老奴怎敢欺瞒主人？容老奴慢慢道来。"

岳继飞道："前辈坐着慢慢讲吧。"说着示意袁野坐在虎皮交椅上。

袁野如被蜂蜇了一下，惶恐道："折杀老奴了，此乃主公之位，除主公之外，任何人不得坐的，老奴岂敢行此欺主之事？万望主公见谅，收回成命。"

岳继飞心下并不以为然，心道："不过是把椅子，谁坐又有何妨？"心中所想，口中却不好说出来。

但见袁野惶恐之情确发自至诚，似乎他若不收回请坐下的成命，便是要了他的性命，心下甚为不安。

岳继飞见袁野一把年纪，对自己还如此诚惶诚恐，心中过意不去，忙解释道："前辈，我只是怕你累着了，想请你坐下讲，可这大厅里又只有一把椅子……"

袁野道："这是主公顾念属下，老奴感激不尽，不过，君臣纲常绝不可僭越，主公若有此意，赐老奴个便座也就是了。"

岳继飞暗道："到底是读书人，连说话都这般文绉绉的，但不知这便座是何意思。"

正在他茫然不解之时，台下人却应声如雷，已有两人抬了一张锦凳走过来，袁野道："谢主赐座！"

岳继飞这才明白原来锦凳就是便座，这倒要好好记住，下回请人便用"便座"！

回头却发现袁野依然肃立，望着他，迟迟不肯落坐，不知是何缘故，只得摆手道："前辈请坐。"

袁野躬身道："主公不坐，老奴焉敢放肆！"

岳继飞忙不迭地坐下，方知请人落座时，自己要先坐下，见岳继飞坐下，袁野才施施然坐下，面露得色。

几个回合下来，岳继飞已有些筋疲力尽之感，心道：做主公有什么好？反倒不如处处听人差使的奴才好。坐在椅子上惶惶然，如同臀下有刺。

袁野这才道："杜师伯一出江湖，就力歼了两大叛徒魏士杰和岳啸天，并救下了你，后来罗师伯在九大门派血战祁连山，被杜师伯救了，并在祁连山养伤三个月，那时你还刚刚会走路，罗师伯见你禀赋过人，就说'此子，血刀门之子也！'并要老奴记住，老奴便知老主人指定还年幼的你做这一代的血刀门主人了。"

岳继飞感到匪夷所思，居然凭上代血刀门主的一句话，便注定了自己一生的命运，也不管自己愿不愿意，那罗门主当真太霸道了。

岳继飞忽然想到了赵媚、小玲子和杜芳芳，忙问道："本门是否禁止婚娶？"

袁野笑道："倒无此禁条，不过大仇未复，大愿未了，怕是谁也无心儿女私情了。"

岳继飞长长吁了一口气，暗道：没有就好，否则只有挂冠而逃了。在他心里并不认为报仇了愿与儿女私情冲突。

待见袁野用怪异的眼光看着自己，不由得面红过耳，大感惭愧。

袁野一瞬间似乎看透了他的心事，面上露出慈爱的微笑，说道："血刀被老祖遗留在神火教，神火教的历代教主都遵老祖之命，将血刀密放在'佑吉山庄'，幸得被主公得到，只怕这也是天意使然。"

"但老祖却将血刀刀法中的至高无上一招'祭刀焚天'带到了血刀府，不能将祭刀焚天融会贯通，血刀的威力只不过发其威力一半，不能达到巅峰，因此，神火教有了血刀也是枉然。"

岳继飞全然不知人之工于心计一至于斯，可叹老祖用心良苦，防范百端，却未能制止百年后两弟子弑师反叛，世事如棋，变幻莫测，也只有冥冥中自有主宰。

这么说师父派自己下山寻找血刀自是有其用意，可血刀门要自己做新主人，重出江湖为血刀门报仇，而师伯和乔前辈却让自己以邪制邪，平息武林浩劫，这可如何是好？一时之间，岳继飞心乱如麻。

突然，他又想到一事，问道："这么说，是你引我到这里来学习祭刀焚天的么？"

袁野坦然道："正是，其实这也是老主人的安排，老主人临终之时卜了一卦，算定刚才主人即位之时的时辰最佳，是以遗命我等按时将主人接来，既不能早，也不能迟。"

岳继飞听得瞠目结舌，易理之事，他听师父讲过，只是没想到如此通玄，笑道："那也是我在苦竹庵，离这儿不远，倘若我那时在万里之遥，你们用什么法子引我来？"

袁野神秘一笑道："其实自老主人指定主人为传人后，主人的一切行踪便也在老奴的眼中，一切便自然而来。"

岳继飞惊道："什么?! 你们一直在跟踪我？我怎么不知道？"

袁野离座，惶恐道："主人恕罪，非是老奴胆大包天，造次行事，这一切均是按老主人遗命行事的，老主人严令我等在主人接任门主之前，无论主人遇到何等凶险之事，均不可介入其间，所谓天将降大任于斯人也，必先苦其心志，劳其筋骨，所以主人数度遇险，属下等均不敢插手救援，望主人见谅！"

岳继飞感到震惊且愤懑，倒不是怪凶险之时无人救援，而是照袁野这般讲，他在客栈里以及在川陕分舵中与赵媚一度缠绵，及与小玲子和杜芳芳一路亲密，可不是全落于他人之眼？想到这里，岳继飞只感口干舌燥，心热如沸，双耳赤红，犹如做贼被人当场抓住一般，偏又发作不得。

他强抑怒气，缓了缓气道："你坐吧，我并非责怪你，只是觉得有些意外。"

袁野如蒙大赦，虽说主公年纪轻轻，但毕竟是血刀门的新主人，第九代掌门人，若真得罪了，也不是好玩的。

当下八大护卫及神刀、神剑、神杀三组的正副首领一齐上前来晋见，礼毕，袁野与八大护卫簇拥着岳继飞到了主宅。

主宅虽在洞内，但布置得却是大具气魄，亭台楼榭，花草树木均按先天五行布置，可说处处隐藏杀机。

进入宅室之内，岳继飞才得以休息片刻，将纷乱的思绪理了一下，觉得万分疲惫，吃过黄衣少女送来的人参莲子汤，就睡着了。

直睡到日头偏西，门外黄衣少女禀报，总管袁野求见。

岳继飞知道，即便是砍断了袁野的双脚，这老管家也是不敢踏进一步的，对袁野的忠心委实感动，只得出去接见。

岳继飞赐了"便座"之后，袁野坐下道："主人初来乍到，起居饮食，打坐练功，不知有何安排，还望示下。"

岳继飞笑道："起居饮食便与大家一样好了，我每日子时打坐，其余时间便是练功了，至于怎样安排，袁总管随便安排吧。"

突然，岳继飞想得一事，便问道："袁总管，咱们在江湖上可有眼线？"

袁野会心一笑道："可说无处不有！"

岳继飞想说什么，却又殊难说出口，涨红了脸，嗫嚅了半天，也没说什么。

袁野忽然像孩子般笑道："主人的心事老奴略知一二，主人可是悬念那小玲子、杜姑娘和赵姑娘？"

岳继飞点了点头，羞得几欲流出泪来。

袁野慈爱地道："主人也不必有甚难为情的，知色而慕少女，乃人之天性，虽说历代祖师无婚娶者，但依老奴看来，是因历代祖师自小便长于府中，均以修道练武为要事，无暇顾及其他，主人长于江湖，与历代祖师情形有别，有几位红颜知己也属情理之中的事，更何况主人乃人中之龙，老奴为你高兴还来不及哩！"

听了这番入情入理的话，岳继飞感动得流下泪来，忙背过身去，偷偷拭去。

袁野沉吟片刻，喟叹道："上几代祖师之事老奴不知，只以老主人而论，他除了吃饭睡觉，便是打坐练功，只以防范江湖各派，护府为念，江湖中人怕他，恨他，但又忌惮他的武功太强，所以对血刀府有偷窥之心，但却不得入其门，而老奴知道老主人的一生是太苦了，上几代的祖师想必也莫不是如此，而主人现在有了家室之念，未必不是好事。"说着，他已是老泪纵横。

岳继飞默然不语，想一个人身上压着一副山岳重担，每日想的，做的，只是一件事，练习武功，克尽己任，如此日复一日，年复一年，直至被人重创而死，这罗门主的命运也太沉重，不由想到了自身，打了个冷战。

袁野摇了摇头，似是要驱散萦绕脑中多年的积年往事，感喟道："老奴失态了，人老了就易动感情。"

他拭去了老泪，又道："都是啰哩啰嗦，把正事忘说了，自主人一到这里，老奴便吩咐外面的人寻找三位姑娘，并将她们引回主人身边。"

岳继飞道："如此多谢了。"

袁野笑道："这有甚可谢的，三位姑娘迟早是本府的人，说不定还是老奴的主母呢。"

岳继飞顿时窘然，不想恭敬严峻的总管也会打趣他。

两人又闲聊了一些江湖中的事，袁野便告辞退去，岳继飞望着他的背影，胸中充满了敬意，心想：袁野说老主人一生苦得很，可他自己呢，他又何尝有过快乐的日子？想他在举目皆敌的江湖中，一生独自支撑着，积蓄着血刀府的元气，等候主人的到来，他岂非较老主人更苦？！

自此岳继飞便在血刀府上专意练习那"祭刀焚天"，这才方知武学一道，可谓学无止境，这祭刀焚天，虽只一招，但却是玄奥之极，浸淫其中，愈修习愈觉趣味无穷，几至眠食俱废，若非袁野苦苦相劝，细心照料，真不知他要练到什么地步。

血刀府的人几乎搜翻了大江南北，杜芳芳杳然无踪，仿佛忽然间从地面消失了。

小玲子倒是找到了，并引回了血刀府，岳继飞见到小玲子，自是不胜之喜，两人相拥而泣，互诉别来情状，恍若梦寐。

得知心上人当了血刀府的主人，小玲子又是欢欣又是意外。

原来在阳川镇上的那场混战中，九龙帮的主要人物，几乎全都针对血刀传人，杜芳芳和小玲子的压力就相对小得多，所以两人才能有守有攻，不算太过吃亏。

突然一条人影从天而降，一把抓起了杜芳芳就跑，这人武功太高，以至小玲子没看清他的身法和手法，杜芳芳就已经被他挟着飞驰而去。

小玲子一声娇叱，径自挥剑扑了上去，疯狂追去，可那人身法太快，一晃就没人影了，等小玲子回转时，打斗已然烟消云散，岳继飞也不见了，为此他潜入了九龙堂的川陕分舵，可令她奇怪的是，川陕分舵却一个人也没有，据说是副帮主孙楠的妻子出走了，众人都四处搜寻去了。

说到这里，岳继飞不由俊面一红，他心里明白赵媚是为何出走的，想到赵媚不顾个人安危，救了自己不说，还背弃九龙帮副帮主出走，这份情义倒真使他感动。

第二天，岳继飞将袁野传来，说了自己心意，并将府内的事交由他打理，带着八大护卫离开了血刀府。

一行十人到了龙口镇，选了一家客栈吃饭，十人在靠窗的位子坐下。

突然，一位身着红衣，神态威猛的大汉，向岳继飞和小玲子走来，拉了一条长凳，大大咧咧地在两人一侧坐了下来。

旅客太多，有空位凑合一下倒也无妨，不过在礼貌上，他应该向岳继飞和小玲子先打个招呼才对。

可那红衣大汉不仅没有，只是双目轮转，威凌四射，向岳继飞两人肆无忌惮地上下打量，这举止简直无礼之至。

小玲子娇容一变，正要发作，却被岳继飞以目示意制止下去，红衣大汉却不以为然，双眉一挑，忽然放声狂笑起来。

此人不仅长相威猛，笑起来也声如洪钟，全楼乱哄哄的吵杂之声，立刻被他的狂笑压制下去，大家全看着这怪异之人。

红衣大汉旁若无人，狂笑后道："阁下可是姓岳？"

他此言一出，小玲子及另一桌八名负刀护卫齐站了起来，众人知道在这荒乱年月，经常有人打架的，弄得不好的就等于引火上身，胆小的食客纷纷结帐奔了出去，胆大的还在楼口观望。

岳继飞淡淡道："阁下找对人了，有何指教么？"

红衣大汉道："兄弟萧乾，除了想见识一下名震武林的血刀传人，还想向尊驾打听一个人。"

岳继飞微微一怔，道："原来是江湖三大恶人中的萧前辈，萧前辈打听的人是谁？"

萧韩道："赵媚，你如能说出她的所在，今日之事，到此为止。"

岳继飞一惊，说道："可是孙副帮主给你派的这个差使？"

萧乾道："不错！"

岳继飞笑道："失敬，失敬，原来江湖上大名鼎鼎的三大恶人也投到九龙帮之下，要是我不说呢？"

萧乾老脸一红，道："世人都怕了血刀传人，可我萧某人不怕。"

血刀府的八大护卫焉能容许萧乾对主人这般无礼，八人中冯敬德脾气最为暴躁，一声暴喝道："你是什么东西，敢这般对我家主公说话。"跟着，挥掌就向萧乾衣领抓去。

这一抓，去势甚急，萧乾怔了一怔，因为八大护卫还是首次随新主人岳继飞出江湖，所以萧乾不认识江湖还有这等身份之人。

百忙之中，萧乾抓起桌上一双筷子，反臂急点而出。

这一点，宛如他后背长了眼睛，竹筷所指正是冯敬德的脉门要害。

冯敬德宝刀初试，哼了一声，手腕疾翻，避开竹筷，食中二指一骈，敲向了萧乾的手关节。

萧乾双筷忙一吞一吐，去势如矢，戳向冯敬德的掌心。

两人一眨眼在指筷之间，交换了七招，招招精奥，式式玄妙，使一旁瞧着的人，都为之惊奇不已。

其实萧乾双臂出招，冯敬德纵能打个平手，也是输了一筹，因此，岳继飞摆摆手道："冯大护卫下去，对萧大侠这等高人可不能无礼了。"

这大侠二字在岳继飞口中说出，带有一丝嘲讽之意，事实萧乾名烈三大恶人，虽然处在正邪之间，但毕竟一生所为是恶多善少。

冯敬德应了一声"遵命！"便收招退回。

萧乾心中暗暗惊疑，心想：只说这小子得了血刀，可手下怎有八大身手不凡的属下？这八人虽只有一人和自己交手，但从八人的气势上看，无一不是江湖上数一数二的顶尖高手，他们对这乳臭未干的小子这般恭敬，这事令他想破了头，也是想不通的。

只听小玲子道："三大恶人的名头倒不小，可我看面目还算向善，一点也不凶恶，只是耍耍筷子而已。"

听得貌美如花的少女又赞又贬，萧乾语气一柔道："姑娘别看轻这双筷子，要杀人可方便得很！"

他如果大着嗓门说话，人倒觉得人大嗓门大，是那么回事，不以为怪，可他此时却是柔声说话，听在人耳里特别别扭，就像是虎学猫叫，有些阴阳怪气。

小玲子"扑哧"一笑道："哎哟，真得么，我倒有点不相信！"

说话之际，小玲子忽然身子飘起，食中二指一竖，向萧乾手中的竹筷横劈过去。

萧乾"嘿"了一声，道："姑娘的玉手如此之嫩，碰伤了可不是好玩的。"

萧乾自然不会把纤纤玉手的小玲子放在眼里，双筷迅速由横变直，戳向小玲子的掌心，出招快捷无比，不过这大恶人也有怜香惜玉之心，出招并未用上全力，口中还在说话。

可他话音未落，忽然面色大变，感到小玲子那双纤纤玉指，就像一柄无坚不摧的钢刀，透过竹筷，向自己胸脯凌空劈来。

萧乾后悔自己不该过于轻敌，心想：如若栽在这少女的手里，那还有什么脸在江湖上混！老脸往哪里搁哟！

一声暴喝，萧乾须发俱张，于刹那间，将全身功力集于竹筷之上，迎着小玲子嫩葱般的五指，硬碰硬，作全力一击。

"咔嚓"一声脆响，竹筷已齐腰中断，"噗噗"两声，断筷像两支劲矢，竟分插进了他的双肩。

一招相接，胜负立判，萧乾显然栽了，他痛得脸色皆白，却没有哼出一声，只是呆了一呆，道："姑娘好心智，萧某认了。"

说完，他那庞大的身形已像巧燕般穿窗而出。

岳继飞目注萧乾的背影，口齿微动，欲言又止，直待萧乾身影消失不见，他才发出一声叹息。

小玲子一怔，道："我不该伤他吗？"

岳继飞道："我不是怪你，三大恶人已归于九龙帮下，助纣为虐，伤不伤他都是一样。"

小玲子一歪头，道："那你是……在想念那赵媚吧？"

岳继飞被人看破心思，不由尴尬地脸一红，道："赵媚也是苦命的人，遇人不淑，唉，心也苦得很。"

小玲子默然，暗道：确使人心苦。

见小玲子怔怔发呆，岳继飞口气一转，道："好啦，咱们不谈这些了，张越去招呼他们一下，咱们还可以再赶一程。"

张越也是八大护卫之一，同属府主身边的贴身护卫，也担任府主与各队之间的联络。

当月上柳梢头的时候，一行人赶到了通县的三家店，县西去路上的一个大镇，岳继飞招呼众人歇下。

吃过晚饭，小玲子在岳继飞的房中商谈如何对付九龙帮的阴谋，她提起桌上的茶壶，准备替岳继飞斟上一杯。

突然小玲子停下手来，她发现茶壶底下已放有一个折叠得整齐的信笺。

信是写给岳继飞的，上面写着"岳继飞启，今晚三更请至燕云岭上神庙一叙，最好一人来，你敢么？"

没有落款，不知何人所留，不过从信笺上那娟秀的字迹可以猜想到是出自一个女人的手笔，并且可以想像得到，这女子对这一行人的行踪十分了解，不然，也不会提前将信笺放置在茶壶底下。

凭岳继飞现在的功力，谁还能在他不察的情况下留下信笺呢？

这个人会是谁？

岳继飞想自己出江湖以来，只认识芳芳、小玲子、赵媚三个红颜知己，这字显然不是芳芳所写，赵媚不会用这样的口气，小玲子就在自己的身边，任是岳继飞搜肠刮肚，绞尽脑汁，也想不到这人会是谁。

小玲子美目一转，道："是个女子！"

岳继飞点了点头，小玲子抿嘴一笑道："岳大门主真是艳福不浅，刚一出门就有佳人相约。"

岳继飞笑道："哎哟，怎么哪来的一股醋味？"

小玲子一噘嘴道："谁吃醋了！"

岳继飞道："那我去不去？"

小玲子嗔道："人家已出言挑衅，岂有不去之理？我陪你去吧。"

岳继飞为难道："可人家已言明了。"

小玲子道："好刁钻的姑娘，你去吧，不过好自为之就是了。"

岳继飞道："遵命，夫人！"

小玲子捶了她两粉拳，嗔道："现在是血刀府的门主，还没正经的。"话虽这般说，但心里却是乐滋滋，甜蜜蜜的。

燕云岭是在通县以西，三家店的西北，在最高的一座岭上耸立着一幢山神庙，山神庙虽然香火不旺，年久失修，但山神庙四周浓荫环绕，景色倒是不俗。

岳继飞极想知道是谁，他艺高人胆大，豪气勃发，身如轻烟，直上山顶，突然，一股劲风从右侧向他袭来。

岳继飞大怒，没想到约他来的人突然暗算，定然是什么心术不正的人，当下身形一侧，冷哼一声，衣袖同时向右拂去。

"啪"的一声，一股排山倒海的劲风倒卷而出，一个人的跌落之声，由左侧的树林中传出。

岳继飞立好身形，冷冷道："出来吧，朋友，阁下偷袭的功夫不错，这似乎不是朋友待客之道。"

话音刚落，树林中果然有人出来，走出来的是五位白衣少女，年龄均在十八九岁之间，他们每人手里提着一柄明晃晃的长剑，并排而出。

岳继飞一扫五少女的面孔，无一识得，微一怔道："咱们似乎素昧平生！"

右首的白衣少女道："声见形不见，怎说是素昧平生？"

岳继飞惊道："你们认识我？"

那白衣少女咯咯一笑道："血刀传人天下驰名，那是无人不知，无人不晓，更何况，我们应见过面，只是岳公子太健忘罢了。"

岳继飞心念电转，可就是想不起在哪里见过这五位少女，奇道："是你们约我的?!"

白衣少女道："不是!"

岳继飞道："那是谁?"

白衣少女道："待会你自然知道，等你胜得了我们再告诉你不迟。"

岳继飞道："可我似乎并未与各位有何过节?"

白衣少女笑道："我们只是想知道血刀传人是不是浪得虚名。"

岳继飞不由一恼，道："好，姑娘画下道来吧，岳某人接下就是了。"

白衣少女道："这话还有些分量，我们五姐妹的习惯是五人联手，阁下小心了。"

话音一落，五条纤纤身影，立即错落有致地挺剑而上。

五人穿的都是一袭白衣，身法十分快捷。

到后来五条白影愈转愈快，只见白云弥漫，烟尘滚滚，如非衣袂破风之声，谁也不会想到那滚滚烟尘之中，竟是几个千娇百媚的少女!

忽然一声娇叱，五柄长剑如五条灵蛇一齐向岳继飞刺来。

五剑分指岳继飞天容、神封、精促、白海、中渎等五处大穴，来势之急，有如电掣星飞。

这五处穴道由底至顶，几乎遍布全身，一招之中，攻击如此众多，不仅武功罕见，实在使人防不胜防。

岳继飞身子反旋，血刀带鞘，自上而下划，"叮叮叮叮叮!"五声轻响，五柄长剑全被他挡开。

第十章

一声高亢入云的清啸，岳继飞在五少女一怔之间，已像巨鹰腾空一般，由包围圈中冲天而起，只见蓝衫一闪，他已卓立三丈以外。

岳继飞朗声道："你们是雪山神尼什么人？"

五位少女互望了一眼，还是左首那白衣少女道："阁下是什么意思？"

岳继飞道："姑娘刚才所使的剑阵分明是天山雪花剑阵。"

白衣少女道："约你之人在山上等你，你去问她吧。"说完身子一弹，五少女已隐入松林之后。

岳继飞心头惴惴不安，立即放步奔上岭去，果然有一幢破旧的山神庙，掩映在苍松翠柏间，但他的目光却被一株古松吸引过去。

古松虬枝舒展，高耸入云，显是一棵千年古松，但吸引岳继飞目光的，并不是这株古松，而是古松之下，一个俏丽动人的身影。

她坐在古松下的一个石凳上，半托香腮，若有所思，岳继飞的脚步声，似乎丝毫没有引起她的注意。

夜风轻拂着她雪白的衣裙，吻着她柔软的秀发，而她本人却像一尊美丽的雕塑，坐姿始终没改变一下。

岳继飞此时离古松约莫五丈不到，月色虽然不甚明朗，但以他绝顶的内功，对她俏丽的背影依然瞧得十分明白，就是不认得是谁！

正思忖间，白衣少女忽然清声道："岳少侠别来无恙？还认得小妹么？"

"认得？"岳继飞奇道："姑娘是……"

白衣少女转过身来，微微一笑道："岳少侠真可是贵人多忘事，你不记得白云么？"

岳继飞身子一颤，来时千想万想，可就天山雪山神尼的关门弟子白云没想到。

在祁连山上，师父杜鹏程为使岳继飞武功博采众长，常请雪山神尼和不死童姥上山教自己武功，白云小时候也随雪山神尼来祁连山上住一段时间，那时他、杜芳芳和白云三人年龄还小，所谓黄毛丫头十八变，十来年不见，白云已然出落得楚楚动人，带着天山之上的绝世风姿，像株瑶台仙草，出水白莲，纵然用尽赞美的词句，也是难描难画。

岳继飞心头大喜，忙道："云妹，你也下山了?"

白云袅袅婷婷地站起身来，露齿一笑，道："岳大哥可想起来了?"

岳继飞道："想起来了，想起来了，只是没想到云妹出落得如此倾城倾国。"

白云俏脸一红道："人说世俗是个大染缸，岳大哥下山不到一年就给染黑了。"

岳继飞一窘，道："士别三日，当刮目相看，想不到文静的云妹也这般伶牙俐齿，彼此彼此。"

白云道："岳大哥能如约前来，小妹感到非常荣幸，得罪之处，望大哥见谅。"

岳继飞哈哈一笑道："云妹，你弄得我一气好笑，浑不知约我者是谁！嗯，你为何不直接进去找我?"

白云莞尔一笑，道："当时岳大哥正和丽人在灯前喁喁而谈，小妹就算再任性，也不可失了这个礼数！"

岳继飞笑道："云妹取笑我了，待会我自当引见小玲子与你认识，她是'神手无影'的女儿，我想你们肯定会投缘的。"

白云道："你怎知我要随你去呢?"

岳继飞一愕，道："云妹下山可是有其他要事? 怪我唐突了……"

见岳继飞神情尴尬，白云咯咯娇笑道："看你，要说要事么? 就是找你，你话又没说错，何来唐突? 我只是问问你嘛。"

岳继飞心头一松，继而又奇道："找我?"

白云点点头道："师父和杜师伯以及不死童姥已闭关修炼，我是被三位派下来助你的，其实，我早下山了，并且我俩还见过面。"

岳继飞脑中灵光一闪道："我知道了，那日在南昌是你救了芳妹，并赠天山雪莲，我说谁还会有天山雪莲！"

白云妩媚一笑道："没想到吧?"

岳继飞道："这么说，刚才山下的五位师姐妹也是你带的?"

白云道："对不起，为了证实江湖传言，不得不让五位姐妹作一次大胆的试探!"

岳继飞一愣道："什么传言？"

白云道："江湖之上，说岳大哥已做了血刀传人，并传言血刀传人为杀人不眨眼的凶煞恶魔，小妹却希望眼见为实。"

岳继飞叹道："欲加之罪，何患无辞？血刀传人只是被某些狼子野心的人用作挑起江湖浩劫的一个幌子罢了。"

白云道："我信得过你，不过，杜师伯似乎对你未卜先知，他还让小妹给你带一句话。"

岳继飞忙道："师父对我有何明示？"

白云道："杜师伯说，大丈夫立身处世，当以大义为重。"

岳继飞心中好不感动，说道："多谢云妹给我带话。"

白云微微一笑道："人在江湖，身不由己，岳大哥感慨颇多。"

岳继飞感慨道："的确，我无时无刻不在怀念祁连山那段儿时的岁月。"

两人谈了一些儿时的趣事，是的，世间最宝贵的就是一个人那幸福的童年，两个儿时的伙伴异常兴奋，已不存在任何隔阂。

突然，白云似是想起了什么，说道："我还差点忘了，这个你可认得？"说着，她探手入怀，取出一个小包交给岳继飞。

岳继飞接过一看，不觉面色大变。

那是一方丝帕，包着一块钏形的金牌，牌上铸有字迹，但绝非中原文字。

丝帕的一角，织有一只栩栩如生的蝴蝶，不必细瞧，一看就知是芳芳所有之物。

岳继飞惊道："云妹，你见过芳妹？"

白云点头道："就在数月前，我见一个金人模样的人挟着芳姐姐急奔，芳姐姐显然是被那人点了穴道，不由分说，我们就上前救人，可那金人喇嘛武功极高，纵是我十几人联手，还是让他逃了，我们劫下了这块金牌及芳姐姐的衣角。"

"金人喇嘛？那可是魏邦良派的人，这么说，芳妹已落到九龙帮的手里了。"岳继飞急急道。

白云道："九龙帮的总坛颇为神秘，不知是在何处？"

岳继飞道："听师父讲，那九龙帮的总坛在西北大雪山中，横断山脉舒尔岭拉库南麓，此处山岭绵亘，林莽处处，行走十分不易。"

白云道："不入虎穴，焉得虎子？任他是龙潭虎穴，我们也要去闯闯！"

见白云如此说，岳继飞也不免豪气一生，道："对，我们直捣黄龙，一举摧毁魏邦良的狼子野心，救救师妹。"

岳继飞将白云众姐妹带回与小玲子相见，白云和小玲子两大美女，果然十分投缘，两人叽叽喳喳地说了一晚。

第二天一早，二十三匹骏马，驰骋在京都道上。

而此时，血刀传人之名早已不胫而走，在血刀下丧生的亲人师友，正在奔走呼号，冀图集江湖之力量合歼血刀传人，九龙帮则作壁上观，等两败俱伤之后，则来个渔翁得利，以图一统江湖。

于是整个江湖暗潮汹涌，呈现一种空前的动荡局面，只要是江湖之人，不论他具有何等身份，没有一个不卷入这场浩劫之中的，可被江湖同道视为煞星魔头的血刀传人岳继飞，却对当前处境浑然不知。

岳继飞带着小玲子、白云、八护卫及十二剑女纵马急奔，忽然，八大护卫之一的关允钦禀报道："禀主公，前途有警。"

岳继飞点头道："知道了。"他声音平淡，因为他知道，越是在这种场合，作为主公的越要镇定。

等关允钦归队后，白云道："岳大哥，让我去会会，看看是何方神圣。"

岳继飞知道她下山久未和人过招手痒，微微一笑道："好吧，不过，得饶人处且饶人，若非万不得已，不可赶尽杀绝。"

白云道："知道了。"话音未落，她已一抖缰绳，径率十二剑女向前飞骑急驰。

驰出两箭之地，只见眼前的官道左倚高山，右临绝涧，好一个险恶的所在。

官道前面已有二十余名大汉一字排开，挡住了去路。

险道右前方是一片嶙峋的怪石，荒草没径的山坡上三十余名的大汉，正严阵以待。

白云勒住马缰，向山坡之上招呼道："姑奶奶在此，哪位前来答话？"

山坡上的人互相望了一眼，没有谁愿意上前答话，因为一答话，就等于认少女是姑奶奶了。

冷了半天，才有一名身着灰衣老者趋至官道之侧道："大爷来问你，黄毛丫头是什么人？"

白云向那老者一瞥，见那灰衣老者身材瘦长，两腮无肉，古里古怪，一看绝非善类，说道："我道是谁？原来是终南神笔翁陈春林老前辈！"

陈春林哼了一声道："小丫头，算你还有些见识。"

白云笑道："怪我无礼了，我还以为是哪个拦路的山大王，没想到是大名鼎鼎的终南神笔翁，怎么样，陈老前辈这两年混得不行了？"

陈春林脸色一变，怒道："好利嘴的丫头，我们中原武林同道，现已齐集中原，老朽奉命把守关头，懒得与你这奸女辩说，叫血刀传人出来说话。"

白云一愣，道："天下武林同道齐集中原，这是何人之命？"

陈春林道："血刀传人肆虐江湖，各门各派无不同声招讨，我看姑娘也应是名门之后，为何正邪不分，与魔为伍？"

白云冷冷道："你说血刀传人之言有何根据？"

陈春林面色一整，道："青石镇长白三凶陈尸，九龙帮血染张磅镇，这还不够么？"

白云道："魔即是魔，佛即是佛，只要无愧于心，是魔是佛，为何要分得那么清楚？长白三凶罪恶如山，为祸武林，杀了三人，怎谓之行凶？张磅镇九龙帮图霸武林，以众凌寡，全然不顾江湖道义，难道任人宰割么？"

陈春林突然冷喝道："你是何人名下？"

白云道："天山雪山神尼乃在下恩师。"

陈春林一愣道："雪山神尼乃前辈异人，侠义齐天，姑娘既为名门正派，就不要自误前程了。"

白云笑道："盲人摸象，心怀偏见，难免魔由心生，一代前辈高人尚且如此，无怪要天下大乱了。"

陈春林勃然大怒道："姑娘如此执迷不悟，老朽只好代令师清理门户。"

白云道："你是什么东西，尊你，还叫你陈老前辈，不然就叫你九龙帮的走狗。"

陈春林几乎气得仰天一跤，反手摘下金笔，就要飞身扑上。

这时，他身后走出一个年约四旬的中年汉子，道："杀鸡焉用牛刀？师叔将这一仗交由侄儿吧！"

此人是终南派掌门刘志平的二弟子曾世超，在终南二代弟子之中，除了大师兄周鹤生，就以他最为突出，陈春林虽然大怒，但不愿自堕身份，和小辈过招，曾世超主动请战，当然是再好不过了。

白云笑道："对付不成气候的终南派，还须我白云出手？凌玉，你去教教他什么是地厚天高!"

一名白衣少女越阶而出,道:"遵命!"

曾世超也不答话,右臂一挺,劲达鞭梢,软鞭以怒龙出海之势向凌玉的酥胸点来。

所谓行家一出手,便知有没有,曾世超劲结鞭梢,竟将一条钢鞭挺得笔直,这份内力,当真了得。

凌玉瞧对方有如此深厚的内力,自然不敢丝毫大意,翻腕削向曾世超的脉门。

曾世超手腕微沉,钢鞭去势忽然一变,鞭梢挟着劲风,奔向凌玉。

凌玉左掌斜拍,长剑回带,避招还击,却是有惊无险,两人这一搭上,眨眼就是十余招,双方各抢先机,但谁也占不到半点便宜。

一旁观战的白云已然不耐烦,向斗场上的凌玉道:"怎么啦,九妹?早点打发了事,还磨蹭什么?"

此时曾世超的钢鞭正缠向凌玉的长剑,长剑剑尖闪出六角雪花之状,向曾世超头顶罩落。

曾世超的钢鞭会过不少使剑的高手,但从未见过如此剑式,一时竟然手足无措,弹身就向一侧逃窜,可身影还未窜出,"哧"的一声,右肩已被凌玉长剑划了一道血口,鲜血汩汩外涌。

终南派的弟子,竟然被白云手下的剑女一剑伤肩,狼狈逃出,陈春林脸上再挂不住了,"当"的一声,再度撤出他仗以成名的金笔。

这时一个破锣般的声音道:"嘿嘿……这小娘们好辣,我喜欢。"

另一个破钟般的声音嗡嗡道:"不错,辣才够劲,我也喜欢。"

陈春林一看,是"狼山二邪",这"狼山二邪"功力与"神手无影"齐名,是江湖上两个独来独往的邪门人物,名头之响,比他陈春林可大得多。

天下之事,有的就是这般怪得出奇,岳继飞一腔热血,满脑忠义,却变成了江湖人人得而诛之之人。

而"狼山二邪"视人命如草芥,丧生在两人魔爪之下的正道人士不计其数,而且,两人还贪图女色,花街柳巷,经常一掷千金,唯一稍有人性的,就是不打良家妇女的主意,并且极重誓言。

现在这样的人居然也加入了围歼血刀传人的庞大行列,并且与名门正派的终南派搅在一起,可见这江湖的是非,实在难以分个明白。

"狼山二邪"一出面，果然震惊全场，除了那一唱一和的邪笑声，没有人发出半点声息。

这"狼山双怪"长相也怪异无比，两人都是形如冬瓜，臃肿肥胖的身子，顶着两个圆锥形的怪头，五官挤在尖头的底部，一张血盆大口占了五官面积的一半。

别看两人的长相不济，一身功力确惊人，脚下挪移之间，便已到了凌玉的身前。

嘿的一声，大怪甘不耻五只枯爪抓向凌玉的丰乳，来势之急，恍如电光石火一般。

凌玉大吃一惊，点足倒纵，双臂同时急挥两支透骨针，一柄长剑也向甘不耻攻去。

在如此接近的距离，甘不耻说什么也难以逃过长剑透骨针的攻击。

"当"的一声，长剑刺中了甘不耻的肩头之上，"叮叮"两声，两枚透骨针也射中了甘不耻的前胸。

凌玉方自一喜，忽然"嘶"的一阵裂帛之声，她胸前的白衣已被甘不耻一把抓落，另一只手正向她的丰乳上摸去。

这一惊当真非同小可，凌玉不由尖叫一声，一颗芳心几欲从胸膛跳出来。

所幸的是，她还能临危不乱，突然一个翻滚，总算以毫厘之差，险而又险地没让甘不耻的魔爪摸上。

但一个花季少女，在众目睽睽之下，被人一把抓落外衣，那尴尬之情就不必说了。

凌玉双眼喷火，而甘不耻却不愿就此罢手，一阵破锣的刺耳狂笑，他又跟踪扑了过来。

"狼山二邪"的武功已臻绝顶，更练成了一种刀枪不入的域外奇功，碰到如此一个邪神，难怪凌玉会败。

凌玉面色惨白如纸，双目之中露出怯惧的神色，这不是她贪生怕死，而且比死亡的恐惧更甚几分。

你想，一个白骨森森的爪子摸到冰清玉洁的雪白身体上，可怕不可怕？

忽然，红光耀眼，一片精光向甘不耻当胸撞来。

甘不耻一声冷哼，头也不回，反掌向那片精光猛抓，"噗"的一声脆响，他感到一阵锥心蚀骨的剧痛，同时被一股重如山岳的压力撞得倒退数步。

这大出人的意料之外，稳住身形，举目一看，面前已然立着一个满面怒色的绝色少女，正是雪山神尼的关门弟子白云！

"狼山二邪"何时吃过如此大亏？甘不耻一怔，怪叫一声，正待挥掌再击，在一旁的苏不义忙道："大哥，这个给我了。"

甘不耻臂痛欲裂，就地一歪道："好，可你得交给我一个大活人。"

苏不义淫笑道："放心，我怎会辣手摧花呢，包在我身上就是。"他说话之际，目光始终在白云身上打转，丑怪的面颊之上，是一片令人作呕的邪恶之色。

说着，苏不义以不急不徐的步子，缓缓逼向白云，全身骨节像炒豆一般，发出连续不断的脆响。

白云一声娇叱，挺剑向苏不义的面门急刺过去。

这一剑势如天花化雨，银虹万点，罩向苏不义的全身穴道，威势之强，令人轰然叫好。

苏不义固然不畏刀剑，但对这招惊涛骇浪般的剑式，仍不敢硬接。

而最使他震骇的是，以他的武功，竟然看不出哪一剑势是虚，哪一剑是实的，不得不连退数步。

白云得理不饶人，一招未了，第二招又跟踪急进，娇躯与长剑连成一体，形成人剑合一之势，手中的长剑剑尖急颤，宛如天山雪花飘落。

"狼山二邪"纵横江湖数十年，几曾有过今天这般只有招架之功，毫无还手之力的境地？苏不义立时凶性大发，再也顾不了许多，须发俱张，双爪横拿点戳，向剑芒的空隙之间展开强烈的反击。

他每出一招，必是罡风急涌，带起窒人的气流，而白云的天山雪剑剑招虽然精妙，但却无可着力，碰到强大的气流，剑尖就滑向一边。

两人这一交上手，真个风雷俱发，斗得凶险无比，双方观战之人，全都屏息凝神，时时喝彩叫好，不分敌我，因为这喝彩全是不由自主的。

大怪甘不耻经过一阵调息，手臂的痛楚已大为减轻，他似乎仍未忘情于凌玉，仰天一声厉啸，径向十二剑女扑去。

陈春林一看这阵式，也是大喜，忙举手一招，率领十名门下弟子抢攻下去，此时他终于撕下伪装，本质大露，再不顾什么江湖道义，先聚众歼了这十三人再说，免得将自己的丑行现露江湖，所以他此举有杀人灭口之意。

就这样，一场惊心动魄的混战展开了，十二剑女自随白云下山还是第一次遭受这前所未有的凶险！

但十二剑女皆是训练有素的，临危不乱，迅速分成两组，一组七剑以陶纯为首，摆的是"七星璇玑剑阵"，五位以凌玉为首，摆的是"五行地网剑阵"。

十二人各尽全力，加上对运阵合击之术运用得天衣无缝，人数上虽然处于劣势，但一时之间倒还有惊无险。

可明眼人却知道这整个战局，实属危机重重，白云虽然剑法精妙，占了先机，但苏不义一身功力却在她之上，时间一久，难免真力不济而落下风。

"七星璇玑剑阵"，陶纯严守天枢指挥若定，七剑攻防有序，饶是陈春林一代武林名家，也是一时半刻不能越雷池一步，可那"五行地网剑阵"就不然，施雪、洪燕、赵冰儿、庄青梅、凌玉这五名剑女对天山雪剑皆有极深的造诣，再配合五行生克的变化，远攻近打，交互回应，应是不成大碍，可五人的对手却是刀剑不入的邪神甘不耻，长剑根本伤他不得，甘不耻在剑阵中横冲直撞，"五行地网阵"几乎被他弄得溃不成军。

不过，这名震武林的怪物，当真怪得可以，他只认死理，狂呼酣战，亡命冲击，目标所指只是对准凌玉，似乎先要将凌玉抓住摸一把不可，对其他剑女却不予理睬，这样一来，其他四剑女只需合力保护凌玉就行了。

于是就形成了甘不耻与凌玉单打独斗，其余四剑女在一旁助攻的局势。

甘不耻怪啸连连，可每次眼看就要抓住了凌玉，好撕她胸衣，摸她丰乳，却总是被两旁的长剑干扰，使他只好放手自救。

每次如此，甘不耻觉得这样不行，弄得不好，乳房没摸着，一不小心让人给刺了一剑，那可就惨了，想到这里，他陡然改变目标，身子一欹，夺下了施雪和洪燕手中的长剑，一转身，双臂齐挥，又夺下了赵冰儿和庄青梅手里的长剑。

连夺四剑只不过是一眨眼间的事，这甘不耻当真是身如鬼魅。

夺下四剑，四剑女目瞪口呆，甘不耻这才转头去对付凌玉，返身一跃，一把扣住了凌玉的脉门。

凌玉见冰冷的白骨爪子搭在自己的玉手之上，浑身的鸡皮疙瘩直冒，惊叫一声。

甘不耻兴奋不已，大笑道："嘿嘿，你可是我这一生见到的最水灵的身子，嘿嘿，我先走了。"

声音如破锣急敲，听得人毛骨悚然，笑声未歇，他忽然弹身而起，带着凌玉的娇躯，向山坡上狂驰而去。

可他窜起的身形忽然猛地向下一栽，就像是发了头晕，四脚朝天摔了下来。

甘不耻到底还是甘不耻，奇变陡生，他仍能临危不乱，以一人意想不到的身势，将腰部猛地一折，双脚踏落地面，"蹬蹬蹬"退了三大步，方才站稳。

不过，在如此情形之下，他不得不放开凌玉。

自然，刚才的景像绝非偶然，更不是甘不耻突发头晕，众人举目瞧去。

"啊！"五剑女目光所及，禁不住发出一片欢呼，而甘不耻则张大嘴巴望着那人腰间的血刀。

来人正是岳继飞和小玲子，八大护卫站在两人身后，冷冷地看着他。

甘不耻刚才那一栽，就是岳继飞的杰作，"狼山二邪"可不管你是血刀鬼刀的，只要是有人坏了他的好事，他就要与人过不去，而不管那人有多大的名头，就算是巨石，他也要去撞一下再说。

一声暴吼，甘不耻就要迎上前去，岳继飞朗声道："慢！"

虽然只有一个字，但仅此一个字，却透出叫人不可违逆的威严，悻悻然，甘不耻停下了这雷霆一击，嘴上仍嗡嗡叫道："是你暗算老子，干吗叫我停？"

岳继飞笑道："狼山二邪果真不怕死，闻名不如见面，有意思。"

甘不耻一愣道："什么有意思？你以为你是血刀传人，我就该怕你来着？"

岳继飞道："不敢，我只道狼山二邪骨子硬，这样吧，我俩之事待会再算。"说完，他回顾了小玲子一眼道："你去替白云掠阵，八大护卫去收拾那边残局，记住，首恶宜除，余众就放他一条生路吧。"

这是何等口气，就像是主宰人生死的阎罗判官。

八大护卫轰然道："遵命！"

人影连闪，去势如风，分别向苏不义及终南门下扑去。

甘不耻虽然一生没怕过人，但也被岳继飞镇定自若的神情所震慑，稳了稳身形，这才想起自己这趟听召魏邦良围歼岳继飞，是魏邦良许诺他兄弟二人，只要能杀死岳继飞，就可以让他二人做血刀的主人，他二人正是为血刀而来的。

想到这里，甘不耻突然咧嘴道："阁下好威风，不过，我想与阁下谈一笔交易。"

岳继飞似乎看穿了甘不耻的心思，"哦"了一声，说道："又是交易，尊驾八成是想要在下手里的血刀吧？"

饶是甘不耻名为不耻，但被岳继飞说中心思，还是老脸微微一红，说道："不错，当今之世，任他何等之人，都不敢违抗老夫兄弟，你信是不信？我还是第一次这般与人说话。"

岳继飞笑道："狼山双怪凶名卓著，尊驾之言，果然有一二分可以相信。"

甘不耻一愕道："什么鸟话，怎么叫一二分可信？"

岳继飞淡淡道："这有什么要紧？尊驾不是谈交易么，谈交易可要趁热打铁，何必扯些不要油盐的题外话？"

甘不耻道："不要油盐题外话？哼，难道你就不知道四海之大，却无你血刀传人的容身之地？老夫不妨明白告诉你，当今之势，除非老夫支持你，否则你就会陷入步步荆棘，死无葬身之地。"

岳继飞道："若在下将血刀交给尊驾，你兄弟二人就能保在下平安，是么？"

甘不耻一喜道："这个自然。"

岳继飞淡然一笑道："这主意倒不错，可我却有些不放心。"

甘不耻道："老夫言出如山，你有什么不放心的？"

岳继飞道："财宝动人心，尊驾如若当真拥有血刀，难免会有一些迷了心窍而又不怕死的人缠上了你，这些人阴魂不散，我担心以尊驾兄弟的身手，只怕难以应付如此众多的仇敌！"

甘不耻双眼一翻道："老夫兄弟纵横江湖数十年，还没有敢摸我们的屁股的？"

岳继飞笑道："话是不错，但在下仍有点不敢相信。"

甘不耻奇道："要怎样你才相信？"

岳继飞道："在下有两项测验方法，并且立竿见影，尊驾只要选其一项，咱们的交易就可以成交了。"

这倒有点新奇，"狼山二邪"既被称作怪，自是越怪越奇越好，所以甘不耻不但不怒，反而兴致大增，道："什么办法?！你说！"

岳继飞不急不忙地道："尊驾刚才说你们兄弟俩武功天下无敌，世间没人敢向你说个不字，是吗？"

甘不耻说道："不错，我们没听到人在我面前说过不字，即使说了，他也不是活人。"

岳继飞笑道："很好，在下的第一个办法就是对尊驾的武功及声誉测试，请尊驾在百日之内，摘下魏邦良的人头，并令九龙帮解散部属，不再为恶江湖。"

甘不耻一呆道："这……这可不关我们兄弟的事！"

岳继飞冷冷一哼道："那是说，尊驾并非武功无敌，也不是世上人人都不敢对你说个不字，好吧，咱们不谈这个，尊驾只要能够接下岳某的一招，咱们的交易仍然有效。"

甘不耻面色一沉，冷冷地道："这可是你说的！"

岳继飞道："岳某人虽然名头没尊驾响亮，可说话还是铁板上钉钉，作得数的。"

"不行，岳大哥，对恶人可不能讲江湖道义……"

这话说得十分之急，但声如黄鹂出谷，悦耳动听，不用回头，这说话的人自是小玲子。

岳继飞向一侧的小玲子、白云、十二剑女、八大护卫微微一笑，道："你们辛苦了。"

小玲子道："终南门下的人全给废了武功，已经放他们离去了。"

白云接口道："唯一例外的，是那苏不义，他兄弟情深，说什么也不肯单独离去。"

岳继飞道："好，你们干得好！"

两美少女说得轻轻松松，可听在甘不耻的耳中，不啻于五雷轰顶，吓得心胆皆寒，急忙游目四顾，突然发现他的兄弟苏不义双目微闭，面如白纸，正倚在一块大石头边运功调息，显然受伤不轻。

尽管他心头震骇，但那血刀的诱惑太大了，何况就算这小子有通天之能，他也不致于一招接不下，心存侥幸，甘不耻双眉一挑，道："你要老夫接下一招之言是否算数？"

岳继飞凛然道："岂有说出的话算不得数的？"

突然小玲子在一旁道："慢，我有点要补充的。"

甘不耻一愣道："说！"

小玲子道："这是赌博，所谓赌博，就当愿赌服输，但双方应有相等的筹码，这才叫公平，岳哥哥的筹码是血刀，这血刀可不是凡物，尊驾的赌注是什么？"

甘不耻想不到小玲子有如此一说，一时竟语塞，干脆道："我没有！"

小玲子笑道："这就是了，你这叫白手拈盐，作无本钱的生意！"

甘不耻无可辩驳，干脆道："那依你，该当如何？"

小玲子正中下怀，微微一笑道："我们岳哥哥身边还缺少两位护驾的人，尊驾如若不幸落败，就添这个职位，当然，尊驾如自知不敌，怕出丑露乖，现在后悔还来得及，我们也就网开一面算了。"

甘不耻一听就火冒三丈，怒道："好，就依你，岳继飞我接下了！"

岳继飞朝小玲子看了一眼，小玲子朝他扮了个鬼脸，一竖大拇指，意即我的戏演完了，以后该你的了，我相信你。

岳继飞心中一片感动，转向甘不耻道："狼山二邪在江湖上说一不二，这块金字招牌可不要砸了。"

甘不耻道："你放心，这块金字招牌就是我兄弟死了，才会砸了。"

岳继飞道："嗯，很好，那你可得准备好。"

甘不耻明白岳继飞的分量，不再答话，双臂一垂，目光直视，一股骇人的漩涡，在他身前涌起。

一个人能够全身静止，而将护身罡气凝成如此强劲的气流，此人的功力之高，实在是登峰造极。

白云目睹甘不耻如此惊人的声势，她那娇艳如花的粉颊，显得惊悸无比，小玲子则牵着她的手，轻声道："姐姐不必担心，凭岳哥哥的一击，就是一座山，也承受不起，我们离开一些就是了。"

两人及十二剑女、八大护卫只不过刚刚退出三丈，一片夺目的、蓝幽幽的寒光，挟着天崩地裂之势，似惊虹初现，雷电乍鸣，掠过斗场。

祭刀焚天，惊天地，泣鬼神。

似乎大地陷沉，天宇已临末日一般，人们的神智在刹那之间已全部丧失，虽然惊虹已过，雷电已息，众人仿佛失去了躯壳，全都圆睁双目地呆立着……

良久，众人才长长吐了一口长气，白云道："祭刀焚天，天地失色，白云此生不虚，总算开了一次眼界！"

小玲子也回过神来，道："无怪血刀一出，杀戮江湖，血刀每次一出江湖，江湖上就发生浩劫，这血刀如若落在奸人之手，那可真是武林末日了。"

而此时，江湖上人人都忌惮三分的甘不耻，已失去了飞扬跋扈的气势，他的面目歪曲着，五官也都移位，由嘴角淌下的血丝在胸前洒得点点斑斑，形状实在狼狈至极。

最惊骇人的还是他身边一块巨石，此时已散出数十块，零零落落地躺了一地，每一块刀痕平直如削，石块的大小也不相上下。

这是岳继飞刚才那招祭刀焚天所留下的痕迹，一招雷电交鸣，竟将巨石削成数十块，此等刀法，实在是前所未见。

而甘不耻所受的只是刀风的余波而已，如果那一刀全部由他承受，他纵然练就了金刚不坏之身，只怕也要支离破碎了。

不过，甘不耻已清楚地明白，自己输了，而且输得心服口服。尽管输了，但他却亲自体验了人间最厉害的刀法。

斗场上寂然无声，没有一个人发出半分声息，连大气都没有人喘出。

过了半晌，甘不耻举起衣袖抹掉嘴角的血丝，目光一抬，缓缓走到已经调息醒来，但像木雕泥塑般的苏不义的身前道："老二，大哥输了。"

苏不义道："大哥，输得值！"

甘不耻道："那么你同意做血刀传人的护驾二使了？"

苏不义道："咱们兄弟跑了几十年的江湖，见过的高人难以计数，除了主人，谁能配作咱们兄弟的主人？"

说着站起身来，两人并肩齐步，走到岳继飞跟前，然后长长一揖，齐声道："二使参见主公！"

岳继飞微微一笑道："二位的伤势不要紧吧？"

甘不耻道："承主公手下留情，属下还行。"

苏不义道："谢谢主公关怀，属下还挺得住。"

岳继飞笑道："既然二位归于我血刀门下，我看还是给二位改个名字的好。"

甘不耻忙肃立道："请主公赐名。"

岳继飞道："自今天起你们就是左右二使，分叫甘知耻、苏知义吧。"

二人忙称谢，小玲子和白云则掩嘴而笑。

岳继飞道："八护卫开道，咱们继续进发。"

这一晚，一行二十五人赶到定安县安歇，晚饭后，岳继飞唤来血刀二使，二使进门，岳继飞道："二位请坐。"

二使同声道："属下不敢，主公有话，但请吩咐。"

这对武林邪神，当真是服了这年轻的主人，这不仅是他们履行诺言，且是对岳继飞武功人品由心底生出敬意的表现。

见两人如此执意，岳继飞也不好勉强，道："二使可知那九龙帮的总坛位置？"

甘知耻道："九龙帮的总坛在荒山古堡，具体位置我不知。"

岳继飞道："你们可知九龙帮要怎样对付咱们？"

苏知义道："九龙帮帮主魏邦良利用众人之心，号召九大门派及所有黑道人物沿途对付门主，他们势力之强，可以说是空前绝后，主公可得要小心应付。"

白云在一旁道："我相信正义门派只是被魏邦良的妖言所惑，以及存有对血刀的误解，只要我们揭穿了那魏邦良的狼子野心，大家自会分出真善美丑。"

岳继飞忽然道："那神火教可有消息？"

甘知耻道："奇怪的是，江湖各大门派都闻风而动，唯有神火教按兵不动，这倒是令江湖中人猜测不透。"

小玲子道："郭教主顾念岳哥哥之情，而遭武林同道的非议，倒是难为他了。"

岳继飞心里稍感欣慰，武林竟还有明智之帮，对二使道："好了，你们去歇息吧，咱们明天还得起个早。"

血刀二使遵命退下，岳继飞回顾白云道："目前大敌当前，处处凶险，十二剑女，武功颇为不俗，只是那两种阵法稍欠变化，遇到功力强大的敌人，就有点穷于应付了。"

白云道："不见高山，不显平地，今日遭遇'狼山'二使才知江湖高手如云，为了应付日后的凶险，岳哥哥就抽空教教她们吧，免得以后再给你丢人现眼……"

说到这里，小玲子和岳继飞都不由得一怔，岳继飞没有说什么，小玲子则忍不住咯咯娇笑，直笑得花枝乱颤。

白云一呆道："怎么啦，玲妹子？我又说错了么？"

小玲子极力忍住笑声，挽着白云的玉臂道："谁说你说错了？不过，咱们要约法三章，今儿个当面锣，对面鼓将话说清楚。"

白云道："什么约法三章？"

小玲子道："芳芳姐姐与岳哥哥虽无婚嫁之约，但两人两心相悦，这是大家都知道的，你与岳哥哥也是青梅竹马，早就认识，娥英并列，一床三好，并没有什么不对……"

白云娇面一红，道："玲妹妹，你说到哪里去了？"

小玲子作了个鬼脸，笑道："这里又没外人，咱们都为江湖儿女，爱即是爱，恨即是恨，用不得这般遮遮掩掩的，更何况，你刚才不也是说了么？"

白云一怔道："你不要……我刚才说了什么来着……"

小玲子一笑道："你刚才怎么说的？你十二剑女要岳哥哥调教，倒也无可厚非，可说免得再给别人丢人现眼，这话怎么解释？"

这一下白云当真被小玲子抓着小辫子了，不管那句话是有意，还是无心，都有好么个意思，让小玲子这一问，急得连耳根子都红了。

闺房调笑，有一种不足为外人道的乐趣，但却使岳继飞心中沉重的压力减轻了许多，笑道："留点精神吧，两位妹子，说不定明天就要打场硬仗呢！"

小玲子面色一整道："那么咱们就合计合计正事吧，我有一点意见。"

岳继飞知小玲子头脑反应快，忙道："什么意见？"

小玲子道："目前天下黑白两道，已集中全力对付咱们，一个应付失当，就可能全盘皆输，让魏邦良的阴谋得逞。"

岳继飞和白云点点头，小玲子接着道："就二使刚才的叙述，咱们现有的力量，似乎薄了一点，只能调集血刀府刀、剑、杀三组，再借神火教的援手，才有可能应付当前的危机。"

岳继飞道："调集血刀府部属可以，但此事却不宜牵连郭大哥，况且我们已在强敌环伺之中，调集本部部属，只怕十分不易。"

小玲子微微一笑道："袁总管老谋深算，早已为咱们想好了万全之策。"

岳继飞愕然道："袁总管准备了什么？"

小玲子道："每晚三更左右，他与咱们作铁羽传书一次，对咱们当前的处境，了如指掌，你说他会放心咱们孤军深入么？"

岳继飞奇道："什么叫铁羽传书？"

小玲子道："袁总管训练了五只铁羽神鹰，不仅千里传书，瞬息可达，还通晓搏击之术，真个是万无一失。"

岳继飞道："原来是用鹰儿传递讯息，但他为什么要对我隐瞒？"

小玲子道："他怎么敢隐瞒主公？只因神鹰初次担任传讯之事，他没有成功的把握，他为人谨慎，不想让你提前知道，再说，神鹰传书之人，必须花费不少时间配合神鹰训练，主公日理万机，自然不必管这琐屑之事了！"

岳继飞道："袁总管可真是呕心沥血，尽心尽力，我怎会责怪他呢！"

小玲子由怀中取出一张便笺，交给岳继飞道："这是昨晚来书，你瞧瞧。"

岳继飞展开便笺，只见上面写着：字呈小玲子姑娘，据本府弟子呈报，"飞天神魔"邵盛已与"无心恶魔"范沧浪联手，将于石鼓山附近袭击本门，纵观武林态势，各派高手已云集中原，为名为利。老朽以主公安全为计，已派神刀组驰赴邯郸预作部署，另派神剑、神杀二组化装商旅追随主公之后，暗中予以策应，请禀报主公，袁野。

看完，岳继飞长长一叹道："袁总管果断之处，也非常人可及。"

小玲子和白云也沉吟不语，显然是有同感。

岳继飞转向小玲子道："神剑、神杀二组，现在何处？你跟他们可有联系？"

小玲子道："你瞧见一队镖车了么？那就是神杀所扮，神剑组作香客，在咱们前面十里的一个小镇安歇。"

岳继飞道："原来本主人竟蒙在鼓里，今天如果不是瞧在白云的面上，我非重重罚你不可。"

小玲子一吐舌头道："听到没有，姐姐？他敢情还当你是客人。"

白云微微一笑道："客人都是受主人尊敬的，当客人有什么不好？"

岳继飞道："你们不要闹了，咱们也该歇息了。"

小玲子道："好的，我要去等候铁羽传书，赶明儿见。"

小玲子走后，岳继飞就将北斗七星阵和五行生克的变化为白云详细解说，待白云完全领悟，已是四更将近的时分了。

第二天一早，二十五人继续上道，正午时分，二十五人到了横车镇，可一进镇却发现镇上已空，一问街边老者，才知大家都去看热闹了。

奔到广场之上，只见已挤满了一片人潮，八大护卫排开人群，挤到双方搏斗之处。

岳继飞举目一瞥，见场中相斗之人是"东海双蛟"中的二蛟和"天涯刀客"柳宗权，柳宗权并未拔刀，拳脚飞舞，虎虎生风，打得二蛟雷冲天几乎难以招架。

岳继飞没想到在这里碰到了大哥柳宗权，心头一笑，不知大哥为何和雷冲天斗在一起，微笑地站在一旁观看。

小玲子则美目四顾，见台下左角站着两个比别人高出一头的大汉，特别引人注目。

这两位大汉高大出奇，粗手大脚，骨格也是大得惊人，更可怕的是，两人浑身上下似乎有一股摄人心魄的邪气，令人一目之下，就不由得心悸。

再看另一方，还有"东海双蛟"的大蛟秦归林，他的身后还有二十一个横眉竖目，脸生横肉的家伙。

小玲子一拉岳继飞，岳继飞也是一惊，回顾侍立身后的二使道："这些都是些什么人？"

甘知耻道："除了'东海双蛟'，'赤发淫魔'向贵平和'化血神魔'孔炳发之外，其余的都是土混混。"

这时只听得一声惨叫，二蛟雷冲天已被柳宗权一脚踢下台。

柳宗权道："我说你有什么能耐，敢言侮我那岳兄弟！"

岳继飞这才知道柳大哥是为了维护他声誉才与雷冲天接上的，不由心中一阵暖和。

雷冲天被踢下两丈之外，除了最初的一声惨叫，再也无法发出半点声息了。

眼见胞弟被人一脚追命，大蛟秦归林勃然大怒，他一抖手中的九节钢鞭，纵身向柳宗权扑去，叫道："阁下是那血刀传人的什么人？"

柳宗权道："岳兄弟是我柳宗权结拜的兄弟，你与我岳兄弟有什么过节，就尽管冲我柳宗权来吧。"

秦归林道："血刀传人杀了长白三凶，我们可也是结拜兄弟，这血刀仇岂能不报！"

柳宗权哈哈大笑道："我道是为何，原来是为了你那臭味相投的兄弟，杀得好哇，杀得好，别说我那嫉恶如仇的岳兄弟，就算是我江湖浪子柳宗权，也要杀了他，哈哈！"

秦归林大喝一声，挥鞭向柳宗权击去，"当"的一声巨响，场中冒出一溜星芒！

柳宗权冷哼一声，身子滴溜一旋，长刀已然出鞘，迎击九节钢鞭！

秦归林为报杀敌之仇，势如疯虎，端的是厉害，招招俱是玉石俱焚之势，虽然他自知胜不了对方，但他这份凶猛之势，却是不可小视。

柳宗权虎吼一声，喝道："好吧，我柳宗权也来个快意恩仇，少一个，我那岳兄弟就少一个敌人！"

说着，他手中的长刀微摆，直削秦归林的上盘，这一刀已使上了杀招。

秦归林却状如疯虎，不避不让，等刀光闪至，将头一侧，手中的钢鞭倏地弹起，刀鞭相交，"锵"的一声，甚是激越动听。

柳宗权手上的变招更快，刀锋顺着鞭身划下，既切秦归林的手指，刀尖又点他的咽喉。

相较之下，咽喉肯定比手指重要，秦归林大骇之下，双手松鞭，将身后仰，可谁知一溜火星，"噗"的一声，柳宗权的刀已插进了秦归林的胸膛，热血四溅，秦归林已轰然倒地。

下面的"赤发淫魔"向贵平和"化血神魔"孙炳发骇然失色，打了一个手势，领着二十余人一哄而上，将柳宗权围在核心。

如此一来，斗场之上，一片大乱，四周观战之人也被吓得四散而逃。

柳宗权身上被溅的血迹斑斑，但他站在中心有若天神，哈哈大笑，道："哈哈，九龙帮，竟然将你们这些魔头收归门下对付我那岳兄弟，谁正谁邪，明眼人一看就知道，来吧，大爷今天豁出去了!"说着他将刀当胸一横，一副视死如归的架式。

岳继飞此时也随众人远远地退在一边，见此情景，忙道："甘知耻!"

甘知耻躬身道："属下在!"

岳继飞道："去解救柳大侠!"

甘知耻已好久没出风头了，得令大喜，只道了一声"遵命"，人已弹身向斗场扑去。

身在外围的九龙帮众突见一个长得怪异的人如鬼影扑来，愣了一愣，转身攻向甘知耻，甘知耻喜得怪啸不已，双掌翻飞，出手十分辛辣。

甘知耻浑身刀枪不入，三五个照面之下，已将一手插入了前面首当其冲的一个人胸膛，那人刚刚发出一声惨呼，甘知耻一脚又起，尸身带着血雨，飞坠两丈之外，另一人呆了呆，转身便跑，后背一阵剧痛，也步了他同伴的后尘。

九龙帮的帮众大哗，一声吆喝，四散而逃，甘知耻飞身赶上，双手连抓，"噗噗"之声不绝，他那裂骨爪已将七八人的头盖骨抓破了，岳继飞好生后悔，心想：刚开始没嘱咐他一声，这下杀孽又重了。

甘知耻手法残忍，举手投足就连毙十来人，余下的人哪有勇气？不待甘知耻接近，早就脚手酸软，委顿在地。

向贵平和孙炳发也是骇然失色，他两人分别被江湖人称"赤发淫魔"和"化血神魔"，是因为两人魔性了得，可今天看到甘知耻的手法，那可是小巫见大巫了。

柳宗权也暗暗骇异，本来，他已有拼死之心，可没想到跳出一个甘知耻来。

"狼山双怪"甘不耻和苏不义两兄弟，在江湖上之名谁人不知，两人虽然在邪魔之间，不属江湖任何一个门派，两人成天在江湖上招摇过市，但无论正道还是黑道，对这两个煞星都是退避三舍，这甘不耻没理由杀魔头手下的人来帮自己呀，柳宗权看得丈二和尚摸不着头脑。

"赤发淫魔"向贵平上前道："原来是甘不耻前辈，我想我们之间肯定是有了误会!"

甘知耻向"赤发淫魔"扫了一眼，道："放屁，老子现在叫甘知耻，不叫甘不耻，还有，我们之间没有误会。"

向贵平一愣，道："哦，甘知耻前辈，前辈怎么杀起自己人来了？"

甘知耻道："放屁，谁跟你是自己人？"

若在平时，谁敢对"赤发淫魔"向贵平说出"放屁"两个字来？可从甘知耻的口中说出，向贵平一点脾气也没有，讪笑道："前辈，咱们应是一条道上的。"

甘知耻"哼"了一声道："就算是以前，老夫只和我那兄弟苏知义是一条道上的，什么时候跟你是一条道上的？更何况是现在，老夫问你，你们如此兴师动众，为什么？"

向贵平道："晚辈受命于魏帮主，想为搏杀血刀传人尽些绵力……可谁知这姓柳的却上前就打，才……"

甘知耻大喝一声道："住口，你知道血刀传人是谁？"他这一声大喝，仿佛是破锣被打碎，震得人心胆俱裂。

向贵平道："晚辈认识血刀传人，那魔头姓岳名继飞，约莫十九岁上下。"

甘知耻道："我们主公生性仁慈，岂是你所说的魔头。"

向贵平向孙炳发看了一眼，愕然道："这个……"

甘知耻怒吼道："什么这个那个的，你侮辱了我家主公，老夫就饶你不得。"

"赤发淫魔"和"化血神魔"心头狂震，两人作梦也想不到黄河不死心，不见棺材不流泪，天不怕地不怕的"狼山双怪"会投靠血刀传人。

柳宗权也是暗暗称奇，就在向贵平和孙炳发一呆之际，甘知耻的双掌猝然齐出，右掌"噗"的一声，插入了向贵平的肚腹，这个横行江湖的大淫魔连肠子都被掏了出来。

孙炳发大骇之下，身子一挺，硬生生地将身子挺在空中，饶是如此，他的胸前还是被甘知耻的指风所带，只觉得火辣辣的，痛心裂肺。

人急造反，狗急跳墙，尽管甘知耻是人见人怕的邪神，可孙炳发也是大名鼎鼎的黑道魔头，自然不肯束手待毙。

第十一章

人在空中，拔刀在手，寒光一闪，刀锋径斩甘知耻的肩头，这一刀出招极快，带着锐响，不愧为"化血神魔"。

甘知耻"哼"了一声，手腕急翻，一爪抓住了森森的刀锋，同时向前一送，刀柄"噗"的一声，由孙炳发的前胸插入。

孙炳发的尸体倒地，插在他胸前的刀锋已卷了起来。

甘知耻一拍双手，双手的白骨森森的爪子相互敲击，发出叮当的金铁交鸣之声，向柳宗权一揖道："柳大侠，我家主公有请！"

甘知耻连毙十来个九龙帮的帮众和两大魔头，就像是杀鸡屠狗一般，看得柳宗权骇然不已，一时之间不知说什么。

岳继飞朗笑一声，道："柳大哥，这世界说大也大，说小也小，让我在这里碰到柳大哥。"

柳宗权抬头一见岳继飞正向他走来，不由大喜，上前两人抱在一起。

此时无声胜有声，还用说什么话呢！

岳继飞哈哈一笑道："小玲子，去打些酒菜，我今天要和柳大哥一醉方休。"

酒桌上两兄弟把盏痛饮，岳继飞已好久没这般畅快过，席间，岳继飞将自己的事一五一十地说出，柳宗权没想到有这般奇迹，两人唏嘘不已，柳宗权道："兄弟武功天下无敌，又有血刀在手，当为武林尽一番义务。"

岳继飞感慨道："普天之下还是大哥明了我的心志，我已感到万分高兴，我自当聆听大哥的教诲。"

边喝边谈，两人果真酩酊大醉，被八大护卫抬到房间安歇，直到第二天日上三竿，两人才酒醒。

柳宗权告辞，小玲子忽然道："柳大哥，小妹有一事相托！"

柳宗权笑道："姑娘的事就是柳某人的事，说什么托不托的。"

小玲子道："我已和碧琼姑娘义结姐妹，碧琼姐姐对柳大哥情有独钟，只是女孩子家不好说出口，望柳大柯将碧琼姐姐赎出。"

柳宗权面上一红，道："我正是去办这事。"

岳继飞哈哈一笑道："等我们凯旋回来，还得喝大哥的喜酒。"

柳宗权朝小玲子和白云看了一眼，道："彼此彼此！"

小玲子和白云两人俏面徘红，柳宗权和岳继飞相视哈哈大笑。

送走了柳宗权，二十五人继续启程，仍由八大护卫开路，沿高邑、沙河、内邱之线直赶邯郸。

这一路上，风平浪静，再没什么意外发生。

傍晚时分，二十五人已到了邯郸县城，石鼓山就在县城西南五十余里，按铁羽传书所示，九龙帮已派"飞天神魔"邵盛和"无心恶魔"范沧浪在此等候。

虽然路上没什么意外，似乎雨过天晴，但岳继飞知道暴风雨就在前途，为了应付这场暴风雨，意欲与神刀组取得联系，岳继飞传令在县城歇下来。

邯郸因位于邯山尽头而得名，汉高祖刘邦曾在此地封张耳为赵王，都于邯郸，故又名赵王城。

此地连接冀豫边区，不仅交通便利，更是地形险要的兵家必争之地，在这兵荒马乱的年月，街上更是人来人往，难民无数，如非小玲子传书神刀组预作安排，二十五人要找一家大的客栈住下还不太容易。

在北大街的"安庆"客栈，神刀组已提前为他们包下了整个后院，领队的石广传、丰太炎早已在"安庆"客栈门前迎接他们的主公岳继飞一行。

进了客栈略作休息，忽然铁羽掠空，一阵响遏行云的鹰鸣之声传来。

小玲子一怔道："是咱们的神鹰，待我出去瞧瞧。"

出了院子，果见一头巨鹰正在上空盘旋，小玲子急忙撮口发出一声长啸，巨鹰双翼突敛，像陨星般飞落在小玲子的肩头。

小玲子伸手摸了摸巨鹰的铁羽，再由足下的铜管中取出一张纸条，将纸条交给岳继飞，岳继飞展开一看，不由脸色大变道："不好！"

小玲子惊道："出什么事了？"

岳继飞道："散人谷里，连日出现敌踪，经袁野派人踩探，又找不到敌人踪迹。"

小玲子先是一呆，继而淡淡地道："我当是什么要紧之事，既然找不到敌踪，可能是过路之人，咱们不理他就是了。"

岳继飞道："不会，整个江湖对血刀府虎视眈眈，只怕是一些不怀好意之人。"

小玲子道："血刀府内外，遍布奇门阵法机关，任是何等高人，也休要越雷池一步！"

岳继飞道："人外有人，天外有天，血刀府是武林中人人欲得之地，除了藏有本门历代祖师的遗体，更有惹人眼红的武林秘笈，如若血刀府有什么不测，我这主公可就是个罪人了。"

小玲子道："看你说得这般严重，仿佛血刀府当真遭到意外似的。"

岳继飞道："自出血刀府，你也看到了，江湖上不论是十恶不赦的魔头，还是名门正派，全都利欲熏心，手段毒辣，我身为血刀府的主人，怎不担心！"

小玲子道："那该怎么办？"

岳继飞道："除了赶回散人谷，还有什么妥善之法？"

白云沉吟道："我觉得这是一个阴谋！"

小玲子道："阴谋？！"

白云道："不管袁总管是否发现了心存不轨的武林中人，我们都不能置之不理，可岳大哥现在的身份太过显著，一举一动，都会引起整个武林瞩目，如若亲返散人谷，很可能将天下武林中人一齐引去，这就等于引狼入室，今后血刀府只怕永无宁日。"

小玲子叫道："不错，这也许正中了敌人的诡计，那魏邦良正希望我们这样做。"

白云道："以我之见，岳哥哥行程不变，另由神刀组、神剑组、神杀组之中选派高手去援血刀府。"

岳继飞道："这确是一个两全之策，好，我先回书。"

小玲子向掌柜的要来笔纸，岳继飞匆匆写好回书，交给小玲子放回铁羽，然后命令石广传道："立即传令召集正副领队在此集合。"

石广传应声"遵命"，急驰而去。

片刻过后，剑、刀、杀三组正副统领全部聚来，岳继飞扫视了众人一眼，面容一肃道："近接袁总管禀报，咱们散人谷里近日来屡现敌踪，但我又无法亲自处理，因而不得不采取一项权宜措施，自即日起，小玲子接任本门内总管之职，并率领三组立刻起程返回散人谷。"

这项宣布太过突然了，在座之人全都神色一怔。

小玲子娇艳如花的容颜，变得一片惨白，岳继飞的宣布意即让她离开他的身边，离开岳继飞，那是多么痛苦的事，可她心里明白，岳继飞是将她当作最贴心的人，才作出这份决定的，道："我们统统回去，你不是太孤单了？我……有点放心不下。"

岳继飞心中一热，道："不，我有二使八卫，还有白云妹妹和十二剑女，自信还过得去。"

小玲子眼圈一红，几乎掉下眼泪来，轻声道："可我……不愿离开你。"

小玲子是一个敢爱敢恨的刁钻少女，说出这话对她来说是需要多大的勇气？但她毕竟说了出来。

白云道："要刀、剑、杀三组返回散人谷，是势在必行之事，但为什么要小玲妹子回去呢？"

岳继飞道："其实我也不愿，但血刀府屡遭劫难，几乎是一蹶不振，推究所以如此的原因，不外乎后继无人，小玲妹聪慧，多加磨练，足可担当血刀府的重任。"

岳继飞说这话的时候，听在众人的耳里，似有一种他已视死如归之感，一股不详的感觉浸满众人的心头，小玲子再也抑制不住，泪水夺眶而出。

白云忽然道："我觉得岳哥哥与小玲妹子已建立牢不可破、生死与共的深厚感情，我提议应让小玲妹子以府主夫人的身份代为统率本府。"

岳继飞一叹道："我与小玲妹子风雨同舟，已无须用名分来维系了……"

他这两句话语虽然是压抑了他体内汹涌奔流的情感，但众人都感觉得到，话语中蕴有强烈的信任与喜爱之情。

白云道："这不是你们两人之间的问题，难道你还不明白么？"

岳继飞道："我明白……"

白云道："那你还迟疑什么？"

岳继飞目光一扫剑、刀、杀三组领队，再伸手握住小玲子的粉臂，道："白姑娘刚才之言，你们有没有异议？"

三组领队一起躬身道："属下参见府主夫人。"

小玲子蠕首一抬，双眸中射出一缕喜悦的光辉，道："小玲子年轻识薄，今后仰仗各位之处很多，咱们相见以诚，就不必讲那些俗套了。"

神刀组的领队石广传道："今后只要府主夫人一声吩咐，属下等万死不辞！"

白云笑道："岳哥哥不妨派神刀组先行，你们新婚燕尔，小玲子的行期最早也该延到明晨才对。"

暮色笼罩四野，天地一片苍茫。

安庄客栈的后院，已被血刀府刀、剑、杀三组戒备得森严壁垒，当真是一只苍蝇也飞不进。

一间上房内，贴满了大红喜字，案上燃着龙凤喜烛，室内金碧辉煌，陈设一新，皆出自白云与十二剑女之手。

武林中年少侠客成婚的不知多少，却从无一人这般威风凛凛，大约只有皇帝大婚时的气派可比。

不过威严之中也隐藏着处处杀机，冲淡了室外应有的喜庆气氛，不见内情的人还以为哪几派的头目在召开秘密会议，全然料不到在这戒备森严的院子里却有一对新人进入洞房。

房内弥漫着新婚的喜庆，一窗之隔的院子却是两个天地，虽然没有发现敌踪，但血刀二使还是不敢丝毫怠慢，两人分左右亲自把守大门，这两个大邪神门口一立，当真是一夫当关，万夫莫开。

小玲子知道自己初识岳继飞以来，便觉此身非岳继飞莫属，今天之事并非意外，不过竟先于杜芳芳和白云与岳继飞同床共枕，并还是由白云提出来，确让她有些始料不及，她披着大红盖头，坐在床沿，如处云端，兀自如在梦中。

她知道自今晚起，一切将会改变，她的命运就和岳继飞捆在一起，和血刀府连在一起。

血刀府属下自无一人敢来闹洞房，白云和十二剑女调笑一阵，便即识趣退出。

"春宵一刻值千金"这对新人明日就要劳燕分飞了，这一夜对她们是多么珍贵哟。

望着龙凤喜烛，看着烛光下明艳可人满面含羞的小玲子，岳继飞想到了自己两次床笫之事。

第一次被魏邦良算计，意图拆散他和芳妹，稀里糊涂地和一个女人上了床，纯粹是一种欲望，不知情为何事，心中大叫懊丧，悔恨不已，可那一次毕竟是他的第一次。

第二次是赵媚情不自禁献身于他，这一次真正让他尝了云雨情，不过他心里还是产生了一种说不出的爱、恨、怜悯、同情兼尔有之的情感，还有一种酸溜溜的味道。

小玲子初解风情，人生恰如一张白纸，岳继飞感到一丝愧疚。

一夜好合，其实是为小玲子定个名分，岳继飞本是性情中人，情兴如火，对小玲子这等聪慧可人，惠质兰心的美人，自不免尽情宣泄一番。

赵媚已经为他上了很好的一课，对此岳继飞已是轻车熟路。

两人均知明日一别后，或许竟是永别，是以极力欢爱，对心上人不遗余力。

小玲子才知此事竟如此之苦，心中甚为诧异，世间男女为何对此乐此不疲，不过，为了求得心上人的欢心，她只得强忍痛楚，大吃苦头过后，却甘之如饴，两人一战再战，一宿欢爱，难以记述。

直到天明，两人才相拥而谈，岳继飞搂着小玲子道："玲妹，以防万一，你还是及早动身吧。"

小玲子呼气如兰，初尝人生妙谛，更是容彩照人，艳丽万分，道："血刀三组就不必全部遣返，我回去更是多余，如果你有什么不测，我还能活下去么？我怕……"

岳继飞笑道："瞧你又说傻话了，你老公福大命大，怎会有事呢，你放心吧，我还要等着抱儿子呢。"

小玲子一瞥白眼，粲然一笑，红霞满腮，道："有这么巧么，你胡说。"

说笑着两人穿好了衣服，看着小玲子娇羞的模样，岳继飞忍不住哈哈大笑起来。

"什么事如此高兴？"随着话音，一条娇红的人影走了进来，向岳继飞和小玲子福了一福，道："小妹白云跟二位道喜来了。"

小玲子转过身去，道："还说呢，都是你出的好主意……"

白云嘻嘻一笑道："我这主意不好么，小玲妹子，你这当真是新郎上了床，媒人撇过墙，过河拆桥的呀！"

小玲子牵着白云的手道："他欺负了我，你就不管。"

白云暗道：这小妹当真如白纸一张，笑道："是么，不过……不过这种事小妹可帮不上忙。"说完笑得直不起腰来，小玲子大羞。

这时血刀二使在房外禀报道："主公，石广传、丰太炎求见。"

岳继飞一整面容道："请他们进来。"

石广传和丰太炎应声入房，两人向岳继飞和小玲子躬身一礼道："参见主公，参见夫人！"

岳继飞道："两位免礼，都准备好了吗？"

石广传道："两组已撤出城外专候夫人。"

岳继飞道："辛苦两位了，玲妹请。"

小玲子心头一酸，眼泪几乎涌了出来，她强行忍住，向岳继飞深深一福道："岳哥哥保重，白云姐姐保重。"说完娇躯一拧，当先夺门而出。

石广传和丰太炎也辞过岳继飞，追了出去，岳继飞默然良久，才回顾白云道："云妹，咱们也走吧！"

白云见岳继飞怅然若失，也不再说笑。岳继飞忽然道："前面就是石鼓山，那里是'飞天神魔'邵盛和'无心恶魔'范沧浪的老巢，血刀二使，你们去查探一下，顺便找一家客栈。"

血刀二使大喜，忙领命而去，日色还未偏西，二使就到了石鼓山，转了一趟，选了一家最大最气派的"黑风会"的客栈。

两人昂首走进客栈，柜台内有一个长着山羊胡须的老者目露凶光，冷冷地道："两位是哪条道上的朋友？"

凭他兄弟俩怪异的长相，几千年才生出这么两个怪物，凡在江湖行走的人，不认识这两张面孔，那才叫奇怪，甘知耻哼了一声道："你不认识咱们兄弟？"

那老者听甘知耻的问话，似乎给震住了，说道："恕在下眼拙！"

苏知义道："眼拙就是招子不灵，看老夫替你摘它下来。"

老者不识厉害，道："嘿嘿……黑风会岂是你撒野的地方……"

黑风会是九龙帮在此联络之地，敢在此地撒野的人还真不多。

可是山羊胡子的老者话还未说完，便感到疾风掠面，对方一双铁钩似的手指，已经贴上他的眼皮。

老者万万想不到江湖上还有如此大胆的人，说出手就出手，可对方的手法太快了，自己还没反应过来，自己的眼珠子就给摘了下来。

江湖上就是一个卖狠的地方，输了就认栽，于是，他双目一闭，完全放弃了挣扎。

"够狠！"说这话时，从二楼走下一个身着土布长衫的老者，戴着一顶瓜皮小帽，一张堆满市侩气息的圆脸，正含着令人肉麻的笑意。

他刚刚走下楼梯，忽然笑容一敛，道："李老儿当真应该挖掉一双眼睛，你连血刀二使都不认识，难道一日三餐都装到狗肚子里去了？"

两兄弟互相望了一眼，暗道：果然是九龙帮的。甘知耻冷冷一哼道："无怪这老小子如此嚣张，敢情此地藏龙卧虎，竟有'人面屠夫'郑易天这等强硬的后台。"

郑易天江湖人又称"人面屠夫"，意思是说，你别看他笑嘻嘻的，可杀起人来却如屠夫一般。

郑易天笑容堆了一脸道："血刀二使误会了，所谓不知者不为罪，还请二使见谅。"

话音一顿，回头对李掌柜道："还不快侍候客人！"

李掌柜两个眼珠子掉在眼眶外面，十分可怖，但他哼都不敢哼一声，忙道："是，是，楼上有上房，两位请！"

甘知耻双目一翻，道："楼上有多少上房？"

李掌柜将眼珠子塞到眼眶里，说道："一十四间。"

甘知耻道："好，咱们全包了。"

李掌柜一怔道："这个，咳……已有一半数住人了。"

苏知义道："叫他们搬出去就是了。"

李掌柜瞎着眼睛道："这……只怕不太方便吧。"

甘知耻早就不耐烦了，一掌飞出，"啪"的一声击在柜台之上，那坚硬似铁的楠木柜台，已清晰现出一个五指手印。

同时他右臂轻轻一拂，衣袖带起一股劲风，手印随风飞扬，留下一个宛如刀斧雕刻的掌印，这份功力，虽然李掌柜看不见，但他感受得到，心头骇然狂震。

苏知义道："不要跟他磨牙了，咱们奉命打前站，连一点点小事都办不好，待会主公一到，咱们的老脸岂不丢光了！"

甘知耻道："对，我们将这黑风会给烧了。"

呆在一边的郑易天急忙满面堆笑道："二位有话好说，我们负责将楼上所有的房间全部腾出来就是了。"

苏知义道："这还差不多。"

楼上的住客，都是黑道上响当当的角色，但比起血刀二使就差得远了，经郑易天稍作工作，果然全部退了出去。

不久，岳继飞、白云率领八大护卫及十二剑女到达，立即住进了"黑风会"客栈。

晚饭后，郑易天手棒大红帖，道："我们老大得知血刀主人驾临，特命在下前来奉请。"

岳继飞微微一笑道："你们消息可真灵通，邵当家和范当家如此盛请，倒使在下难以心安。"

白云一撇嘴道："这是在摆鸿门宴。"

岳继飞笑道："不管是什么宴，反正是吃肉喝汤，这可不能不去的！"

郑易天笑容可掬地道："坐骑已经准备好了。"

岳继飞笑道："现在就走么？"

郑易天笑道："是的，我们老大正在恭候大驾。"

岳继飞道："是我一人么？"

郑易天笑道："血刀传人的友人，也就是我们九龙帮的贵宾，门外已准备二十四匹健马，希望能给在下一点薄面。"

石鼓山在武安县境，是太行山脉一个较高的山，西北群山拱护，东南沃野千里，在此地安营立寨，实在是一个理想所在。

九龙帮的川陕分舵构筑在石鼓山南峰之上莽莽丛林之中，耸立着一幢玉宇琼楼，真是气象万千。

此时大厅之上灯火辉煌，摆着十几桌丰盛的筵席，座中之人，除了岳继飞、白云一行，还有九龙帮川陕分舵的众高手。

正中一桌主位坐的是"飞天神魔"邵盛和"无心恶魔"范沧浪，客位上坐的是岳继飞和白云这两个精金美玉般的少年。

下座相陪的是"人面屠夫"郑易天、"九尾妖狐"卓胜莲和"血手狂人"哈必图，这几个恶魔，无一不是踩踩脚江湖震动的人物。

当酒过三巡之后，"血手狂人"哈必图忽然嘿嘿一笑道："岳门主得血刀和秘笈，出道江湖，声震天下，威风八面，可惜兄弟未能领教岳门主神技，每每想来都引为毕生之憾事！"

郑易天笑道："现在不是天从人愿么，哈兄何不即席请教，也好让咱们开开眼界。"

岳继飞知道正题来了，他岳继飞既然来了，就不会害怕任何人的挑衅。

于是他缓缓立起身形，道："既然各位要岳某现丑，岳某就恭敬不如从命了。"

正待跨步而出，邻桌的血刀二使忽然走出来，甘知耻道："主公稍安，这等妖魔小丑，待属下打发他们就是了。"

在座的无一不是名噪江湖之士，血刀二使竟称他们是妖魔小丑，纵然血刀二使够分量，可这口气也实在太狂妄了一点。

"血手狂人"哈必图怒喝道："'狼山双怪'在江湖中也算得一号人物，可居然卖身投靠，作起血刀传人的奴才，嘿嘿……"

血刀双使面色一变，一左一右，猛向哈必图扑去。

岳继飞道："两位且慢，这地方似乎不太适合，走，咱们到外面去。"

外面庭院宽大，可以展示手脚，其实岳继飞心知今日凶多吉少，身在龙潭虎穴，决不能乱了步骤。

敌人太多，一旦全面混战，就很容易被敌人冲得七零八散，在院中，八大护卫和十二剑女都可以布成奇门阵法，那时，攻守就会主动得多。

现在，在人数上，岳继飞一方显得太过单薄，而且，除了血刀双使、白云，余下的都是初生之犊，还没经过大阵仗，不过，他们都有不惜一战的决心。

甘知耻第一个向岳继飞请求出战，这位当年叱咤江湖的"狼山双怪"之一，已然动了杀机。

他挑战的对象就是"血手狂人"哈必图，双方一言不发，就展开了恶斗。

哈必图果然盛名不虚，出手一招，就是辛辣无比的阴毒手法。

他双掌齐挥，十指连拂，每一招都指向甘知耻的全身重穴，只要中上一下，甘知耻纵然是铜筋铁骨，只怕也消受不起。

最令人凛然的是他这掌力，竟是歹毒无比的"赤焰神掌"，这"赤焰神掌"是哈必图"血手狂人"名号的由来，也是他的独门绝技，能截脉断穴，击破护身罡气，手法之狠毒，端的是在各派掌法之上。

甘知耻当然知道这"赤焰神掌"的厉害，他不敢让对方的十指拂到自己的要害重穴，顾忌一多，就难免有点缚手缚脚。

岳继飞也看得暗暗心惊，他没想到，九龙帮将这等盖世魔头也收归门下，于是，他传音向甘知耻道："哈必图的武功诡异，听我的话再出手，现在向左跨两步，后退三尺，再向右跨两步，转身出手。"

甘知耻遵从岳继飞的指示，转身出手，右手五指以全力抓去。

他根本就不知道出手一抓会抓到哪里，但他相信主公，因而迈步出招，没有丝毫迟疑。

"噗"的一声，五指着肉，快如利刃，不偏不倚，正插在哈必图的肩头之上。

哈必图没想到甘知耻陡出奇招，"咔嚓"一声脆响，自己的一条左臂，已在他的一愣之下，硬生生地被他卸了下来。

双方观战的人，除了岳继飞，谁都没想到甘知耻突出奇招，这一招可以说是恰到好处，妙到毫巅，就像是哈必图将自己的右臂送上去的一般。

众人一时目瞪口呆，半晌说不出话来，一片哗然声中，甘知耻抛掉那只血淋淋的臂膀。

忽然"九尾妖狐"一声娇笑，道："两军对阵，伤亡在所难免，好在咱们这是观摩武技，各位不必太过认真，岳少侠一行远来是客，咱们做主人的也该有容人之量，请各位看在小妹的薄面，有什么话明天再说。"

卓胜莲言词委婉，情理兼备，一场将爆发的风暴，竟被她三言两语压制下去。

邵盛也哈哈笑道："说得对，拳脚无情，刀枪无眼，既然两军对阵，伤亡在所难免，卓当家，你安排一下后事吧。"

满身妖气的二当家卓胜莲，亲作前导，将岳继飞等人安排在一幢精美的别院之中，她并不多作打扰，道过晚安，便独自姗姗而去。

这幢别院中间是一明两暗两间上房，由岳继飞、白云占住，两旁各有精舍八间，由二使八护卫和十二剑女居住。

夜色阑珊，白云走进了岳继飞的房间，道："岳哥哥……"

岳继飞忙道："云妹，你来得正好，我还说到你房间去呢。"

白云笑道："找我有事吗？"

岳继飞道："正想和你商量，我总感到心里不踏实。"

白云道："我也一样，但既来之，则安之，这石鼓山正笼罩着一股诡异气氛，我们得小心应付。"

岳继飞道："我只担心云妹会因我而受到伤害……"

白云面色一红，沉默半响，才幽幽一叹道："师父既然派了我下山助你，我就有了不惜一死的决心，你……还要我说什么？"

岳继飞心头一震，他想到了白雪皑皑的祁连山，他和芳芳、白云三人一起玩乐的幸福时光，如今白云已是亭亭玉立的少女。

白云的美堪称丽质无比，娇艳入骨，岳继飞从没如此这般细看她，烛光下她使人愈看愈迷，越看越喜。

对女性，岳继飞不是雏儿，他接触过媚态撩人的赵媚和纯洁如纸的小玲子，但他此时却心弦动荡，六神纷驰，再也控制不了他冷静的心情。

他一把抓住白云的玉腕，激动地吁出一口气，道："云妹，你真好！"

白云嘤咛一声，就顺势倒进了岳继飞的怀里，眼角还挂着珍珠般的泪水，脸上却露出无比满足的笑容。

佳人入怀，兰香及体，在此情形之下，纵然是六欲俱绝的老僧，只怕也难以自制。

然而，一丝冷风，像闪电般劲射而来，它不仅破坏了岳继飞的荒唐美梦，还几乎使他落到万劫不复的深渊，以岳继飞和白云的功力，在十丈之内，纵然是落叶飞花，也无法逃过他们的耳目，可当两人情欲澎湃，六神纷驰之时，就算到了末日，他们也无法顾及了。

岳继飞中了暗算，白云才有感觉，首先以娇躯挡住岳继飞，喝道："谁？！"

一条人影破窗而入，却是九龙帮的副帮主孙楠。

孙楠淫笑道："姓岳的艳福不浅，拐走了我的妻子，身边还有如此美貌的姑娘，他也太不知足了。"

说着两只充满邪恶的眼神，就停留在白云的娇躯之上，那是一蓬烈火，而且愈烧愈炽，直瞧得白云心惊肉跳。

白云明白眼前的危机，以孙楠的功力，她只怕难以支撑，唯一解救之法，是尽快救醒岳继飞，于是，她反臂出掌，向岳继飞的"灵台穴"上一掌拍去。

掌力甫落，岳继飞身体一阵抽搐，全身三万六千个毛孔，骤然涌出大量的冷汗。

白云大吃一惊，玉手一挥，一连试拍几处穴道，她终于救醒了岳继飞，但他却虚弱得像大病初愈之人一般。

孙楠嘿嘿一笑道："嘿嘿……美人，不要白费气力了，你纵然是大罗金仙，也救不了姓岳的性命，自你们踏上石鼓山，就等于自寻死路，不过，你就不一样了……嘿嘿。"

白云一怔道："孙楠，你将他怎样了？"

孙楠道："没什么，我不过点了他的七星绝脉罢了，其实我也是为了你好，你如果嫁给姓岳的，岂不变作四海难容的江湖人了。"

孙楠的话，像一把利刃刺进了白云的胸膛，极度的愤怒，烧红了她的双眼，她怒喝道："恶贼，我跟你拼了。"

只见银芒乍闪，剑气排空，白云已像疯虎一般向孙楠扑去，她使出了全身的功力，恨不得将孙楠劈成两半。

但白影一闪，已失去了孙楠的踪迹，他像一具幽灵，身法奇诡，快得令人难以捉摸。

白云银牙一咬，挥剑再扑，一连劈出几剑，每一招都是具有风雷迸发的威势。

可孙楠却身形直进，右手一探，白云只觉自己脉腕一麻，她的长剑已到了孙楠的手中，一阵邪笑在她的耳畔响了起来。

就在这时，一阵尖锐的呼哨之声，忽然呜呜地响了起来，同时"砰"的一声大震，两条人影已破门而入。

来的是血刀双使，孙楠知两人武功高绝，不敢怠慢，左掌一圈即吐，两股怪异的旋转风力，分别向血刀双使击去。

两股威势骇人的掌力猝然发出，任凭血刀双使武功了得，仍是被震得两臂一分，各自后退了三步。

血刀双使滞了一滞，孙楠已像游鱼一般，夺门而出，他刚刚跨出一步，四柄长刀已分四个方向他攻来。

这四刀的攻势快如闪电，所采取的部位也是严密无比，而且浑然一体，无论孙楠身法怎样诡异，最少也要硬接两刀。

在如此天衣无缝的攻击下，他不得不身子一侧，双掌疾翻，击出两股强劲的掌力。

此时整个石鼓山上震动喊杀之声乱成一片，远处冒着熊熊火光，映得石鼓山的上空一片血红，孙楠大急，摄口一声长啸，左掌右剑，一气攻出五招。

这五招威力绝伦，围攻他的四名护卫，竟被他迫得一起后退，只见白光一闪，孙楠已脱围，越墙而出。

白云叫住正欲跟踪追击的护卫，转身回房，目光一瞥正在垂眉闭目的岳继飞，回想刚才一幕，不由脸红心跳。

侍立一旁的血刀二使，满脸着急之色，问道："白姑娘，咱们主公怎样了？"

白云回过神来，道："岳哥哥被孙楠点中了七星绝脉。"

血刀双使大惊道："七星绝脉？！"

白云安慰道："两位不要着急，大哥也许不会像两位想象的那样糟。"

说话间，岳继飞已运功醒来，他的脸色虽然苍白如纸，神情却显得镇静已极。

白云双目含泪，道："岳哥哥，你没事吧？"

岳继飞虚弱地笑道："不要紧，死不了。"

接着又道："外面是不是发生了变故？"

血刀双使躬身道："是的。"

岳继飞镇定地道："快去召集八卫和十二剑女，咱们应该……咳咳。"

白云扶住岳继飞，急道："可是你的七星绝脉……"

岳继飞道："放心，当前，九龙帮的狐狸尾巴露出来了，凭咱们所操练的奇门阵法，他的阴谋只怕没那么容易得逞，八卫和十二剑女都来了吗？"

苏知义道："都来了，在院中待命。"

岳继飞站起身形，道："好，咱们走！"

岳继飞向伫立院中的八卫和十二剑女扫了一眼，道："咱们一出别院，必会遭到阻挡，当遇到攻击时，十二剑女以'烈焰玄冰十精炼魂阵'在外围击敌，八卫在里层以'天罗九幽八绝阵'作十二剑女的接应，先布好阵势，咱们再走。"

二十人轰然答应，立即以岳继飞、白云和血刀双使为中心，组成了固若金汤的阵法，然后以整齐的行列向外走去。

院中火光四起，人声鼎沸，刀光剑影之中，正展开一场惨烈无比的恶斗。

二十四人刚走到前院，一股人潮已向他们冲了过来。

一声惨号，已有一名红衣大汉伤在十二剑女的剑下。

这一剑就揭开了恶斗的序幕，数十名九龙帮的门下狂呼着涌了上来。

十二剑女人影流转，娇躯像蝴蝶穿花一般，如若不是血腥相斗，端的是赏心悦目。

这些娇美如花的少女，出手对敌辛辣无比，长剑所至，血肉横飞。

不足一顿饭的工夫，涌上的十几名红衣大汉无一幸存，血刀府的阵势已移至前院之中。

刚才这阵凶险的搏杀，瞧得九龙帮川陕分舵的人心胆俱寒，双方的恶攻一齐停了下来。

原来岳继飞一行人一到石鼓山，孙楠就知道了，他派人去将岳继飞请来，想岳继飞自负了得，一定会来，就摆起了鸿门宴。

岳继飞的到来，孙楠也是心中惴惴不安，说实在的，血刀一出，杀戮江湖，他纵然布置周全，但要将血刀传人擒拿，却没多大的把握。

所以他先让"血手狂人"一试对方的实力，没想到一出手便栽了，后来突袭眼看就要得手，没想到还是棋差一着。

空气像是陡然凝结了，川陕分舵门下个个都目瞪口呆，有着无可适从的感觉。

但他们仍想最后一搏，一声令下"杀！"，再度掀起了一场凶狠无比的搏杀。

搏斗又一次展开，较之前更为凶险，最可怕的是孙楠举手投足间，均具有骇人听闻的功力，而且身如幽灵，见缝就钻，他竟然带领着四名高手，突入十二剑女的防线。

岳继飞叫道："变阵。"

话音一落，十二剑女斗转星移，首尾呼应，扑进烈焰玄冰十精炼魂阵的五人就像进入了迷离幻境一般，不仅找不到十二剑女的存之所，而且感到阳火阴风，寒热交迫，在如此情形之下，只有任凭十二剑女宰割了。

冲入里阵的孙楠，原来率有四名亲信高手，可阵形一变，他立感烟云四起，四周全是白影晃动，长剑连闪，就是不见身后四大高手，他们忽然一起失去了踪影。

岳继飞心头一喜，对身边的白云道："云妹，你去对付孙楠。"

白云道："我与他武功相差太远。"

岳继飞一笑道："不要紧，你只需按照我的步法去作就行了。"

白云一点头，岳继飞将"伴剑七步"说与白云听，白云记住了个大概。

孙楠一边竭力反抗，一边茫然四顾，突然一线白影，来势如风，眨眼之间，立扑到他的跟前。

孙楠一愣，凝神一看，忽又一喜，因为他终于清楚地找到了一个目标，对付白云，他自信有取胜的绝对把握。

白云的天山雪剑闪起万道寒芒，向孙楠当头罩落。

孙楠一哼，举剑一挡，因为他想擒住白云作人质，所以只用了七成功力。

一阵金铁交鸣，他才暗道一声不好，只觉一股奇异无比的暗劲由白云剑上传来，迫得他连退三步。

一招受挫，激起了他的怒火，孙楠怒啸一声，身形一晃，疾如鬼魅，长剑直点白云的咽喉，右手同时猛扣她的手腕。

这一下剑抓同施，确实具有不可忽视的威力，因为他的身法太快了，快得令人不可思议。

然而白影一闪，孙楠志在必得的一招双式，竟然一起走空，白云振腕一展，一式天山雪花剑法中的"雪花飘影"，长剑向孙楠的左肋攻去，森森的剑气已逼进他的左肋。

白云这一剑来得太突然了，出剑的方法，尤其她所踩的步法，诡秘异常，孙楠心中暗暗骇异，原来还小瞧了她。

长剑一圈，风生八面，剑光中如有万条银蛇，径向白云的娇躯罩去，这一招他已起了杀心。

然而剑光未尽，白云人影已杳，就像是清风一般一闪而逝。

固然士别三日，当刮目相看，但他与白云交手，只不过分开了几个时辰罢了，白云委实让他诧异无比。

突然，他看到了站在一边脸色苍白的岳继飞，心知岳继飞中了自己的七星绝脉，已然受了重伤，当下不用多想，凌空向岳继飞扑去。

白云大惊，忙不顾性命扑上，挡在岳继飞面前。

孙楠屈指一弹，一缕指风急射白云的右腕，同时长剑一挺，猛刺她的乳根穴。

"当"的一声，白云手里的长剑脱手，但她还是带着岳继飞险而又险地避过了一剑，"哧"的一声，乳根穴已被孙楠的长剑划了一道两丈长的血口。

白云在带着岳继飞避让之时，已存下了同归于尽的打算，故脚步斜跨，左掌横击，"噗"的一声，这一掌结结实实地拍到孙楠的肩头之上。

一声闷哼，孙楠的身形竟然飞了起来，他受了一记不算太轻的掌伤，凌空一个翻滚，借掌力掠出阵中，手一挥，叫道："撤！"

见副帮主下令，众人一哄而散，九龙帮众人撤走了，石鼓山立时静了下来，但满寨余灯，照得遍地横尸，那份惨状，实在不忍目睹。

血刀府的人在替白云裹好剑伤之后，便悄悄向山下走去。

下了山，前面是一座山口，两旁是浓荫蔽空的莽莽丛林，在夜色迷蒙之际，遇到如此险恶的山区，任是何等人，也会生出进退两难的感觉。

一行人略一迟疑，丛林之中忽然响起一阵狂笑，一条白色的人影像幽灵般飘了出来。

"姓岳的，让你这般下山去，天下人不会笑孙某太无能么。"

岳继飞纵目一瞥，见是刚才逃走的孙楠，心里暗暗一惊，倏地面色一肃，道："快，咱们抢占左侧山头。"

白云一呆，道："为什么？"

岳继飞道："孙楠肯定会有恶毒的布置！"

山头不高，却险峻，可攻可守，在敌情难明的处境，抢占山头应是最佳决策了。

可是他们还是迟了，在孙楠的一声长啸下，如飞蝗般的九龙帮人从四周扑了过来。

血刀府迅速排成奇门阵法，仍向左侧山头且战且走。一阵漫天的箭雨，在孙楠的指挥下，八方攒射，忽然向奇门阵雨射而来。

箭雨掠空，锐声震耳，被奇门阵砸飞的箭支四散飞落，构成一幅美丽的图案。

万弩齐发的攻势，持续了半盏茶的工夫，结果孙楠失败了，箭雨虽然延缓了奇门阵移动的速度，却未能造成任何伤亡。

不过，这只是孙楠对付奇门阵的第一步攻势，最后的杀手还没展出来呢。

箭雨停止，弓弩手并未散去，他们跟着奇门阵移动，准备随时作再度攻击。

此时，一名短衣芒屦，形如枯竹的老者忽然由树林里走了出来，他就是"无心恶魔"范沧浪，他的腰间悬挂着一只鼓鼓的鹿皮袋子，背上插着一柄双刃刀。

"无心恶魔"范沧浪一出来，枯爪在鹿皮袋中一抓，一粒黑色的弹丸随手掷出。

弹丸磨擦空气，忽然燃起一团火光，以风驰电掣之势，向奇门阵中陨落。

岳继飞大惊道："快以暗器射击，不要让它落下。"

他们应变很快，可惜还是慢了几分，一声巨响，亮起一片耀眼的红光，似乎连地面都震动起来。

原来这是一枚"霹雳神弹"，是北宋年间，宋人为了抵御金兵的袭击，而造出来的火药弹。

随着爆炸声，奇门阵立即有人炸伤，一名剑女伤了玉臂，一名剑女被飞来的石块将腿击伤。

岳继飞自中了孙楠的暗算，武功全失，但面临如此凶险的局面，仍能指挥若定，他吩咐奇门阵一边强占山头，一面用暗器集中迎击"霹雳神弹"。

这一着十分有效，他们连续击落十多颗神弹，使神弹在外围爆炸。

"无心恶魔"探手抓起最后五枚神弹，一声怪啸，五粒弹丸，一齐振腕发出。

弹丸出手，立即分散，向奇阵飞去，等接近奇门阵，最后两粒忽然加快速度，中间一粒忽然改变方向，作弧形飞驰，投向奇门阵。

这样一来，五粒就有三枚落在阵中，掀起了一股山摇地动的震响。

在"霹雳神弹"掠空曳落的瞬间，岳继飞忽然扬声高呼道："快用掌力将它扫向大石之后。"

众人得令，闻声运掌，合力击出一股排山倒海的掌力，最先落下的两枚火弹，被强劲的掌风一带，一起投入两块大石之间。

爆炸震撼大地，碎石漫空激飞，但没有伤着奇门阵中的人。

就在炸声震撼之际，另一枚弧形前进的弹丸，像陨星一般倏然落下，着地之时，距离岳继飞不过五尺远近。

如此近的距离，纵是三头六臂，也是无法逃脱，更何况岳继飞内功尽失，处境之危自是可想而知。

白云一声娇呼，伸手急抓岳继飞的手腕，不论如何，她要带岳继飞一起逃，哪怕死，也要死在一起。

可她的娇躯被血刀双使掌力抛出，强烈的爆炸同时发出惊人的怒吼。

白云被爆炸的气浪击倒在地，她头发散乱，忙向身后望去。

刚才爆炸之处，出现一个碎石、积土、残草的大坑。

白云一下娇颜失色，一种难以自控的恐惧，涌上心头，跟着她又有一种下意识的幻想，她害怕看到岳继飞血淋淋的尸体，那时她不仅精神难以承受，所有的希望也将完全趋于幻灭，她闭上双眸，内心在向上苍祈祷。

人在无助的时候，总是寄望苍天。

烟雾消去，她看到血刀双使扶着岳继飞从巨石一侧走了出来，血刀双使的衣衫被炸得千疮百孔，血迹斑斑，而岳继飞却完好无损。

白云大喜，弹身扑进了岳继飞的怀里，原来是血刀双使以自己的身体为岳继飞挡下了这一飞来的横祸，饶是如此，岳继飞还是被强大的气浪震昏过去，倒在白云的怀里。

孙楠见血刀府群龙无首，一声令下，九龙帮众如狼似虎地扑向前山的十二剑女，于是一场惨烈的搏杀再次掀开。

可是八大护卫、白云和血刀双使却无动于衷，面色肃穆地守着岳继飞。

岳继飞的神色终于起了变化，高烧停止，脸色逐渐正常，急促的呼吸也变得缓和起来。

人在死亡之前，有回光返照的现象，见岳继飞神情好转，他们相顾，并无半点欣喜之色。

良久，岳继飞长长吁了一口气，缓缓睁开眼皮，向白云飞瞥了一眼，道："是谁在搏杀？咱们为什么不瞧瞧去？"

白云螓首一垂道："不要管她们了，岳哥哥，你……"话未说完，人就泣不成声，泪如雨下。

岳继飞身形一挺，轻捷无比地跃了起来，道："你在说什么，云妹？"

白云神色一呆，道："岳哥哥，你……"

岳继飞一把抓住白云的玉腕道："那不是十二剑女在抵御九龙帮么！快，咱们去助他们一臂之力。"

说着岳继飞一跃而起，拖起白云向前狂奔，后面刚刚运功醒来的血刀双使及八大护卫，相顾骇然失色。

回光返照，只是一个即将咽气之人的短暂清醒而已，如果岳继飞此时的行动也是回光返照，似乎令人难以置信。

岳继飞中了孙楠的七星绝脉，武功尽失，再遭到强烈的震伤，只要他是血肉之躯，就不可能逃过死亡的劫运，岳继飞此时那生龙活虎的神态，又怎么解说？

白云被他拖着狂奔，速度之快，宛如风驰电掣，只觉耳边生风，难道濒邻绝境的大哥，竟奇迹般地恢复了武功？她想询问个究竟，但樱唇微张，欲言又止，还是忍了下来，因为他们已经到达搏斗之处，而且立即投入舍死忘生的凶狠恶斗。

血刀泛起夺目的绿幽寒芒，以虎入羊群之势，冲进九龙帮的行列。

只见红光耀眼，肢体横飞，凄厉的哀号声，使人听得毛骨悚然，就像是来自九幽的号叫。

岳继飞像是发了狠，长久压抑的怒火，似乎一起宣泄出来。

白云同样手不停挥，剑尖上时时滴着鲜红的血水，她是太兴奋了，兴奋岳哥哥神功恢复，奇迹般地好了，九龙帮就成了她抒发豪情的对象。

两人正大肆杀伐之际，"无心恶魔"范沧浪扑了上来。

仇人相见，分外眼红，岳继飞也不答话，一刀劈了过去，红光暴闪。

范沧浪不意岳继飞这一刀竟如雪花飞舞，凌厉无比，他的四肢百骸，几乎无一处不在刀锋笼罩之下，无论他怎么出招，都无法予以破解。

这一惊当真连三魂七魄都吓出来了，在千钧一发之际，只好将毕生功力聚集两刃刀之上，全力向岳继飞的刀光之中作破釜沉舟的一击。

锵啷啷一阵折金断铁之声，刀光齐敛，岳继飞与范沧浪的拼斗也倏然停止。

四周之人，连同刚刚奔来的孙楠、邵盛，均是惊得目瞪口呆，愕然向他们注视着。

范沧浪的两刃刀不见了，他手中只握着一截光秃秃的刀柄，身前两步之外，却凌乱地散落着一堆废铁。

一招互击，竟使名震江湖的"无心恶魔"范沧浪毁了兵刃，这已够骇人听闻了，如果再瞧范沧浪一眼，任是何等豪勇之人，也会由心底生出寒意的。

他像木雕泥塑般立着，一双鹰眼睁得像一条死鱼。

他的前胸并排着几条伤痕，鲜红的血水染满了他的衣衫，也染红了脚下山石。

终于，他像死狗似的倒下去了，一条罪恶的生命，就此宣告结束。

这支被孙楠仗以对付奇门阵法的伏兵，就这么丧失了，孙楠焉能不心胆皆寒，向邵盛递了个眼色，身形一转，就待趁机溜走。

白云口中一声娇叱，猛地伸手向他的腕脉扣去。

"嘶"的一声，手指虽未扣住孙楠的腕脉，却撕掉他的一条衣衫，接着出剑如电，刺向他的咽喉。

白云这一抓一剑，不仅来得突然，而且急如闪电，孙楠在心神不属之下，纵不死，也可能自负重伤。

但岳继飞忽然一晃身，抓着白云的玉腕，道："云妹，慢。"

白云一怔，道："你怎么啦？岳哥哥，此等全无心肝之人，还留他作什么。"

岳继飞一叹，道："你说得是，不过……咳，咱们不能不看他娘的分上……"

白云愕然道："他娘？他几时有娘了？"

岳继飞道："你先别忙，待我来问他一下。"

话音一顿，回顾孙楠道："你是尹楠？"

孙楠呆了一呆，忽然怒喝一声，道："我是谁，你管不着！"

岳继飞冷冷地道："明白一点吧，邵盛、郑易天都逃走了，你们九龙帮的喽啰也全军尽没了，只剩下你一个人了，我纵然不对你下手，你还能闯得出奇门阵法？"

孙楠恨声道："大爷认栽，你下手就是了。"

岳继飞道："凭你的行为，今天应该让你得到应得的报应，但我答应过你娘，要将你带回千山岛，让你们母子团聚的。"

白云道："什么？他是尹圣手的儿子？"

岳继飞道："不错，他肩膀上的三颗黑痣就是证明，但不知他为什么连姓都改了。"

孙楠哼一声道："我娘姓孙，我跟我娘姓，又有什么不对？"

岳继飞啊了一声道："原来如此，那就难怪了，其实，你爹虽然名声不太好，总是当今武林有数的高人之一，你何必跟着魏邦良为恶江湖呢？如果你愿意脱离九龙帮，咱们今后就是朋友了，待时局稍稍平定，咱们就到千山岛瞧你娘去。"

孙楠道："可是，当今四大门派以及江湖不少知名人物，都是你亲手所毁，你纵然不问，别人能放过我么？我若是跟你回到千山岛，我娘只怕也永远宁日了。"

岳继飞见他已有悔意，不由心中暗喜，他说的的确是一个严重问题，但仍然毫不迟疑地道："你放心，这些有我一力承担，你还有什么问题没有？"

孙楠眼珠乱转，忽然躬身一揖，道："孙楠见过岳大哥，今后小弟有什么不是之处，还望大哥不吝赐教。"

岳继飞拉住他的手道："人非圣贤，孰能无过？孙兄弟只要立心向善就成。"

一天风云顷刻尽散，岳继飞的心中感到十分安慰，他命八大护卫清理战场，并检查了两名剑女的伤势，然后整队离开刚才苦战的山头。

白云道："岳哥哥，你是怎么回事……"

岳继飞道："没有哇，这点小伤怎伤得了我，没事。"

二十五人经河南、陕西、四川等省向西康进发。

第十二章

这一路万里长征，竟然尘土不惊，平静无比，孙楠更是循规蹈矩，好像换了一个人似的。

此人丰姿秀美，仪表不俗，再加上一张能说善道，八面玲珑的嘴，对岳继飞更是百般恭顺，整日大哥不离口，对血刀双使也是前辈前前辈后的，对十二剑女姐姐长妹妹短的，大家都对他有了好感，唯独白云对他不冷不热，说他是黄鼠狼给鸡拜年，没安好心。

到了芙蓉城，正赶上新春二月的花会之期，岳继飞等住在"龙门客栈"的整个后院，在就寝之前，白云建议歇息一天，以便瞧瞧此刻花会，岳继飞自然一口答应下来。

迢迢万里，每人都感到一些疲惫，难得碰上锦城花会，实在应该趁机歇息歇息。

第二天天还未大亮，他们便被嘈杂的人声吵醒，经过梳洗之后，也加入了赶花会的人潮。

花会是在通惠门外，以青羊宫、二仙庵一带为中心，这里集结着各形各色的玩意及人物。

赏花只是花会的一部分，还有打擂，斗雀跑马以及品尝名菜等引人入胜的节目。

岳继飞叫血刀双使、八卫和十二剑女不必跟着他，不妨三五结伴，尽情寻找自己喜爱的观赏，他只带着白云、孙楠随人潮向通惠门奔去。

到达花会会场，只见万头攒动，形成一片人海，而且千物杂陈，万商云集，真个琳琅满目，使人有着眼花缭乱之感。

三人看了一场斗雀之后，孙楠忽然失去踪影，在如此众多的人潮之中，一经失散，除了回到客栈，碰头的机会实在渺茫得很。

岳继飞在附近找了一阵，终于失望地放弃了寻找，在这等场合下找人，无异于大海捞针。

他和白云在一个卖百合粥的摊位上吃过早点，再挤进人潮，一路观赏下去，最后在一座擂台之前停了下来。

擂台高五尺，宽八丈，此时人山人海，台前广场已挤得找不到立足之地。

岳继飞、白云仗着一身惊人的功力，终于挤到一席之地，然后向后台上瞧去。

台上正有二人对打，一个是威猛的壮汉，一个是长相秀丽的少妇，台下的观众以同情弱者的心情，不时为少妇呐喊助威，可惜少妇技逊一筹，终于败下阵来。

台上有人宣布，威猛大汉刘胜为铜牌得主，现在争取银牌，有兴趣的，无分男女老少，都可上台一试。

台上宣布完毕，台下议论纷起，有的同情落败的少妇，有的羡慕壮汉，喧嚣之声，此起彼落。

岳继飞看了那些把式，微微一笑，道："云妹，咱们换个地方吧，这儿没什么好瞧的。"

其实那壮汉的武功，根本还未入流，照他这等程度推演，血刀府的每个弟子，都可以稳获最高的金牌。

白云道："好的，咱们去瞧跑马。"

两人刚挤出人群，便一眼瞧见孙楠正和一名背着包裹，满身风尘之人在一处摊篷之后低声密谈，两人交头接耳，张目四望，十分诡秘。

白云面色一变，道："我就知道他不是什么好东西，终于露出狐狸尾巴。"

岳继飞道："怎么说?"

白云道："这一路上，他时常借口买点什么离开我们，我就疑心他没有安什么好心眼，现在瞧到他与九龙帮的飞骑使联络，还用得着多作解释?"

岳继飞道："孙楠原是九龙帮的，谈几句也没有什么的。"

白云道："你也太忠厚了，岳哥哥，不要被他巧言花舌迷惑住，咱们不想害人，但防人之心不可无。"

岳继飞微微一笑，道："好，好，咱们以后防着他点就是了。"

这一天他们玩得十分痛快，直待月上柳梢，才分批返回客栈。

孙楠回来得最晚，他一踏进大门，就向岳继飞苦笑一声，道："玩得痛快吧，大哥?"

岳继飞淡淡地道:"彼此彼此,难道你不痛快么?"

孙楠一叹,道:"要是我有那种福分就好了,大哥,你知道我遇到谁了?"

岳继飞道:"不知道,你遇到了谁?"

孙楠道:"九龙帮的飞骑使者,他是专程追寻小弟来的。"

岳继飞一怔,瞧了白云一眼,道:"哦,你怎么应付他的?"

孙楠道:"我说咱们已是肝胆相照,生死之交的朋友,此番远行是为了援救门主,哪知费尽了唇舌,他还是不肯相信……"

岳继飞因孙楠主动说出见到九龙帮的飞骑使者一事,又彻底恢复了对他的信任。

因为做贼心虚的人是不会说出自己的坏事的。

孙楠道:"九龙帮野心勃勃,而那魏邦良,又对大哥你图谋不轨,我孙楠纵使再不懂事理,也不会和他们同流合污的,还当什么副帮主。"

白云"嗯"了一声,道:"那你怎么待他?"

孙楠道:"两军交战,不斩来使,我也是以大哥的声誉为念。"

岳继飞笑道:"好,大哥信得过你,你也累了,去休息吧。"

第二天,一行人到了西康,西康旧称"喀木地",地高谷深,人稀土脊,此时虽是春秀,但寒风刺骨,冰雪未解,马匹是无法行走的,他们只好将坐骑留在雅安,准备徒步前往。

他们都是一身上乘武功,冰山寒谷还难不倒他们,唯一的问题是,需要寻找一个带路之人。

说来也巧,岳继飞向客栈掌柜的询问如何寻找带路的,恰有一老一少两个身着藏服之人来结算店钱,他们说的是汉语,只是不太流利,"给咱们算算帐,掌柜的。"

掌柜道:"好,两位事办完了?"

那老者向岳继飞瞟了一眼,大声道:"不啦,舒尔岭离这儿可不近,咱们还得走个把月。"

岳继飞闻言大喜,这不是踏破铁鞋无觅处,得来全不费功夫么!因此,他走上前去道:"两位可是去舒儿岭?"

老者转身向岳继飞看了看,道:"是的,公子有什么吩咐么?"

岳继飞道："不敢当，我们也去舒儿岭，想跟贤父子结伴而行，可以么？"

老者道："当然可以，为你们带路，我很荣幸。"

出门就是山，大雪山，雅龙山，沙鲁里山，一个连着一个，一个比一个高，一眼望去，银白色的峰头无边无际，实在美丽壮观之极。

除了带路的父子，谁也没到过这边寒之区，几天行下来，他们已不知身在何处了。

这天的行程，原来预定赶到喇嘛寺歇息的，那知天色突变，忽然飘起雪花来，三四月的天会下雪，在内地算是一桩奇闻，但在这海拔四千公尺以上的高原地带，就算不得什么稀奇之事了。

下雪已经够烦的，更糟的是，寒风怒吼，奇寒侵人，天空一片混沌，视线只能瞧得几尺远近。

好在他们全有一身上乘武功，又有熟悉地理的两父子，只要天色不黑下来，当不会有什么要紧。

再翻过两座山头，天色终于黑了下来，在一个山谷之内，老者停止了前进。

他苦着脸，双手一摊，道："公子，咱们赶不到喇嘛寺了，如果再向前走，连避风之处也找不到了。"

岳继飞看了看前路山谷，确可躲避寒风，但谷壁如削，形势颇为险恶，如果两头被人堵塞，就会像瓮中捉鳖一般，谁也无法闯出这等险地。

不过，雪罩寒山，天色如此昏黑，绝不至于有敌人出现，何况除了在此歇息之外，他也别无选择。

于是，他同意了老者的意见，命令八卫和十二剑女分别在两头谷口找地方安歇，并担负守卫之责。

然后，在一片凹进的悬崖之下，他与白云、孙楠、血刀双使在一起歇息，带路的父子则自行找地方安歇去了。

长途跋涉是辛苦的，更何况是高山雪地，难免更使人身心疲惫。

岳继飞纵是内功已臻绝顶，也是身心困乏，在调息之际，睡了过去。

睡是香甜的，可他却作了一个噩梦。

"还在作美梦么，姓岳的，他也该醒醒了，哈哈……"一阵恶毒的笑声，将他从睡梦中惊醒，岳继飞睁开双眼，只见满面狞笑的孙楠站在他的身前。

岳继飞大惊，似乎一下子明白了什么，周身冒出了冷汗，暗中运功一试，果然穴道闭塞，真力涣散，是既中毒，又被点了穴道的现像。

再向白云及血刀双使瞧去，三人倚着石壁，沉睡未醒，看情形，与自己是同样的命运。

岳继飞冷声道："孙副帮主，岳某人看走眼了，你当真是一条披着人皮的狼，我为你娘替你感到可耻！"

孙楠脸上肌肉扭曲，恶狠狠地道："姓岳的，少废话，你知道我要怎样处置你吗？"

岳继飞道："你赢了，只怪我岳继飞太相信别人，才上了你这小人的恶当，事已至此，杀剐听便，你无须浪费唇舌了。"

孙楠道："嘿嘿，哪有这么便宜的事！"

岳继飞道："孙楠，杀人不过头点地，岳某自问待你不薄！"

孙楠狞笑道："好一个待我不薄，嘿嘿……"

笑声突止，孙楠的双目中涌起浓厚的杀机，道："你姓岳的是什么东西？勾引有夫之妇，与赵媚那贱人还作出苟且之事，哼！"

岳继飞内心一震，像被人在胸前来了一记重击，道："你怎能这等诽谤赵媚？"

孙楠怒道："诽谤？嘿嘿，她本来就是一个水性扬花的贱人，我只问你，大丈夫敢作敢当，你承不承认？"

岳继飞道："赵媚身世不幸，但人心纯洁善良，如果你对她好，她岂会背着你……再说，捆绑不成夫妻，你应两情相悦……"

"哈哈，好一张利嘴，你这是在教大爷为夫之道，天下哪有这等怪事，占了别人的妻子，还反过来说人家夫君不是，好，你说捆绑不成夫妻，强扭的瓜不甜是吧，大爷现在就强扭一个瓜给你看看。"

说完，孙楠一转身，走向昏睡未醒的白云，伸手拍开白云的穴道。

白云立起娇躯，目光四掠，马上明白是怎么回事，口中一声惊呼，便纵身向岳继飞怀里扑去。

但她只奔出两步，就闯进一个人的胸怀之内，一阵邪恶的的淫笑，同时传入他的耳鼓。

白云大惊，全力挣扎，可无奈自己身中剧毒，被孙楠抱住动弹不得，危急之下，樱唇一张，一口咬到孙楠的手臂之上。

孙楠没想到中了毒，白云竟会咬他，这一口，连皮带肉，活活给啃了一块。

孙楠恼羞成怒，反手击出一掌，白云的身子被扇飞，碰到石壁才跌落在地，她嘴角流着鲜血，浑身像骨折般疼痛，但她却紧咬银牙，没有哼出一声。

岳继飞瞧得心痛如绞，忍不住怒喝道："冤有头，债有主，有什么，你就冲岳某来好了，折磨一个女孩，你算哪门子好汉！"

孙楠双目一瞪，道："我孙楠敢做敢当，比起有的人，嘿嘿，可要好得多。"

说着脚下一点，伸手一抓，"嘶"的一声轻响，白云的胸衣已被他撕下一块。

白云凝脂似的肌肤和坚挺嫣红的胸脯马上春光大露，孙楠一双充满欲火的双目，紧紧盯着白云的前胸，脚步缓缓移动着，一步一步向前迫去。

这时，一条黑色的人影像幽灵一般从后崖飘出，她塞了一个龙眼大小的药丸给岳继飞，顺手解开他的穴道，冷冷地道："孙楠，你的报应到了。"

孙楠心神一懔，猛一旋身，面色大变，道："赵媚，是你?！"

不错，那援救岳继飞的黑衣少女正是赵媚，她那媚态撩人的粉颊，显得颇为憔悴，衣履之间，布满了风尘之色，她向孙楠冷冷瞥了一眼，道："我来得不凑巧么?"

孙楠一阵狂笑，道："不，你来得很巧，巧得很，大爷正要让你这对奸夫淫妇对质一番。"

赵媚道："不错，我已和岳相公人体合一，岳相公是大丈夫、奇男子，他就是我的丈夫，你对我丈夫暗下毒手，赵媚岂能放过你?"

孙楠目眦欲裂，大喝道："贱人，我看你有何能耐。"

话音未落，一声狂啸，山谷齐应，长剑一挺，向赵媚拦腰劈去。

赵媚拧身急跃，向一旁跃开，可孙楠执意要杀死赵媚，这一剑已用上了全力，但见剑气纵横，压力如山，赵媚周身丈许方圆，几乎全部笼罩在他凌利的剑气之下。

"当"的一声脆响，赵媚的长剑折断，由肩部到胸前划下一道长长的裂口。

鲜血飘洒，赵媚倒在血泊之中，赵媚凄然一笑，道："孙楠，你丧心病狂，不过，我得告诉你，你和九龙帮信使下的毒，已全被我解了，同时，那两人也被我杀了。"

孙楠道："好贱人，我誓要将你一寸一寸割死……"

说着，他已晃身出招，痛下杀手，剑锋所指，又是赵媚的右肩，虽然他不是一寸一寸地割，却不想给她一个痛快。

以赵媚的重伤之身，如何避得了孙楠这凌厉杀着。

血光暴闪，寒芒慑目，一片杀气，像狂飙一般当头罩来。

孙楠大吃一惊，他明白这一招血刀不是他所能力敌的，但怒火焚心，他不甘就此认输落败，口中一声狂吼，挺剑便向那夺目的红光一击。

"轰"的一声，他被一股沉重无比的压力撞得倒退数步，内息翻涌，几乎要冲口而出。

孙楠强力压抑那股血气，长剑一挺，再向岳继飞迎胸冲刺去。

血刀双使怒吼一声，纵身向孙楠扑去，口中叫道："主公，你且退下，让我将这贼人收拾了。"

岳继飞黯然一叹，道："让他走吧，孙楠，别再让我瞧见你！"

赵媚两度救命之恩，一次动人的缠绵，岳继飞忘不了这个女人，而且她这一次舍身相救，也是为了他，可孙楠的娘又有恩于他和玲妹，他曾答应带孙楠返回千山岛，大丈夫言出如山，他怎能自毁诺言？所以他才做了这个痛苦的决定。

孙楠不想死里逃生，灰着脸，身形一转，向谷口狂奔而去。

岳继飞转头看着倒在血泊里的赵媚，俯身抱起她，哪知她已身亡，原来孙楠早已在剑上暗下剧毒。岳继飞亲手将她葬下，在新隆起的坟前，岳继飞默默地淌下两行泪水，这个命薄如花的一代红颜，使他无限哀伤与愧疚。

白云道："岳哥哥，我们走吧！"

两人驰出未及一丈，甘知耻忽然匆匆奔来，道："禀主公，谷前谷后发现大批来历不明的人。"

岳继飞道："这一带就是九龙帮总坛的位置所在，大战在即，八护卫和十二剑女的情形怎么样？"

甘知耻道："服了赵姑娘的解药，现在已全部恢复了功力，足可一战。"

岳继飞道："很好，你与白云去守后山，令十二剑女以奇门阵凭险阻敌，先阻止来人，再作后计。"

甘知耻应了一声，即与白云驰赴后谷，岳继飞独奔前谷，八护卫已于险峻之处布成阵势，大有一夫当关，万夫莫敌之势。

苏知义迎着岳继飞，指点来人，道："他们约莫两百余人，在接近谷口之前，即分出一半扑向后山，看情形，可能是冲着咱们来的。"

他说话之时，来人已达谷口，岳继飞举目一瞥，见这些人全是头裹白巾，腰间缠着金色腰带，脚下长筒皮靴，在山石上发出清脆的声音。

不一会儿，这些人已将岳继飞所处的谷口团团围住，当前一人身着黄袍，身材十分高大，腰间除了一条金色腰带，还盘着一条乌光闪闪的蟒鞭。

他看了一眼岳继飞，冷冷地道："你是血刀传人岳继飞？"

岳继飞道："不错，你是谁？"

老者道："九龙帮的持法使巴音扎密，嘿嘿，原来血刀传人竟是一个后辈。"

苏知义勃然大怒，道："老甲鱼，你神气什么？敢对我们主公出言不逊，老夫可要教训你。"

巴音扎密面色一变，道："阁下可是名满中原武林的'狼山双怪'？"

苏知义冷冷地道："'狼山双怪'是苏某兄弟过去的匪号，现在我们兄弟是血刀府的血刀双使。"

巴音扎密道："能够让狼山双怪这么服贴，血刀传人果然有点手段，可惜你们中了我们帮主的调虎离山之计，哈哈。"

他说话之间，已解开腰际的蟒鞭，随手一抖，鞭头连续颤动，带起一波一波的罡气，道："不过，你这虎到了这雪山，只是一只病猫，老夫先宰了你。"

岳继飞一惊，道："什么是调虎离山？"

巴音扎密哈哈大笑道："哈哈，调虎离山也不知道，血刀传人原来只有匹夫之勇。"说着，钢鞭向岳继飞扫来。

岳继飞不敢丝毫大意，"锵"的一声，红光万丈，血刀已然在手，鞭气陡生，蓝衫无风自动，神态显得威猛无比。

巴音扎密一声暴喝，钢鞭盘顶急挥，搂头盖脑砸将下来，当鞭身临近岳继飞头顶之际，鞭身忽然连续颤抖，分袭岳继飞的百会、太阳、天府各大重穴。

鞭身挟着罡风，并不见得怎么出奇，鞭梢能够连续点打三个以上的穴道，就难免有点骇人听闻了。

岳继飞不待鞭身临近，脚下陡地一挪，血刀涌起漫天的红光，迎着钢鞭，奔放而去。

一声惊天动地的巨响，坚冰雪花带起巨大的风柱，他所掀起的强大暗劲，硬生生将双方观战之人迫得连连倒退，以苏知义那身上乘的内功，也无法稳住脚跟。

良久，风柱停息，冰雪四散，巴音扎密和岳继飞的身形也现了出来。

巴音扎密依然像铁塔一般挺立着，只是他胸前的白衣，裂开了两道血糟，鲜红的血水，触目惊心。

岳继飞却气定神闲，站在那里，淡然地看着巴音扎密。

巴音扎密忽然嘿嘿一声怪笑，道："姓岳的，巴音扎密输了，不过，我问你，要是没你手里的血刀，你还能赢老夫么？"

岳继飞道："不能，但会两败俱伤的！"

巴音扎密仰天哈哈大笑道："好，好，老夫还是战无不……"

"砰"的一声，巴音扎密高大的身躯重重地摔在地上，他张大嘴巴，似乎要说出个"胜"字来。

他的喉头咕的一声轻响，这位九龙帮的持法使终于撒手人寰了，但他的面颊之上，却是一片欣然之色。

九龙帮的喽啰见持法使在一招之间，就被岳继飞结束了性命，骇然不已，四散而逃。

岳继飞喝道："追！"

一行人追随前面的人，在无量河畔的一处山谷找到了武林中最为神秘的九龙宫。

可是等一行人赶到九龙宫，却发现金碧辉煌的九龙宫，竟是一座空城，偌大的九龙宫，一个人影都没有。

岳继飞呆立大厅之中，预感到不好，突然，他听到一声娇呼："岳哥哥"

岳继飞抬头一看，见大厅前端吊着一个人，正是她日夜思念的杜芳芳。

岳继飞喜道："芳妹，我来救你！"说完，持刀向前扑去，突然，"锵啷"一声，凌空掉下一个大铁笼子，将岳继飞罩住。

血刀双使大骇，飞身上前，只见那铁笼是精钢所制，坚硬无比。

岳继飞将杜芳芳放下，解开了她的穴道，杜芳芳一下扑进岳继飞的怀里，啜泣道："岳哥哥，我以为今生今世再也见不到你了。"

岳继飞替她抹去腮边的泪水，笑道："傻瓜，我们不是见面了么？"

杜芳芳道："岳哥哥，你怎知我在这里？"

岳继飞一指铁笼外的白云，道："是云妹拾到你的一角衣裙和一块黄牌，估计你被黄教的人抓来，所以，我们就……"

杜芳芳一见白云，马上认出，两人隔着铁笼泪眼相向。

岳继飞血刀一撒，祭刀焚天，将精钢铁笼破断，和杜芳芳携手而出，众人一片喝彩，白云上前拉住芳芳的手道："芳姐，这九龙宫是怎么回事？"

杜芳芳这才道："你们都中了魏邦良的调虎离山之计。"

岳继飞惊道："何为调虎离山之计？"

杜芳芳道："魏邦良故意派巴音扎密将我抓到这里，而他却带着九龙帮的部属到了京师，八月初五召开一统武林的大会，并沿途派人故意将你引到这里。"

白云接道："我明白了，他是想除掉一个劲敌，这才……"

岳继飞慨然道："那魏邦良果然有计谋，可我们这次也是不虚此行，毕竟救出了芳妹。"

杜芳芳听得心头一热，道："还有，据说那魏邦良还将武林盟主南天雄囚禁了起来。"

岳继飞一惊，道："有这等事？那他的阴谋不就得逞了？"

白云道："中原武林还有九大帮派和丐帮，岂容那魏邦良胡来？"

杜芳芳道："听那巴音扎密讲，少林和武当也参加了九龙帮一统江湖的阴谋。"

岳继飞大惊道："怎么会呢？少林、武当和丐帮三足鼎立，且为名门正派，怎会与魏邦良同流合污呢？"

杜芳芳道："这也是我听那巴音扎密讲的，但愿不是真的。"

岳继飞道："情况紧急，我们马上赶回去，现在离八月初五还有一段时日，回去还来得及！"

在一个风和日丽的午后，在陕南摩天岭外，来了一群风尘满身的武林高手。

领头的正是从舒拉尔匆匆赶回的岳继飞，神火教的教主听说岳继飞来到，忙迎下山来，郭子华远远瞧见岳继飞，即欢声呼叫道："岳公子，你想死我了，快来让咱们瞧瞧。"

说着上前抓住岳继飞的双手猛力摇撼着道："大哥曾派人到江湖到处找你，才得知你被魏邦良骗到了雪山。"

岳继飞道："那魏邦良处心积虑，可我还是回来了，大哥，你还好么？"

郭子华道："好！好！咱们先上去，慢慢再聊。"

上得山来，摩天岭壁削千仞，沿途关卡遍地，机关密布，戒备之森严，有如铜墙铁壁一般。

郭子华道："九龙帮侵犯神火教有七次之多，这也是大哥未能下山找你的原因，好在小玲子姑娘，哦，应该说是小玲子弟妹于半年前就派人来此，对你们，我总之有个明了，要不然我还不知你当了血刀传人，并远赴边陲。"

岳继飞哈哈一笑道："大哥就容得下我这天下恶魔，敢冒天下之大不韪么？"

郭子华道："血刀传人又怎么啦，我郭子华岂信不过你，别说你是血刀传人，就算你是天下恶魔，我也会站在你一边的。"

岳继飞一叹，道："九龙帮不会放过我们的。"

郭子华道："那魏贼已散发了武林帖，通告天下武林同道，于八月五日齐集京师，参与魏贼就任武林盟主的大典，借故不到，或不理者，即视为武林叛徒。"

岳继飞大怒道："那魏贼图霸武林，所行所为，真是人神共愤！"

郭子华道："兄弟回来了，咱们实力大增，今后神火教就听兄弟之令。"

岳继飞道："这怎么行？"

郭子华道："有什么不行的，血刀老祖乃是我神火教的鼻祖，而你又是血刀传人，神火教不听你的，听谁的！"

岳继飞道："我们不存在谁听谁的，只是大义当前，我们同仇敌忾而已。"

郭子华道："好！我听你的。"顿了一顿，他似乎想起什么似的，说道："哦，我差点忘了，小玲子弟媳留下了几只信鸽在我这里，兄弟要不要和散人谷联系？"

岳继飞闻言大喜，忙修书一封，说明了远赴边陲的经过，并要小玲子率领剑、刀、杀三组，于七月中旬赶到京师会合，血刀府任由袁野及必要人员守护。

五日之后接到回书，神火教的人马也倾巢而出，他们分作三队，血刀府的八卫十二剑女组成一队，神火教的三队分由朱雀堂主李天寿，白像堂的堂主田齐耕，青龙堂的堂主游鸿翔分别率领，白虎堂的朱世强已投靠了九龙帮。

一行人浩浩荡荡，晓行夜宿，在七月中旬便已赶到京师。

他们住在西直门大街一带，由于人数太多，分作五处安歇。

第二天中午，小玲子率着血刀三组赶到，郭子华叫店家整治好一桌上好的筵席，为小玲子接风。

饭后回到屋处，杜芳芳和白云说不舒服，早早歇息，岳继飞和小玲子回到房中，他刚才多饮了几杯，此刻已有醺醺之意，反手去扶小玲子的肩头时，却扶了个空，闪目看时，却见小玲子坐在屋角的竹椅之上，背对着他，双肩微微耸动。

岳继飞上前扳过小玲子的肩头，柔声道："玲妹，你恼我了？"

小玲子也不抗拒，拭泪道："我自命里多灾，撞见了你这个魔星，却也是前生冤孽，有什么办法？本来我想与你长相厮守，相伴左右，于愿已足，蒙你青眼有加，作了这么久的夫妻，怎么怪你？你对芳姐情深义重，为她担扰奔波，不记得我这苦命的贱丫头在等你，那也难怪，我……我只是自己的心中烦恼罢了。"说着珠泪盈然，拭之不干。

岳继飞手捧她的粉颊，深深一吻，凝视着她的泪眼道："玲妹，我俩已是夫妻，你如何不明白我的心意，我生长在尘世二十年，只有你三个红颜知己，当然还有一个，只是她已离我而去，你们三人在我心中，那是一样的亲厚，无从二致，我怎么不牵挂于你呢？"

小玲子听他说得诚挚无比，收泪道："你这番心思，我岂有不知，只是……岳哥哥，分别这么长的时间，你可知我的相思之苦么？"

岳继飞听她宛转低呼，真情流露，心中不禁一荡，低头向她微翕的双唇上吻去，只觉得火烫，环抱下的娇躯亦轻颤不止，知她情动，左手绕过头，右手抄过腿弯，将小玲子横抱在怀中，微笑道："现在是我报偿的时候了。"眼见烛火离床边尚有数步之遥，提一口真气，"噗"的一声，将红烛吹灭，笑道："我这手功夫如何？"

小玲子与岳继飞久别重逢，春情早动，这时被岳继飞抱在宽阔温厚的胸膛里，蝤首低垂，羞不可抑，听见岳继飞的话，啐了一口，却不言语，只觉遍体酥软，心中狂跳，一双纤手却已不由自主地伸入岳继飞衣襟之内，摩挲起来。

小别胜新婚，须臾之间，两人便已情热如火。

两人你贪我爱，酣畅淋漓，快美异常，这一夜两情相悦，有如柳沐春风，不知不觉间已是雄鸣啼晓，东方泛白，二人久别重逢，丝毫不觉疲惫，相偎相依于锦被之中，互道别来之情。

岳继飞讲到孙楠心情之毒，心计之深，及自己遭逢之险，若非赵媚拼死救援，一行几十人真要葬身绝域了。

小玲子听到紧要处，虽知自身已在岳继飞的怀中，依然骇得花容失色，怦然心跳不止，越发将岳继飞抱得紧了，唯恐他凭空飞了似的。

至于魏邦良心性狡诈歹毒，她倒不以为奇，神手无影的女儿，所接触的人都是旁门左道，此等事倘若他随侍在侧，定可一口道破，绝无孙楠之流卖弄心机之处。

可岳郎久居深山十年，日日在杜鹏程膝下，焉知狡诈为何物。

岳继飞一叹，道："这次魏邦良已势在必得，纵观整个武林，只有我们这支对抗之敌，不知凶吉胜数……"

小玲子道："自古邪不胜正，所谓魔高一尺，道高一丈，我信得过你。"

岳继飞感动道："如若我有何不测，你……我岂不连累……"

话未说完，已被小玲子香唇堵住，道："不许你说，就是成了八十岁的老太婆，我也要厮守着你。"

岳继飞一笑，道："噫，时势当真不同了，原来八十岁的老太婆还能生得这等标致，好像花儿一般，都能滴下水来。"

小玲子啐了一口，听了岳继飞的夸奖，心头极是厌恶。

小玲子道："我只盼你早些把芳姐、云姐娶过门，我也好安居妾侍之位，现在我总觉得太过僭越了，对不起两位姐姐。"

岳继飞道："哪有此说，自你与我流浪江湖，患难与共，你我便如同一人，我虽与芳妹、云妹青梅竹马，可在心里却觉得与你更近些。"

小玲子喜极欲泣，伏在岳继飞的怀里拱着，心中如醉。

岳继飞情欲再起，抚着她雪白的玉体，越发珍爱，恨不得将她吞入肚里，不由得再次上下其手，游走无定。

情话喁喁后，欲焰再升，便又是巫山云雨，岳继飞此次不肯草率，温柔体贴，极尽为夫之道，小玲子，已是渐入佳境，两人百态横陈，再入妙境。

日上三竿，两人才衣饰而出，大院里一个人也没有，两人相视一笑，岳继飞道："大家不来打扰我们，我去打扰他们好了。"

小玲子笑道："你该去打扰打扰二位姐姐，要不然，两位姐姐会来整我的。"

岳继飞笑道："知夫者，小玲子也。"说着，走出门到各客栈转了一趟，将芳芳和白云约到太白酒楼。

三人调笑一番，均觉心胸畅爽，柔情无限，忽听左侧有两人争辩声，越来越大，转头看去，原来稀稀落落的厅堂不知何时坐满了人。

却听得一人嚷道："魏邦良自封武林盟主，老子就是不服。"

又一人道："魏盟主乃是大家公推而成的，怎会说是自封的，你小子狗屁不通。"

先前那人不服道："既是大家公推的，我可没推，你就不要把我扯上了。"

岳继飞从右边一桌几人的窃窃私语中得知，大声抗辩，公然不服魏邦良的乃是"一人帮"高云龙，所谓"一人帮"，是说高云龙乃江湖上不属任何门派的人，是一个黑白两道俱不买账的人，另一个却是山西太原龙武堡的少堡主钱不财，这个钱不财祖上着实出了几位显赫人物，龙武堡也曾是武林四大世家之一，到了钱不财这一代，便衰败不堪了，祖上的武技没学到一分，贪财好色，走马章台的本事倒学得十足，日日以酒色为事，好在他祖上声名显赫，交纳四海英雄，大家瞧在他祖上的分上，对他颇为照拂，他居然也能呼风唤雨，招摇过市，在武林中也薄有微名。

岳继飞听了既感诧异，亦复好笑，诧异的是"一人帮"高云龙，人单势薄，竟敢对如日中天的九龙帮主魏邦良就任武林盟主一事，提出质疑，这份胆魄的确是胆大包天！

好笑的是许多武林英豪近几日均噤若寒蝉，对此事既不表赞同，亦不表反对，率先发难的居然是"一人帮"，这与秦始皇荡平六国，鞭笞天下时，首举义旗的竟是戍卒陈胜、吴广，何其相似。

高云龙和钱不财争得面红耳赤，互不相让，众人均觉好笑，一齐停下杯箸，看着取乐。

高云龙大声道："魏邦良当天下武林盟主，老子第一个不服。"

钱不财哂道："你一个人孤魂野鬼，服不服有什么关系，便是你三跪九叩，魏盟主也不会要你的。"

高云龙怒道："老子没人要，也强于你到处溜须拍马，舔人屁股。"

钱不财被人擢到痛处，也恼起来，于是就摔坏杯筷，拳来脚往地斗在一起。

众人轰然大笑，也无人上前劝阻，如看斗鸡取乐。

岳继飞心敬高云龙胆气粗豪，居然敢与君临武林的魏邦良作对，虽不自量力，却可亲可敬，遂上前劝道："两位仁兄何必如此，君子动口不动手嘛！"

两人正斗得难解难分，忽觉一臂被人握住，立时软绵绵的，如面条似的，想斗也无从斗起。

在一旁正看得兴致勃勃的一名汉子恼道："是他妈的哪个王八糕子，多甚事，搅了大爷的兴致……"

岳继飞从桌上拈起一粒鱼圆子向那人打去。

那人尚未骂完，忽感劲风袭体，气息一窒，还未明白是什么事，嘴里已被极烫的鱼圆子塞得满满的，鱼圆子直贯而入，打得他鲜血满嘴。

那人的几名同伴霍地站起，喝道："阁下是何人？"喝声虽响，已有色厉内荏之意。

此言一出，满楼肃然，人人张口结舌，大瞪双眼，如逢鬼魅，连那名狂跳的汉子也如同泄了气的皮球，委顿于地，人事不省。

高云龙大喜，两膝一软，跪倒在地道："我的爷啊，小人可见到你了。"喃喃半天，也不过是这句话。

岳继飞拉起他来，回到座上，笑道："就凭你敢骂魏邦良那奸贼，我敬你三杯。"

高云龙道："我'一人帮'天下谁也不服，就服你了，我喝。"说着捧起酒杯，连喝三杯，毫不含糊。

出言骂人的那汉子同伙知道闯出了大祸，江湖上谁不知道血刀一出，杀戮江湖，得罪了血刀传人，焉能有命在，是以几名同伴恨不得将闯祸之人块块碎割了，竟然得罪了这位游行太岁。

魏邦良被推为武林盟主，正是以除掉血刀传人为借口，四海群雄虽然有许多人不耻魏邦良的为人，但少林、武当、丐帮却第一个推许，众人也只好追随其后了。

杜芳芳看那几个人面如土色，如待宰的羔羊般，大是不忍，悄声道："岳哥哥，你放了那几个人吧。"

岳继飞奇道："这是从何说起，我并无难为他们的意思。"

那几人听了，如蒙大赦，急急忙忙抬着同伴，溜了，如惊弓之鸟。

其他的人也相机开溜，只不过开溜的方式文雅体面些而已，一盏茶工夫，楼上几十人已溜得一干二净。

岳继飞皱眉道："这是为何，倒似我是洪水猛兽一样。"

白云笑道："血刀传人可远比洪水猛兽厉害得多，可谓是人见人怕。"

岳继飞也笑了，道："那你为何不怕我？"

白云道："物以类聚，又何怕之有？"

三人相视大笑，只在一旁的"一人帮"高云龙忽然道："在下匪号'一人帮'，不知您老人家肯不肯收留我？"

岳继飞笑道："高兄言重了，既然相识，便是朋友，何来收留之言，高兄不为各道所收，岳某却是为各道所恨，同气相求，今后你便是岳某的朋友，不过最近怕要屈留你在我身边一段时日，免得我敬你三杯酒，白送了你一条命。"

高云龙大喜，便欲叩谢，岳继飞忙拉住他道："高兄，这就不是做朋友的道理了。"

岳继飞再无心绪饮酒，结了账，与杜芳芳、白云三人走出酒楼，高云龙亦步亦趋地跟在后面，兀自如在梦中，不知缘何得此奇遇。

其时已是在七月下旬，距魏邦良的武林盟主就职大典已然不远。

仲夏夜晚，清风宜人，拂人欲醉，街道上飘溢着桂花的馨香。

岳继飞三人并肩走在路上，岳继飞居中，芳芳和白云一左一右，男的如玉树临风，女的如同仙子，引得满街人驻足观看，只是后面缀着一个形貌猥琐的高云龙，显得不伦不类，路人均感匪夷所思。

行走间，忽然一道匹练般的白光从上面袭来，当真迅若雷霆。

高云龙在后面啊的一声惨叫，岳继飞不暇思索，骈指成刀，向白光斩去，铿锵一声，白光如烟般散进开来，却见一人如离弦之箭般翻跌出去，在空中兀自惨叫不断，在清凉的夜晚显得格外诡谲。

岳继飞一招退敌，忙回身看高云龙，却见他呆若木鸡，大张其口，俨然中了定身法。

岳继飞拍拍他肩道："高兄，你哪里受伤了？"

高云龙恍若大梦初醒，满头冷汗涔涔，只道："好险，好险……"

岳继飞这才知道他是被猝发的变故唬住了，放下心头的担心，低头看看地上，一柄剑已碎成七八块。

杜芳芳怒道："他们连这等下三滥的手段也使出来了。"

岳继飞淡淡地道："这有何奇，魏邦良也知道不除掉我，他那武林盟主的位子是坐不稳的，这才是个开端，好戏还在后头呢。"

话音甫落，忽听一个阴森森的声音道："好煞气，清天白日就敢杀人于市，真不愧为血刀传人。"

这声音冰冷冰冷，如从坟墓里传出一般，叫人毛骨悚然。

岳继飞大惊，抬头一看，却见围观的人群中出来一个身不及五尺，头大如牛，发乱如草，上下衣服却甚是华丽的人，整体一看，就像是一只穿着华衣的大猩猩。

顿时人群四散，杜芳芳也不禁身子一颤，向岳继飞靠近，道："尸魔南宫绝。"

尸魔南宫绝耳音极灵，桀桀怪笑道："女娃子好眼力！"

岳继飞暗道："尸魔南宫绝久已高出世外，不参与武林中事，这老儿怎地忽然间在此现身。"笑道："老前辈不在山中纳福，怎地复入红尘？"

南宫绝"咦"了一声，道："你小子怎知我在山中，莫非你到我墓中去了？"

岳继飞只不过随口而出，可见南宫绝如此神态，倒像真在墓中过日子一般，不禁大为诧异，旋即想到他的魔号，也不足为奇，他既成尸魔，想必是躲在石墓中，修炼一种极为怪异的奇门武功。

南宫绝的确是成天与腐尸朽骨为伍，不履人世已久，武学之道固然日有进益，对人心之变却愈来愈不通了，见岳继飞沉吟不语，还以为他真的到过自己的隐身之地，不由得大为恐惶，喝道："小子，你老实说，你到底去没去过老夫的藏身之墓？"

岳继飞愕然道："去过又怎样？"

南宫绝怒道："我废了你！"

白云哂道："老魔，你穷吼什么？你道人人都跟你似的，有那见不得天日的癖好，坟墓里有什么好的，旁人避都不及，谁到你那墓中去做什么？"

南宫绝不恼，反大喜道："如此说，你没去过了？"

白云道："当然没去过！"

南宫绝心花怒放，如拾到宝贝般，他练"腐尸僵木"功最忌与生人接触，是以数十年来隐居在外人不到之处，专心修炼，最怕的便是有人知道他练功之所在，若是仇人找上门来，不消动手脚，只要让他嗅到生人气，便会功消骨化，惨不堪言，他练这种功法已到第六层，每一层练成之后才可与人相处，于是，他就费了千辛万苦才寻觅到一处理想处所，设若被人知道了，余下的三层功夫就练不成，更可怕的是，这功夫时日一长，吸不到腐尸朽骨的阴寒霉腐之气便会自行消散，他也会成腐尸一具。

岳继飞虽不明事理，但却猜得出几分，怒气略减，说道："我委实没去过你的什么劳什子墓里，不过……"

南宫绝接口道："不过什么，你以为这样说老夫便会饶了你？"

岳继飞冷冷地道："这倒是我正想说的，不过我想知道是你究竟为何而来，是不是受了魏邦良的指使？"

南宫绝微怒道："好狂妄的小子，魏邦良是什么东西，也配指使老夫？！"

岳继飞道："既非受人指使，你我素无瓜葛，更无仇怨，因何作对？？"

南宫绝道："魏邦良已传出话，说你近日得到血刀，老夫倒是想见识一下。"

岳继飞笑道："不错，血刀的确在我手里，只是你要有真本事。"

南宫绝道："好小子，这话中听，江湖上真刀真枪，讲的就是一个真本事。"

说着，一掌拍出，立时罡风如涛，席卷而至，掌风中挟杂着一股腥恶之气，令人欲呕。

岳继飞双掌一扬，将杜芳芳和白云平稳地送出一丈外，然后右掌一立，迎着南宫绝的掌力拍去。

两股掌力相触，立时如炸雷似的一声巨响，掌风四散开来，围观的人中立有几个被冲倒，另有几个被掌风中腥恶毒气熏得呕吐不止，昏倒在地。

其余的人见势不妙，四散逃开，饶是如此，也有许多人如中毒大病一场，死者亦不在少数。

岳继飞凝运内力，屏住呼吸，不使一丝毒气进入鼻中，连发三掌，才将南宫绝的掌风尽数反击回去。

南宫绝万没想到岳继飞的内力犹在他之上，哇哇暴叫，道："好小子，果然了得！"身子左摇右摆，如风中之荷，立足不稳。

岳继飞也暗自心惊，这尸魔的确是一个极难缠的人物，绝非三招两式所能打发得了的，唯恐杜芳芳和白云也被他掌风毒着，若波及开来，伤人更多，便道："老魔，咱们换个地方比试，怎样？"

南宫绝一怔，道："怎么，你想逃哇，可没那么容易！"

岳继飞冲天而起，腾身向郊外窜去，南宫绝焉肯让他走脱，紧跟在后，穷追不舍。

岳继飞见南宫绝跟来，心下一宽，展开轻功，向郊外掠去，两人一前一后到了效外的一座荒庙前。

岳继飞停下身形，回过身来，道："老魔，咱们就在此处一决高下。"

南宫绝刹住身形，道："原来你不是逃命！"

岳继飞朗声道："笑话，人生如赌，我还没赌，怎知自己会输呢？"

南宫绝冷哼道："我现在就告诉你！"说着双掌一前一后攻上，岳继飞脚下一飘，避开正面，反掌拍向他的肋部，这一掌迅疾之极，南宫绝竟然没能避开。

一掌洗耻，"砰"的一声，如击败革，南宫绝的身子一晃，便退了一步。

岳继飞心下骇然，不意这惊天裂地的一掌，只使南宫绝退了一步，这一掌是他全力而发，足可铄石熔金，今日还是首次掌下无功。

南宫绝与腐尸朽骨为伍，已将"腐尸僵木"的功夫练至六层，本想一身功力可以傲世武林，没想到一出江湖便碰钉子了，心想到自己几十年的修为竟如此不堪一击，心里是又惊又怒，怪啸一声，复上，顷刻间攻出十八掌。

岳继飞不敢硬接，展开"伴剑七步"，避开南宫绝的十八掌。

岳继飞趁他旧力已尽，新力未生的一刹那发出一掌，掌风如刀，堪堪斩在南宫绝的臂膀之上，"当"的一声，如中金石，竟是一个金铁交鸣之声。

南宫绝并未在意这一掌，因为他想避也避不开，他心里有数，因为他精修数十年的腐尸朽骨功，肌肉发肤早已经坚逾精钢，不畏刀剑砍击，还惧拳掌？所以他不慌不忙，坦然受了这一掌。

可他万万没想到，岳继飞已将江湖人闻之色变的血刀绝学练到掌上。

"当"的一声，一条臂膀落地，两人俱是愕然。

岳继飞只想这一掌能伤了老魔头，可谁知却下了他一条臂膀，直感匪夷所思。

南宫绝则望着地下那条曾属于自己的臂膀，简直不敢相信自己的眼睛，他想不出这个世上还有何种神兵利刃能切割下自己百炼成钢的肢体，除非是传说中的血刀，可对方明明是用手掌切下的。

一时之间，他呆立着，由疑而信，由信而惧，蓦地发出一声惨号，掉头飞奔而去。

岳继飞拾起那条断臂一看，不由赫然心惊，这条臂膀肌肉骨骼宛若金属铸就，若非亲眼看到是从尸魔身上掉下来的，斩断处白骨森森，肌肉处似有光泽，却不见半点血迹渗出。

岳继飞呆立参详半晌，却不明了南宫绝是如何练到这种境界。

不远处人声嘈杂，却是杜芳芳、白云、小玲子率血刀八护卫赶到。

岳继飞将此事略述一遍，人人看了那条臂膀，均咋舌不已。

小玲子道："邪魔歪道的功夫多得很，神鬼之说也未必尽虚，我看这南宫绝再修炼几十年，当真是个妖魔鬼怪了。"

众人轰然大笑，白云道："我看他现在就是妖魔鬼怪了，何须再修炼！"

岳继飞将那条臂膀带上，心想：日后向师父请教。他率众返回客栈。

第二天，郭子华率神火教的部众赶了上来，两班人马会合一处，向朝阳峰进发。

路上，岳继飞将此怪事向郭子华说了一遍，郭子华也是大惑不解，不知南宫绝练的是何邪功，两人均是慨叹，想一个人将血肉之躯练成这等模样，不知要受多大痛苦。

不一日，众人已到了朝阳峰，但见朝阳峰里里外外布满了九龙帮的人，到处张灯结彩，洋溢着喜庆气氛。

可细心者一看，几千张面孔上却不是喜色，倒是焦虑、忧郁之色居多。

血刀府、神火教两班人马在朝阳峰安营扎寨，比邻而居，人人均知已入虎狼之国，所以处处小心，日夜防守不懈。

距八月初五之期已近，武林中各路人马尽集朝阳峰，朝阳峰可谓盛况空前，人马喧腾，好不热闹，而九龙帮的总寨内却是防守森严，也不见主人出来迎客，九大帮派的掌门人物尽皆集入总寨内，不知商谈何事。

郭子华与岳继飞也集在一屋，商谈大计，郭子华道："现下魏邦良倒行逆施，劫持了南天雄盟主，挟天子而令诸候，自封武林盟主，人神共愤，我最担心的就是魏邦良以兄弟你做文章。"

岳继飞道："怎么个做文章法？"

郭子华道："血刀府与中原武林的仇怨已有百多年了，化解过节殊为不易，一个措置不当，我辈均为武林众矢之的，自顾尚且不暇，遑论挫败魏邦良称霸武林的阴谋。"

小玲子道："此事倒大为不妙！"

郭子华道："不过，我与岳兄弟别后，早就料到此着，到各派中游说一番，丐帮解帮主言道：'魏邦良欲作武林盟主，除非先灭了丐帮，再扫平少林、武当，少林方丈，武当道长也是此意。'"

岳继飞大喜道："此话当真？"

郭子华道："这是解风帮主亲口所说。"

岳继飞击案道："有这三派主持正义，大事定矣，我等毋需作杞人之忧。"

杜芳芳道："可缘何不见这三派人众到来？"

郭子华道："这三派岂肯早到？听解帮主之言，似乎魏邦良此番布置极为周密，他们既然要反他，自然也要想好对策，这时候大概是在某一处商谈对策。"

众人大笑，均想少林、武当、丐帮向来鼎足而立，虽然屡遭血刀浩劫，实力锐减，但瘦死的骆驼比马大，倘若三派联手，绝非九龙帮可比拟的，当下众人如服了定心丸，笑逐颜开。

杜芳芳虽然觉得巴音扎密所说的与郭子华所言出入较大，但见大家高兴，也就不好质疑，一个人心里惴惴不安。

转瞬间八月初五已到，九龙寨的大门大开，从中走出几百人来，魏邦良在几名掌门及手下几名舵主的簇拥下，走到了早已搭就的高台之上。

顿时台前人头攒动，人声鼎沸。

魏邦良望了望台下万余人众，心中得意已极，九龙帮蓄谋筹划了数十年的愿望终于在自己手里实现了，以后自己就是君临武林的至尊主宰了。

郭子华道："岳兄弟，咱们是否马上动手，打他个落花流水？"

岳继飞道："莫急，少林、武当、丐帮尚未有何动静，咱们且再等等，看魏邦良的戏怎么演下去。"

杜芳芳忽道："你们看……"

众人向台上一看，只见少林圆觉大师，武当的斐清道长，丐帮的解风帮主三人面色肃然，竟从台后而出，端坐在贵宾席上，一副莫测高深的神情。

郭子华惊疑道："这三个老儿不知在弄什么玄虚。"

岳继飞笑道："任凭风浪起，稳坐钓鱼台，这正是前辈高人的风范。"

说着，忽听"砰"的一声，却是高台左侧放了一记礼炮，顿时万众肃然，目光齐集台前。

魏邦良缓缓起身，踱到台前，阳光下神情傲然，踌躇满志。

岳继飞看着这位曾经与自己结拜的义兄魏邦良不可一世的模样，感叹真是世风日下，武林中正气不树，邪气上涨。

魏邦良扫了台下一眼，目光在岳继飞一处稍稍停留，开口道："魏某蒙武林同道厚爱，公推为武林盟主……"

台下一人接口道："却是哪些人公推的，我怎么不知道？"

魏邦良循声望去，黑压压的都是人头，看不出是谁发的话，便继续道："先是九龙帮友公推，又遍询各门各派之意，皆道血刀已现江湖，武林浩劫在即，必得一人统筹，方得消弥浩劫，魏某自忖无才无德，实不堪此任……魏……"

先前那人嚷道："既知不配，就别做了。"

魏邦良两目眨也不眨，不再理会，续道："魏某一再推辞，无奈各派掌门再三以天下武林命运相关譬喻开导，魏某不敢不顺众情。"

先前那人道："大言欺人……"话未说完，蓦地发出一声惨叫，旋即他身边有人喊道："杀人了，杀人了！"

第十三章

众人心知肚明，这是魏邦良暗下刺杀，却未见他递眼色，便猜知人潮之中夹杂了不少九龙帮的党羽，这些人混在众人之中，你可不知哪个是哪个不是，说不定就在你身边，冷不丁给你一个暗算，想到此处，哪还有人敢说话。

台上的丐帮解帮主忽立起身来道："魏帮主，今日你不是杀人立威吧？"

魏邦良淡然道："解帮主之意是魏某授意杀人吗？绝无此事，这必是奸邪小人乘机浑水摸鱼，与魏某无关，不过，我得管上一管，来人！"

左右立即闪出四名舵主，魏邦良面色一肃，道："尔等带人巡查四周，毋令奸人宵小混入生事，有胆敢捣乱者立即拿问，抗拒者杀无赦，顺我者昌，逆我者亡，我要让他明白跟我魏邦良斗，只有死路一条！"说着向岳继飞掠了一眼。

四舵主轰然答应，率几百帮众分置周围高岗之上，虎视眈眈地监视与会之人。

突然，甘知耻破锣的声音大叫道："魏邦良，你这是把天下英雄当作囚犯吗？"

此言一出，顿时哗然，吹哨声，呼啸声，咒骂声乱作一团，把个庄严肃穆的武林盟主就职大典搅成一锅粥。

魏邦良连连摆手示意，喝道："肃静，肃静。"

苏知义破钟的声音大声道："魏邦良，你奶奶的，你还摆出官府的架子来，用不用我们回避呀？"

一般官府出巡，前面两块木牌上，一书"肃静"，一书"回避"，作清道用，血刀双使敢开口骂魏邦良，众人倒不怎么惊骇，因为两人天不怕，地不怕，且骂人是张口就来，习惯了，难得的是，两个粗人居然能说出这等比喻之言。

早惹恼了旁边四个舵主，暗想自己负监视之责，岂能弹压不住。

当下也不多想，一人持令旗飞纵过来，血刀双使早就心痒难耐，两人都是嗜杀成性的人，这大好时机岂能放过，所以不等岳继飞示意，两人一呼而上。

九龙帮浙江分舵的舵主在中途就被两人截住，甘知耻双手暴长，一把拉住他，苏知义已从背后扭住他的脖子，"咔嚓"一声，硬生生将来人脖子扭断。

魏邦良大怒，为了完成自己的大计，他处心积虑地将岳继飞调到雪山边陲，想在那里置岳继飞一行于死地，可人算不如天算，没想到不仅没诛杀岳继飞，却送了自己手下几个得力魔头的性命。

岳继飞返回，他早已知晓，心想等自己就任盟主后，再集武林力量将岳继飞、神火教一网打尽，不想"狼山双怪"竟敢在众目睽睽之下，搏杀浙江分舵的舵主，此事倒有点让他措手不及。

他将手一挥，其他三舵主率帮众围拢而上，竟欲将血刀双使置于死地，以收杀鸡儆猴之效。

岳继飞当机立断，命神刀、神杀、神剑三组冲上，分别拦住三舵主。

苏知义叱道："你们上来作甚，这些小王八羔子还不够我们哥俩吃的，你们要上来分呀！"

三舵主在江湖上名气虽没有"狼山双怪"的名气大，但都是有头有脸的人物，听了血刀双使的话，肺都气炸了，四舵主中以两广舵主武功最高，三人相视一眼，两广舵主截住苏知义，江西舵主、鄂湘舵主围住甘知耻，五人便在中间一块阔地上斗将起来。

刀、剑、杀三组见九龙帮的帮众没上，也按兵不动。

郭子华怒道："以多凌寡，摆明就要杀戮武林。"说着振劈欲上。

小玲子忽然大声道："郭教主不忙，我赌五十招之内三舵主人头落地，你敢赌不赌？"

郭子华一怔，想不到小玲子在这血腥场合下，却有如此雅兴，一时不明其意，见小玲子冲他一眨眼睛，忽然明白过来，这才明白小玲子之所以大声说话，是以此来激将，当即笑道："我有什么不敢，血刀双使武功再了得，五十招也取不了人家性命的！"

血刀双使将小玲子和郭子华的对话听得清清楚楚，心下一凛，均知此战万众瞩目，是一生威名所系，取胜固然不难，然三五十招内人头落地，却非易事，不知平时狡黠无比的主公夫人为何出这么一个难题。

不过，血刀双使两兄弟可是姜桂之性，弥老弥辣，愈是难做之事，做起来益发有味。

五人本是斗得旗鼓相当，血刀双使被小玲子一激，只得舍弃常规，变换打法，鼓荡内力，招数上越发阴狠老辣，招招专走偏锋，立时场上局面倏变，险象迭生，围观众人一时也看不出哪方会赢。

眨眼已过二十招，三舵主手中的三柄兵刃呼呼生风，殊无败像，血刀双使却不免略有浮躁，两人均想，要是五十招之内不能取胜，这个脸可丢不起，想到此，益发险招。

三舵主个个功力不凡，在九龙帮中除了魏邦良、孙楠之外，武功是最高的，浙江分舵的舵主功力最弱，所以在血刀双使的夹击下，一招之间就被人扭断了脖子。

又过五招，血刀双使血掌飞舞，已将三舵主罩在劲风之下，有好事者不住地在旁数招，如擂鼓助威一般。

小玲子目注场内，大声道："郭教主，看来你赢了。"

血刀双使听了，戾气大作，苏知义掌若狂飙，欺身直进，身子硬生生探进去，一掌击在江西舵主的颈上，江西舵主惨叫一声，仰面跌出。

便在同时，甘知耻一掌将两广舵主击毙，但胸前也挨了一下，饶是他身上筋骨赛钢，皮如牛革，也痛得眼冒金星，五脏如裂。

三舵主只剩鄂湘舵主，甘知耻和苏知义两人联手齐上，双掌一齐拍在他后心的"灵台"穴上。

鄂湘舵主只觉得体内剧震，一缕幽魂便急急赶上前两位舵主，携手共赴黄泉。

这一变化太突然了，在场的群豪不少人还未看清怎么回事，三位舵主已然撒手归西，那位数招之人数到四十八招上。

全场寂然，都被这结局震呆了，九龙帮四舵主平日里何等威风，想不到今日俱殒命。

许多迫于九龙帮威势，不得不赴会的人欢欣不已，旋即想到"狼山双怪"这等杀人不眨眼的魔头投身到血刀府为血刀双使，血刀又重现江湖，是否又似以前那样大肆屠戮？心下均不无隐忧。

魏邦良心下骇然，大声道："邪魔歪道，敢在天下英雄面前杀人，是仗恃血刀传人，要荼毒中原武林么？"

历代血刀府主虽说均是不得已而为，但杀人极多，祸流四海，各门各派无不受害，是以闻血刀传人之名，无不切齿痛恨。

岳继飞出现在朝阳峰，便有许多门派伺机报复，只是血刀府阵容甚整，又有神火教的人拱卫其侧，各大门派不敢轻举妄动，少林、武当、丐帮等大门派被郭子华的说词打动，又见岳继飞出道以来，从未妄杀过一人，更不寻各门派的晦气，便也渐渐宽心了。

虽然血刀府在江湖中杀戮过重，其中已无是非可论，但少林、武当中不乏高人达士，久欲消弭祸端，可难挽狂澜于既到，徒叹无回天之力。

而今血刀府率先尽泯恩仇，各大门派当真喜从天降，少林武当诸贤悲天悯人，实不忍再有武林浩劫出现，纵然灭了血刀府，武林各派也会丧失殆尽，何况尚不敢轻言扫灭血刀府。

幸得血刀府中有杜鹏程主持大义，义薄云天，神功盖世，化干戈为玉帛，并消除了神火教与九大门派的争斗，几十年来中原武林相安无事，被公推为武林盟主，诚属武林千万苍生之福。

各大门派与血刀府能相安无事，一些小门派虽不明所以，却实力微弱，不敢以卵击石。

魏邦良本想以血刀传人的名头激怒中原武林，对血刀府群起而攻之，没想到台下却毫无反响，圆觉大师、斐清道长、解风帮主也是缄默不语，瞑目端坐，如高僧入定，不由气得七窍生烟。

暗道：今日看来，不扫灭血刀府、神火教，这武林盟主怕是做不成了，原本想坐稳宝座后再施辣手，现下却不得不出手了，想到此，魏邦良手一挥，两旁早已埋伏好的魔头及帮众纷纷现出。

群豪知大战在即，纷纷四散开来，腾出一大块空地作战场。

岳继飞心中一动，俯在郭子华的耳边低语几句，郭子华面露喜色，拉着小玲子、白云和朱雀堂的堂主李天寿混乱之机退了出去。

魏邦良走到血刀门人前，看了一眼岳继飞，道："岳兄弟，别来无恙？"

岳继飞冷冷地道："我们兄弟之谊早断，你就别叫得这么亲热了。"

魏邦良面色一变，道："好，岳继飞，你残杀我武林同道数十人，还敢到武林大会上耀武扬威，真视天下无人吗？"

岳继飞朗声道："如果你所说的英雄都是你这类人物，岳某非但视若无物，且将之视如粪土，你先前为了收我与你同流合污，不择手段，后又将我诱入雪山边陲，更为可耻的是，你勾结金人，帮其夺得《武穆遗书》，于武林，于我大宋，你都是千古罪人，罪不可恕。"

魏邦良怒道："好利口，本座也不与你多说，且先灭了你们这些凶魔再说，看你还敢不敢胡说！"

说这话的时候，他心下骇然，他派人夺得《武穆遗书》，只有几个人知，此事作得极为隐秘，不知岳继飞何以能一口道破。

岳继飞道："奸贼，新仇旧恨就在今天了断，纳命来。"

再说郭子华几人退出后，便向九龙寨的后墙绕去。

白云道："郭教主，我们这是……"

郭子华道："救南天盟主，捣毁魏邦良的后防！"

小玲子道："好计谋，只是岳哥哥那面太过势弱了。"

郭子华道："血刀府八大护卫，剑、刀、杀三组，皆是百练精师，岂是九龙帮乌合之众可比，纵然不胜，也足可抵挡一时，现在魏邦良的精锐集于前面，后防空虚，咱们得手之后再接应岳兄弟不迟。"

李天寿喜道："好，咱们这便动手，杀他个鸡犬不留。"说完纵身一跃，如一头苍鹰般扑入高墙之内。

郭子华忙喝道："小心有埋伏。"也随之跃入墙内。

李天寿足未落地，两股劲风突起，两柄厚背鬼头刀径削向他的双足。

李天寿身为神火教朱雀堂的堂主，功力与郭子华比肩，他外貌粗鲁，做事却极细心，虽然变生仓促，他早有备在心，人在空中，看得真切，双足连环踢出，只听得两声惨叫，偷袭之人仰面跌出，头面五官已如一团烂柿子一样。

郭子华喝彩道："好！"

白云和小玲子跟入，忙转过脸去，不忍目睹。

郭子华笑道："对这等恶徒可不能仁慈，游目四顾，却见九龙寨后面占地极广，亭台楼阁无数，极为壮观，大路、甬道纵横交错，竟不知该往哪里走。"

小玲子笑道："魏邦良临时搭建的九龙寨，也建得跟皇宫大内似的。"

郭子华道："他做的便是武林皇帝梦，自会如此，你们跟我来。"

刚走出几步，忽见远处奔来十几人，喝道："什么人？胆敢擅闯后寨！"

郭子华喝道："是你家爷爷。"又低声道："动手"

四人顿时如虎入羊群般冲了过去，那十几人虽是九龙帮训练有素的帮众，又怎能与这四人同日而语。

人人只觉眼前一花，拳、掌、指、腿已然扑面，"噗……砰……"，十几人招式尚未施出，便已尸横当地，魂赴幽冥了。

郭子华留了一个活口，喝问道："南天盟主关在哪里？"

那人早已吓得三魂出窍，忙指明位置，郭子华点了他的穴道，扔在一边。

李天寿道："那魏邦良手下这些脓包角色，也想称霸武林。"

小玲子笑道："这些不过是巡哨的喽啰，当然好料理，以后未必就如此顺手了。"

李天寿诧道："这后寨还有扎手的人物吗？"

小玲子沉吟道："魏邦良素来谋定而后动，断不肯做没把握的事，他这次敢亮出武林盟主的旗号，必有其实力在，他本人最喜欢乘虚而入，捣人老巢，自己焉能不有所防范？"

李天寿连连点头道："弟媳之言有理，大哥差点大意了。"

郭子华却道："这样一来，倒有些劲，不然难止手痒。"

小玲子道："咱们还是小心为妙！"

郭子华道："好的，我们快些救人要紧，切莫让守卫人警觉，以人质相要挟，咱可进退两难了。"说完，率先掠去。

小玲子暗道：这郭大哥言语粗犷，却是一个胆大心细的人。

接连绕过几处楼阁池榭，来到一排平房前。

郭子华伏身一丛花树后，低声道："人大约就关在这儿，我先去解决上面看守之人，你们再过去。"

李天寿不解道："上面？这不是一层房子吗？"

郭子华道："牢房不会设在上面！"

李天寿道："你一个去怎成，还是我也去吧。"

郭子华打趣道："他们一见你这副凶神恶煞的模样，不用想就会发出警报，救人的事也就砸了，弟媳和白姑娘倒也成，只是她们下不了杀手，反会误事。"

说到"杀手"二字，郭子华的双眼中射出冰冷的寒光，三人均不禁心中一凛，知道他要大开杀戒了。

小玲子却道："郭大哥，你和李大哥都是半斤八两，这事还是我去，对付这码事，我小玲子可是无师自通的。"

说完，不待郭子华答话，人已长身而起，纤腰款摆，袅袅挪挪地走过去。

未走出十步，已被人察觉，房内冲出几个人，喝道："什么人？乱闯要地！"

小玲子边走边骂道："兔崽子，大呼小叫什么，连我也不认识吗？"

一个领头的人向小玲子上上下下打量几眼，断定没见过这人，又向几名手下望望，却见这几个人眼睛都直了，眨也不眨地盯在小玲子的身上，哪能看出他们认识还是不认识。

小玲子走至近前，却沉吟一下，未突下杀手，解决这几人固然不难，但若惊动了屋内的人，只怕前功尽弃。

她低声喝道："叫里面的人都出来，我有几句话说。"

那领头的疑虑重重，平日城他们都是色中饿鬼，但哪有福分见到小玲子这等光彩眩目的少妇。

九龙帮的人都知道魏邦良也是极为好色，广蓄姬妾，美女如云，可帮主身边的女人断不会到这地牢中来，可小玲子说话口气极大，一时又惊疑不定，却又不敢妄加得罪，只得赔笑道："请恕小的眼拙，委实认不出佳人，小的职责在身，你若是帮主……请出示令牌。"

小玲子笑道："令牌倒没有，不过，帮主的手令却有一道。"

说着从袖中摸出一道物事，那领头的见是一方绫帕，暗道：帮主怎将密令写在女人的绣帕之上，想是手头没纸……近前便看。

小玲子将手帕一扬，那领头的感觉一股甜香入脑，头晕目眩，马上意识到不妙，"不好"两字尚未来得及喊出，人已栽倒在地。

另外几名伸长脖子，想饱餐秀色的人也嗅到几缕甜香，无不摇晃跌倒。

小玲子娇躯一扭，掠进屋内，瞥见人影幢幢，屋内光线阴暗，里面的人尚未看清是什么突然进来，只觉得寒光四闪，尚未惊呼出声，已被来人割断了气管，捂着咽喉倒地毙命。

小玲子见屋里已再无活人，向外招了招手，三人迅疾赶了过来，见到屋中的景象，无不钦佩她了得，李天寿更是连竖大拇指，钦赞之情溢于言表。

小玲子微微一笑，掏出一柄飞刀，扣在手上，在一张铁案上敲了几下，下面马上传来瓮声瓮气的声音，问道："什么事？"

小玲子对郭子华一示意，郭子华马上大声道："帮主有令旨到。"

下面的人不疑有他，哼了一声，旋即一阵轧轧大响，那张铁案居然移动开来，现出井口大的洞来。

小玲子不待铁案停稳，飞刀已然出手，只听得一声闷响，便知有人倒地。

郭子华等小玲子飞刀出手，便纵身下跃，手中长剑舞成一团，护住身形。

小玲子道："李大哥，白云姐姐，我下去，你俩守住洞口，别让人封了退路。"说完也纵身跳下。

李天寿对小玲子的武功已是钦佩得五体投地，更心服的还是小玲子心思缜密，也知把守洞口极为重要，这等险恶所在若被人断了后路，当真只有死路一条了。

郭子华身形尚未落稳，长剑已然展开，一招"夜战八方"，将周身上下护得风雨不透。

"叮当"两声，两件碰上他长剑的兵器被反弹出去，随后跃下的小玲子长剑出手，杀了两人。

一片寂静，郭子华和小玲子再不见九龙帮帮众，遂向牢房逐一搜去。

牢房虽多，却空无一囚，直搜到再里间的一间囚室，才见端坐在地上的钢须大汉南天雄。

南天雄人虽在牢中，但却是威风凛凛，如狮如虎，郭子华喜道："南天盟主，可找到你了！"用剑斩断门锁，冲了进去。

南天雄只认得郭子华，却不认识小玲子，听了郭子华介绍，方知是"神手无影"的女儿，血刀传人的妻子，直惊得目瞪口呆，刚才一场交战，他听到了，也意料到有人劫牢，却万料不到是这二人。

郭子华一把拉起南天雄，却将南天雄整个提了起来，不禁大惊，却见南天雄双膝之下已然虚无一物，忿然骂道："魏邦良这恶贼，心狠手辣到这地步，南天盟主，我背你出去找他算帐去。"

小玲子也是神伤不已，想不到叱咤风云的武林盟主被魏邦良囚居在此不说，竟如此惨无人道，令人发指。

出了洞，李天寿和白云上前见过南天雄，得知白云是雪山神尼的关门弟子，不由觉得长江后浪推前浪，世上新人换旧人，心中大感安慰。

正自感叹，忽听小玲子道："不好，有人围上来了，小心！"

话音未落，强弩利箭已如万点寒星射将过来，几人各舞兵器，拨落箭矢，护住南天雄。

李天寿喝道："不好，他们要放火。"

郭子华听到"火"字，顿时警觉，喝道："冲出去，这屋里有火药。"说着一掌拍出，两房门板脱链飞出，砸向人丛。

小玲子三人当先冲出，用兵刃拨打箭雨，郭子华跟后，长剑舞动，背着南天雄，如一团白光冲出。

九龙帮众没想到四人如此了得，乱箭竟然射他们不死，几支火箭落入屋内，不多时，轰然一声巨响，先前一排平房在熊熊火光中飞上了天空。

四人被气浪推进了几步，李天寿暴喝道："好贼子！"如猛虎般冲了过去，钢鞭急卷，九龙帮众纷纷倒地，惨叫声不绝。

小玲子和白云的长剑也舞起银光一片，郭子华背着南天雄，一舞长剑，杀得九龙帮众鬼哭狼号，逃命不暇，一顿饭工夫，四十多九龙帮众已然就戮。

突然，小玲子失声道："不对，这情况不大对头。"

白云道："你看出什么了？"

小玲子道："九龙帮镇守后寨的怎一个高手也没有，这可不是魏邦良行事之法！"

李天寿道："也许外面吃紧，都调到外面去了。"

小玲子道："这话是有道理，可总觉不大对头，一定是出了什么事。"

伏在郭子华背上的南天雄忽道："我总疑心一件事，但愿别是这件事才好。"

四人听了，吓了一跳，几乎齐声问道："什么事？"

南天雄道："现下言之过早，但愿天可怜见，别出这事才好。"

小玲子沉吟一会，道："盟主可是怀疑少林、武当、丐帮？"

南天雄点头赞许道："姑娘聪慧过人！"

郭子华道："不会吧，他们可是名门正派的领袖。"

小玲子道："若我们今日没来，魏邦良真有可能当上武林盟主，难道你也会想信他是侠义为怀，泽被天下的君子吗？"

郭子华道："可他们都是……"

小玲子道："郭大哥，你们神火教一向被中原武林视为魔教，杀人放火，打家劫舍，可你们却是手上干着，嘴里也说着，行恶行得光明正大，哪像那些伪君子，你想魏邦良在未露真像之前，何尝不是一个谦谦君子，谁会想到他祸人如此，害岳哥哥，囚南天盟主。"

南天雄颓然道："佛魔，正邪，君子小人，往往是一念之间，谁也说不清，在少林、武当、丐帮诸人看来，魏邦良固然坏，恶迹却未昭彰，为祸也不大，而血刀却是武林大敌，只怕三大门派想等你们与九龙帮拼命，两虎相斗，再坐收渔利，我虽然武功尽废，形同朽木，也要伸张正义，说句公道话。"

四人听得汗水涔涔，没想到局势这般危急，急忙向外走去，转过楼角，不禁惊呆了。

只见楼前一片草地上，横七竖八地躺满了尸体，个个面目狰狞，血肉模糊，约有六七十具尸体。

南天雄掠了一眼，道："这是少林棍僧下的手！"

李天寿纵身一跃，来到一具倚着壁柱而不倒的尸体前，撕开他的衣裳，查看一番，道："是武当绵掌伤的！"

郭子华道："看来少林和武当已然动手了！"

小玲子道："少林自古以来便是中原武林领袖，与武当、丐帮鼎足而立，魏邦良低估了这三派的实力，看来便是没有我们插手，魏邦良这武林盟主也是做不成的，少林武当此举显然是筹划已久，表面上他们不露声色，这份心机着实可畏，可笑的是魏邦良处心积虑，经营几年，坏事做绝，却不过是给自己掘了个坟墓，真可笑。"

其实四人却不觉得可笑，心里均感叹人心之险恶一至于斯。

几人沿原路折回，处处可见毙命倒地的九龙帮帮众，其中不乏名声赫赫的大魔头，这些人均是被高手以重手法击毙的。

几人默默无言，心情沉重，看来少林、武当、丐帮真拿九龙帮开刀了，那么下一个岂不就是血刀府和神火教么？想到这里，均不禁凛然心寒。

四人在里面毁了九龙帮的后防，并成功救出了南天雄盟主，岳继飞在外面已和魏邦良对上了。

岳继飞的一声大喝，直震得围观诸人耳中嗡嗡作响，有些头昏眼花，几欲跌倒。

这倒不是岳继飞故意显示内功，是因他义愤填膺，不知不觉间提足了内力，他此时的内功之高只怕已在上代武林盟主、他师父杜鹏程之上，这一声怒吼，只怕连圆觉大师也自叹弗如，因为血刀老祖的祭刀心法是邪道中最为上乘的法诀，他后来又悟透世间正气，合二为一，形成一种能吸天地正邪之气为己用的无上法诀，故此岳继飞在不断搏杀之中早已打通任督二脉，内力在不断提升。

甘知耻上前道："主公息怒，何必你亲自出马，待属下料理他就是了。"

苏知义则干脆指着魏邦良大骂道："魏邦良，你这王八蛋，做别的坏事也还罢了，竟敢对不起我们主公，这就等于杀了我们的亲爹，我与你不共戴天了，你纳命吧！"

群豪轰然大笑，血刀双使比岳继飞的爷爷还要大，这二人居然将岳继飞当作亲爹来打比，众人虽觉好笑，但却感血刀双使对岳继飞的忠心确是当世绝无。

魏邦良冷哼一声，并不分辩，情知此事愈描愈黑，置之不理倒为上策。

血刀双使却被"飞天神魔"邵盛和"人面屠夫"郑易天接住。

这四人第二次交手，又均是武林中的顶尖高手，接上手便知是一场疏忽不得的恶仗。

岳继飞面色冷肃，杀机毕露，连杜芳芳及八大护卫瞧着也不禁心下一凛，魏邦良更是心里发毛，他原以为岳继飞一出现，各路豪雄便会群起而攻之，他便可坐享其成。

可谁知少林、武当、丐帮三派掌门稳坐不动，其他门派唯这三大派马首是瞻，均作壁上观，魏邦良一看就觉得情况有异，略一思索，心中雪亮，暗骂道：老狐狸、秃驴、杂毛，没一个好东西，不意你们还想黄雀在后。

想到这里，魏邦良已有些沉不住气了，他手下的大魔头在西部围攻岳继飞一行，已然精锐尽失，只剩下眼前这两对活宝，这两根顶梁柱若倒了，那可大是不妙，目前九龙帮实力虽然雄厚，但与血刀府、神火教相拼，最多会两败俱伤，少林、武当、丐帮尚心存歹意，在一旁按兵不动，虎视眈眈，这太可怕。

他感到一股寒气从足底升起，浸透全身，深入骨髓，他原以为收服各门派后，再驱使这些门派去歼灭血刀府，可没想到全盘走错了，现在才明白，从局势看，最大的敌人不是血刀府，而是坐山观虎斗的少林、武当、丐帮三大门派。

一刹那间，魏邦良只感到自己的万丈雄心，跌入了无底深渊，仿佛从云端一头栽落谷底，头晕目眩，几欲昏倒。

此时血刀双使与邵盛、郑易天交手已逾三百招，四人均不敢有丝毫忽视，打得沉稳无比，章法谨严，因为只要稍有闪失，就会丧命黄泉，有了顾忌，招式均不敢使老，一沾即走，变化万端。

围观的群豪心下叹服，"狼山双怪"凶名卓著，武功之高已是人所共知，可"飞天神魔"和"人面屠夫"却是刚刚重出江湖，只闻其名，未见其人，这一露身手，方知武功不减当年。

岳继飞原拟这四人分出胜负后，再和魏邦良决一死战，唯恐血刀双使有什么闪失，等看了二百招，才见血刀双使攻也攻得凌厉无比，守也守得严密飘逸，殊无败像，这才看到血刀双使第一次施展真实功力，心想：当初若非全力施出“祭刀焚天”绝学，要降服这两个怪杰，还真非易事！

转头对杜芳芳道：“芳妹，你看谁赢的可能性大些？”

杜芳芳一笑，道：“不用担心，血刀双使定是赢家！”顿了顿，忽道：“这九龙帮已成了强弩之末，怕就怕少林、武当、丐帮三派也未必存什么好心，收拾了九龙帮，只怕要与他们刃兵相见呢。”

听杜芳芳这般一说，岳继飞心下一惊，忙游目四顾，果见圆觉大师、斐清道长和解帮主手下弟子结成阵式，隐然对血刀府、神火教形成合围之势，用意甚明，他只是感到不对，没想到被杜芳芳一语点醒。

观此情景，岳继飞不禁心下凛然，但他素来胆气豪勇，冷哼道：“千军万马何足惧，只消能手刃仇敌，一死何妨。”

杜芳芳幽幽道：“你还是活着的好，不然我们三人可要守寡了。”

岳继飞心中一荡，握着芳芳的玉手道：“芳妹，我会没事的。”

他敛定神思，手执血刀，直冲过去，喝道：“魏邦良，你是自行了断，还是用我动手杀你？”

却听一人道：“好大的口气，且先过少爷这一关。”

岳继飞见发话的人竟是孙楠，怒道：“孙楠，我已饶你数次，你还有脸与我对敌？”

孙楠听了羞愧无比，他上次被岳继飞放走，知岳继飞是看在他母亲的面子上，当时确有一丝悔过之意，可魏邦良给他副帮主之位太诱惑了，魏邦良还许诺，等他一旦当了武林盟主，就任他为副盟主，那可是一人之下，万人之上的高位。

所谓利欲熏心，所以他虽顾忌岳继飞，依然挺身而立，竟欲侥幸得逞。

岳继飞猝然一掌拍出，孙楠也是一掌拍出，两掌相交，“砰”的一声，岳继飞身形未动，孙楠也仅摇晃几下，旋即稳住。

岳继飞诧异道：“真是士别三日，当刮目相看，你的功力倒长进不少，难怪如此嚣张，只是心胸不太仁义！”

孙楠心下骇然，从雪山边陲回来后，孙楠日夜苦修，自觉进境神速，无意这一掌还是稍逊一筹。

其实，岳继飞和孙楠两人皆是后辈武林中的姣姣者，岳继飞心有侠义，所以内力才圆转如意，无滞涩，而孙楠则欲海难填，在内功修为上就差了。

十数招一过，孙楠马上处于下风，岳继飞单以左掌出招，右手血刀却弃置不用，饶是如此，孙楠已是左支右绌，险象环生，败象已呈。

虽然孙楠杀了赵媚，但岳继飞却受他娘之恩，所以他未下杀手，说道："孙楠，你母亲对我有救命之德，我答应她找到你，让你回到她身边，你受魏邦良的蛊惑，误入歧途，只要你回头，我还可放你一次。"

他一边说，一边放缓掌势，以便孙楠细思利害得失。

孙楠是个聪明人，聪明人往往就会见风使舵，他心中一动，可想眼前这人与自己有夺妻之仇，心中妒火如焚，又拉不下这个面子，当下连攻数掌道："少废话，今日有你没我！"

岳继飞一声苦笑，也只得加掌力，想先将他擒下再作处置，忽听一声断喝："楠儿，住手！"

众人望去，无不骇然心惊，喊话的人竟是伏在神火教教主郭子华背上的南天雄。

南天雄继任武林盟主，威猛豪爽，深得武林人的崇敬，没想到却受人摧残到这地步，更奇的是，众人没想到九龙帮的副帮主孙楠竟是南天雄的弟子，众人皆是惊奇无比，几千人霎时无声无息。

不少人叫道："南天盟主……"

孙楠听了南天雄的话，立即停手，岳继飞也收掌后退。

孙楠望见南天雄的模样，奔过去伏在南天雄的身上，道："师父，你……你怎么啦，是谁把你害成这样子的？"

南天雄道："你还认得我这师父？"

孙楠跪倒在地，泣道："师父，你失踪后，徒儿四处找你，没想……是谁害了你，我孙楠必报此仇。"

南天雄得知爱徒种种恶行后，本欲一见面就杀了他，孙楠是他从一只狼口中救下的，见他资质不错，骨骼精奇，就将他收为唯一的一个弟子，悉心将自己的武功全传给他，现在见爱徒悔恨交加，父子师徒之情顿生，垂下泪来，道："楠儿，我一向视你如亲生儿子一般，你怎做出那些大逆不道的事，为师心都碎了。"

孙楠道："师父，魏邦主他许诺徒儿，徒儿知错了。"

南天雄一叹道："近朱者赤，近墨者黑，你可知当武林盟主固然要武功高绝，更重要的还是要心怀侠义，要以德服众。"

南天雄虽然没说出害他的人是魏邦良，但大家一看就知，几千名群豪见魏邦良将南天盟主折磨成这个样子，不由目眦欲裂，怒气填膺，纷纷嚷道：

"魏邦良，你做出这等伤天害理之事，还有脸当武林盟主。"

"魏邦良，你撒泡尿浸死得了，还用别人动么？"

"魏邦良，南天盟主的话你听见了吗？凭你这德性，老子也要当武林盟主了，你服不服！"

……

饶是魏邦良定力如山，智计百出，此刻奸谋败露，已成武林众矢之的，莫说当武林盟主，连想活命也是万难，他面无人色，急想逃命良策，但若想在万余人中逃出去，除非生了翅膀，不由喟叹一声，自知死期到了。

那边激斗的四人，邵盛和郑易天本已略处下风，若无变故，尚可支持三四百招，可此刻群情激愤，两魔头只感到自己是大海中的两片孤舟，太渺小了，不由得底气不足，慌了手脚，一个疏神，就双双被血刀双使毙于掌下。

其他的九龙帮众见大势已去，无不纷纷退避，唯恐也遭灭顶之灾。

杜芳芳反手掣出长剑，厉声叱道："魏邦良，今天我要杀了你这小人。"

在她心里，魏邦良图霸武林，勾结金兵，这些比起魏邦良为了得到她用毒计陷害岳继飞来说，那可是小事一桩，她只恨魏邦良离间她和岳继飞之间的情意。

却听得"当"的一声，一柄长剑架住了杜芳芳的长剑，原来是魏邦良的新婚妻子，江湖人称"香艳美人"的黄红艳。

魏邦良好色成性，身边总是少不了美女，他虽然心黑手辣，不择手段，但对钟爱的女人却是不错，他钟情杜芳芳，就不择手段地将杜芳芳弄到手，一路上尽撒钱财，可到后来还是被杜芳芳觉察，离开了他，他就找了黄红艳，黄红艳尽得他的宠意。

魏邦良没想到危急关头站出来的竟是黄红艳，叹道："艳，你又何必如此，自己去寻生路吧，何必与我缠在一起。"

黄红燕惨然道："帮主，今日红艳与你同赴黄泉路，来世再做夫妻。"

众人无不骇然，不想一个红尘女子如此刚烈，眼见魏邦良已成武林罪人，行将就戮，昔日依附他的权势作威作福的九龙帮众均噤不敢言，黄红艳一个女子却甘愿与他这武林罪人同死，虽说不明大义，却也强似那般趋言附誓，风见使舵的小人，众人心下既感钦佩，又感惋惜。

有的甚至还想，如若有个美艳天下的女子这般对我，我也愿作一会武林罪人。

杜芳芳内心也是一阵震动，不忍下手伤她，说道："我只寻魏邦良报仇，黄姑娘还是让开的好，像他这样荼毒武林的罪人，你还护着他干什么?!"

黄红艳道："不管他做过什么，他待我不薄，人以恩宠待我，我以妾身待之，是非公论不是我辈定得了的。"

杜芳芳听她如此一说，同为女人，将心比心，一时之间竟不知道如何是好。

黄红艳突然目视孙楠，道："孙副帮主，你别装着一副痛心疾首的样子，你不过自诩聪明，但却是墙头一棵草，见帮主这边势力弱了，便改投故主，帮主何曾有欠你的地方，让你位居众舵主之上，你喜欢赵媚，帮主不惜毁了蜘蛛山，将赵媚抓来，千方百计成全你，你居然忍心先弃他，真叫我恶心!"

孙楠如挨了当头一棒，没想到自己隐藏在心底的最后一点私欲，还是被黄红艳揭穿了，他摇摇晃晃站了起来，神色迷惘地问道："我该怎么办?"

黄红艳厉声道："帮主纵然负尽天下，总未负你，他纵然万恶不赦，还应是你的帮主，你要是个人的话，就走过来与我们死在一起!"

一席话说得孙楠如中了邪一般，当真慢慢走了过去。

众人一呆，怔怔地看着他，不知他究竟何意。

魏邦良大笑道："我有你们这样的贤弟佳人，死也可瞑目了……"

还未说完，孙楠蓦然前纵，一掌拍向魏邦良的前胸，魏邦良全然不料有此，被一掌拍了个正着，"砰"的一声，魏邦良带着一蓬血雨，仰面跌倒。

群豪大哗，没想到孙楠人心如此险恶，看他痴痴呆呆的样子，却能猝然发掌，这可真叫人万万没有想到。

黄红艳尖叫一声，飞身一剑刺穿孙楠的肩胛骨，杜芳芳掌风一吐，也将黄红艳扫得仰面跌飞出去，黄红艳爬到了魏邦良的身边。

孙楠却不顾肩痛，上前一步，道："魏邦良，全是你害了我，我杀了你。"提掌便向魏邦良头部击落。

魏邦良虽然武功了得，却被孙楠猝然一记重掌打了，这一掌是孙楠全力而发，足可开碑裂石，重创之下，躺在地上，一动也不能动，只有闭目待死的份。

忽听一妇人嘶声叫道："住手，你不能杀他!"

却见人众中跌跌撞撞跑出一个黑衣老妇，她披头散发，面如桔皮，神色恐慌，厉声叫喊。

群豪中有年岁已到古稀的老者惊叫道："毒牡丹还没死呀？"

此语一出，万众皆惊，众人谁不知道在几十年前，武林中有一个倾城倾国的大美人毒牡丹，毒牡丹姓孙叫人迷，后嫁给魏士杰，生了魏邦良，杜鹏程剿灭九龙帮时，见孙人迷怀有身孕，就废了她的武功，让她走了，没想到在这种场合下，消匿江湖几十年的毒牡丹孙人迷竟然出现。

更使大家惊奇的是，虽然有许多后辈没见到毒牡丹如何倾城倾国，美绝人寰，但都听过老辈口中有滋有味的讲述。

可眼前这又老又丑的老婆子，叫人是如何也找不到过去她曾经美丽过的痕迹，均感叹岁月无情。

孙楠不识老婆子，停掌喝问道："魏邦良为祸武林，人人得而诛之，我为什么杀不得？"说这话时，他双眼血红，面目狰狞。

那老婆子道："人人都可杀，只有你杀不得！"

孙楠道："你这疯婆子，满嘴胡说什么，让开，我就要杀他！"

老婆子道："孩儿呀，我苦命的儿，我是你娘，他是你哥哥，你亲生的哥哥呀！"

孙楠听了如遭雷击，脑中"嗡"的一声，怒道："疯婆子，你再胡说，连你我一块劈了。"

岳继飞上前道："孙楠，这位伯母真是你母亲。"

孙楠恼道："什么，她真是我娘？"又转向魏邦良，"那他……"

岳继飞苦笑道："这我就不知内情了。"

魏邦良睁开眼，看见那婆子，茫然半响，问道："你真是我娘孙人迷？"

毒牡丹孙人迷笑道："就是我呀，当初你爹被杀，我怀有身孕，杜鹏程放我走了，我武功被废，一个弱女子，在一个大雪天，生下了你弟弟孙楠，差点难产死了，幸被尹圣手救了性命，这些年我住在千山岛，都想通了，想通了……"

孙楠此时方始相信，脑子如欲炸开，捧着头，双眼目光痴呆，跌坐在地上。

魏邦良一听此言，真比杀了他还难受，喃喃道："天意，天意，我竟死在我亲弟弟的手上。"两眼一瞪，便即死去，双目犹睁得大大的，当真是死不瞑目。

孙人迷哭了半响，蓦地捡起一枚毒刺，刺在咽喉，倒地身亡。

众人被这一连串的惨变震呆了，怔怔的，无一人说出话来，几千人似变成了几千个木偶，没有一点声响，似乎天地也停止了运转。

孙楠突然跳起，双手猛捶头，揪发，仰天狂笑，两眼一片血红，神情十分可怖，乱蹦乱跳着朝前去。

众人纷纷让开路，看他走出老远，他才发出一片野狼般的号叫，声音渐渐远去，众人面面相觑。

躺在地上的黄红艳抓起剑，横剑自尽，一道血光飞溅，热血一撒，便即香消玉殒，一缕芳魂，真个追随魏邦良而去。

众人依然如泥塑木雕般，谁也不知该说什么，该做些什么。

良久，良久，圆觉大师才双手合十道："阿弥陀佛，有善可不报，由它得善果，有恶可不报，由它自然报。"

岳继飞挟着杜芳芳退回，眼见魏邦良死得如此惨法，不觉得欢欣，反倒有些惨然，挥挥手，便欲率血刀府人离去，郭子华也随其后欲退出。

圆觉大师却突然道："岳施主，你不能走"

岳继飞一怔，道："大师有何指教？"

圆觉大师沉声道："择日不如撞日，血刀府与各派之间的仇怨也该作个了断。"

苏知义气道："秃驴，你嫌今天死的人不够是么？"

圆觉大师并不以为意，淡然道："佛曰：生死无常，今日死明日死都是一样，与其过些日子造成血刀杀劫，不妨就在此决一死战。"

甘知耻怒道："哪个怕你来，咱们先比划比划。"

放眼江湖，怕只有血刀双使才敢这样对圆觉大师说话。

岳继飞止住甘知耻道："在下不知大师何意，在下奉师命下山，就为消弥武林浩劫，对各门各派并无敌意。"

郭子华也道："圆觉大师，你怎能言而无信，当初我与你、斐清道长、解帮主商定与岳兄弟血刀府共灭九龙帮，你们都同意，而今怎出尔反尔？"

解风道："并非出尔反尔，当时只是权宜之计，现在大患已除，就应将恩怨了断。"

郭子华道："好大的口气，就凭你丐帮？"

解风昂然道："丐帮当与天下英雄共存亡。"

各门派中有不少父母师长死于血刀之下的，可说与血刀府不共戴天。

顿时，群情激愤，纷纷振臂喝道："消灭'血刀府'！""杀了血刀传人！"……

更有两人自恃身手不凡，竞立不世之功，冲出人群，直取岳继飞。

刚到中途，血刀八护卫身形急动，如风如电，四人护在岳继飞面前，四人刀光闪动，将那两人斩于阵前。

血光一现，群豪大哗，立各拔兵刃，少林的罗汉阵、武当七星阵、丐帮的打狗阵阵势立成。

这边八卫十二剑女，刀、剑、杀三组列于阵前，神火教的人也纷纷上前，有一触即发之势，眼看一场空前的武林浩劫将再应天数。

突然，号角四起，似有千军万马驰来，群豪大惊，循声望去，只见尘土飞扬，千余骑横冲而至，中有一人手持大旗，上书"血刀府"三字。

白云喜道："是袁总管接应来了。"

袁野捷若飞隼，几个起落，已然落至岳继飞面前，躬身道："主公，老奴怕这干名门正派武林人物言而无信，怀有异心，特来接应。"

圆觉大师、斐清道长与解风三人相顾骇然失色，人数上血刀府这边虽居劣势，但他们的人却个个悍戾，气势鼎盛，相较之下，倒是群豪这边气势上已输了。

岳继飞也是面色数变，心头交战不休，情知师父谆谆教诲，要以大义为重，大丈夫当以天下武林苍生为念，这里几千人如血战起来，那自己岂不成了千古罪人。

他思索良久，蓦然大喝道："且慢，听我一言！"

说着，岳继飞越众而出，对圆觉大师道："大师是专欲杀我一人，还是针对血刀府和神火教的？"

圆觉大师道："此话何解？"

岳继飞朗声道："倘若我岳继飞一人能消此浩劫，今日我就以死谢天下。"

杜芳芳和白云双双抢出道："岳哥哥不可。"

岳继飞道："恩师遣我下山，便要我全力消弥武林百年浩劫，终因一己之力微薄，幸得乔左使赠予血刀，现在大患已除，我岳继飞一死以塞天下祸源，我诸般心愿已了，死不足惜，死得其所。"

白云泣声道："岳哥哥，你想错了，你纵不为自己想，也当为芳姐、玲妹想想。"

岳继飞喟叹道："武林浩劫，死的何止千百家，我一家何足论！"说完长刀一挥，逼退众人，便欲横刀自刎。

突然，南天雄大喝一声，道："岳少侠，不可！"

这一声大喝，众人皆震，齐望着他，南天雄道："岳少侠，听我句话，你先放下刀来！"说这话时，众人才发现小玲子站在他一侧，神色淡然。

岳继飞放下血刀，皱眉道："南天盟主，我岳继飞一人之死，还不能抵武林浩劫么？"

南天雄道："岳少侠，快别这么说，我已然不是盟主了，只是我要说一句公道话。"说着他转向圆觉大师，道："圆觉方丈，你是武林中德望最隆的人，怎地今日猪油蒙了心，倘若大战一起，这几千人之死，便是拜你少林、武当、丐帮三派所赐，据我所知，岳少侠虽然杀孽重了一些，但那是血刀魔力所至，这一点杜鹏程盟主早就料到了。"

圆觉大师道："有这等事？"

南天雄道："我这里有杜盟主给你的一封信，你拿去看看吧。"说着，将一封密信由小玲子递交给圆觉大师。

岳继飞一愣，心道：我怎忘了，原来杜鹏程派他和芳芳下山就写了一封信，让岳继飞交给圆觉大师，后来在蜘蛛山被小玲子顺手牵羊偷去，到后来与小玲子在一起了，这封信就一直放在小玲子身上，不消说，肯定是小玲子交给南天雄的。

圆觉大师展信一看，面色大变，惊呼道："以邪制邪，杜大侠真是学究天人，了悟玄机，我等险些做出糊涂之事来……"骇然之色溢于言表。

众人见他神情，也是惊骇莫名，虽不知信上说些什么，但可以猜测到与此事有关。

圆觉大师转向岳继飞道："岳少侠，老衲有个不情之情。"

岳继飞没想到师父的一封信会使圆觉大师态度急剧转变，这可真是奇迹，忙道："大师言重了，有什么你就吩咐。"

圆觉大师道："岳少侠处理完了事，能否带着血刀到少林寺一行？"

岳继飞奇道："这……"

圆觉大师道："这是你恩师之意，血刀乃百年神物，必饮人血，只有我寺天人大师方能化解血刀中的杀气，你就带刀前往，让天人大师化解，使血刀不再为祸武林！"

岳继飞大喜道："一定，一定！"

圆觉大师双手合十，道："阿弥陀佛，岳少侠有如此胸襟，那是造福武林，泽被百世的事。"

一场武林浩劫就这样烟消云散，众皆欣喜若狂，掌声雷动，经久不息！

岳继飞被三位佳人簇拥着回到散人谷，第二日，散人谷里张灯结彩，一派喜庆气氛，预备岳继飞与杜芳芳、白云大婚事宜。

岳继飞身穿婚服，益发显得英俊潇洒，芳芳、白云凤冠霞帔，好似仙女，人人看得艳羡不已。

人散了，小玲子托着两杯茶出来，到芳芳、白云面前，盈盈一福，道："两位姐姐在上，小妹见礼来了。"

芳芳和白云忙扶起她，道："折煞我了，玲妹万万不可，若论先来后到，倒还是你为大呢！"

白云也道："更何况你还使岳哥哥没引颈……可是个大大的功臣，要不然我们三人可要……"

想到新婚吉日，可不能将"自尽""守寡"四个字说出，但意思却到了。

岳继飞笑道："放了你三个大美人不要，而去……那才是天字第一号傻瓜。"

小玲子也笑道："三个女人一台戏，今后可得有你受的！"

岳继飞一愣，心想也是，对付这三个女人可比对付千军万马要难得多。

——全书完——